A. Bernstein

Aus dem Reiche der Naturwissenschaft

Anatiposi

A. Bernstein

Aus dem Reiche der Naturwissenschaft

Unveränderter Nachdruck der Originalausgabe von 1855.

1. Auflage 2023 | ISBN: 978-3-38200-847-5

Anatiposi Verlag ist ein Imprint der Outlook Verlagsgesellschaft mbH.

Verlag: Outlook Verlag GmbH, Zeilweg 44, 60439 Frankfurt, Deutschland
Vertretungsberechtigt: E. Roepke, Zeilweg 44, 60439 Frankfurt, Deutschland
Druck: Books on Demand GmbH, In de Tarpen 42, 22848 Norderstedt, Deutschland

Aus dem Reiche

der

Naturwissenschaft.

Für

Jedermann aus dem Volke

von

A. Bernstein.

Vierter Band.

Von den geheimen Naturkräften. I.

Berlin.
Verlag von Franz Duncker.
(W. Besser's Verlagshandlung.)
1855.

Naturwissenschaftliche Volksbücher.

Band X.

Aus dem Reiche der Naturwissenschaft

von

A. Bernstein.

Band IV.

Naturwissenschaftliche Volksbücher.

Band X.

Aus dem Reiche der Naturwissenschaft

von

A. Bernstein.

Band IV.

Inhaltsverzeichniß.

Von den geheimen Naturkräften. I.

Seite

1. Wenn wir einen Sinn weniger hätten 1
2. Wenn wir einen Sinn mehr hätten 4
3. Die verschiedenen Anziehungskräfte 7
4. Die Anziehung der kleinsten Theilchen eines Stückes . 10
5. Von den kleinsten Theilchen und den unsichtbaren Zwischenräumen 14
6. Was man unter Atom zu verstehen hat 16
7. Wie die Wärme mit den Atomen ihr Spiel treibt . . 19
8. Woher die Wirkung der Wärme auf die Atome stammt 23
9. Von der Anziehungs- und Abstoßungskraft der Atome 26
10. Wodurch die Dinge fest, oder flüssig, oder gasartig erscheinen 30
11. Der Einfluß der Wärme auf die Atome 33
12. Die Anziehungskraft der Massen 35
13. Woher es kommt, daß wir der Anziehung der Erde Widerstand leisten können 38
14. Wie die Anziehung der Erde mit der Entfernung abnimmt 41
15. Das Gesetz des Falles 45
16. Wie groß ist die Geschwindigkeit des Falles? . . . 48
17. Nähere Betrachtung der Fall-Geschwindigkeit . . . 50
18. Wichtigkeit der Fallgesetze 54
19. Der Lauf des Mondes verglichen mit dem Lauf einer Kanonen-Kugel 57
20. Die Bewegungen und die Anziehungen der Gestirne . 60
21. Worin liegt die Kraft der Anziehung? 63
22. Die Anziehungskraft und die Entstehung der Welt . 66
23. Das Geheimnißvolle der Naturkäfte 69
24. Die Verschiedenheit ähnlicher Naturkräfte 73
25. Die Kraft des Magneten 76
26. Weitere Versuche mit einem Magneten 80
27. Was es mit den zwei Polen der Magnete für Bewandniß hat 82

Seite

28. Was mit einem Magneten geschieht, der in der Mitte durchgebrochen wird 85
29. Eine Erklärung der magnetischen Erscheinungen . . 89
30. Was in einer Nadel vorgeht, die man magnetisirt . 92
31. Der geheime Stoff oder das, was man Fluidum nennt 95
32. Wie auf alle Dinge magnetisch eingewirkt werden kann 98
33. Die magnetische Kraft der Erde 102
34. Die Unendlichkeit und die — Elektrizität 106
35. Die Elektrizität in ihren einfachsten Erscheinungen . 109
36. Weitere elektrische Versuche 112
37. Die Verschiedenheit der elektrischen und magnetischen Erscheinungen 115
38. Ueber die Leitung der Elektrizität 119
39. Der elektrische Funke und der Blitz 122
40. Die Leitung, Ansammlung und Ladung der Elektrizität 126
41. Wie man die Elektrizität fesseln kann 129
42. Eine Erklärung über Ladung und Entladung der Elektrizität 132
43. Welche Rolle die Elektrizität bei einem Gewitter spielt 135
44. Die Erde, eine große Elektrisirmaschine 138
45. Die Erscheinungen des Galvanismus 142
46. Was man unter galvanischer Kette versteht 147
47. Wie man eine Voltaische Säule herstellt und was man an ihr bemerken kann 151
48. Die Wirkung des Galvanismus auf den lebenden Körper 156
49. Der elektrische Funke 159
50. Die galvanische Hitze 163
51. Das elektrische Licht 166
52. Die praktische Verwendung des elektrischen Lichtes . 168
53. Die chemische Wirkung des elektrischen Lichtes . . . 171
54. Die Wirkung des elektrischen Stromes auf Eisen . . 174
55. Die Anwendung der elektromagnetischen Kraft . . . 177
56. Drehende Bewegung der Elektromagneten 181
57. Die elektrischen Telegrafen 184
58. Die Telegrafen von Siemens und Halske 188
59. Die Schreibe-Telegrafen 194
60. Berichtigung einer zu weit getriebenen Theorie über die elektrische Ausgleichung 200
61. Die elektromagnetischen Uhren 204
62. Die wissenschaftliche Anwendung elektrischer Uhren . . 207
63. Die Brauchbarkeit der elektrischen Uhren für Länder- und Witterungskunde 211

I. Wenn wir einen Sinn weniger hätten!

Hast du schon einmal daran gedacht, mein freundlicher Leser, wie die Welt uns, den Menschenkindern, vorgekommen wäre, wenn wir ohne Augen geschaffen wären?

Gewiß fällt dir's im Augenblick ein: Ei das kann uns ja jeder Blindgeborene sagen, oder: das können wir uns recht gut vorstellen, wenn wir die Finsterniß der Nacht uns verewigt denken! oder: davon können wir uns schon einen Begriff machen, wenn wir die Augen schließen und es versuchen, uns durch Umhertasten im Zimmer zurecht zu finden.

Aber glaube es mir, mein freundlicher Leser, es ist dies ein Irrthum!

Der Blindgeborene sieht nicht, aber Millionen und Millionen Menschen sehen für ihn. Er findet die Welt vollständig vorbereitet für ein sehendes Menschengeschlecht und vernimmt so viel von Dingen, die sichtbar sind, daß er unendlich Vieles weiß, ohne selber Erfahrungen hierüber gemacht zu haben. — Er weiß, daß es eine Sonne giebt, die ihn erwärmt, obgleich er sie nie gesehen hat. Er weiß, daß es Häuser giebt, die gebaut werden, obwol er nie dergleichen sah. Er weiß, daß große Gewässer vorhanden sind, obwol er keine Vorstellung davon haben kann. Er findet sich von einer Welt von Gegenständen umgeben, die er zwar nie sieht, aber deren Gebrauch er aus Erfahrung und Belehrung anderer Menschen kennt, die sehen können. Mit einem Worte: die Welt des Blindgeborenen — und wäre seine Erziehung auch noch so vernachlässigt — ist immerhin eine Welt, die für das Sehen eingerichtet ist. Das Auge Anderer ist auch eine Art Auge für ihn und wenn er auch fremdartige und sonderbare Vorstellungen von tausend Dingen haben mag, so reicht doch der unausgesetzte Umgang mit sehenden Menschen hin, seinen Vorstellungen und Urtheilen eine richtige der Wahrheit nahe Wendung zu geben.

Ist das aber schon mit dem Blindgeborenen der Fall, so ist es in weit höherem Maße noch, wenn wir uns, die wir sehen können und unser Lebelang gesehen haben, nur durch Vorstellungen einen Begriff machen wollen von einem Menschengeschlecht, das ohne Augen geschaffen wäre.

Wir haben gesehen; und das ist genug, um uns einen Begriff von Dingen zu geben, die außer uns existiren. Mögen wir auch unsere Phantasie anstrengen, sich eine Welt, bedeckt mit ewiger undurchdringlicher Finsterniß, zu denken, immerhin werden die Erfahrungen und Erkenntnisse, deren wir einmal theilhaftig sind, uns selbst in die ewige Finsterniß begleiten und unserm Urtheile eine richtige Wendung geben. Und eben so wie ein Mensch, der sich zum Scherz die Augen verbinden läßt, um sich umhertappend im Zimmer zurecht zu finden, sich gerade deshalb die lebhafteste Vorstellung macht von all' den Dingen, die er gesehen hatte, gerade eben so würde es einem Menschengeschlechte gehen, das einmal gesehen und die richtigere Vorstellung von der Außenwelt in sich aufgenommen hat, selbst wenn eine ewige Finsterniß diese Außenwelt verschließen würde. —

Wie anders aber würde die Welt einem Menschengeschlechte vorkommen, das noch niemals einen Lichtstrahl der Welt empfangen hätte?

Von der Welt selbst hätte solch ein Menschengeschlecht keine Ahnung als so weit, wie der Fuß reicht. Von der Höhe hätte man keinen Begriff als so weit, wie die hocherhobene tastende Hand greifen kann. Von Entfernungen würde höchstens der Schall eine dunkle Vorstellung geben. Ueber die Anwesenheit der verschiedensten Dinge könnte nur der Geruch belehren. Die Vorstellungen und Erkenntnisse der Menschen würden mit einem Worte so eingeschränkt sein, daß wir uns gar keinen Begriff davon machen können. Ja, es ist vielleicht so unmöglich, sich eine richtige Vorstellung von einem solchen blinden Menschengeschlechte zu machen, wie es unmöglich ist, daß solch ein blindes Menschengeschlecht eine richtige Vorstellung von der Welt und dem Leben eines sehenden haben kann.

Vielleicht glauben unsere Leser, daß wir mit dieser Betrachtung auf ein Lob des Lichtes und unseres Auges hinauswollen. Das ist nicht der Fall; wir wollten nur eine Einleitung für einen andern Gedanken haben, der uns unserem Thema: die geheimen Kräfte der Natur, etwas näher bringt, und diesen Gedanken wollen wir jetzt aussprechen.

Wir haben gezeigt, daß es eine ungeheure Aufgabe ist, sich eine Vorstellung von den Begriffen zu machen, die eine Menschheit hätte, wenn sie einen Sinn, nämlich den Gesichtssinn, weniger haben würde. Dies aber soll uns nur dem Gedanken etwas näher bringen, den wir eigentlich meinen und den wir einen Augenblick dem Nachsinnen unserer Leser überlassen wollen, dem Gedanken: wie würde die Welt einem Menschengeschlecht vorkommen, das mit einem Sinn mehr als wir geschaffen sein würde?

Wir haben fünf Sinne; wir können sehen, hören, riechen, schmecken und fühlen oder tasten; und durch diese fünf Sinne allein lernen wir die Welt außer uns kennen. Würden wir mehr von dieser Außenwelt wissen, wenn wir plötzlich einen sechsten Sinn bekämen?

Wir wollen im nächsten Abschnitt ein paar Worte über diese Frage sprechen, die sehr genau mit der Frage zusammenhängt, ob es geheime Kräfte in der Natur giebt und welcher Art diese sind.

II. Wenn wir einen Sinn mehr hätten.

Es steht fest, daß wenn die Menschheit zu ihren fünf Sinnen noch einen sechsten bekäme, dies zu einer ungeheuren Steigerung der Erkenntniß des Menschen führen würde. Ja, eine Menschheit mit sechs Sinnen würde unvergleichlich höher über der jetzigen Menschheit stehen und würde uns an Geist noch weit mehr überragen, als wir ein Geschlecht überragen würden, das ohne Augen geschaffen wäre.

Aber es steht nicht minder fest, daß wir uns trotz allen Scharfsinnes und Nachdenkens keine richtige Vorstellung von einem solchen Sinne machen können.

Ebensowenig wie ein blindes Menschengeschlecht auch nur eine Ahnung haben könnte von dem menschlichen Auge und seinen Wahrnehmungen, ebensowenig können wir uns eine Vorstellung machen von einem noch nie wahrgenommenen neuen Sinn, von den Eindrücken und Wahrnehmungen, welche derselbe in uns veranlassen und von den Aufschlüssen, die er uns von der Welt noch zu geben im Stande wäre.

Man könnte nun meinen, daß der Gedanke an einen solchen Sinn ein ganz müßiger und thörichter wäre, da wir ja keine Vorstellungen haben können, was er für uns sein könnte, und wir uns auch keinen Begriff davon machen können, worüber er uns Aufschluß geben soll. — Aber insofern er im genauen Zusammenhang steht mit der Frage, ob es in der Natur Kräfte giebt, die wir nicht mit unsern Sinnen erfassen können? insofern ist der Gedanke durchaus kein müßiger.

Es giebt ganz unzweifelhaft solche, unsern Sinnen sich nicht verrathende Kräfte in der Natur und ein Theil dieser Kräfte würde unbedingt zu unserer Erkenntniß gelangen, wenn wir zu unseren Sinnen, zu diesen Werkzeugen unserer Erkenntniß, noch einen sechsten hinzubekämen.

Wir haben diesen Sinn nicht, und wir wollen uns auch nicht in den Gedanken an die Möglichkeit eines solchen vertiefen; unsere Absicht ist es vielmehr, diesen Gedanken wiederum nur als Anregung zu benutzen, um durch ihn zu einer wichtigen Wahrheit zu gelangen, die jeder denkende Mensch, wenn er nach Erkenntniß der Natur strebt, wol beherzigen muß. Und diese Wahrheit ist folgende:

Wir nehmen von der Natur und ihren Kräften, von der Welt überhaupt nur einen kleinen, wahrscheinlich nur sehr kleinen Theil wahr und zwar nur den kleinen Theil, der auf unsere fünf Sinne einen Eindruck macht, während es ganz unzweifelhaft ist, daß uns unendlich vieles in der Erkenntniß noch verschlossen ist und verschlossen bleiben wird, so lange diese uns verborgenen Kräfte der Natur nicht durch verschiedene Umstände dahin gebracht werden, daß sie einen Eindruck auf einen unserer fünf Sinne machen.

Ein Beispiel wird das, was wir meinen, deutlicher machen und uns auch direkt unserem eigentlichen Thema näher bringen.

Alle Naturforscher sind darüber einig, daß die ganze Welt, alle Dinge, die wir in uns, an uns und um uns haben, erfüllt oder richtiger durch und durch getränkt sind von einer elektrischen Materie oder wie man sonst dies Ding nennen mag. Von dieser Materie sehen wir, hören wir, riechen oder schmecken wir gar nichts, und deshalb vergingen auch dem Menschengeschlechte viele Jahrtausende ohne eine Ahnung von diesem Dinge, das eine so ungeheure Rolle in der Welt spielt. Erst dann, als Zufall, Nachdenken und Forscherdrang die Menschen dahin geführt hatte, zu beobachten wie geriebenes Glas, geriebener Siegellack u. s. w. kleine Fäserchen und Stäubchen an sich zieht und wieder von sich stößt, erst dann, als eine Erscheinung hervortrat, die sichtbar wurde, das heißt, einen Eindruck auf unser Auge machte, erst dann fing man an dem Dinge nachzuspüren, und die Naturforscher haben nicht geruht und ruhen jetzt noch nicht, um immer mehr von dieser bis dahin geheimen Kraft der Natur unsern Sinnen zugänglich zu machen, und unserer Erkenntniß aufzuschließen.

Jetzt sind wir schon so weit gekommen, daß wir zwar nicht die Elektrizität selber, aber doch die Wirkung der Elektrizität auf alle unsere Sinne jedem Menschen zeigen können. Man kann jetzt durch elektrische Funken die Wirkung der Elektrizität dem Auge sichtbar, dem Ohre hörbar, der Zunge schmeckbar, sogar durch Ozon-Geruch der Nase riechbar und durch elektrische Schläge dem Leibe in der schmerzhaftesten Weise fühlbar machen. Die Naturforscher haben also eine der Menschheit verborgene bisher geheime Kraft der Natur den menschlichen Sinnen zugänglich gemacht, und durch all' die Umstände, unter welchen dies möglich ist, es dahin gebracht, daß wir Kenntniß von etwas haben, für das uns direkt ein sechster Sinn fehlt.

Hätten wir, ebenso gut wie wir Augen haben, für

das Licht, von Geburt an noch irgend ein besonderes Werkzeug im Kopfe für die Elektrizität, so würde die Menschheit schon vor vielen Jahrtausenden mehr von diesem Stoff, oder von dieser Materie, oder wie man es sonst nennen mag, wissen, als uns jetzt die Naturforscher lehren. Unsere Erkenntniß wäre gewiß unendlich weiter als jetzt, wo wir nur durch einen großen Umweg und ziemlich spät dem Geheimniß nachzuspüren anfangen. So aber mußten viele Jahrtausende vergehen, bevor die Menschheit nur zu ahnen anfing, daß es ein Geheimniß derart in der Welt giebt.

Und nun, mein freundlicher Leser, wirst du verstehen, wenn ich sage, daß es sich lohnt, nach diesen Geheimnissen zu forschen, und wirst mir einige Aufmerksamkeit schenken, wenn ich dich auffordere, mit mir einem interessanten Geheimnisse derart, dem Geheimniß der Anziehung in der Natur, ein wenig nachzuspüren.

III. Die verschiedenen Anziehungskräfte.

Unter den vielen uns verborgenen Kräften der Natur existirt eine, welcher man schon ziemlich nahe auf die Spur gekommen und deren Dasein so allgemein bekannt ist, daß man von ihr wie von einer ganz ausgemachten Sache spricht. Wir meinen die Kraft der Anziehung.

Man lehrt es jetzt schon jedem Kinde, daß ein Stein, oder sonst irgend ein Ding, das von der Höhe zur Erde fällt, dies nur darum thut, weil es von der Erde angezogen wird.

Nun sollte man glauben, daß die Anziehungskraft der Erde schon etwas wäre, das so offen daliegt, daß sich unsere Sinne sofort von der Existenz derselben überzeugen können; aber dem ist nicht so. — Bedenkt man, daß durch viele Jahrtausende eine Menschheit mit gesunden fünf Sinnen lebte und alltäglich viele tausend Dinge zur Erde fallen sah, ohne zu ahnen, daß hierbei eine Anziehungskraft der Erde wirksam sei: bedenkt man, daß bis auf Newton, der vor zweihundert Jahren lebte, die Anziehungskraft der Erde so gut wie ein unbekanntes Ding war, so hat man Ursache schon aus diesem Umstand allein darauf zu schließen, daß diese Anziehungskraft eigentlich eine geheime Kraft ist, von der wir nur die Wirkung, aber nicht das Wesen derselben sehen.

In der That wird auch jeder Naturforscher gestehen, daß die Anziehungskraft überhaupt ein großes Geheimniß der Natur ist, und wir, trotz der außerordentlich reichen Erfahrungen und unzähligen Versuche, über dieselbe noch wesentlich im Dunkeln sind.

Wir wollen diesem Geheimniß nachzuspüren suchen und die Anziehungskraft einmal in allen ihren Haupt-Erscheinungen, die wesentlich von einander abweichen, vorführen und dann durch einen Gesammt-Ueberblick unsern Lesern zeigen, wie schwierig es ist, den Geheimnissen der Natur bis auf die Grund-Ursache nachzuforschen. — Wenn wir hierzu bemerken, daß gerade die Anziehungskraft ein Geheimniß ist, dem man schon länger auf der Spur ist als allen andern Naturgeheimnissen, so wird dies hinreichen, die Größe der Aufgabe deutlich zu machen, die in solchem Aufspüren liegen muß.

Sehen wir uns vor Allem einmal an, wie eigenthümlich verschieden die Anziehungskraft in einzelnen Fällen auftritt.

Wie wir in den nächsten Abschnitten noch deutlicher zeigen werden, ist die höchste Wahrscheinlichkeit vorhanden, daß alle Dinge in der Welt, die wir sehen können, aus außerordentlich kleinen Theilen zusammengesetzt sind. Ein Stück Eisen, z. B. erscheint uns, als wäre es ein einziges Stück, das gar keine Lücken in sich hat, und doch kann man den Beweis führen, daß es aus lauter ganz außerordentlich kleinen Theilen zusammengesetzt sein muß, die nur darum so fest an einander haften, weil die Theilchen auf einander eine Anziehungskraft ausüben. Das ist nun eine Art von Anziehungskraft, deren Wesen und Namen wir später noch genauer kennen lernen werden.

Eine andere Art von Anziehungskraft herrscht wieder zwischen zwei glattgeschliffenen Körpern, die man an einander legt. Zwei glattgeschliffene Glasplatten, die man ein wenig an einander drückt, sitzen so fest aufeinander, daß man sie oft kaum gewaltsam trennen kann, ohne sie zu beschädigen. — Das ist eine zweite Art von Anziehung, die wir gleichfalls betrachten werden.

Die Erde, das wissen wir, zieht Gegenstände aus der Entfernung an, so daß sie auf die Erde stürzen, wenn nicht andere Ursachen sie hieran verhindern. Es ist eine ausgemachte Sache, daß die Erde eine Anziehungskraft auf den Mond ausübt, daß beide von der Sonne angezogen werden, daß ein gleiches Anziehungsverhältniß zwischen allen Himmelskörpern obwaltet, dessen Gesetze sehr genau bestimmt sind. Ja, es ist in neuester Zeit durch unumstößliche Beweise dargethan worden, daß alle Dinge sich gegenseitig aus der Entfernung anziehen, so daß wir uns eigentlich in einem unendlichen Meer von Anziehungen bewegen. Das ist nun wieder eine dritte Art von Anziehung, die wir uns deutlich zu machen haben.

Wie ein Magnet Eisen anzieht, das hat wol schon jedermann gesehen, aber das Eigenthümliche, daß es vornehmlich nur Eisen anzieht und die Sonderbarkeit, daß das angezogene Eisen selber magnetisch wird, ja eine große

Reihe von Wunderlichkeiten, die beim Magnet vorkommen und die wir gleichfalls vorführen werden, zeigen, daß hier auch eine Anziehung, aber wieder eine andere Art vorhanden ist.

Wir werden nun noch sehen, wie bei der Elektrizität auch eigenthümliche Anziehungen stattfinden, die wiederum in anderer Art auftreten. Wir werden ferner sehen, daß in der Chemie ganz besondere Anziehungen zum Vorschein kommen, die wiederum eigenthümlich sind. — Ja, in der Lebensthätigkeit der Pflanze und noch mehr in der des Thieres, herrscht eine außerordentlich eigene Art von Anziehung, die durchaus anders ist als alle bisherigen. All' diese wollen wir in leichten Zügen einmal vorführen, um dann zu der Hauptfrage des Geheimnisses zu kommen, ob es nur Eine Anziehungskraft in der Natur giebt, die sich nur unter verschiedenen Umständen verschieden äußert, oder ob es wirklich verschiedene gesonderte Anziehungskräfte giebt, von denen sich uns einige zeigen, oder endlich, ob alle nur herstammen von einer uns völlig unbekannten Naturkraft, von welcher die Anziehung überhaupt nur eine besondere Erscheinung ist.

Und für diese Aufgabe nehmen wir für diesmal das Interesse und das Nachdenken unserer Leser in Anspruch.

IV. Die Anziehung der kleinsten Theilchen eines Stückes.

Wir wollen nunmehr die Anziehungskräfte selber kennen lernen, und zwar zunächst die Anziehungskraft, welche die einzelnen kleinen Theile eines und desselben Körpers auf einander ausüben.

Wenn man ein Stück Blei, Eisen, Stahl, ein Stück

Gold oder ein Stück Holz oder sonst irgend ein Ding betrachtet, so stellt sich die Frage heraus, ob wol dieses Stück, das als ein Ganzes und fest Zusammenhängendes vor uns liegt, wirklich ein ununterbrochenes Ganzes ist, oder ob es einzelne leere Zwischenräume zwischen sich haben mag. Vom Holz weiß man, daß dies der Fall ist. Taucht man ein Stück Holz in Wasser, so saugt es sich nach langer Zeit schwammartig davon voll. Das Holz wird schwerer, je nachdem es viel oder wenig Wasser in sich aufgenommen. Durch starkes Pressen kann man Wasser aus dem Holz hinausdrücken, wie aus einem Schwamm; also steht es fest, daß Holz viel leere Zwischenräume in sich haben muß. Durch ein gutes Mikroskop kann man auch an einem feinen Holzblättchen sehr gut diese Zwischenräume sehen und es erscheint ein solches durchlöchert wie ein Sieb. — Aber man kann vom Holze durchaus keinen Schluß ziehen auf Metalle und andere Dinge, und ist überhaupt die schwammige Beschaffenheit des Holzes auch garnicht das, um was es sich eigentlich handelt.

Die Frage liegt eigentlich viel tiefer und ist so schwierig mit einfachen Worten deutlich zu machen, daß wir es vorziehen, erst ein paar Versuche vorzuführen, um dann hinterher mit der genauer zu stellenden Frage zu kommen, mit der wir eigentlich anfangen sollten.

Jedermann weiß, daß man in einen bleiernen Becher Wasser hineingießen kann und daß die bleiernen Wände das Wasser nicht durchfließen lassen. Man sollte nun schließen, daß Blei eine ganz ununterbrochen zusammenhängende Masse ist, und wirklich kann man selbst im dünnsten Blättchen Blei keine leeren Zwischenräume durch ein Mikroskop entdecken. Gleichwol kann man zeigen, daß das Blei ganz außerordentliche Zwischenräume haben muß.

In neuester Zeit hat ein Naturforscher in Paris folgende Entdeckung gemacht. Wenn man eine Stange Blei umbiegt wie einen Heber und das kurze Ende dieses Hebers in ein Gefäß mit Quecksilber taucht und das lange Ende desselben wie bei gewöhnlichen Hebern außerhalb des Gefäßes hinunterhängen läßt, so beginnt nach einiger Zeit unten an dem langen Ende des Hebers das Quecksilber tropfenweise auszufließen, trotzdem die Bleistange nicht hohl, sondern ganz massiv ist. —

Offenbar hat das Quecksilber die Stange Blei durchkrochen, obgleich auch nicht die geringste Spur vorhanden ist, daß das Blei Zwischenräume hat, wodurch das Quecksilber sich Bahn brechen konnte. Das Quecksilber hat hierbei freilich einen ganz eigenthümlichen Weg genommen. Es ist erst inwendig mitten durch die feste Stange Blei hinaufgekrochen bis zum höchsten Punkt des kleinen Heber-Endes und ist dann am langen Ende wieder hinunter gestiegen. Man könnte nun freilich fragen, warum das Quecksilber es so gemacht hat? Wie kommt es vor Allem dazu, an dem kleinen Heber-Ende aufwärts zu steigen. Allein diese Frage — die nicht leicht zu beantworten ist — geht uns für jetzt nichts an; für unsern Zweck ist es genug, wenn wir sehen, daß das Quecksilber wirklich einen Weg durch das massive Blei gefunden und das ist ein schlagender Beweis, daß Blei nicht eine vollkommen zusammenhängende Masse ist, sondern jedenfalls Zwischenräume in sich haben muß, durch welche das Quecksilber kriechen konnte.

Man könnte nun glauben, daß durch die Bleistange etwa feine Kanäle durchgehen, die nur längs laufen, wie etwa in einem gewöhnlichen Bambus-Rohr-Stöckchen, und daß diese Kanäle der Bleistange so fein sind, daß man sie mit keinem Mikroskope entdecken kann. Allein diese Erklärung reicht nicht aus. Schneidet man nämlich aus einem großen Bleiwürfel aus der Länge oder der Breite oder der Tiefe oder quer oder sonst wie nach welcher Richtung eine Bleistange aus, so wird jede dieser Bleistangen dieselbe Eigenschaft zeigen. Das Quecksilber wird jede dieser Stangen durchkriechen. Hieraus aber folgt, daß durch den großen Bleiwürfel nach allen Richtungen hin Kanäle gehen, daß solche hohle Wege denselben nach all' und jeder Richtung hin durchlaufen, daß nach rechts und links, nach oben und unten, nach vorn und hinten und nach jeder möglichen schrägen Linie solche Wege vorhanden sind, die ihn durchschneiden. Ist dem aber so — und das kann nach dem vorangegangenen Versuch kein Mensch bestreiten, — so muß man erstaunen, daß der Würfel überhaupt noch existirt und nicht wie ein nach allen Richtungen hin durchschnittener Körper in lauter kleine Stücke zerfällt, und als ein Häufchen Bleistaub vor uns liegt.

Schon dies allein führt auf die Vermuthung, daß es mit dem scheinbar festen Blei, das wie eine Masse aussieht, die gar keine Zwischenräume in sich hat, eine eigene Bewandniß haben muß. Zwischenräume sind unbedingt vorhanden, denn sonst könnte das Quecksilber unmöglich durch. Die Zwischenräume gehen nach allen möglichen Richtungen, sonst würde nicht jede beliebige Bleistange das Quecksilber durchkriechen lassen. Und trotz all' dieser Zwischenräume fällt das Blei nicht wie Pulver auseinander, sondern ist ein harter ziemlich fester Körper, der zusammenhängt. — Schon dies allein führt dahin, daß eine Kraft vorhanden sein muß, die diese nach allen Richtungen hin getrennte Masse zu einer einzigen fest zusammenhängenden macht.

Wir wollen nur noch einige andere Beispiele derart anführen, und dann von dieser Kraft, die sich unsern Sinnen durchaus nicht verräth, also eine geheime Kraft der Natur ist, unsern Lesern ein Näheres mittheilen.

V. Von den kleinsten Theilchen und den unsichtbaren Zwischenräumen.

Es giebt zahlreiche Beweise dafür, daß all' die festen Dinge, die unserm Auge wie ununterbrochene Massen erscheinen, welche gar keine leeren Zwischenräume in sich haben, dennoch voll von solchen Zwischenräumen sein müssen.

Einen scharfen Stahlstift kann man durch Pressen oder Schlagen durch ein Stück Eisen treiben. Der Stahlstift macht ein Loch im Eisen. Da aber nirgend das Eisen zu finden ist, das vorher die Stelle des Loches ausgefüllt hat, so leuchtet es Jedem ein, daß der Stahlstift nur das Eisen verdrängt hat und daß das Loch nur dadurch entstanden ist, daß durch das Eindringen des Stahlstiftes die Stellen rings um das Loch dichter geworden sind.

Wäre Eisen eine Masse, die vollkommen dicht zusammenhängt und ein ununterbrochenes Stück ist, so würde man kein Loch hineinschlagen können, am allerwenigsten wäre es möglich, die Eisenmasse, die früher an der Stelle des Loches gewesen ist, hineinzudrängen in die nächste Umgebung. — Nur wenn man annimmt, daß das Eisen leere Zwischenräume in sich hat, die unserem Auge ihrer Kleinheit wegen unsichtbar sind, nur dann ist es erklärlich, daß durch den Stahlstift die verdrängte Eisenmasse sich hineingeschoben hat in die leeren Räume der nächsten Eisenmassen, und dort jetzt fest gehalten wird, so daß das Loch offen bleibt.

Auf ganz dasselbe Resultat wird man geführt, wenn man bemerkt, wie Eisen oder sonst eine Masse durch Hitze sich ausdehnt und durch Kälte sich zusammenzieht.

Ein Stück Eisen, z. B. eine Eisenbahn-Schiene, behält nicht immer eine und dieselbe Länge. Wenn die Sonne die Schienen erwärmt, wächst jede Schiene um ein weniges. Man legt daher die Schienen so, daß die Enden sich nicht berühren, sondern ungefähr ein sechstel Zoll von einander abstehen. Wo man anfangs diese Vorsicht beim Bau der Eisenbahnen nicht beobachtete, dehnten sich die Schienen in der Wärme des Sonnenlichts wirklich so, daß sie sich trotz aller Nägel, mit denen sie an den Holzschwellen befestigt waren, heraushoben und die ganze Bahn zu Schanden machten.

Wir werden noch später von dem Einfluß der Wärme auf die Ausdehnung der Massen ein Näheres mittheilen, für jetzt muß es uns genügen, zu wissen, daß alle Massen in der Wärme sich etwas ausdehnen und in der Kälte etwas zusammenziehen. Gäbe es nun keine Zwischenräume in den Massen, so müßten sie offenbar schon entstehen, wenn die Massen durch die Wärme ausgedehnt werden. Und noch weniger kann man sich denken, wie in der Kälte alle Massen sich zusammenziehen, wenn man annimmt, daß feste Massen gar keine Zwischenräume in sich haben. Nur die Vorstellung, daß solche Zwischenräume vorhanden sind, die in der Wärme größer und in der Kälte kleiner werden, nur diese Vorstellung macht es begreiflich, wie eine Ausdehnung und Zusammenziehung der Massen in Wärme und Kälte vor sich gehen kann.

Wir wollen noch ein Beispiel anführen, das in anderer Weise diese Vorstellung bestätigt.

Ein Jeder, der einmal Zuckerwasser getrunken hat, wird wissen, daß ein Stück Zucker in einem Glas Wasser nicht nur zergeht, sondern sich auch zertheilt durch das ganze Wasser, so daß in jedem Tröpfchen Wasser etwas vom Zucker enthalten ist. Gleichwol kann kein Auge, auch nicht mit Hilfe eines Mikroskops in einem Tröpfchen

Zuckerwasser irgend ein Zuckerstäubchen entdecken, den der Geschmack sehr deutlich verräth.

Läßt man aber das Wassertröpfchen eintrocknen, so entdeckt man schon mit bloßem Auge und noch besser mit einem Mikroskop kleine Zuckerkrystalle, und erhält dadurch den Beweis, daß die Zuckertheilchen nur dadurch unsichtbar geworden sind, weil sie außerordentlich fein zertheilt in dem Wasser herumgeschwommen und daß sie sichtbar werden, sobald das Wasser verdunstet und jetzt sich die Zuckertheilchen an einander legen und dadurch so groß werden, daß sie gesehen werden können. — Obgleich auch dieses Krystallisiren eine ganz eigene Erscheinung ist, die einer besonderen Erklärung bedarf, so ist es für unsern Zweck genügend, zu wissen, daß unter Umständen feste Theile sich in so kleine Theilchen zerlegen können, daß sie ganz unsichtbar werden, und daß zuweilen diese kleinen Theilchen sich gegenseitig wieder aneinander legen und nun sichtbare, harte feste Massen werden können.

Wenn wir nun versichern, daß man Eisen, Blei, Zinn, Zink, Gold, Silber, Kupfer u. s. w. in gewissen Flüssigkeiten, wie Schwefelsäure, Salzsäure und Salpetersäure eben so auflösen kann, wie man Zucker in Wasser auflöst, so wird man schon den Gedanken begreiflicher finden, daß diese festen Massen wol auch nur aus lauter ganz kleinen einzeln für das Auge unsichtbaren Theilen bestehen, die sich an einander legen und ein scheinbar ganzes ununterbrochenes Stück bilden.

VI. Was man unter Atom zu verstehen hat.

Einen noch treffenderen Beweis dafür, daß alle festen Massen, trotzdem sie wie ein einziges Stück aussehen, doch nur aus einzelnen sehr kleinen Theilen bestehen, die sich aneinander liegen, erhält man sehr leicht, wenn man Gelegenheit hat, galvanisch-plastische Niederschläge zu beobachten.

Die erst vor etwa 12 Jahren entdeckte Galvano-Plastik beruht darauf, daß man aus Flüssigkeiten, in welchen Metalle aufgelöst sind — z. B. aus einer Auflösung von Kupfer-Vitriol — das Metall durch Elektrizität wieder massiv gewinnen kann und zwar dadurch, daß es sich an jede beliebige Metallform ansetzt, die man mit dem End-Draht einer galvanischen Kette verbindet. — Wie dies gemacht wird, werden wir unsern Lesern weiterhin deutlich darzulegen suchen; für jetzt genügt es uns, Folgendes anzuführen, wovon sich Jedermann, der solch eine galvano-plastische Vorrichtung besitzt, überzeugen kann. Das Metall, welches in der bestimmten Flüssigkeit aufgelöst ist, läßt sich weder mit bloßem Auge, noch durch Mikroskope irgendwie entdecken. Hat man eine Kupfer-Auflösung vor sich, so sieht sie wie blaugefärbtes klares Wasser aus; bei einer geeigneten galvanischen Vorrichtung aber kann man das völlig unsichtbare Kupfer der Flüssigkeit dahin bringen, daß es sich in außerordentlich feinen, zu Anfang unsichtbaren kleinen Theilchen an einen Draht oder sonst ein Metallstück ansetzt; erst nach und nach sieht man diesen neuen Kupferüberzug, den man weiter anwachsen lassen kann und der dann wirkliches festes zu einem Stück gewordenes Kupfer ist.

Hieraus leuchtet jedenfalls soviel ein, daß solch ein Stück Kupfer vor den Augen des Beobachters sich gebildet hat aus den kleinsten Theilchen Kupfer, die in der Flüssigkeit aufgelöst waren. Es hat sich, wie man sich überzeugen kann, Theilchen an Theilchen angelegt, bis aus den unsichtbaren kleinen Theilchen ein sichtbares festes Stück Kupfer geworden ist, das sich durchaus nicht von anderem

Kupfer unterscheidet; so daß Jedermann mit Leichtigkeit auf den Gedanken kommt, daß jedes Stück Kupfer wohl aus kleinen für unser Auge nicht sichtbaren Kupfertheilchen besteht, die sich an einander legen, um ein einziges Stück zu werden.

Man nennt jedes solch kleinstes Stückchen Kupfer, von dem wir wissen, daß es sicher existirt, das aber durchaus nicht mit dem Auge, selbst wenn man ein Mikroskop zu Hilfe nimmt, gesehen werden kann — man nennt solch ein kleinstes Theilchen ein Atom.

Unter Kupfer-Atom, oder Blei-, Zink-, Gold-, Silber-Atom u. s. w. kurz unter Atom überhaupt versteht man die kleinen Theilchen einer Masse, aus deren Zusammenlegen sich eine ganze feste Masse bildet.

Wir werden von jetzt ab nur immer unter Atom solche kleinste Theilchen verstehen und wollen nur im Voraus sagen, daß es in neuerer Zeit durch die Chemie gelungen ist, nicht nur die Existenz solcher Atome ganz unzweifelhaft zu machen, sondern auch sogar die Gewichts-Verhältnisse solcher Atome zu bestimmen, obgleich noch kein Chemiker in der Welt ein Atom jemals gesehen, und noch weit weniger im Stande war, es einzeln auf eine Wagschale zu bringen. — Die Lehre von den Atomen, welche in der Chemie ihre Begründung findet — und die wir später deutlich zu machen suchen werden — ist ein wahrer Triumph der Wissenschaft, denn sie hat hier über Dinge Aufschluß gegeben, die für unsere fünf Sinne durchaus nicht wahrnehmbar sind; sie hat durch ihre geistige Errungenschaft uns einen Ersatz geboten für das, was möglicherweise nur ein sechster Sinn hätte wahrnehmbar machen können.

Wenn aber wirklich jede feste Masse nur eine Anhäufung von einzeln unsichtbaren kleinen Atomen ist, so fragt es sich, wodurch kleben diese Atome so fest an einander, daß man sie schwer trennen kann?

Durch vielfache Forschungen belehrt, giebt uns die Wissenschaft auf diese Frage folgende Antwort:

Jeder feste Körper, jede feste Masse besteht aus einzelnen Atomen. Diese Atome berühren sich aber nicht gegenseitig, sondern lassen Lücken zwischen sich und hängen nur dadurch fest zusammen, daß sie auf einander eine Anziehungskraft ausüben.

Freilich stellt sich sogleich die Frage heraus: wenn dies so ist, warum folgen diese Atome nicht der Anziehungskraft und weshalb rücken sie nicht immer mehr und mehr aneinander, so daß sie gar keine Zwischenräume zwischen sich leer lassen? Hierauf aber antwortet die Wissenschaft Folgendes:

Es ist richtig, daß ein Atom immer das andere Atom anzieht; aber es herrscht in jeder Masse nicht die Anziehungskraft allein, sondern es kommt noch eine zweite dazu und zwar eine entgegengesetzte Kraft, eine Abstoßungskraft, die die Atome wieder trennt.

Diese Antwort klingt freilich sehr sonderbar, und deshalb wollen wir auch sehen, ob denn Wahres hinter derselben steckt.

VII. Wie die Wärme mit den Atomen ihr Spiel treibt.

Die Lehre von der Anziehung und Abstoßung der Atome in festen Massen gewinnt eine außerordentliche Wahrscheinlichkeit, wenn man damit noch die Beobachtung einer andern Erscheinung verbindet.

Wir haben es bereits gesagt, daß die Wärme alle

Massen ausdehnt, daß die Kälte sie zusammenzieht; wir wollen aber jetzt zeigen, wie die Naturwissenschaft dahin gelangt ist, die ganze Beschaffenheit aller Massen der in ihnen herrschenden Wärme zuzuschreiben.

Zu diesem Zweck wollen wir zuerst die Erscheinung selbst durch Aufführung einzelner Versuche kennen lernen und die Veränderungen zeigen, welche die Wärme auf verschiedene Massen ausübt.

Wenn man einen Gegenstand erwärmt, so wird er größer als er früher war. Ein Bolzen, der kalt gerade in das Plätteisen hineinpaßt, kann, wenn er glühend gemacht wird, nicht in dasselbe hineingebracht werden. Dies bemerken Hausfrauen sehr oft, und verfahren daher ganz richtig, wenn sie einen solchen Bolzen, so weit es geht, mit der Spitze in das Plätteisen stecken und eine Weile warten, wo er dann willig hineingeht. Es rührt dies daher, daß der Bolzen in der Hitze sich gedehnt, während das Plätteisen kalt ist und sich zusammengezogen hat. Steckt man den Bolzen aber mit der Spitze ins Plätteisen und wartet ein wenig, so wird der Bolzen etwas kälter und auch kleiner; zugleich wird das Plätteisen warm und also etwas größer und nun paßt das Eisen ganz gut hinein.

Auch der Schmied kennt und benutzt die Kraft der Wärme, wenn er ein Wagenrad mit einem eisernen Reifen versieht. Er macht den Reifen etwas kleiner als das Rad, dann aber glüht er den Reifen, wodurch er sich ausdehnt und für das Rad paßt. Wird nun der Reifen auf dem Rade kalt, so zieht er sich dort wieder derart zusammen, daß er fest aufsitzt und nur durch außerordentliche Gewalt davon losgelöst werden kann.

Die Ausdehnung und Zusammenziehung erwärmter und abgekühlter Massen ist so gewaltig, daß sie alle andern

Kräfte weit überragt. Ein Versuch, der in Paris gemacht worden ist, hat dies aufs glänzendste bewiesen. — In der Abtei St. Martin des champs in Paris, das ein altes sehr festes Gemäuer ist, fingen die Wände an sich nach außen zu biegen, so daß man voraussah, daß das Dach und die innern Etagen einstürzen müßten. Die meisten Baumeister von Paris waren deshalb dafür, das Gebäude niederzureißen und frisch aufzubauen; allein ein Schüler der berühmten polytechnischen Schule, Namens Molard, hat die dicken Mauern wieder zurecht geschoben und zwar durch nichts als durch Wärme und Kälte. Er schlug zu diesem Zweck Löcher durch die gegenüberstehenden Mauern und steckte Eisenstangen durch dieselben, so daß sie durch das ganze Gebäude gingen und noch zu beiden Seiten draußen aus den Mauern hervorragten. Hier an den äußersten Enden waren Schraubengänge eingeschnitten, auf welchen große Schraubenmütter festgedreht wurden. Nunmehr ließ Molard an den Stangen im Innern des Gebäudes lauter kleine Spirituslämpchen aufhängen, deren Flammen die eisernen Stangen erhitzten. Die Stangen dehnten sich aus und ragten derart draußen aus den Mauern heraus, daß die Schraubenmüttern zu beiden Seiten weiter geschraubt werden konnten. Als das geschehen war, ließ Molard die Lämpchen auslöschen. Die eisernen Stangen wurden nun wieder kalt und zogen sich zusammen und zwar mit solcher Gewalt, daß die von den Schraubenmüttern draußen festgehaltenen Wände dadurch genöthigt waren einander näher zu rücken. Hierauf wurden die Lämpchen wieder angezündet, die Stangen dehnten sich wieder aus, die Schraubenmütter konnten nun wiederum an das Gebäude festgeschraubt werden und bei der nochmaligen Abkühlung der Stangen stellten sich die Wände wieder ein wenig gerader, so daß nach wiederholtem Erhitzen und Abkühlen der Stangen die dicken Mauern wieder vollkommen gerade aufgerichtet wurden.

Aber nicht nur Eisen, sondern alle Dinge in der Welt dehnen sich in der Wärme aus und ziehen sich in der Kälte zusammen, selbst wenn sie noch so fest und unbeweglich scheinen.

Wer einmal Gelegenheit hat, die berliner Sternwarte zu besehen, der wird wahrnehmen, daß das große vorzügliche Hauptfernrohr nicht auf dem Fußboden steht, wo sich der Beobachter befindet, sondern auf einer Säule aufgestellt ist, die tief vom Fundament des Gebäudes hinaufgeführt wurde bis zur Beobachtungs-Kuppel; und zwar ist diese Säule so aufgeführt, daß sie an keinem Punkte das Gebäude berührt, sondern daß ein leerer Raum rings um sie ist. — Der Grund hiervon ist folgender:

Alle Gebäude, alle Häuser, alle noch so festen Mauern werden durch die Wärme des Sonnenlichtes ausgedehnt und ziehen sich, wenn die Sonne nicht scheint, wieder zusammen. So unmerklich dies für das Auge ist, so wesentlich wird dies gemerkt, wenn man genaue astronomische Beobachtungen macht: denn mit dem Gebäude, das sich hebt und senkt in der Wärme und Kälte, hebt und senkt sich auch das Fernrohr, wenn es auf das Gebäude festgestellt ist, und zeigt dadurch nicht nach einem festen Punkt des Himmelsgewölbes, das man beobachten will. Da man nun bei genauen astronomischen Beobachtungen das Fernrohr auf eine unverschiebbare Unterlage stellen muß, so ist man in den guten Sternwarten genöthigt, mindestens das Hauptfernrohr auf einer Säule aufzustellen, die nie vom Sonnenlicht getroffen wird und die auch nicht mit dem Gebäude in Berührung steht, welches — wie fest man es auch bauen mag — doch stets durch Kälte und Wärme gedehnt und zusammengezogen wird, und deshalb in einem ewigen, für das Auge freilich unsichtbaren, aber doch ganz unzweifelhaften Hin- und Herschwanken begriffen ist.

VIII. Woher die Wirkung der Wärme auf die Atome stammt.

Nachdem wir nun gesehen haben, daß die Wärme eine so bedeutende Kraft besitzt, Massen auszudehnen, und die Kälte gewaltig wirkt, um sie zusammenzuziehen, müssen wir dem Grund dieser Erscheinung etwas weiter nachspüren, um zu sehen, ob wir hierdurch auf eine klare Vorstellung über diese Thatsachen kommen können.

Die Atome einer Masse üben, wie wir gesehen haben, einerseits eine Anziehung auf einander aus, so daß sie nicht ohne großen Kraftaufwand von einander losgerissen werden können, und andererseits stoßen sie sich wieder ab, so daß man sie ohne Kraftaufwand nicht einander näher rücken kann. Hieraus geht hervor, daß in jeder Masse ein gewisses Gleichgewicht zwischen diesen beiden Kräften obwaltet, und so lange dies der Fall ist, wird sich die Masse weder ausdehnen noch zusammenziehen.

Wenn aber die Wärme eine Ausdehnung der Masse hervorbringt, so ist dies nur dadurch erklärlich, daß sie die Eigenschaft hat, die Anziehungskraft der Atome zu schwächen und die Abstoßungskraft derselben zu verstärken. In der Wärme dehnen sich die Massen deshalb, weil durch sie die Anziehungskraft geschwächt und die Abstoßung vermehrt wird. Hierdurch entfernen sich die Atome von einander und die Masse wird größer, ausgedehnter. — Entzieht man aber einem Körper die Wärme, das heißt, erregt man in ihm Kälte, so schwächt dies die Abstoßungskraft und stärkt die Anziehungskraft der Atome, und deshalb ziehen die Atome sich stärker an und drängen sich aneinander, so daß die Masse sich zusammenzieht.

Vielfache Versuche beweisen, daß diese Erklärung vollkommen richtig ist. Ja, sie ist so vollkommen richtig, daß man auch die Gegenprobe anstellen kann. Massen, welche Wärme in sich aufnehmen, also gewissermaßen Wärme verschlucken, dehnen sich nicht nur aus, sondern Massen, welche sich ausdehnen, verschlucken Wärme in sich. Massen, aus welchen man die Wärme entfernt, drücken sich nicht nur zusammen, sondern Massen, welche man zusammendrückt, geben die Wärme von sich.

Es ist von der äußersten Wichtigkeit, sich dies vollkommen klar zu machen, denn obgleich diese Behauptungen in jeder Naturlehre zu finden sind, giebt es doch unter hundert Lesern oft nicht einen, der sich eine richtige Vorstellung hiervon macht.

Wir müssen deshalb die Sache noch etwas deutlicher darzustellen suchen.

Jeder Schmied, jeder Schlosser, jeder Feuerarbeiter weiß es aus Erfahrung, daß ein Stück Eisen durch Hämmern heiß wird, ja sogar glühend gemacht werden kann.

Wo kommt aber diese Wärme her? Der Hammer war kalt, der Ambos war kalt und das Eisen war kalt, wieso ist durch das Schlagen Hammer und Ambos warm und das Eisen sogar heiß und glühend geworden? Wo hat denn diese Wärme gesteckt, die jetzt entschieden heraustritt?

Die Antwort auf diese Frage klingt für den ersten Augenblick etwas sonderbar und doch ist sie so wahr und richtig, wie nur irgend etwas in der Welt.

Die Wärme hat früher im Eisen gesteckt. Sie war gewissermaßen vom Eisen verschluckt und lagerte zwischen den Atomen und weil dies so war, war die Wärme im

Eisen verschlossen und deshalb eben fühlte sich das Eisen früher kalt an. Das heißt, das Eisen gab diese verschluckte, verschlossene, zwischen den Atomen gelagerte Wärme nicht von sich. Hämmert man aber auf das Eisen, so werden mit jedem Schlage des Hammers die Atome des Eisens näher aneinander gepreßt, die zwischen ihnen lagernde Wärme wird hinausgedrängt. Die früher verschlossene Wärme tritt jetzt heraus, die Wärme wird jetzt fühlbar und sichtbar.

Freilich haben wir bei dieser Erklärung so gethan, als ob die Wärme eine Art Stoff wäre, der herausgepreßt wird. Das mag nun in Wirklichkeit schwerlich der Fall sein; aber es erleichtert diese Vorstellung das Verständniß über das, was man latente oder in den Massen eingeschlossene Wärme nennt und wir wollen diese Vorstellung beibehalten, obgleich die strenge Wissenschaft sich mit Recht dagegen sträuben wird.

Also in Dingen, die sich kalt anfühlen, lagert doch Wärme inwendig zwischen einem Atom und dem andern und diese versteckte Wärme kann durch Pressen, Schlagen, Reiben oder nachhaltiges Drücken sichtbar und fühlbar gemacht werden.

Was aber geschieht, wenn man Dinge gewaltsam ausdehnt?

Dann saugen sie Wärme in sich ein, dann verschlucken sie Wärme aus der Umgebung und machen die Umgebung kalt.

Diese Thatsache läßt sich wohl an festen Massen zeigen, aber besser noch an flüssigen und luftförmigen.

Wenn man sich ein wenig Schwefeläther oder Hoffmannstropfen, die aus Schwefeläther und Alkohol bestehen, auf die flache Hand gießt, so verdunstet die Flüssigkeit schnell. Sie verwandelt sich in Gas und nimmt jetzt einen bedeutend größeren Raum ein als früher, das heißt sie dehnt sich aus. Hierbei aber wird man ein Gefühl von Kälte in der Hand empfinden, als ob man Eis drin hätte, denn bei der Ausdehnung verschluckt die Masse eine Portion Wärme und entzieht diese der Umgebung und auch der Hand.

Daher ist es allenthalben, wo die Luft dünn ist, also ausgedehnt, wie auf hohen Bergen weit kälter als in den Thälern, wo die Luft unausgedehnter ist. Daher kann man durch starkes Zusammenpressen der Luft in einem verschlossenen Rohr eine solche Hitze erzeugen, daß ein Stückchen Schwamm, welches am Boden des Rohrs befestigt ist, zu brennen anfängt.

Aus all' den und vielen andern Versuchen geht mit vollster Bestimmtheit hervor, daß Massen, wenn sie Wärme in sich verschlucken, sich ausdehnen, und auch umgekehrt: Massen, die sich ausdehnen, Wärme in sich verschlucken und deshalb die Umgebung abkühlen. Massen dagegen, welche Wärme von sich geben, ziehen sich zusammen und auch umgekehrt: Massen, die man zusammenpreßt, lassen aus sich Wärme ausströmen.

Nach dieser Darlegung werden wir im Stande sein, unserm eigentlichen Thema, der Anziehung und Abstoßung der Atome etwas näher zu kommen.

IX. Von der Anziehungs- und Abstoßungskraft der Atome.

Da es wahr ist, daß Massen, welche Wärme in sich aufnehmen, sich ausdehnen, so könnte Jemand die Frage aufwerfen, was wird denn aus den Massen, welchen man immer mehr und mehr Wärme zuführt? Würden sie sich unter solchen Umständen immer mehr und mehr ausdehnen und welche Gestalt würden sie hiernach einnehmen?

Die Antwort hierauf ist einfach und bereits durch die Erfahrung gegeben.

Jedermann weiß, daß feste Massen durch Wärme zum Schmelzen gebracht werden, das heißt, die Masse verliert durch die zunehmende Wärme so sehr ihre Anziehung der Atome, daß sie eine Flüssigkeit wird. Geschmolzenes Blei, geschmolzener Zink, geschmolzenes Eisen sind Dinge, die man alltäglich sehen kann. Diese festen Massen, von denen sich sonst ein Atom so schwer vom andern trennt, werden durch Wärme flüssig wie Wasser und lassen sich jetzt beliebig gießen, trennen und theilen, als ob man Wasser vor sich hätte.

Was aber geschieht, wenn man sie noch weiter erhitzt?

Sie verlieren bei stärkerer Erhitzung auch noch die geringe Kraft der Anziehung, welche zwischen den Atomen einer Flüssigkeit herrscht, und verwandeln sich in Gas, das ganz und gar seine Atom-Anziehung verloren hat und in welchem nur die Abstoßungskraft der Atome thätig ist.

Es verdient dieses genauer gekannt zu werden und darum wollen wir uns deutlicher aussprechen.

Die Erfahrung lehrt es, daß man Eis durch Wärme in Wasser verwandeln und Wasser durch Wärme zu Dampf werden lassen kann. So ganz verschieden nun Eis und Wasser und Dampf in ihrem Ansehen und ihrer Natur sind, so weiß es doch schon jedes Kind, daß sie aus ein und demselben Stoff bestehen, daß die Atome immer dieselben sind und ihr verändertes Wesen nur den veränderten Eigenschaften dieser Atome zu verdanken haben.

Im Eise sind diese Atome mit jener Anziehungs- und Abstoßungskraft begabt, die ihre gegenseitige Lage unverschiebbar macht. Daher ist Eis fest. Es kann wie ein fester Körper mit Gewalt zerbrochen, aber nicht durcheinander geschüttelt und umgerührt werden wie Wasser. — Macht man das Eis warm, so verlieren die Atome die Kraft der Anziehung, welche sie unverrückbar aneinander fesselt und die Atome werden nicht nur verschiebbar, sondern es läßt sich auch ein Atom vom andern trennen, das heißt, das Eis wird Wasser. Alles Wasser in der Welt ist also nichts als erwärmtes Eis, oder Eis, das seine bedeutende Atom-Anziehung fast ganz verloren hat. Die Flüssigkeit des Wassers rührt nicht von einer Eigenschaft seiner Atome her, sondern nur von der Wärme, die zwischen den Atomen sitzt und ihre erstarrende Anziehung verhindert. Verliert das Wasser seine Wärme, so erstarrt es zu Eis, ohne daß sonst seine Natur geändert ist.

Hat man auch durch Wärme Eis in Wasser verwandelt, so haben zwar die Atome des Eises den bedeutendsten Theil ihrer Anziehungskraft verloren, aber diese Anziehungskraft ist doch nicht völlig vernichtet.

Es wird schon Jedermann beobachtet haben, daß zwei Tröpfchen Wasser, die man nahe aneinander bringt, sich anziehen und sich zu einem Tropfen vereinigen. Man sieht dies recht deutlich, wenn man zwei Finger in Wasser taucht und die daran hängenden Tropfen einander nähert, die Tropfen fließen mit einer gewissen Hast aneinander und bleiben als ein einziger vereinigter Tropfen zwischen den Fingern hängen, woraus man wahrnehmen kann, daß sie mit einer Anziehungskraft begabt sind, welche die Atome des Wassers vereinigt.

Ganz anders aber verhält es sich, wenn man Wasser in Dampf verwandelt. Auch diese Verwandlung geschieht, wie wir wissen, nur durch Wärme. Führen wir dem Wasser Wärme zu, so kocht es, das heißt, es nehmen die Atome des Wassers Dunst-Gestalt an und bekommen auch die Eigenschaft der Luft-Atome, nämlich die Eigenschaft, daß ihre Anziehungskraft ganz und gar nicht mehr hervortritt und nur die Abstoßungskraft thätig ist, so daß die Atome sich vollständig zu fliehen anfangen und nur mit Gewalt aneinander gehalten werden können.

Wie wunderbar diese Abstoßungskraft thätig ist, davon geben Versuche mit Luftarten interessante Beispiele.

Wenn man ein großes Gefäß vollkommen luftleer gemacht hat, was durch eine Luftpumpe bewerkstelligt werden kann, so sollte man glauben, daß wenn man nur ein ganz klein wenig Luft in das Gefäß hineinläßt, dieses bischen Luft irgendwo liegen bleiben und sich nicht im ganzen Gefäß ausbreiten würde. Aber dies ist nicht der Fall. Mag das Gefäß noch so groß, und mag das bischen Luft noch so gering sein, so dehnt sich dies bischen Luft doch nach allen Seiten des Gefäßes aus und vertheilt sich gleichmäßig in dem ganzen Raume. — Offenbar rührt dies nur davon her, daß die Atome der Luft sich gegenseitig abstoßen und deshalb so weit auseinander fliehen, wie es nur der Raum gestattet.

Ganz dasselbe ist mit jedem Gas, mit jedem Dampf der Fall. In Gasen und Dämpfen herrscht nur die Abstoßungskraft der Atome, während die Anziehungskraft derselben durch die aufgenommene Wärme vollkommen unterdrückt ist. Und wenn wir nun versichern, daß Versuche gezeigt haben, wie Eisen und sonstige Metalle durch Hitze nicht nur flüssig, sondern auch bei Fortsetzung der Erhitzung in Dampf verwandelt werden, und wenn wir hinzufügen, daß dieser Dampf ebenfalls jene ungeheure Ausdehnungskraft besitzt, die den Luftarten eigen ist, so wird ein wenig Nachdenken jeden unserer Leser schon von selber dahin führen, eine große Wahrheit der Naturwissenschaft zu erkennen, welche wir nunmehr näher aussprechen wollen.

X. Wodurch die Dinge fest, oder flüssig, oder gasartig erscheinen.

Diese naturwissenschaftliche Wahrheit, von welcher wir glauben, daß der nachdenkende Leser schon von selber darauf gekommen sein wird, ist folgende:

Es giebt in der Welt weder feste noch flüssige noch gasförmige Massen, die ihrem innersten Wesen nach fest oder flüssig oder gasförmig sind, sondern sie werden nur so durch den Grad der Wärme, den sie in sich aufnehmen.

Wenn man sagt: Eisen ist eine feste Masse und Wasser ist eine flüssige Masse und Luft ist eine gasförmige Masse, so ist dies nur richtig, wenn man hinzufügt: sie sind es bei der gewöhnlich herrschenden Wärme. Denkt man sich die Wärme fort, so verwandeln sich ganz ohne Zweifel alle Gase in Flüssigkeiten und dann in feste Massen und es gäbe dann garnichts in der Welt, das nicht fest wäre. Umgekehrt, denkt man sich die Wärme gesteigert, so verwandelt sich jede Flüssigkeit in Gas, so schmilzt jeder feste Körper und wird erst eine Flüssigkeit, um sich bei weiterer Wärme in eine luftartige Masse zu verwandeln.

So weit es der Naturwissenschaft gelungen ist, Versuche mit Wärme und Kälte anzustellen, hat sich dies vollkommen bewahrheitet.

Die Naturwissenschaft lehrt künstlich einen außerordentlich hohen Grad von Wärme und ebenso einen sehr hohen Grad von Kälte erzeugen. Den höchsten Grad von Wärme erzeugt man jetzt durch das elektrische Licht, während noch vor wenig Jahren das Knallgas, eine Mischung von Sauerstoff- und Wasserstoffgas, als die höchste Hitze erzeugend angesehen wurde. Die Versuche mit dem Knallgas zeigen, daß selbst der Thon, aus welchem wir bekanntlich unsere Oefen machen und von dem man sonst glaubte, daß er unschmelzbar sei, wie Wachs zusammenschmilzt und eine Flüssigkeit wird in der Flamme des Knallgases. Nur die Kohle erschien bisher unschmelzbar; aber in allerneuester Zeit haben Versuche in Paris ergeben, daß auch diese bis zu einem gewissen Grad durch die Hitze des elektrischen Lichtes flüssig gemacht werden kann.

Man kann daher mit vollster Sicherheit annehmen, daß es gar keinen Stoff giebt, der absolut fest wäre und es auch in allen Arten von Hitze bliebe. Die Hitze macht alle festen Massen flüssig; wenn also irgend eine Masse fest ist, so ist sie nicht von Natur aus fest, sondern nur deshalb, weil es nicht heiß genug ist, sie zu schmelzen und flüssig zu machen. — Alle Flüssigkeiten können durch Hitze in Gas verwandelt werden und dann hören sie auf flüssig zu sein und werden gasförmig. Wenn wir also jetzt eine Flüssigkeit sehen, so können wir durchaus nicht sagen, es sei diese ihrer Natur nach flüssig, sondern ihre flüssige Eigenschaft hängt nur von dem Umstand ab, daß es nicht warm genug ist, um sie in Gas zu verwandeln.

In der That giebt es Flüssigkeiten, die nur bei starkem Frost flüssig sind, während sie im gewöhnlichen Wetter schon in Gas verwandelt werden. Cyangas und schweflige Säure sind nur im strengen Winter durch künstliche Kälte flüssig, während sie sonst gasförmig werden. Eine Flüssigkeit, welche den Namen Chlor-Wasserstoff-Aether führt, geräth schon ins Kochen, wenn man eine Flasche, worin sie sich befindet, mit der Hand erwärmt. Wenn nun auch die meisten Flüssigkeiten nicht so leicht ins Kochen gerathen und sich in Gas verwandeln, so steht doch so viel fest, daß sie alle sammt und sonders in Gas verwandelt werden können, sobald man ihnen Wärme in genügender Masse zuführt.

Ganz eben so aber, wie die Wärme alle festen Körper flüssig und alle Flüssigkeiten gasförmig macht, ebenso vermag die Kälte ganz unzweifelhaft alles in der Welt in feste Massen zu verwandeln.

Zwar kann man bis jetzt noch nicht eine so außerordentliche Kälte künstlich erzeugen, wie es etwa mit der Wärme der Fall ist. Die Hitze des electrischen Lichtes ist so groß, daß man sie garnicht durch Grade bezeichnen kann. Die Hitze, unter welcher Thon schmilzt, wird auf fast 3000 Grad geschätzt. Die Hitze in unserm gewöhnlichen Ofenfeuer ist nahe an 600 Grad stark, während in Eisengießereien der Ofen eine Hitze von mindestens 1600 Grad haben muß. So große Kälte kann man künstlich nicht erzeugen und auch in der Natur hat man die größte Kälte auf etwa 50 Grad geschätzt. Die größte künstliche Kälte ist von dem französischen Naturforscher Thilorier erzeugt worden und sie belief sich auf circa 78 Grad. In dieser Kälte wird Quecksilber so hart, daß man es hämmern kann. Aether, Alkohol und sonstige Flüssigkeiten, die man niemals glaubte in feste Massen verwandeln zu können, erstarren zu Eis. Ja die Kohlensäure, die reines Gas ist, wird in dieser Kälte starr und fest. Andere Gase werden in der Kälte zu Flüssigkeiten und es unterliegt nach zahlreichen Versuchen keinem Zweifel mehr, daß man selbst unsere Luft durch Kälte in eine Flüssigkeit wird verwandeln können, wenn man nur erst die Erfindung gemacht haben wird, einen genügend hohen Grad von Kälte künstlich zu erzeugen.

Ist dies aber richtig, so hört jeder Begriff von Festigkeit, Flüssigkeit oder Gasform der Massen vollständig auf, denn die Massen sind ihrer Natur nach weder das eine noch das andere und erscheinen nur entweder fest oder flüssig oder gasförmig, je nachdem die Wärme stark oder schwach auf sie eingewirkt hat.

XI. Der Einfluß der Wärme auf die Atome.

Um die Wichtigkeit einzusehen, welche in der Kenntniß des Einflusses der Wärme auf alle vorhandenen Massen liegt, müssen wir den Blick weit hinaus auf die Entstehung aller festen Massen, auf die Entstehung der ganzen Erde richten.

Es ist keinem Zweifel unterworfen, daß die Erde einmal ganz und gar flüssig gewesen ist; und daß auch jetzt noch nur eine verhältnißmäßig dünne Schale der Erde die harte Oberfläche bildet, auf welcher wir leben. Man schätzt die Dicke dieser harten Schale auf nicht mehr als etwa zwanzig Meilen. Könnte man ein Loch bis zu dieser Tiefe bohren, so würde man bis zum Mittelpunkt der Erdkugel noch einen Weg von etwa 800 Meilen haben; man hat sich also die Erde als eine Kugel zu denken, die in ihrem innern allergrößten Theile flüssig und nur mit einer dünnen Decke harter Stoffe versehen ist, die den festen Boden der Oberfläche bildet.

Da feuerspeiende Berge durch ihr Auswerfen geschmolzener Gesteine beweisen, daß das Innere der Erde nur durch die hohe Wärme, die in derselben herrscht, flüssig gehalten wird, so fragt es sich, woher die harte Schale der Oberfläche gekommen ist? und hierauf giebt die Wissenschaft die Antwort, daß sie durch Abkühlung entstanden ist, ganz so wie es bei einer großen geschmolzenen Masse der Fall ist, die im Innern heiß und flüssig bleibt, wenn ihre Oberfläche durch Abkühlung erhärtet.

Hieraus aber folgt, daß der Raum, durch welchen die Erde sich bewegt, daß der Weltraum kalt ist, sonst könnte sich ja die Schale der Erde nicht darin abgekühlt haben. Der französische Gelehrte Fourier schätzt diese Kälte des Weltraumes oder wenigstens des Raumes, in welchem sich die Planeten bewegen, auf 50 Grad.

Geht man nun noch weiter zurück auf die Geschichte der Entstehung der Erde, so geräth man auf die Vermuthung, daß sie einst nur eine ungeheure Gaskugel war, deren Atome in einer durch die Wissenschaft nicht zu erklärenden Weise sich angesammelt haben. Erst nach dieser Epoche wurde durch die Abkühlung im Weltraume diese Gaskugel nach und nach eine flüssige feurige Kugel von bedeutend kleinerem Umfang, die dann durch weitere Abkühlung diejenige Schale erhielt, welche die jetzige Oberfläche bildet.

Es entsteht nun aber hierbei folgende Frage: Alle bisherigen Versuche haben gezeigt, daß wenn einmal Massen soviel Wärme in sich aufgenommen haben, daß sie gasförmig werden, dann äußern die Atome keine Anziehung auf einander, es herrscht vielmehr eine Abstoßungskraft zwischen diesen Atomen vor, und die Atome entfernen sich von einander, so weit es eben der Raum gestattet. Nimmt man also an, daß die Erde einmal nur eine ungeheure Gaskugel gewesen ist, so fragt es sich, weshalb haben sich die Atome derselben nicht durch den ganzen Weltraum zerstreut? Weshalb überwog nicht die Abstoßungskraft, die in solchem Falle vorherrscht, derart, daß eine vollständige Auflösung der Erde erfolgte? —

Die Antwort hierauf ist folgende:

Es giebt außer der Anziehungskraft der Atome, die wir bisher kennen gelernt haben, noch andere Anziehungskräfte, welche dem unendlichen Zerstreuen gasförmiger Massen eine Grenze setzen, und namentlich giebt es eine Anziehungskraft, welche in zwei wesentlichen Punkten von der bisher besprochenen Anziehungskraft der Atome verschieden ist.

Von der Anziehungskraft, die wir bisher besprochen haben, wissen wir, daß sie nur zwischen Atomen wirkt, welche sehr nahe aneinander gerückt sind. Wenn ein Stück Eisen eine Festigkeit hat und seine Atome also sich gegenseitig anhaften, so wissen wir, daß dies aufhört, sobald man mit Gewalt das Stück zerbrochen oder ein Stück davon in irgend einer andern Weise getrennt hat. Die Atome, einmal auseinander gerissen, vereinigen sich nicht wieder, wenn man sie aneinander bringt, weil man nicht im Stande ist, sie stark genug aneinander zu pressen, um sie wieder so nahe aneinander zu bringen, daß sie sich anziehen können. Die Anziehungskraft zwischen Atom und Atom wirkt nur, wenn sie sich außerordentlich nahe sind, hat man sie aber von einander entfernt, so hört diese Anziehung auf zu wirken. Wenn zwei Wassertropfen sich berühren, springen sie in einander und bilden einen einzigen Tropfen; aber sobald die Berührung nicht stattfindet, ziehen sie nicht einander durch ihre Atom-Anziehung an.

Ganz anders aber ist es mit der neuen Anziehungskraft, die wir nunmehr kennen lernen werden; sie wirkt bis in unendliche Entfernungen und übt ihren Einfluß, wie wir sehen werden, auf unzählige Millionen Meilen aus.

Der zweite Unterschied liegt darin, daß die Atomanziehung, wie wir gesehen haben, abhängig ist von der Wärme, während die Anziehungskraft, die wir jetzt betrachten wollen, durch Wärme weder gesteigert noch geschwächt wird.

XII. Die Anziehungskraft der Massen.

Diese neue Anziehungskraft nennt man die Anziehung, die Massen auf einander ausüben, man bezeichnet sie wissenschaftlich mit dem Namen „Gravitation“ oder in Bezug auf Anziehung der Erde „die Schwere.“ —

Wunderbar ist es, daß in der Menschengeschichte viele Jahrtausende vorübergingen, ohne daß die Denker eine Ahnung hatten von diesem Gesetz der Anziehung, obgleich alles, was auf der Erde steht und geht, sich regt und bewegt, einzig und allein durch die Anziehung der Erde seinen Bestand hat.

Wenn man bedenkt, daß alles in der Welt dieser Anziehungskraft ausgesetzt ist und dennoch Tausende und Tausende von Menschengeschlechtern auf der Erde gelebt haben ohne eine Ahnung dieser unendlichen Kraft, so möchte man die Menschheit vergleichen mit einem Kinde, welches auf einem Seeschiff geboren und erzogen an das ewige Schaukeln seines Wohnorts so gewöhnt ist, daß es sich darüber gar nicht wundert; dafür aber im höchsten Grade erstaunt ist, wenn es an's Land gebracht wird und nun durchaus erforschen will, weshalb sich das Festland nicht hin und her schaukelt.

Die Tausende und Abertausende von Menschengeschlechtern vor dem Entdecken dieser Anziehung durch den großen Naturforscher Newton haben nur darum keine Ahnung von dieser Anziehungskraft gehabt, weil jeder einzelne Mensch von dem ersten Augenblick der Geburt bis zum letzten Augenblick des Todes sich und alles ringsumher dem Gesetze der Anziehung gehorchen sah. Sie ahnten diese allmächtige Kraft nicht, gerade weil sie nie Gelegenheit hatten etwas zu sehen, worauf diese Kraft nicht wirkt. Die Gewohnheit an der Erscheinung dieser Kraft ließ sie garnicht vermuthen, daß eine solche Kraft vorhanden ist.

Darum aber hält es auch jetzt noch schwer, einem Menschen, der noch nichts von dieser Anziehungskraft vernommen, dieselbe deutlich zu machen, obgleich nichts in der Welt existirt, das nicht ein Beweis dieser Kraft ist.

Warum fällt ein Stein, den man von der Erde aufhebt und losläßt, wieder in gerader Linie zurück zur Erde? — Die unwissenden Philosophen des Mittelalters sagten, daß das am Steine liege. Derselbe sei von der Erde genommen und habe deshalb das Bestreben zur Erde zurückzukehren. Jetzt weiß man es besser. Nicht durch die Philosophen, denn diese spielen noch heutigen Tages mit ähnlichen thörichten Gedanken, wie die des Mittelalters; sondern durch die Naturforscher, die erkannt haben, daß es nicht am Stein liege und nicht von der Sehnsucht desselben nach seinem Ursprunge abhänge, sondern daß es die Anziehungskraft der Erde ist, die den Stein anzieht und wie den Stein alles Andere anzieht, was sich nur von Masse auf derselben befindet.

Die Anziehungskraft der Erde ist es, welche es bewirkt, daß die Erdkugel von allen Seiten bewohnt und belebt ist, daß Menschen und Thiere sich auf ihr bewegen können, obgleich die Menschen und Thiere auf der einen Seite der Kugel gerade umgekehrt gehen und stehen als auf der andern. Hätte die Erde keine Anziehungskraft, so würde jeder Stein, der in die Höhe geworfen wird, sich in den unendlichen Raum fort und fort bewegen und nie zur Erde zurückkehren. Ja jedes Thier, jeder Mensch würde durch den leisesten Sprung sich von der Erde fortbewegen und niemals zu ihr wieder herabkommen. Die Anziehungskraft der Erde ist es, die den Regen, Schnee und Hagel, wie den Vogel, der in der Luft schwebt, abwärts zieht. Die Anziehungskraft der Erde ist es, die alle Gewässer von den Höhen nach der Tiefe zieht und dort große Meere über den Tiefen bildet. Die Anziehungskraft der Erde ist es, die es verhindert, daß nicht der leiseste Wind Häuser und Berge aus ihren Fundamenten hebt und fortträgt. Die Anziehungskraft der Erde ist es, die jedes

Sonnenstäubchen zu Boden sinken läßt und die Anziehungskraft der Erde ist es, die den Mond in einer Entfernung von 50,000 Meilen in seiner Bahn festhält und es bewirkt, daß er sich nicht in dem Weltraum verliert.

Wir werden diese Anziehungskraft näher kennen zu lernen suchen, die nicht nur zwischen Erde und Mond, sondern auch zwischen Erde, Mond und Sonne herrscht, zwischen der Sonne und allen ihren Planeten, ja zwischen der Sonne und sämmtlichen Sonnen des unendlichen Raumes, sämmtlichen Sternen, die am nächtlichen Himmel ihr Licht bis zu unserm Auge senden. Wir werden diese Kraft näher kennen lernen, die in Fernen wirkt, von denen der menschliche Geist sich keine bildliche Vorstellung mehr machen kann, und dann werden wir sehen, daß trotz ihrer großartigen in die fernsten Fernen sich kund thuenden Wirkungen, diese Kraft doch nur ihren Sitz hat in den unendlich kleinen Atomen der Masse, die wir bereits kennen gelernt haben.

XIII. Woher es kommt, daß wir der Anziehung der Erde Widerstand leisten können?

Was die Vorstellung von der Anziehungskraft der Erde bei vielen Menschen, selbst bei sonst gebildeten Menschen sehr verwirrt, ist Folgendes:

Wie? fragen Manche, die hierüber nachdenken, wenn die Erde wirklich eine so große Kraft der Anziehung besitzt, daß sie bis auf den Mond wirkt, wie kommt es, daß wir ganz ohne Beschwerde im Stande sind, den Fuß von der Erde zu heben? Wieso können wir unsere Glieder zur Höhe bewegen, weshalb können wir uns aufrichten, wenn wir an der Erde liegen? Woher kommt es, daß wir einen

Stein in die Höhe werfen können? Warum zieht ihn die Erde zurück, wenn er hoch in der Luft schwebt, weshalb thut sie dies nicht sogleich, wenn wir ihn werfend loslassen? Woher rührt es, daß wir der Anziehungskraft der Atome in einem festen Körper so schwer entgegen wirken können, so daß es außerordentliche Mühe macht, einen dünnen Eisenstab zu zerbrechen, während wir fast ohne Mühe der Anziehungskraft der Erde entgegen zu wirken vermögen?

Um sich hierüber eine klare Antwort zu geben, muß man eben die Natur der Anziehungskraft der Erde etwas genauer kennen lernen.

Die Anziehungskraft der Erde ist anders, als die Anziehungskraft, die wir bereits kennen gelernt haben und die in den Atomen fester Körper herrscht.

Die Anziehungskraft, die zwischen zwei Atomen einer festen Masse wirksam ist, herrscht nur, wenn die Atome sich außerordentlich nahe sind und hört vollständig auf, wenn man sie gewaltsam von einander entfernt hat. Will nun Jemand eine feste Masse zerbrechen, so muß er die ganze Anziehungskraft der Atome vernichten, und das ist in gewissen Massen sehr schwierig. Die Anziehungskraft der Erde aber wirkt in der Nähe und in der Ferne, und wenn auch diese Anziehungskraft mit der Entfernung etwas abnimmt, — was wir sogleich näher betrachten werden — so ist dies doch nur in jedem Moment eine ganz unbedeutende Abnahme dieser Kraft, und darum reicht eine ganz geringe Kraft hin, einen Gegenstand von der Erde aufzuheben.

Wir wollen uns hierüber deutlicher auszusprechen suchen.

Wenn ich einen Stein von der Erde aufhebe und ihn einen Zoll hoch hebe, so habe ich die Anziehungskraft der Erde auf den Stein keineswegs vernichtet, sondern nur um etwas vermindert. Aber diese Verminderung ist so gering, daß die allerfeinsten Instrumente nichts von dieser Veränderung zeigen könnten. Es ist ganz unzweifelhaft, daß ein Stein, der auf der Erde liegt, von dieser stärker angezogen wird, als es der Fall ist, wenn er einen Zoll hoch von der Erde entfernt ist. Wenn solch ein Stein auf der Erde liegend ein Pfund schwer ist, so wird er einen Zoll hoch gehoben etwas weniger als ein Pfund wiegen; aber dieser Unterschied ist so gering, daß er für alle Instrumente in der Welt vollkommen unmerkbar ist. — Man besitzt jetzt so außerordentlich feine Waagschalen, welche von den Chemikern gebraucht werden, daß sie fast ganz unbemerkbare Unterschiede im Gewicht sehr deutlich machen. Wenn man auf eine solche Waagschale eine kleine Bleikugel und eine große Papierkugel bringt, die ganz gleich wiegen und läßt sie eine kurze Zeit liegen, so zeigt es sich, daß die Papierkugel anfängt schwerer zu werden, und das rührt daher, daß sich auf beide Kugeln etwas Staub auflegt, den in der Luft schwimmt; und da sich auf die kleine Bleikugel weniger Staub auflegt als auf die große Papierkugel, so sinkt die Papierkugel nach unten, nicht weil sie selber schwer geworden ist, sondern weil auf ihr mehr Stäubchen ruhen. — Trotz dieser feinen Empfindlichkeit einer solchen Waage würde sie doch nichts davon verrathen, daß ein Gewicht etwas verloren hat, wenn man es vom Keller nach dem Boden eines Hauses bringt.

Brächte man nun eine solche Waage derart auf dem Bodenraum eines Hauses an, daß die eine Schale oben auf dem Boden und die andere an langen Fäden unten im Keller des Hauses hinge, so müßte eigentlich ein Loth, das man im Kellerraum in die eine Schale legt, schwerer wiegen, als das Loth, das man oben im Bodenraum auf die andere Schale bringt. Denn im Keller ist das Loth der Erde näher und wird kräftiger von derselben angezogen, als das Loth auf dem Boden. Aber trotzdem wird selbst die empfindlichste Waage keinen Unterschied merken lassen, denn der Unterschied ist viel zu klein.

Ganz anders wäre es freilich, wenn man eine solche Waage eine Meile hoch über der Erde aufhängen und die eine Schale derselben oben, die andere unten in der Nähe des Erdbodens anbringen könnte. In einer solchen Waage würde es sich schon außerordentlich merken lassen, daß ein Pfund oben und ein Pfund unten in die Schale gelegt nicht mehr gleich wiegt, vielmehr das Pfund unten, weil es der Erde näher ist, schwerer wiegt als das obere, und eine Rechnung zeigt, daß man oben in die Waagschale etwa 56 Gran, also fast ein Quentchen, zulegen müßte, um sie mit der untersten im Gleichgewicht zu erhalten.

Wir werden später sehen, daß man solch phantastische unausführbare Versuche nicht anzustellen braucht, um den Unterschied der Anziehung der Erde in der Nähe und Ferne kennen und messen zu lernen; für jetzt hoffen wir jedoch, wird unsere Darlegung genügen, den Beweis zu liefern, daß man mit der Entfernung eines Gegenstandes von dem Erdboden in jedem Moment nur eine ganz unendlich kleine Kraft der Erdanziehung schwächt und daß deshalb auch keine so große Kraftanstrengung hierzu nöthig ist, wie zum Losreißen eines Steines vom andern, wo die Anziehungskraft mit einem Moment ganz vernichtet werden soll.

XIV. Wie die Anziehung der Erde mit der Entfernung abnimmt.

Wenn wir im vorherigen Abschnitt vorausgesetzt haben, daß die Anziehungskraft der Erde abnimmt mit der Entfernung von derselben, so wollen wir nun das Gesetz kennen lernen, welches bestimmt, um wieviel diese Anziehungskraft bei jeder Entfernung verliert.

Der mächtige Geist des großen Naturforschers Newton, der eben die Anziehungskraft der Erde und aller Himmelskörper bewiesen hat, hat auch zugleich das Maß bestimmt, nach welchem die Anziehung abnimmt in der Entfernung, und dieses von Newton bereits vor zweihundert Jahren entdeckte Gesetz hat sich nicht nur bis jetzt bestätigt gefunden, sondern es ist die Grundquelle der ganzen astronomischen Wissenschaft, ja fast der ganzen Naturforschung geworden.

Nach diesem Gesetz ist die Anziehungskraft desto größer, je größer die Massen sind. Die Erde besitzt eine große Anziehungskraft, weil sie eine große Masse ist. Würde durch irgend welchen Umstand die Erde einen Theil ihrer Masse verlieren, so würde in demselben Verhältniß ihre Anziehungskraft schwächer werden. Würde die Hälfte der Erde irgendwie verloren gehen, so würde der Erde nur die Hälfte der Anziehungskraft verbleiben. Ein Planet, der nur den dritten Theil der Masse besitzt, die die Erde hat, hat auch nur ein Drittel ihrer Anziehungskraft. Der Mond, der siebzigmal weniger Masse hat als die Erde, besitzt auch nur den siebzigsten Theil ihrer Anziehungskraft. Die Masse der Sonne, die 355000mal größer ist als die der Erde, giebt ihr auch eine 355000mal stärkere Anziehungskraft als die Erde besitzt.

Aber all' dies gilt nur, wenn es sich um die Anziehungskraft eines Gegenstandes handelt, der von den anziehenden Massen gleich weit entfernt ist; ändert sich die Entfernung, so ändert sich auch die Anziehungskraft; und zwar nach einem Gesetz, das wissenschaftlich mit den wenigen

Worten ausgedrückt wird: „die Anziehungskraft nimmt ab mit dem Quadrat der Entfernung."

Es verdient dieses Gesetz von All und Jedem, mindestens im Allgemeinen begriffen zu werden, und deshalb wollen wir es deutlicher zu machen suchen.

Denken wir uns auf dem Tisch eine feste Kugel, welche eine gewisse Anziehungskraft besitzt, und legen wir eine zweite Kugel einen Fuß weit entfernt von ihr nieder, so wird diese zweite Kugel von der ersten angezogen werden. Legen wir nun eine dritte Kugel auf den Tisch und zwar zwei Fuß von der ersten Kugel entfernt, so wird auch diese dritte Kugel von der ersten angezogen werden, aber weit schwächer als die zweite. Die Anziehungskraft hat mit der Entfernung abgenommen. So weit wird wohl Jedermann die Sache einleuchtend finden; aber wenn man fragt: gut, die entferntere Kugel wird schwächer angezogen als die nahe; aber um wieviel wird sie schwächer angezogen? so wird höchst wahrscheinlich Jeder denken, nun, die eine Kugel ist einen Fuß von der anziehenden Kugel, die andere aber ist zwei Fuß, also zweimal so weit entfernt von derselben, folglich wird die Anziehung auf die entfernte Kugel auch zweimal so schwach als auf die erste wirken.

Das aber ist ein Irrthum. Newton hat bewiesen, daß die Anziehung auf die Kugel, die zweimal so entfernt ist, viermal schwächer wirkt. Würde sie drei Fuß entfernt liegen, so würde sie neunmal schwächer angezogen werden als die Kugel, die nur einen Fuß von der anziehenden Kugel entfernt ist. Läge sie viermal so weit entfernt, so würde sie sechszehnmal so schwach angezogen werden. Mit einem Worte: Mit jedem Fuß Entfernung würde die Schwäche der Anziehung wachsen und zwar so wachsen, wie das Maß der Entfernung mit sich selbst multiplizirt, wächst. Bei zweimaliger Entfernung wird die Anziehung viermal schwächer, weil zwei mal zwei vier ist. Bei dreimaliger Entfernung wird die Anziehung neunmal schwächer, weil drei mal drei neun ist. Bei viermaliger Entfernung wird die Anziehung sechszehnmal schwächer, weil vier mal vier sechszehn ist. Eine fünfmalige Entfernung würde aus demselben Grunde die Anziehung fünfundzwanzigmal schwächer machen; eine sechsmalige würde sechsunddreißig, eine siebenmalige würde die Anziehung neunundvierzigmal schwächer machen. Und so weiter bei jedesmaliger Entfernung wird die Anziehungskraft um so viel verlieren, als die Entfernungszahl mit sich selbst multiplizirt beträgt, oder wie man es wissenschaftlich ausdrückt, so viel wie das Quadrat der Entfernung beträgt.

Und dies Gesetz, das Newton entdeckt hat, bestätigt sich auf's vollständigste durch das ganze Bereich der Natur. Dies Gesetz hat sich an allen Bewegungen der Himmelskörper bewährt, selbst an solchen, von denen man zu Newtons Zeit gar keine Ahnung hatte. Ja es ist dies ein Gesetz, das nicht nur in Bezug auf die Erde, auf den Mond, auf die Sonne, auf die Planeten und Kometen vollkommene Geltung hat, sondern in den unendlichen Fernen der Fixsterne hat man in diesem Jahrhundert Doppelsterne entdeckt, wo zwei Sonnen sich um einander bewegen, indem sie sich stets gegenseitig anziehen und auch diese Anziehungen, die in so entlegenen Strecken vor sich gehen, daß jeder Begriff solcher Ferne dem menschlichen Geist entschwindet, auch diese Anziehungen folgen dem Gesetz Newtons, das wir hier in den allgemeinsten Zügen deutlich zu machen suchten.

XV. Das Gesetz des Falles.

Wir wollen die Anziehungskraft der Massen noch etwas näher kennen lernen und hierzu die Gesetze des Falles deutlich zu machen suchen, die gewiß für jeden denkenden Leser höchst interessant sein müssen.

Wir wissen, daß es die Anziehungskraft der Erde ist, welche es bewirkt, daß alle Dinge, die man in der Höhe frei sich selbst überläßt, zur Erde herabfallen. Es wird ferner schon Jeder beobachtet haben, daß ein Stein, der aus dem Fenster des ersten Stockwerkes an die Erde fällt, weit weniger kräftig aufschlägt als ein Stein, der vom Dach fällt, und daß er erst langsam zu fallen anfängt und dann mit immer wachsender Geschwindigkeit zur Erde stürzt.

Das alles sind ganz richtige Wahrnehmungen und sind wie wir zeigen werden durch die Gesetze der Anziehung der Erde begründet. Durch diese Gesetze aber ist das Fallen der Körper derart genau bestimmt, daß man mit vollkommenster Gewißheit angeben kann, wie lange es dauert, bevor ein Stein, von einer Thurmspitze fallend, die Erde erreicht und wie stark der Stoß sein wird, mit dem er anprallt. Diese Bestimmungen, die man die Gesetze des Falles nennt, sind so sicher, daß man aus einem fallenden Stein viel Wichtiges lernen kann. Ist z. B. ein Stein von der Spitze eines Thurmes zur Erde gefallen und man hat sich genau die Zeit gemerkt, die er dazu gebraucht hat, um von oben herabzukommen, so kann man hieraus mit der vollsten Genauigkeit berechnen, wie hoch der Thurm ist. Oftmals findet man Steine in der Erde, aus deren Lage man merkt, daß sie aus der Luft herabgefallen sein müssen, denn sie sind so stark in die Erde eingeschlagen, daß sie tief unter der Oberfläche liegen. Wiegt man einen solchen Stein genau und untersucht man hierzu die Tiefe des Loches, das er in die Erde gemacht und die Beschaffenheit des Bodens, auf welchem dies geschah, so lehren die Gesetze des Falles sehr genau bestimmen, von wo herab der Stein gekommen sein muß, welchen Weg er dabei genommen, mit welcher Geschwindigkeit er anprallte, und welche Zeit er zu seiner Luftreise gebraucht hat. Ja, man hat aus solchen Steinen jetzt bewiesen, daß sie zuweilen garnicht von der Erde herstammen, sondern kleine Himmelskörper sind, die man Nachts als Sternschnuppen leuchtend durch den Himmelsraum laufen, und zuweilen als Feuerkugeln herabfallen sieht. — Es sind dies die Meteorsteine, welche die abergläubischen Menschen der Vorzeit als Donnerkeile oder als Teufelsfinger ansahen, und welche der unsterbliche Naturforscher Bessel benutzt hat, um durch Pendelversuche auf's klarste zu beweisen, daß die Erde nicht nur irdische, von der Erde herstammende Dinge, sondern auch ihr ganz fremde Körper anzieht, und zwar genau mit derselben Kraft als ob sie irdische Dinge wären.

Indem wir nun zu dem interessanten Gesetze des Falles kommen, müssen wir vor Allem einen sehr verbreiteten Irrthum berichtigen.

Im gewöhnlichen Leben glaubt man, daß ein leichtes Ding langsamer zur Erde fällt als ein schweres. Und wirklich, wenn wir ein Stückchen Papier, eine Feder, oder sonst etwas Leichtes zum Fenster hinabwerfen, sehen wir, daß es sich lange in der Luft erhält, daß es sich wendet und dreht, bevor es zur Erde herabkommt, während ein Stein oder sonst ein schweres Ding seinen Weg geradezu und sehr schnell zur Erde herab nimmt. Wer hieraus schließt, daß leichte Dinge langsamer von der Erde angezogen werden als schwere, der irrt sich. Die leichten Dinge sind nur nicht im Stande, die Luft so schnell zu verdrängen, die sie auf ihrem Wege finden. Die Luft hält sie daher eine kleine Weile auf und hemmt ihren Lauf. Ja, wenn leichte Dinge so gebaut sind, daß sie die Luft in einer Art Schirm auffangen, so schweben sie äußerst langsam zur Erde nieder. Vor Kurzem haben wir in Berlin das schöne Schauspiel der Fallschirme gehabt, die durch Luftballons in die Höhe genommen worden sind, und die dann abgeschnitten sich ausbreiteten und indem sie in ihrem weiten bauchigen Raum großen Widerstand in der Luft fanden, langsam mit ihrer Last zur Erde herabschwebten. Jetzt machen sich schon die Kinder auf den Straßen solche Fallschirme aus Seidenpapier, die sie Luftballons nennen und wenn sie genau gearbeitet, richtig belastet und hoch genug geworfen werden können, gewähren sie einen angenehmen Anblick in ihrem sanften Herabschweben zur Erde.

Wie solchem Fallschirme ergeht es jedem leichten Gegenstande, der durch die Luft fällt; die Luft hält ihn im Fallen auf und verzögert sein Herabkommen zur Erde, während schwere Gegenstände die Luft leichter durchschneiden und schneller ihren Weg herab durchlaufen. Es ist also nicht wahr, daß die Erde leichte Dinge langsamer an sich zieht. Die Anziehungskraft der Erde wirkt auf leichte und schwere Dinge ganz gleich, und Versuche zeigen, daß im luftleeren Raum eine leichte Feder und ein Zentner Eisen mit ganz gleicher Geschwindigkeit zur Erde herabstürzen.

Durch folgenden leichten Versuch kann sich Jeder hiervon überzeugen:

Man nehme einen harten Thaler und lege darauf ein kleines Stückchen Papier und lasse Beides von einer beliebigen Höhe zur Erde fallen und man wird sehen, daß Papier und Thaler gleich geschwind zur Erde gelangen. Der Thaler hat hierbei nur die Luft verdrängt und dem Stückchen Papier das Hinderniß seines Falles beseitigt und unter solchen Umständen fällt es eben so schnell zur Erde wie der Thaler.

XVI. Wie groß ist die Geschwindigkeit des Falls?

Die Erde also zieht leichte und schwere Gegenstände gleich geschwind zu sich heran oder sie fallen, wie man sich ausdrückt, mit ganz gleicher Geschwindigkeit zur Erde.

Wie groß aber ist diese Geschwindigkeit?

Genaue Versuche haben gelehrt, daß ein Gegenstand, den man zur Erde fallen läßt, in der ersten Sekunde fünfzehn Fuß herabfällt. Das heißt: die Erde zieht ihn in der Sekunde fünfzehn Fuß zu sich herab.

Zwar fällt der Gegenstand in dieser Sekunde nicht gleichmäßig schnell. Zu Anfang der Sekunde geht er fast unmerklich langsam. In der Mitte der Sekunde hat er seine richtige Geschwindigkeit und am Ende der Sekunde fällt er am schnellsten. Jedoch alles in allem zusammengerechnet, fällt er in der ersten Sekunde fünfzehn Fuß herab und zwar, was er in der ersten Hälfte der Sekunde zu langsam fiel, holt er in der zweiten Hälfte der Sekunde ein.

Da die genauesten Versuche dies bestätigt haben, so wissen wir, daß jeder Gegenstand, oder jeder Körper, wie man sich wissenschaftlich ausdrückt, in der ersten Sekunde seines Falles fünfzehn Fuß durchläuft.

Wie viel aber durchläuft er, wenn er zwei Sekunden fällt?

Das wollen wir gleich sehen, aber wir müssen ein kleinwenig die Sache überlegen, denn die Frage ist gar nicht so leicht zu beantworten, wie man meinen sollte.

Nehmen wir an, es hätte Jemand einen Stein vom Dache eines Thurmes fallen lassen und dieser Stein wäre schon eine Sekunde gefallen, hätte also seine fünfzehn Fuß abwärts gemacht. Fragen wir nun, wie viel Raum wird er in der zweiten Sekunde durchlaufen, so müssen wir bedenken, daß der Stein zu Ende der ersten Sekunde gerade eine noch einmal so große Geschwindigkeit hatte als in der Mitte der ersten Sekunde. Denn zu Anfang der ersten Sekunde hatte er noch gar keine Geschwindigkeit; zu Ende der ersten Sekunde hatte er die größte Geschwindigkeit und daraus folgt, daß er in der Mitte der ersten Sekunde die richtige Geschwindigkeit hatte. Er ist Anfangs langsam und am Ende schnell gefallen, so daß er in der Mitte der Sekunde gerade mit dem richtigen Maß der Geschwindigkeit fiel. Bedenkt man hierbei, daß der Stein im letzten Moment gerade einholte, was er im ersten zu langsam gefallen ist, so gelangt man bei genauem Nachdenken darauf, daß der Stein zu Ende der ersten Sekunde genau die zweimal so große Geschwindigkeit hatte, als in der Mitte dieser Sekunde. Da er aber in der Mitte dieser Sekunde die richtige Geschwindigkeit von fünfzehn Fuß pro Sekunde besaß, so folgt daraus, daß der Stein am Ende der ersten Sekunde mit einer Geschwindigkeit begabt ist, die ihn zweimal fünfzehn, also dreißig Fuß pro Sekunde zur Erde treibt.

Würde nun die Erde den Stein während der zweiten Sekunde garnicht anziehen, so würde er schon durch seine vom Ende der ersten Sekunde herrührende Geschwindigkeit zweimal fünfzehn Fuß laufen. Aber die Erde zieht ihn in der zweiten Sekunde wieder fünfzehn Fuß an sich und daraus folgt, daß er in der zweiten Sekunde dreimal fünfzehn Fuß durchfallen muß.

Diese fünfzehn Fuß, die ihn die Erde in der zweiten

Sekunde anzieht, sind aber wieder so beschaffen, daß er zu Ende derselben eine Geschwindigkeit hat, die doppelt so groß ist, als die mittlere. Der Stein würde also, wenn wir ihn weiter fallen lassen, in der dritten Sekunde ohne Anziehungskraft der Erde schon eine Geschwindigkeit haben, erstens: aus dem Ende der ersten Sekunde von zweimal fünfzehn Fuß und zweitens aus dem Ende der zweiten Sekunde wieder zweimal fünfzehn Fuß. Er würde also, wenn die Erde ihn während der dritten Sekunde garnicht anziehen würde, mit einer Geschwindigkeit von viermal fünfzehn Fuß sich zur Erde bewegen. Da aber in der dritten Sekunde die Erde ihn wieder fünfzehn Fuß zu sich zieht, so bewegt er sich in dieser mit einer Geschwindigkeit von fünfmal fünfzehn Fuß.

Man nennt die fünfzehn Fuß, die ein Gegenstand immer in der ersten Sekunde fällt, einen Fallraum. Fiel also der Stein in der ersten Sekunde einen Fallraum, so fällt er in der zweiten, wie wir gesehen haben, 3 Fallräume, und in der dritten 5 Fallräume, und es läßt sich zeigen, daß er in der vierten 7, in der fünften Sekunde 9 Fallräume fallen würde u. s. w.

Sehen wir uns nun diese Zahlen an, so finden wir, daß sie der Reihe nach die ungeraden Zahlen 1, 3, 5, 7, 9 sind, und Beobachtung und Berechnung zeigen wirklich, daß dies so fort geht und in jeder neuen Sekunde die Fall-Geschwindigkeit sich immer wie die nächste ungerade Zahl steigert.

XVII. Nähere Betrachtung der Fall-Geschwindigkeit.

Das Gesetz vom Fallen der Körper ist von so großer Wichtigkeit in der Naturwissenschaft, daß man seine Entdeckung als eine der bedeutsamsten in der Geschichte der Wissenschaft anzusehen hat. Das beste hieran aber ist, daß es außerordentlich leicht wird, diese Gesetze zu begreifen und Fragen, die ehedem ganz unlösbar erschienen sind, zu beantworten.

Wir wollen dies durch ein Beispiel zeigen und bitten um die Aufmerksamkeit unserer Leser, mit der Versicherung, daß die folgende Berechnung, die für den ersten Augenblick schwierig aussieht, im Grunde genommen kinderleicht ist.

Zu diesem Zweck werfen wir die Frage auf: wie viel Fuß durchläuft ein Stein, der in 6 Sekunden von irgend einer Höhe auf die Erde herabfällt?

Die Antwort hierauf ist einfach folgende:

In der ersten Sekunde fällt er einen Raum von fünfzehn Fuß und diesen Raum wollen wir immer mit dem Namen „Fallraum" bezeichnen. Also in der ersten Sekunde durchläuft der Stein einen Fallraum.

Wie wir nun im vorhergehenden Abschnitt gezeigt haben, steigert sich die Geschwindigkeit des Falles und zwar derart, daß er während der zweiten Sekunde drei Fallräume durchläuft, indem die Steigerung der Geschwindigkeit so zunimmt, wie der Reihe nach die ungeraden Zahlen. — Stellen wir daher einmal die ersten sechs ungeraden Zahlen neben einander. Diese Zahlen sind, wie jedes Kind weiß, die folgenden: 1. 3. 5. 7. 9. 11. In diesen gewiß sehr leicht aufzustellenden Zahlen besitzt man also eine vollständige Tabelle für die Zunahme der Fallräume mit jeder der sechs Sekunden.

Aus dieser Tabelle ersehen wir, daß der Stein während der ersten Sekunde einen Fallraum durchläuft, in der zweiten durchläuft er 3 Fallräume, während der dritten durchläuft er 5 Fallräume, in der vierten durchläuft er

7 Fallräume, in der fünften durchläuft er 9 Fallräume und während der sechsten Sekunde durchläuft der Stein 11 Fallräume. Will man nun wissen, wie viel Fallräume der Stein in allen sechs Sekunden durchlaufen hat, so braucht man nur zu berechnen, daß 1 und 3 und 5 und 7 und 9 und 11 gerade 36 betragen, so hat man's heraus, daß ein Stein in sechs Sekunden 36 Fallräume durchfällt, und da jeder Fallraum 15 Fuß beträgt, so ist es leicht auszurechnen, daß 15mal 36 so viel ist wie 540, und daraus ersieht man, daß ein Stein, der in sechs Sekunden zur Erde herabfällt, gerade 540 Fuß durchlaufen hat.

Nehmen wir nun an, daß irgend ein Thurm 540 Fuß hoch wäre, so würde ein Stein 6 Sekunden Zeit brauchen, um von der Spitze des Thurmes bis zur Erde zu fallen.

Diese Rechnung ist gewiß kinderleicht. Sie kann aber noch leichter gemacht werden. Wenn man wissen will, wie viel Fallräume ein Stein in sechs Sekunden fällt, braucht man nicht erst zusammenzuzählen, wie viel er in jeder einzelnen Sekunde gefallen ist, sondern braucht nur einfach zu sagen: Der Stein ist 6 Sekunden gefallen, da aber 6 mal 6 gerade 36 ist, so ist der Stein 36 Fallräume gefallen, und das beträgt 540 Fuß. Wäre er sieben Sekunden gefallen, so hätte er 7 mal 7 Fallräume durchwandert, das heißt 49 Fallräume, und dies beträgt, jeden Fallraum zu 15 Fuß gerechnet, 735 Fuß. In gleicher Weise verfährt man bei jeder Frage. Man multiplizirt die Zahl der Sekunde mit sich selber, und die Zahl, die herauskommt, ist die Zahl der Fallräume, die der Stein durchlaufen hat.

Fällt ein Stein zehn Sekunden, so durchläuft er während dieser Zeit 10 mal 10, also hundert Fallräume. Fällt er 11 Sekunden, so durchläuft er 11 mal 11 Fallräume, in 12 Sekunden fällt er 12 mal 12 Fallräume, und dies geht immer so fort, so daß man nicht erst die einzelnen Sekunden zusammenzuzählen braucht, um auf das gewünschte Resultat zu kommen, sondern nur nöthig hat, die Zahl der Sekunden mit sich selbst zu multipliziren, um gleich das Resultat zu erhalten.

Bei dieser Gelegenheit wird der aufmerksame Leser die Beobachtung von selber machen, daß es ganz was Eigenes ist mit den der Reihe nach zusammenaddirten ungeraden Zahlen, daß, wenn man drei solche Zahlen, also 1 und 3 und 5 zusammenaddirt, man gerade soviel erhält, als 3 mal 3 beträgt, daß wenn man 6 dieser ungeraden Zahlen der Reihe nach zusammenaddirt, man 36, also soviel erhält, wie 6 mal 6 beträgt. Addirt man acht solcher der Reihe nach aufgestellten ungeraden Zahlen, so erhält man 64, also gerade soviel, wie 8 mal 8 beträgt. Dies ist in der That interessant und ist auch ganz richtig, selbst wenn man bis in die Millionen hineinrechnen wollte. Aber es ist mehr als interessant, es ist eine von den vielen Eigenthümlichkeiten der Zahlen, die von der höchsten Wichtigkeit sind und mit deren Erforschung sich die größten Mathematiker beschäftigen.

Da Mittheilungen über die Eigenschaften und Eigenthümlichkeiten der Zahlen nicht zu unserm Thema gehören, so wollen wir uns hierbei nicht weiter aufhalten, sondern nunmehr zeigen, wie das, was wie eine Spielerei aussieht, das Berechnen des Falles eines Steines, von der allerhöchsten Wichtigkeit für die menschliche Erkenntniß ist, und die Grundlage der Wissenschaft der Astronomie bildet, die man mit Recht den Stolz der Menschheit nennt.

XVIII. Wichtigkeit der Fallgesetze.

Um es deutlich zu machen, von welcher Wichtigkeit die Gesetze des Falles sind, brauchen wir nur zu sagen, daß ganz in derselben Weise, wie ein Stein oder sonst ein Gegenstand von der Erde angezogen wird, ganz in derselben Weise auch der von der Erde 50,000 Meilen entfernte Mond von derselben angezogen und in seinem Umlauf um die Erde erhalten wird.

Als der Entdecker der Anziehungskraft der Erde, der große Naturforscher und Mathematiker Newton eines Tages sinnend in seinem Garten verweilte, sah er einen Apfel von einem Baume zur Erde fallen und dies, das Tausende vor ihm gedankenlos gesehen hatten, ohne über die Ursache des Falls nachzudenken, dies kleine Ereigniß regte ihn an, dem Gesetze von der Anziehung der Erde nachzuspüren und führte ihn auf den Weg, auf welchem die Astronomie bis weit in die tiefsten Regionen des Fixstern-Himmels hinein mit Sicherheit wandelt.

Welche Aehnlichkeit aber hat ein fallender Apfel mit dem hoch über der Erde schwebenden Mond?

Um dies einzusehen, wollen wir die Gedanken einmal laut sprechen lassen, die im Geiste des denkenden Mannes durch den Fall eines Apfels zur Erde angeregt werden konnten.

Ein Apfel fällt zur Erde, und zwar in senkrechter Linie zur Erde, wenn er sich vom Baum loslöst. Er fällt in der ersten Sekunde 15 Fuß tief.

Wie aber ist es, muß der denkende Mensch sich fragen, wenn man einen Apfel nicht abwärts fallen läßt, sondern ihn geradeaus von sich wirft? — Die Erfahrung lehrt, daß in solchem Falle doch der Apfel zur Erde fallen wird; zwar nicht an der Stelle, wo die Hand ihn losläßt, sondern in einer weiten Entfernung. Denkt man darüber nach, wieso das kommt, so findet man, daß der Apfel zwar dem Wurf der Hand folgte und geradeaus fortgeflogen ist, aber mit dieser Bewegung hat er auch zugleich der Erde Folge geleistet und ist nicht in gerader Linie vorwärts gelaufen, sondern hat sich immer mehr und mehr zur Erde gesenkt und ist auch endlich auf diese hingefallen.

Nun haben aber genaue Untersuchungen gezeigt, daß wenn ein so geworfener Apfel zur Erde fällt, er ganz demselben Gesetze folgt, als ob man ihn hätte fallen lassen. War der Apfel beim Werfen 15 Fuß von der Erde entfernt, so wird er vom Beginn seines Laufes an sich zu senken anfangen und wird fern von dem Werfer genau in einer Sekunde auf dem Erdboden ankommen. Man kann sich hiervon durch Kugeln überzeugen, die man aus Gewehren oder Kanonen abschießt. Denken wir uns eine Kanone auf der Spitze des Petri-Thurmes aufgestellt und durch diese eine Kugel geradeaus abgeschossen, so wird wol Jeder zugeben, daß die Kugel endlich zur Erde fallen wird. Wann aber wird sie zur Erde fallen? Wie lange wird es dauern bis sie den Erdboden berührt? — Genau so lange, wie es dauerte, wenn man sie von der Spitze des Petri-Thurmes senkrecht herabfallen ließe!

Nehmen wir beispielsweise wieder an, daß ein Thurm 540 Fuß hoch wäre, so würde die Kanonenkugel netto in sechs Sekunden nach dem Schuß zur Erde fallen. Freilich wird der Ort, wo die Kugel zur Erde fällt, nicht immer derselbe sein. Eine starke Kanone würde die Kugel weit hin treiben; eine schwächere würde die Kugel näher zu Boden fallen lassen. Aber immer und in allen Fällen wird sie nach Ende der sechs Sekunden auf der Erde liegen, und die Entfernung dieses Ortes vom Thurme wird nur davon abhängen, wie weit der Schuß die Kugel in sechs Sekunden vorwärts zu treiben im Stande ist.

Sehen wir nun einmal den Weg an, den eine solche Kugel durchläuft, so finden wir, daß es eine gekrümmte Linie ist, die anfangs von der Kanonenöffnung geradeaus, dann aber immer stärker und stärker abwärts geht, bis auf den Punkt, wo sie die Erde berührt. Aber diese gebogene Linie wird sehr verschieden sein, je nachdem die Kugel mit schwacher oder starker Kraft aus der Kanone geschleudert wird. Ist die Kraft des Schusses schwach, so wird die Linie sich nicht weit hin dehnen, sondern sich bald abwärts krümmen; ist die Kraft des Schusses stark, so wird die Linie sich weit hin dehnen und einen weit ausgespannten Bogen zu bilden scheinen.

Ist dem aber so, so wird ein wenig Nachdenken zu dem richtigen Gedanken führen, daß je stärker solch' eine Kugel geschleudert wird, desto weiter dehnt sich der Weg bis zum Ort, wo sie auf die Erde fällt, desto gedehnter also wird der Bogen, den die Kugel durchfliegt. Da aber die Erde selber eine Kugel, deren Oberfläche ebenfalls bogenförmig gekrümmt ist, so kann man sich die Möglichkeit denken, daß eine Kanonenkugel mit so ungeheurer Kraft geschleudert würde, daß der Bogen, den die Kugel beschreibt, so groß und gedehnt ist, wie die Krümmung der Erdkugel selber. Wäre dies aber der Fall, könnte man eine Kugel mit solch' enormer Kraft abschießen, so würde sie garnicht zur Erde fallen können, sondern sie müßte ganz rings um die Erde herumlaufen und wenn sie kein Hinderniß fände unausgesetzt so laufen, ohne auf die Erde zu fallen. — —

So abenteuerlich und sonderbar solch' ein Gedanke klingen mag, so richtig und so wichtig ist er für die Astronomie, wie wir dies sogleich sehen werden.

XIX. Der Lauf des Mondes verglichen mit dem Lauf einer Kanonen-Kugel.

Man kann durch eine sehr leichte Rechnung zeigen, mit welcher Kraft eine Kugel aus einer Kanone geschossen werden muß, um sie rings um die Erde herum zu treiben, so daß die Kugel, wenn sie nach Osten abgeschossen worden ist, nach einiger Zeit von Westen her wieder an den Ort, wo die Kanone steht, ankommt, etwa wie ein Reisender, der eine Reise um die Erde gemacht hat.

Diese Rechnung, die schon für Anfänger in der Mathematik sehr leicht ist, ergiebt, daß eine Kanone, die so stark geladen werden könnte, daß sie eine Kugel in der ersten Sekunde 24280 Fuß weit treibt, ausreichen würde, diesen Versuch zu machen. Eine Kugel, mit solcher Kraft geschleudert, würde zwar nach einer Sekunde fünfzehn Fuß zur Erde herabgesunken sein; allein da die Erde selber auf eine Strecke von 24280 Fuß eine Krümmung von fünfzehn Fuß hat, so würde die Kugel der Erde nicht näher gekommen sein als Anfangs nach dem Schusse und sie würde nun weiter laufend stets in derselben Lage zur Erde bleiben, so daß sie endlich von der andern Seite her wieder am Ort anlangte, wo sie abgeschossen wurde.

Da aber die Kugel auch hier nicht auf die Erde fallen würde, so würde sie ihren Lauf fortsetzen, und angenommen, daß sie kein anderes Hinderniß fände, würde sie fortfahren, die Erde zu umkreisen und ganz und gar einen künstlichen Mond vorstellen, der um die Erde läuft. — Da endlich die Erde im Umfang 5400 Meilen beträgt, so würde, wie eine leichte Rechnung zeigt, die Kugel nicht wie der Mond 29 und einen halben Tag brauchen zu ihrem Rundlauf, sondern sie würde schon in einer Zeit von anderthalb Stunden etwa ihre Rundreise um die Erde vollendet haben.

Wir brauchen nicht zu sagen, daß es eine solche Kanone nicht giebt. Die stärkste Kanone vermag eine Kugel höchstens 7000 Fuß weit in der ersten Sekunde zu schleudern. Auch würde man durch eine andere Kraft nicht im Stande sein, den Versuch zu machen, indem die Kugel in der Luft einen großen Widerstand ihres schnellen Laufes findet, einen Widerstand, der ganz eigenthümlich wirkt und welcher, wie Professor Magnus in Berlin in jüngster Zeit nachgewiesen hat, sogar eine eigenthümliche Drehung jeder Kanonenkugel während ihres Laufes und dabei eine Abweichung ihrer Bahn veranlaßt. Denken wir uns aber alle diese Hindernisse fort, so wird eine mit so gewaltiger Kraft geschleuderte Kugel wirklich einen kleinen Mond vorstellen, der in anderthalb Stunden um die Erde läuft.

Und nun wird es wohl Jedem klar werden, was es eigentlich mit dem Lauf des Mondes um die Erde für Bewandniß hat, und wie sehr nahe verwandt das Fallen eines Steines auf die Erde mit dem Lauf des Mondes und anderer Gestirne des Himmels ist.

Der Mond wird in Wahrheit von der Erde so angezogen wie ein Stein, wie ein Apfel oder wie sonst irgend ein Gegenstand, den wir auf der Erde sehen. Er wird nur viel schwächer als diese Gegenstände angezogen, denn der Mond ist 60mal entfernter vom Mittelpunkt der Erde als die Gegenstände, die sich auf der Oberfläche der Erde befinden und wir wissen ja bereits, daß bei einer 60maligen Entfernung von der Erde die Anziehung im Quadrat, das heißt 60 mal 60, also 3600 mal schwächer wird. Würde eine allmächtige Hand den Mond in seinem Laufe aufhalten und ihn dann loslassen, so würde er sich nicht in seiner Bahn um die Erde fortbewegen, sondern er würde sich geradesweges zur Erde zu bewegen anfangen, von welcher er angezogen wird. In der ersten Sekunde würde er nicht fünfzehn Fuß auf seinem Wege zur Erde machen, sondern nur eine unmerklich kleine Strecke; allein mit jeder Sekunde würde die Geschwindigkeit zunehmen, wie die Zahl der Sekunden mit sich selbst multiplizirt und die Berechnung zeigt, daß der Mond in 8830 Sekunden, also in etwa drittehalb Stunden auf die Erde stürzen würde und zwar würde er mit einer solchen Geschwindigkeit an die Erde anprallen, daß er in der letzten Sekunde mehr als elf Meilen machen würde, und ohne Zweifel würde dieser Stoß genügen, um die Erde in Trümmer zu zerstoßen und alles auf ihr Existirende zu vernichten.

Weshalb aber fällt der Mond nicht zur Erde? — Weil der Mond eine eigene Bewegung hat, die ihn, wenn sie allein wirkt, in gerader Linien-Richtung an der Erde vorüber führen würde; die Anziehungskraft der Erde vermag ihn also nur gleich der Kanonenkugel, die wir um die Erde laufen ließen, von der geraden Linie abzulenken, und die Vereinigung der beiden Kräfte, die eigene Bewegungskraft des Mondes im Verein mit der Anziehungskraft der Erde bewirkt den Rundlauf des Mondes um die Erde, aus welchem er niemals abweichen kann.

Dies sind ungefähr die Gedanken, die im Kopfe Newtons sich entwickelten, als er den Apfel zur Erde fallen sah, und bis jetzt nach zweihundert Jahren bewährte nicht nur die Beobachtung, sondern auch jede der genauesten Rechnungen und der vorzüglichsten Entdeckungen die Richtigkeit jener Gedanken, die der große Denker an einen so geringfügigen Umstand, wie den Fall eines Apfels zur Erde, geknüpft hatte.

XX. Die Bewegungen und die Anziehungen der Gestirne.

Ganz dasselbe Verhältniß, welches zwischen Erde und Mond obwaltet, waltet auch zwischen der Sonne und der Erde ob. Die Erde wird von der Sonne ebenfalls angezogen und diese Anziehungskraft im Verein mit der eigenen Bewegung der Erde bringt es hervor, daß diese die Sonne in 365 Tagen 6 Stunden umkreist. Dieselbe Anziehungskraft der Sonne ist es, die sämmtliche sich bewegende Planeten zwingt, in Kreisen um die Sonne zu laufen; und weil wir eben diese Kreise und die Zeit beobachten können, welche ein Planet braucht, um den Kreis zu vollenden, daher einzig und allein wissen wir auch mit großer Genauigkeit anzugeben, wie weit ab jeder Planet von der Sonne sich befindet.

Ja, wir wissen noch mehr als man im ersten Augenblick für glaublich halten könnte. Aus dem Lauf eines Planeten um die Sonne schließt man mit vollster Sicherheit auf die Größe der Anziehungskraft der Sonne und da man diese Anziehungskraft kennt, so ergiebt eine leichte Rechnung auch ganz genau, wie groß der Fallraum auf der Oberfläche der Sonne ist.

Der Lauf, den die Erde um die Sonne macht, ist derart, daß die Erde sich in jeder Sekunde vier und eine halbe Meile fortbewegt. Mit dieser Geschwindigkeit würde die Erde der Sonne auch vorüber eilen und nie zu ihr zurückkehren, wenn die Sonne nicht eine Anziehungskraft auf sie ausübte. In Folge dieser Anziehung aber geht die Erde nicht in ihrem Lauf geradeaus, sondern ist genöthigt, im Kreis um die Sonne zu gehen und zwar ist der Kreis derart, daß die Erde in jeder Sekunde um 1⅓ Linie von der geraden Richtung ihres Laufes abweicht und so eine Krümmung macht, die im Verlauf von 365¼ Tagen zu einem Kreise wird. — Wenn aber die Sonne, welche 20 Millionen Meilen von der Erde entfernt ist, diese so anzieht, daß die Erde in einer Sekunde sich um 1⅓ Linie der Sonne nähert, so ergiebt eine leichte Rechnung, daß an der Oberfläche der Sonne ein Stein in einer Sekunde 430 Fuß fallen muß. Das heißt, wenn Jemand auf der Sonne einen Thurm besteigen würde und von diesem einen Stein fallen ließe, so würde der Stein, der hier auf der Erde in der ersten Sekunde 15 Fuß tief fällt, dort auf der Sonne in einer Sekunde 430 Fuß tief fallen.

In gleicher Weise wissen wir auch mit vollster Bestimmtheit, um wieviel ein Stein, der 1 Pfund wiegt, wiegen würde, wenn man ihn auf die Oberfläche der Sonne brächte. Er würde fast 29mal schwerer sein als hier, denn an der Oberfläche der Sonne ist die Anziehungskraft der Sonne an 29mal stärker als die Anziehungskraft an der Oberfläche der Erde. — Ob wirklich die Sonne von menschlichen Wesen bewohnt ist, das wissen wir nicht; daß sie aber, wenn sie dort existiren, ganz anders beschaffen sein müssen als wir, geht daraus hervor, daß unsere Füße uns nicht auf der Oberfläche der Sonne tragen würden. Unsere Füße sind so stark, daß sie die Last unseres Körpers, der ziemlich 1½ Zentner schwer ist, mit Leichtigkeit tragen können; würde ein menschliches Wesen aber auf die Sonne versetzt, so würde sein Körper mehr als 29½ mal schwerer werden, das heißt, er würde 40 Zentner wiegen; da aber dies keine Last ist, die wir tragen können, so würden wir unbedingt zu Boden stürzen. Da aber auch beim Liegen der unten liegende Theil den obern zu tragen hat, so würden wir wahrscheinlich plattgedrückt werden, als ob eine Last von 40 Zentnern auf uns läge.

In ganz gleicher Weise kennt man die Fallhöhe auf

allen andern Planeten, deren Anziehungskraft man durch den Umlauf ihrer Monde oder durch andere Umstände zu beobachten Gelegenheit hatte; so wissen wir z. B., daß ein Stein, der auf dem Planeten Jupiter von einem Thurm fallen gelassen wird, in der ersten Sekunde nahe an 39 Fuß fallen würde. Ein Mensch der Erde auf den Jupiter versetzt, würde dort 3³/₄ Zentner schwer sein und sich mit derselben Beschwerde fortbewegen, wie Jemand, der außer der Last seines Körpers noch zwei Zentner zu schleppen hat.

Dagegen hat man es auf den kleinen Planeten weit leichter. Eine Ballet-Tänzerin, die hier mit Anstrengung vier Fuß hohe Sprünge macht, würde auf dem kleinen Planeten Vesta wahrscheinlich mit gleicher Anstrengung sechsmal so hoch springen können und während sie hier kaum ein drittel Sekunde in der Luft schwebt, würde sie sich dort an zwei Sekunden schwebend erhalten können, was beiläufig gesagt garnicht so wenig Zeit ausmacht, als man gewöhnlich glaubt.

Aber auch weiter über das Planetensystem hinaus gilt das Gesetz der Anziehung der Himmelskörper auf einander. Die Fixsterne, von denen der nächste von dem Astronomen Bessel beobachtete an 13 Billionen Meilen von uns entfernt ist, werden gleichfalls durch das Gesetz der Anziehung beherrscht. In den Regionen des Himmels, die unser Auge im Dunkel der Nacht durchdringt, existiren Doppelsterne, das heißt: je zwei Sonnen, die sich um einander bewegen. Sie sind so entfernt von uns, daß die beiden Sonnen für das bloße Auge wie ein einziger Stern erscheinen, gleichwol sind sie in Wirklichkeit Millionen Meilen von einander entfernt und sie beschreiben Kreise um einander, die ganz genau beweisen, daß das Gesetz der Anziehung, wie es hier auf Erden existirt, auch in jenen fernsten Welträumen Geltung hat, woher das Licht, das sich in einer

Sekunde 41,000 Meilen bewegt, Jahrzehnte, ja Jahrhunderte braucht, um bis zu uns zu gelangen.

XXI. Worin liegt die Kraft der Anziehung?

Wir haben bisher versucht, die Anziehungskraft, welche den Himmelskörpern eigen ist, im Allgemeinen kennen zu lernen. Es entsteht nun aber die Frage, worin liegt diese Anziehungskraft? Besitzen die Himmelskörper eine Art von Magnet, der in ihrem Innern steckt, wie ein Kern in einer Hülle und gehört diese Kraft nur diesem an; oder liegt diese Kraft in dem Stoffe selber, der diese Himmelskörper bildet, so daß die Anziehung ein Ergebniß des Stoffes ist?

Die Antwort auf diese Frage ist nicht minder bestimmt und sicher als die Gesetze der Anziehung es sind.

Es unterliegt keinem Zweifel, daß die Erde und ebenso irgend ein Planet oder Fixstern ihre Anziehungskraft nicht einem besondern Körper verdanken, der etwa in ihnen steckt, sondern daß es nur der Stoff selber ist, der die Anziehung ausübt.

Die Anziehungskraft, die wir jetzt betrachten, liegt in den Massen, in den Summen aller Atome eines Körpers.

Wenn die Erde eine starke Anziehungskraft besitzt, so besitzt sie diese nur deshalb, weil sie selber ein großer Haufen einzelner Atome, eine ungeheure Sammlung solcher kleinsten Theile ist, aus welchen alle Dinge der Welt bestehen. Es steckt also die Anziehungskraft nicht in einer besonderen Eigenschaft einzelner Atome, sondern in der Gesammtzahl aller Atome.

Hieraus folgt, daß die Sonne, deren Anziehungskraft viel größer ist als die der Erde, diese nur deshalb besitzt, weil sie an Masse größer ist; daß der Mond, der weniger

Anziehungskraft hat als die Erde, nur darum schwächer anzieht, weil er weniger Atome besitzt als die Erde; und hieraus läßt sich der Schluß ziehen, daß jede Masse eine Anziehungskraft ausübt auf eine andere und zwar je größer die Masse, desto größer ist die Anziehungskraft.

Diese Wahrheit erkannte schon der große Newton selber und da er wußte, daß die Masse eines Dinges von der Summe der Atome herrührt, die diese Masse bildet, so zog er den ganz richtigen Schluß, daß man aus der Anziehungskraft jedes Himmelskörpers auch seine Masse berechnen kann.

Neuere Untersuchungen haben diese Wahrheit nicht nur bestätigt, sondern haben auch den schlagendsten Beweis hiervon geführt, den man zu Newtons Zeiten nicht geben konnte. — Diese Beweise bestehen darin, daß man ein außerordentlich feines Instrument anwendet, um zu zeigen, daß nicht eben die Erde allein eine Anziehungskraft hat, sondern auch jeder beliebige Gegenstand, den wir auf der Erde sehen, und nur weil jeder Gegenstand auf der Erde blos einen unendlich kleinen Theil der Masse der Erde bildet, nur darum ist seine Anziehungskraft so äußerst unbemerkbar und erst durch jenes höchst empfindliche Instrument zu entdecken, das wir eben erwähnt haben.

Worin aber besteht dies Instrument?

Sicherlich werden Viele unserer Leser es nicht ahnen, daß dies werthvollste und feinste aller Instrumente so außerordentlich einfach ist, daß schon die Kinder damit spielen. Es ist ein Pendel.

Wir haben bereits von der chemischen Wagschale gesprochen, die das vorzüglichste mechanische Werkzeug ist, das menschliche Hände verfertigt haben. Eine gute chemische Wagschale ist so empfindlich, daß die eine Schale schon sinkt, wenn sich etwas mehr Staub auf sie legt als auf die andere. Ein noch empfindlicheres und bei weitem einfacheres Instrument aber ist das Pendel.

Was ein Pendel ist, weiß gewiß Jedermann. Der Perpendikel einer Uhr ist ein Pendel. Ein Faden, an den man einen Stein anbindet und ihn hin- und herschwingen läßt, ist ein schwingendes Pendel; welch' ein feines Instrument aber ein Pendel ist, ahnen nur wenige Menschen.

Wenn man ein aufgehängtes Pendel in Bewegung setzt, das heißt hin- und herschwingen läßt, so ist die Dauer seiner Schwingungen ein richtiges Maß für die Anziehung der Erde. Es folgt auf das allergenaueste aus den Gesetzen des Falles, daß ein Pendel langsamer schwingen muß, wenn die Anziehungskraft der Erde abnimmt, und schneller schwingen wird, wenn die Masse der Erde zunehmen würde. Nun läßt sich zwar beim einmaligen Hin- und Herschwingen nicht mit Genauigkeit sagen, ob der Schwung ein bischen schneller oder ein bischen langsamer ist; aber wenn man ein solches Pendel von etwa drei Fuß Länge einen Tag lang hin- und herschwingen läßt und die Schwingungen zählt, so wird man aus der Zahl der Schwingungen sehr gut erkennen, ob es schneller oder langsamer schwingt. Hat man die Länge des Pendels z. B. genau so eingerichtet, daß es in jeder Sekunde einmal seine Schwingung machen muß, so wird es in einem Tage 86400 mal schwingen müssen; macht es nun eine einzige Schwingung mehr oder weniger, so weiß man, daß es sich jede Sekunde um $^1/_{86400}$ zu schnell oder zu langsam bewegt hat.

Da kein Instrument in der Welt so unmerkbare Dinge anzuzeigen vermag, so hat man das Pendel mit Recht als das feinste Instrument in der Welt zu betrachten; und Versuche mit demselben haben bisher noch die sichersten Resultate der Wissenschaft geliefert, obgleich sich solchen

Versuchen die größten Schwierigkeiten in wesentlichen Punkten entgegenstellen.

Der Pendel-Versuch ist es auch, der in neuester Zeit den vollen unumstößlichen Beweis geliefert hat, daß alle Massen eine Anziehungskraft besitzen, und daß auch alle Massen der Anziehungskraft gleich unterworfen sind. Der Naturforscher Reichenbach zeigte durch Versuche, wie ein Pendel nicht nur von der Anziehungskraft der Erde in Schwingung erhalten wird, sondern auch jede an Masse hinreichend starke Kugel dies Kunststück verrichtet; und Bessel, der Pendel aus allen möglichen Stoffen der Welt herstellte, gab den Beweis, daß alle Stoffe der Welt der Anziehung ganz gleich unterliegen.

XXII. Die Anziehungskraft und die Entstehung der Welt.

Blicken wir nun auf das Resultat der Versuche, die wir im vorhergehenden Abschnitt erwähnt haben, so geht aus ihnen Folgendes mit der vollsten Bestimmtheit hervor.

Jede Masse in der Welt besitzt eine Anziehungskraft auf andere Massen. Je größer die Masse ist, desto größer ist die Anziehungskraft, denn diese Anziehungskraft ist immer die Summe der Anziehungskräfte, die die Atome besitzen, welche die Masse bilden.

Eine Bleikugel z. B. besitzt eine Anziehungskraft und äußert auch diese merkbar auf eine geeignete Pendel-Vorrichtung. Eine zweimal so schwere Bleikugel besitzt eine zweimal so große Anziehungskraft; eine halb so große Bleikugel hat nur eine halb so große Anziehungskraft, der zehnte Theil der Bleikugel hat eine zehnmal schwächere Anziehungskraft und die Natur dieser Anziehung ist der

Anziehungskraft der Erde ganz ähnlich, sie ist stark in der Nähe und nimmt mit dem Quadrat der Entfernung ab: sie verhält sich also ganz wie die Anziehung, welche man an den Himmelskörpern entdeckt hat. Die Bleikugel steht in dieser Beziehung der Sonne, den Fixsternen und allen Gestirnen des Himmels ganz gleich; und wirkt nur darum schwächer, weil sie mit jenen gewaltigen Kugeln verglichen, an Masse so gering ist.

Ueber diese Thatsache herrscht nicht der allergeringste Zweifel; sie steht vielmehr so fest und unumstößlich da, wie nur irgend ein wissenschaftliches Resultat.

Ist dem aber so, so erweckt dies unser ernstliches Nachdenken und regt äußerst wichtige Fragen in uns an, die uns bis zu den Räthseln der unsichtbaren Kräfte oder den räthselhaften Eigenschaften der Atome führen.

Denken wir uns einmal einen ganz leeren Raum im Weltgebäude. Denken wir uns Sonne, Mond, Erde, Planeten, Kometen und Fixsterne ganz und gar fort und nehmen wir an, daß in diesem leeren Raume zwei kleine Atome existiren, die Millionen Meilen von einander entfernt sind, so wird zwischen diesen Atomen eine Anziehungskraft wirksam sein. Diese Anziehungskraft wird außerordentlich schwach sein, weil die Atome ganz außerordentlich gering an Masse sind. Durch die große Entfernung wird die schwache Anziehungskraft nur noch um Millionenmal Millionen schwächer wirken; gleichwol aber steht es unumstößlich fest, daß die beiden Atome sich gegenseitig anziehen und wenn sie auch Millionen von Jahren bisher geruht haben, so werden sie anfangen, sich einander zu nähern und dies werden sie so lange fortsetzen, bis beide Atome vereinigt und eine einzige Masse geworden sind.

Existiren mehr als zwei solche Atome im Weltraum, so werden alle zu einander sich bewegen und sich an irgend einem Punkte treffen und vereinigen, und denken wir uns den Weltraum von Strecke zu Strecke erfüllt mit solchen Atomen, so werden an allen Punkten, wo sie einander etwas näher stehen, nach und nach sich ganze Massen bilden, und wenn ihre Zahl groß genug ist, so würden aus ihnen große Himmelskörper, Kugeln von ungeheurer Masse entstehen, wie wir sie jetzt in Sonne, Fixsternen, Planeten und Monden vor uns sehen.

Von einer solchen Vorstellung fühlt sich der menschliche Geist hineingeleitet in die dunkelsten Zeiten der Entstehung der Welt und findet einen Gedankenfaden, der ihn zurückführt auf das unerforschliche Gebiet, wo das Dasein der Welt begonnen, oder mindestens das Dasein der Himmelskörper, welche jetzt als die existirenden Wesen im Weltraum erscheinen.

Freilich scheint es dem menschlichen Geiste nicht vergönnt zu sein, tief in jenes Dunkel hineinzublicken. Gehen wir einmal zurück auf die Frage, wie die Welt oder richtiger wie die Himmelskörper, die den Weltraum erfüllen, entstanden sind, so ist eben nicht viel für unsern Wissensdrang dadurch gewonnen, wenn wir annehmen, daß sie vor ihrer Bildung als getrennte Atome existirten, welche durch die Gesetze der Anziehung sich zu Himmelskörpern vereinigt haben. Fragen wir einmal nach der Entstehung, so müssen wir auch nach der Entstehung der Atome fragen und wollten wir uns mit einer Art von Antwort irgendwie begnügen, so wird es stets räthselhaft bleiben, wie diese Atome zu der Eigenschaft gekommen sind, sich gegenseitig anzuziehen? — Wer sich in Beantwortung solcher Fragen nicht gern täuscht, der wird auch gestehen, daß die bisherigen Aufschlüsse der Naturwissenschaft nicht ausreichen auf diese Fragen eine Antwort zu ertheilen. Es gehören solche Fragen auch nicht mehr in das Gebiet der strengen Naturwissenschaft, sondern liegen über deren Grenze hinaus auf einem Gebiete, das man nur mit Vorsicht betreten darf, wenn man nicht irre wandeln will.

Gleichwol aber ist es Naturwissenschaft, wenn sie so weit als möglich das Entstehen der Dinge auf naturgemäßem Wege erklärt und sich bestrebt für die Entwickelung der Welt so wenig als möglich übernatürliche Kräfte anzunehmen; und wenn es zugegeben werden muß, daß die Wissenschaft im Stande ist, sich die Entstehung der Himmelskörper aus zerstreuten Atomen im Weltraum vorzustellen, ja daß nach den Gesetzen der Naturwissenschaft diese Entstehung der Welten erfolgen müßte aus solchen Atomen, so ist dies immer ein Sieg der Wissenschaft, wenn auch ein Sieg, auf den sie sich zu überheben nicht Ursache hat, da er so hart an der Grenze liegt, der ihr ein weiteres Vorschreiten unmöglich macht.

Aber noch ganz andere Umstände gebieten uns Bescheidenheit und gerade um diese zu zeigen, wollen wir hier jetzt wieder zurück zu unserm Hauptthema: zu der geheimnißvollen Kraft der Anziehung.

XXIII. Das Geheimnißvolle der Naturkräfte.

Wir brauchen nicht in das Dunkel vorweltlicher Zeiten zurückzugehen, um die Grenze menschlicher Erkenntniß zu suchen, es ist vielmehr alles, was uns vor Augen liegt, in seinem innersten Wesen räthselhaft genug, um uns Bescheidenheit zu lehren, selbst dort, wo wir uns der Siege der Wissenschaft freuen.

Sehen wir uns dasjenige an, was wir bisher in unserm Thema als eine Errungenschaft der Naturwissenschaft angenommen haben, so erkennen wir bei näherer

Betrachtung sofort, daß die Aufschlüsse der Wissenschaft zwar die Erscheinungen der Natur enträthselt, dafür aber das Wesen der Natur in Räthsel gehüllt haben.

Als wir das Zusammenhängen der festen Massen betrachtet haben, waren wir genöthigt anzunehmen, daß alle Dinge der Welt aus einzelnen Atomen bestehen, daß diese Atome eine Anziehung auf einander ausüben, welche es verhindert, daß die Atome mit Leichtigkeit getrennt werden, daß diese Anziehung die Festigkeit eines ganzen Stücks Eisen hervorbringt. Zugleich aber waren wir genöthigt anzunehmen, daß diese Atome trotzdem nicht nahe an einander gelagert sind, weil die Dinge, die aus ihnen bestehen, gewaltsam zusammengedrückt werden können, und dies führte uns darauf hin, daß neben der Anziehung der Atome auch eine Abstoßungskraft unter denselben thätig sei.

Schon diese Annahme allein ist geeignet, eine räthselhafte genannt zu werden. Nach dieser Vorstellung sollen zwei Atome eines und desselben Stoffes sich gegenseitig anziehen und dennoch zugleich sich gegenseitig abstoßen. Zwar wird durch diese Annahme eine große Reihe räthselhafter Erscheinungen erklärt. Durch eine Annahme dieser Art wird es begreiflich, woher sie unter Umständen feste Massen dehnen und unter entgegengesetzten Umständen wieder zusammenziehen können. Würden wir solche Annahmen nicht machen, so würden wir viele Räthsel in der Naturerscheinung unerklärt haben. Allein vergessen darf man niemals, daß man hierdurch viele Räthsel gelöst, dafür aber ein einziges großes Räthsel eingetauscht hat.

Wol ist es ein Gewinn für die Erkenntniß, wenn man einen Grund für viele Erscheinungen auffindet; wenn man statt der vielen Räthsel nur eines zu lösen hat; aber vergessen darf man niemals, daß der Gewinn immer nicht vollendet ist, wenn er noch auf einem räthselhaften Fundament gebaut wird.

Die strenge Wissenschaft erkennt dies in Bescheidenheit an; sie nennt daher die Annahmen solcher Art: „Hypothesen", das heißt, noch nicht bewiesene Voraussetzungen. Sie bleibt bei einer Hypothese, so lange die Erscheinungen damit übereinstimmen und hält sie fest bis entweder eine neue Hypothese bessern Aufschluß giebt oder die alte Hypothese durch neue Thatsachen unhaltbar geworden ist.

Die Annahme der Atome ist eine solche Hypothese. Die Voraussetzung also, daß die Atome mit Anziehungs- und Abstoßungskräften begabt sind, ist eine weitere Hypothese. Die Thatsache, daß eine Reihe räthselhafter Erscheinungen sich durch diese Hypothesen erklären lassen, giebt diesen Annahmen einen hohen Grad von Wahrscheinlichkeit; zur Gewißheit aber sind diese Hypothesen noch nicht erhoben und sie werden erst dann zur Gewißheit werden, wenn es der menschlichen Forschung gelingt, einerseits die Existenz der Atome durch die Sinne unzweifelhaft nachzuweisen und andrerseits die Kräfte, welche man den Atomen beilegt, dem Geiste klarer zu machen.

Deshalb nennen wir dieses Thema: die geheimen Naturkräfte, denn obwol die Wirkungen dieser Kräfte vor aller Welt offen liegen, sind die Kräfte selbst doch noch Geheimnisse, deren Erforschung einer vielleicht sehr späten Zukunft erst anheimfallen wird. Für jetzt lernen wir hieraus nur, daß es Zustände und Kräfte in der Welt giebt, die unsern Sinnen direkt verborgen sind, daß die Welt aus mehr besteht als aus dem, was unsere fünf Sinne wahrnehmen, und daß sie uns wahrscheinlich ganz anders erscheinen würde, wenn wir auch nur einen sechsten Sinn besäßen, der uns neue Aufschlüsse über die

Außenwelt geben und unsern Geist mit neuen Wahrheiten bereichern würde.

So lange indessen weder die Zeit noch die Natur uns so begünstigt hat, sind wir auf die Erkenntniß unserer Tage und auf die Auffassung unserer Sinne und unseres Geistes angewiesen, und müssen uns mit der Vergleichung und Ausgleichung der Naturerscheinungen und wo wir auf neue Räthsel stoßen, mit dem Trost begnügen, daß das Licht der Naturwissenschaft unserer Zeit heller leuchtet als den Zeiten der Vergangenheit und in den kommenden Zeiten auch heller leuchten wird als in der unsern.

Gehen wir nun in unserem Thema an die Vergleichung der Naturerscheinungen und der Kräfte, die ihnen zu Grunde liegen, so haben wir vorerst zwei Arten von Anziehung neben einander zu stellen, um ihre Unterschiede kennen zu lernen.

Die erste Anziehung ist die gegenseitige Anziehung der Atome, die sich zu festen Stoffen vereinigt haben; die zweite Anziehung ist die Anziehung, die die Atome auf andere ausüben, die von einander entfernt sind und die vermöge ihrer Anziehung sich einander immer näher zu kommen streben.

Beide Arten der Anziehung sollen Eigenschaften der Atome sein. Wie und wo diese Anziehungskraft in ihnen steckt, ist ein völliges Geheimniß und dies Geheimniß wird nicht leichter aufzulösen, wenn man die verschiedenartige Natur der Anziehungen, die wir bereits angeführt haben, bedenkt, und dabei erwägt, daß es noch andere Anziehungen giebt, die den Atomen zugeschrieben werden müssen, und welche wir, nach einer kurzen Betrachtung über die bis jetzt genannten Anziehungen, unsern Lesern vorführen wollen.

XXIV. Die Verschiedenheit ähnlicher Naturkräfte.

Bevor wir neue Arten der Anziehung kennen lernen, wollen wir einen kurzen Blick auf die zwei Arten, die wir bisher betrachtet haben, werfen und sie miteinander vergleichen.

Die Atome eines und desselben festen Körpers halten sich mit einer gewissen Kraft fest und wir stellen uns diese Kraft als eine Anziehung vor.

Gleichwol hat diese Anziehung ihre Grenzen. Diese Anziehung ist vollständig unterbrochen, wenn man gewaltsam das feste Stück auseinander bricht. Man sollte glauben, daß die Anziehungskraft der Atome ausreichen müßte, ein Stück Eisen, das man zerbrochen hat, wieder zu einem Ganzen werden zu lassen, wenn man die Bruchtheile an einander preßt. Allein dies ist nicht der Fall, und man erklärt dies dadurch, daß diese Anziehung zwischen Atom und Atom nur herrscht, wenn sie außerordentlich nahe an einander liegen, daß aber ein noch so starker Druck nicht hinreiche, die von einander gerissenen Atome wieder so nahe an einander zu bringen, daß die Anziehungskraft wirksam werde.

Allein diese Erklärung hat wieder viel Unerklärliches an sich. Wenn eine gewisse Kraft hingereicht hat, ein Stück Eisen auseinander zu reißen, so sollte man glauben, daß nur dieselbe Kraft nöthig sein müsse, um die Bruchtheile wieder an einander zu pressen, damit ein Atom des einen Stückes dem des andern nahe genug kommt, um die Anziehung zu bewirken. Wenn trotzdem aber selbst ein zehnmal so starker Druck die Atome nicht wieder so nahe bringt als vorher, so muß offenbar ein eigener Umstand hier obwalten, den es noch nicht gelungen ist zu erforschen.

Auffallend ist es, daß frische Schnittflächen in Blei und noch besser in Gummi-Elastikum durch Druck wieder vereinigt werden können, und zwar nicht so wie etwa zwei glatte Flächen überhaupt an einander haften, sondern es findet eine so vollständige Vereinigung bei gehörigem Drucke statt, daß zwei Stücke zu Einem werden.

Wenn wir hiernach annehmen müssen, daß in den überwiegend meisten Stoffen die Atome, wenn sie einmal einander losgelassen haben, nicht wieder leicht die Anziehung auf einander ausüben, so ist es mit der zweiten Art von Anziehung, mit der Anziehung der Massen aus der Ferne ganz anders. Diese Art von Anziehung nimmt in der Nähe zu und in der Entfernung ab; aber sie wird nicht im geringsten gestört durch abwechselndes Nähern oder Entfernen, und bleibt in ihrem Wesen ganz gleich, wenn man auch die Anziehung noch so oft durch Entfernen der angezogenen Körper gestört hat.

Zwar kann man Versuche derart nicht leicht anstellen, aber die Natur selber wiederholt diesen Versuch allmonatlich mit der Anziehungskraft der Erde, indem der Mond nicht in einer völlig kreisrunden, sondern in einer Art länglichrunden Bahn um die Erde läuft, bei welcher er der Erde regelmäßig bald näher, bald entfernter ist; und obwol dieses Nähern und diese Entfernung seit Jahrtausenden abwechselnd stattfindet, hat es der Anziehungskraft der Erde auf den Mond keinen Eintrag gethan und die Natur dieser Kraft ganz unverändert gelassen.

Der wesentlichste Unterschied zwischen den beiden Arten der Anziehung liegt ferner darin, daß neben der Anziehung der Atome eines und desselben Stückes eine Abstoßung stattfindet. Drückt man ein Stück Eisen, so schieben sich die Atome an einander und es wird kleiner: hebt man aber den Druck auf, so dehnt sich das Stück Eisen wieder in seine frühere Gestalt zurück. Dies können wir uns nicht anders als durch die Abstoßungskraft der Atome erklären, die zugleich neben der Anziehungskraft herrscht und die beide zusammen stets die Lage der Atome reguliren, so daß bei einer sich selbst überlassenen Masse die beiden Kräfte im Gleichgewicht sind.

Dahingegen hat man bei der zweiten Art der Anziehung, bei der Anziehung der Massen vergebens irgend welche Erscheinung der Abstoßung gesucht. Unter den vielen Tausend Himmelserscheinungen und den Bewegungen der Himmelskörper scheint außer der Kraft der eigenen Bewegung nur die Anziehung der Massen auf einander zu wirken, wenigstens hat diese Annahme ausgereicht, nicht nur sämmtliche Erscheinungen zu erklären, sondern auch aus den Wirkungen dieser Art, die bisher nicht gesehene Himmelskörper ausgeübt hatten, die Existenz dieser Himmelskörper zu beweisen und ihre Entdeckung zu befördern.

Nur an den Kometen scheint sich etwas von einer Abstoßung zu zeigen. — Bessel macht es höchst wahrscheinlich, daß bei dem Halleyschen Kometen vom Jahre 1835 die Sonne auch eine gewisse Abstoßung auf die Nebelhülle des Kometen ausgeübt habe, und die neueste höchst wunderbare Entdeckung, daß der Biela'sche Komet sich im Verlauf der letzten sechs Jahre seines Umlaufs getheilt hat, so daß aus ihm, der seit seiner Entdeckung im Jahre 1826 bis zum Jahre 1848 entschieden als ein einziger Komet erschienen ist, zwei neben einander herziehende Kometen geworden, — diese Entdeckung deutet darauf hin, daß in der Kometenmasse die Anziehung allein nicht herrschen könne, vielmehr ein unbekanntes Gesetz der Abstoßung zugleich stattfinden müsse.

Endlich zeigt sich noch der wesentliche Unterschied, daß die Anziehung der Atome in festen Stoffen durch die Wärme nicht nur verändert wird, sondern sogar so vollständig aufgehoben werden kann, daß die Atome sich in Gas verwandeln und als solche sich von einander so weit als es ihnen nur der Raum gestattet entfernen, daß also durch die Wärme die Anziehungskraft vollständig verloren geht und die Abstoßungskraft allein übrig bleibt. Bei der Anziehungskraft der Massen auf einander ist jedoch solch' eine Veränderung durch die Wärme nicht merkbar. — Man hat nicht nur in der Anziehungskraft der Erde auf das Pendel keinen Unterschied zwischen Sommer und Winter, Tag und Nacht, zwischen hellem Sonnenschein und Sonnenfinsternissen gefunden, sondern auch die Nähe der Erde zur Sonne, oder deren Entfernung hat einen Unterschied der Anziehung der Erde nicht merkbar gemacht.

Sehen wir so diese scheinbar einheitliche Kraft der Anziehung unter Umständen so wesentlich verändert, so wollen wir nunmehr die andern Arten der Anziehung kennen lernen, die in ihrem Wesen nicht minder verschieden und nicht minder wunderbar als die bisherigen sind.

XXV. Die Kraft des Magneten.

Durch nichts in der Welt kann man die Erscheinung der Anziehung so leicht Allen vorzeigen als durch einen Magneten. Selbst Menschen, die sonst Naturkräfte wie Märchen ansehen, werden durch die Versuche, die sie selber an einem Magneten anstellen können, eines Besseren belehrt und durch Thatsachen angeregt, ihr ernstlicheres Nachdenken auf die wunderbaren Erscheinungen zu richten.

Wir wollen eine Reihe solcher Versuche, die Jeder mit Leichtigkeit selber anstellen kann, hier aufführen.

Auf sehr verschiedene Weise ist man jetzt im Stande, eine Stahlnadel magnetisch zu machen. Wenn man eine stählerne gewöhnliche Stricknadel mit einem Magnetstein, wie solche in der Erde gefunden werden, bestreicht, so wird die Stricknadel in einen Magneten verwandelt. Ein gewöhnlicher Magnet, wie man ihn in den Eisenhandlungen kaufen kann, versteht ebenfalls dieses Kunststück. Bestreicht man mit ihm eine Stricknadel, so wird sie gleichfalls magnetisch. Mit noch größerem Erfolge kann man solche Stricknadel in einen Magneten verwandeln, wenn man sie an einem Elektromagneten, von dem wir später sprechen werden, streicht. Endlich erhält auch Eisen magnetische Eigenschaften durch Feilen und schließlich hat man auch beobachtet, daß Eisenstäbe, z. B. an Fenstern und Zaun-Gittern magnetisch werden, wenn sie lange Zeit aufrecht gestanden haben. —

Wer nun einige Versuche mit einem Magneten anstellen will, der verschaffe sich mindestens eine magnetisirte Stricknadel, wenn er die Ausgabe von ein paar Groschen scheut, um sich einen gewöhnlichen, wie ein Hufeisen geformten Magneten zu kaufen.

Legt man eine solche Stricknadel auf den Tisch und hält eine Nähnadel in die Nähe, so wird man bemerken, daß hier eine Anziehung stattfindet. Magnet und Eisen ziehen sich gegenseitig und schon in einer gewissen Entfernung an, bis sie sich berühren. Hat die Berührung stattgefunden, so halten Magnet und Eisen fest zusammen, so daß es eine gewisse Kraft erfordert, sie auseinander zu reißen.

Da eine magnetisirte Stricknadel in Wahrheit ein Magnet ist, so wollen wir ihr nunmehr immer diesen

Namen geben und in allen Fällen unter Magnet einen geraden magnetischen Stahlstab bezeichnen, während wir einen gewöhnlichen gebogenen Magneten einen Hufeisen-Magneten nennen wollen.

Legt man einen Magneten in Eisenfeile, wie man sie in jeder Schlosserei oder Schmiede erhalten kann, so sieht man so recht, wo die Kraft des Magneten am stärksten ist. Die kleinen Stückchen Eisenfeile heften sich an den Magneten an und bilden einen ordentlichen Bart an demselben. Beobachtet man diesen Bart, so nimmt man wahr, daß er in der Mitte der Nadel ganz und gar nicht vorhanden ist, dahingegen immer stärker und stärker wird nach den Enden zu, bis endlich an beiden Enden des Magneten die kleinen Eisenstückchen nicht nur am Magnete, sondern auch fadenweise an einander haften und ordentlich borstenartig aus einander gehen.

Da offenbar die magnetische Kraft dort am stärksten ist, wo sich die meisten Eisenfeil-Spänchen ansetzen, so wird es Jeder einsehen, daß die Enden eines Magneten die stärkste magnetische Kraft besitzen.

Streifen wir einmal mit den Fingern die Eisenfeil-Späne ab und besehen uns den Magneten, so finden wir, daß durch das Auge nicht die Spur zu entdecken ist, worin diese Kraft des Magneten besteht. Der Magnet verräth an sich keinem unserer fünf Sinne irgend etwas, daß er eine solche Eigenschaft besitzt. Er übt auch keine leicht merkbare Anziehung auf irgend einen Stoff sonst aus; nur wenn man ihn an Eisen bringt, da tritt mit einem Male diese Kraft hervor und überzeugt uns, daß die Dinge in der Welt Eigenschaften haben können, von denen wir keine Ahnung haben, so lange wir nicht durch Thatsachen davon belehrt werden.

An unserem Magneten finden wir nun solche Eigenschaften, die kein Mensch herauszufinden im Stande ist, und wenn er denselben noch so emsig untersuchen wollte. An Gewicht, an Farbe und an Ansehen, oder sonst durch welche Merkzeichen unterscheidet sich die magnetisirte Stricknadel nicht im geringsten von der nicht magnetisirten; und doch ist die magnetisirte Stricknadel etwas anderes, ja sie ist in ihren einzelnen Theilen ganz eigenthümlich, denn ihre Mitte ist nicht magnetisch, während ihre Enden magnetisch sind.

So wunderbar dies ist, so ist dies doch noch gar wenig von den Wundern der magnetischen Erscheinung, wie man sich durch weitere Versuche sofort überzeugen kann.

Man lege ein paar Nähnadeln auf ein Blatt Papier und berühre mit dem einen Ende des Magneten die eine, so wird sie sofort am Magnete angeheftet sein. Berührt man aber mit dieser Nähnadel die zweite Nähnadel, so sieht man, daß auch diese angezogen und mit einiger Behutsamkeit sogar in die Höhe gehoben werden kann. Ist der Magnet stark, so kann man an die zweite Nähnadel noch eine dritte, an diese noch eine vierte anhängen.

Man sollte nun glauben, daß der Magnet es ist, der sie alle trägt, der etwa so stark ist, daß er die dritte und vierte Nadel in seiner Nähe festhält. Aber dem ist nicht so. Nimmt man nämlich die erste Nähnadel auch nur ein wenig vom Magnete herab, so fallen augenblicklich alle übrigen Nähnadeln auseinander, obgleich die zweite Nähnadel dem Magnete jetzt immer noch näher ist als vorher die dritte und vierte.

Es geht in der That etwas Eigenthümliches mit den Nähnadeln vor, das wir noch kennen lernen werden, vorerst aber haben wir noch einige Versuche anzustellen.

XXVI. Weitere Versuche mit einem Magneten.

Man lege einen Magnet unter ein großes Blatt Papier und streue mit einer gewöhnlichen Streusandbüchse Eisenfeilspäne auf das Blatt. Man wird sofort eine eigenthümliche Lagerung der Eisenfeiltheilchen wahrnehmen, die merkwürdig regelmäßige Strahlen um die beiden Hälften des Magneten bilden. Klopft man hierauf ein wenig mit dem Finger auf das Blatt, so findet die Bewegung noch regelmäßiger statt und man erhält oft ein überraschend schönes regelmäßiges Bild, das Jedem, der es zum ersten mal sieht, gewiß viel Vergnügen machen wird.

Da es Niemandem, der sich dafür interessirt, schwer werden kann, diesen Versuch zu machen, und da er bei einiger Uebung vollkommen gelingt, so wollen wir uns mit Beschreibung desselben nicht aufhalten und wollen nur Folgendes zur nähern Belehrung hinzufügen.

Man sieht, wie von der Mitte des Magneten aus nach jedem Ende hin die Eisentheilchen sich eigenthümlich lagern. Man muß aber hierbei nicht vergessen, daß wir auf dem Papier nur eine Fläche vor uns haben, auf welcher die Eisentheilchen liegen; wir sehen also die Wirkung des Magneten nur in einer einzigen Ebene und hier nimmt sich das Bild auf jeder Hälfte aus wie eine Pfaufeder. Würde man im Stande sein, den Magneten zu beobachten, wenn er ringsum mit solchen Eisenfeilspänen umgeben wird, so würde er die Eisentheilchen so um sich lagern, daß sie wie ein voller Federbusch erscheinen.

Wir würden nun gern zur Erklärung auch dieser Erscheinung schreiten, wir haben aber noch eine ganze Reihe von Versuchen mit dem Magneten anzustellen.

Wir haben gesehen, daß der Magnet, der unter dem Blatt Papier lag, eine eigene Art Anziehung auf die Eisentheilchen äußert, die auf dem Papier liegen. Man muß nicht glauben, daß es nur mit Papier so geht, welches nicht dicht genug ist, und vielleicht durch seine feinen unsichtbaren Löcherchen, seine Poren, die Wirkung des Magneten durchläßt, sondern man kann sich durch viele Versuche mit starken Magneten überzeugen, daß sie durch sehr dichte und starke Massen hindurch auf Eisen wirken, so daß eine eiserne Kugel auf der Tischplatte hin und her läuft, wenn man unter derselben einen starken Magneten hin und her bewegt. Manche Taschenspieler-Künste beruhen auf solcher Anwendung eines Magneten, dessen Kraft der Anziehung nicht gestört wird, wenn er auch durch viele kompakte Gegenstände vom Eisen getrennt ist.

Nunmehr aber wollen wir einen neuen Versuch machen.

Wenn man in der Mitte des Magneten einen Faden anbindet, so daß er wagerecht an demselben schwebt, so hat man ein Schauspiel ganz eigener Art.

Sobald man den Faden irgendwo anhängt, so daß die Magnetnadel sich beliebig wie der Zeiger einer Uhr nach allen Richtungen hin drehen kann, so wird man bald bemerken, daß die Magnetnadel anfängt, sich hin und her zu drehen und endlich wird sie in einer gewissen Richtung stehen bleiben. Stößt man die Nadel an, so wird sie hin und her schwanken und endlich wieder so stehen bleiben wie vorher. Man mag das so oft wiederholen, wie man will, man mag die Nadel nach einer beliebigen andern Richtung hinstellen, sie wird immer, sobald man sie frei läßt, zurückkehren in ihre frühere Stellung und in dieser ruhig verharren.

Merkt man sich die Himmelsgegend, nach welcher die zwei Enden der Nadel hinzeigen, so nimmt man wahr, daß die eine Seite der Nadel regelmäßig nach Norden, die andere nach Süden zeigt. Diese Stellung der Nadel ist so weit regelmäßig, daß man in finsterer Nacht, in einem Walde, auf dem Meere oder in einer Wüste, wo man nicht weiß, wohin man sich zu wenden hat, wenn man nach einer bestimmten Himmelsgegend reisen will, nur eine solche Nadel braucht, um sofort zu sehen, wo Norden und wo Süden ist. Eine solche Nadel ist der Kompas, der in der Schifffahrt eine so wichtige Rolle spielt.

Freilich muß man sich zu diesem Zweck die beiden Enden der Nadel genau bezeichnen, damit man sie nicht verwechsele und thut man das, drückt man z. B. an die eine Seite der Nadel ein Stückchen Wachs, so wird man wahrnehmen, daß ein bedeutender Unterschied zwischen den beiden Enden der Nadel stattfindet, daß das eine Ende immer nach Norden und das andere immer nach Süden zeigt, und wenn man sie umkehrt, sie sich beide wieder zurückbewegen, bis sie in ihrer frühern Lage ruhen können.

Nehmen wir an, man hätte sich das eine Ende, das nach Norden zeigt, mit einem angeklebten Stückchen Wachs genau bezeichnet, so würden wir wissen, daß dies stets das nördliche Ende des Magneten, das andere das südliche Ende ist. Man nennt die Enden der Nadel die Pole derselben und bezeichnet daher das eine Ende, das nach Norden zeigt, mit dem Namen Nordpol; das andere Ende, das nach Süden zeigt, mit dem Namen Südpol.

Und nun, da wir so weit sind, wollen wir die auffallenden Erscheinungen, die diese Pole darbieten, näher kennen lernen.

XXVII. Was es mit den zwei Polen der Magnete für Bewandniß hat.

Der interessanteste Versuch, den man nunmehr anstellen kann, ist folgender.

Man nehme eine zweite stählerne Stricknadel, die keine Spur von magnetischer Kraft besitzt, fasse sie in der Mitte und streiche über die eine Hälfte derselben mit irgend einer Seite der Magnetnadel oftmals hin. Wenn man dieses Bestreichen, — wobei man am besten verfährt, wenn man nur nach einer Richtung streicht, etwa so wie man Rübchen schabt — wenn man solches Bestreichen lange fortgesetzt hat, so findet es sich, daß die früher unmagnetische Nadel auch magnetisch geworden ist. Und wunderbar, nicht nur etwa die Seite, die man bestrichen hat, ist magnetisch geworden, sondern auch die andere Hälfte, die man nicht bestrichen hat!

Es gelingt zuweilen, die zweite Stricknadel eben so magnetisch zu machen, wie die erste. Nun sollte man glauben, daß die erste etwas von ihrem Magnetismus verloren, indem sie ihn gewissermaßen an die zweite abgegeben hat; aber dem ist nicht so. Oft verstärkt sich gerade noch die Kraft der ersten Nadel; jedenfalls jedoch schwächt sie sich davon nicht.

Nunmehr besitzen wir zwei Magnetnadeln, und wenn man die zweite Nadel abgesondert ebenso aufhängt, wie man es mit der ersten gemacht hat, so wird man finden, daß auch diese zweite Nadel das eine Ende nach Norden, das andere nach Süden stellt, daß sie also gleichfalls einen Nordpol und Südpol besitzt.

Damit man die Pole nicht verwechsele, bezeichne man sich auch den Nordpol dieser zweiten Nadel in beliebiger Weise. Und nun versuche man einmal Folgendes.

Man lasse eine der Nadeln wieder in der Mitte aufgehängt an einem Faden schweben, und warte ab bis sie sich in Ruhe befindet, wo wiederum der Nordpol nach Norden zeigt. Nun nähere man diesem Pol ein Stückchen Eisen, so wird er sofort seine Ruhe verlassen und nach dem Eisen zu eilen; ganz dasselbe thut auch der Südpol. Aber vollkommen anders stellt sich die Sache heraus, wenn man der aufgehängten Magnetnadel die andere Magnetnadel nähert. So wie man mit dem Nordpol der einen Nadel in der Hand, sich dem Nordpol der aufgehängten Nadel nähert, so zieht sich dieser zurück, wendet sich ab, läuft davon, so daß man ihn im Kreise herumjagen kann. Der Nordpol der einen Nadel flieht den Nordpol der andern Nadel oder richtiger der Nordpol der einen Nadel stößt den Nordpol der andern Nadel ab.

Wartet man ab, bis die aufgehängte Nadel wieder in Ruhe ist und versucht es, den Südpol der einen Nadel in der Hand, dem Nordpol der aufgehängten Nadel zu nähern, so findet keine Abstoßung statt, im Gegentheil der Südpol der einen Nadel zieht den Nordpol der andern mit stärkerer Kraft an als gewöhnliches Eisen.

Also der Nordpol einer Nadel wird vom Südpol einer andern Nadel angezogen; dahingegen wird der Nordpol einer Nadel vom Nordpol einer andern Nadel a b g e s t o ß e n.

Versucht man es mit dem Südpol der aufgehängten Nadel, so zeigt er eine gleiche Eigenthümlichkeit. Bringt man den Nordpol einer zweiten Nadel in seine Nähe, so wird derselbe angezogen. Bringt man aber den Südpol einem zweiten Südpol nahe, so wird er abgestoßen.

Es verlohnt sich für Jeden, der dies noch niemals gesehen hat, daß er den Versuch anstellt, denn er ist leicht und mit wenig Kosten verknüpft und bringt in sprechender Weise eine merkwürdige Erscheinung vor Augen, die dem weisesten Manne den Stoff zu den tiefsten Gedanken giebt.

So sehen wir denn in jedem Magneten eine Art Trennung des Magnetismus, eine Theilung in Nord- und Südpol und eine gewisse Feindschaft zwischen zwei Nordpolen und zwei Südpolen, denn sie stoßen sich gegenseitig ab.

Wie aber soll man sich all' diese Räthsel erklären.

Wir wollen recht bald zu der Erklärung dieser geheimen Naturkraft kommen; vorerst aber wollen wir noch einen Versuch machen.

Die Stricknadeln haben nur auf der einen Seite einen Nordpol und auf der andern einen Südpol. Wie ist es denn, wenn man eine Stricknadel in der Mitte durchbricht? Sollte man da nicht zwei Magnete erhalten, von denen der eine purer Nordpol und der andere purer Südpol ist?

Wir bitten Jeden, der noch nicht weiß, was daraus wird, den Versuch zu machen. Das Resultat wird ihn gewiß auf's höchste überraschen.

XXVIII. Was mit einem Magneten geschieht, der in der Mitte durchgebrochen wird.

Wer den Versuch gemacht und eine Magnetnadel in der Mitte durchgebrochen hat, der wird bei der Untersuchung jedes der zwei Stücke finden, daß jedes derselben ein Magnet für sich ist, und zwar ein Magnet mit einem Nordpol und Südpol zu beiden Enden, und einer Mitte, die ganz unmagnetisch ist.

Man bedenke nur, was hier vorgegangen ist. Die ganze Nadel war früher so beschaffen, daß sie an der einen Seite einen Nordpol, an der andern Seite einen Südpol hatte, während die Mitte unmagnetisch war. Man sollte nun meinen, daß nach dem Durchbrechen der Nadel in ihrer unmagnetischen Mitte jedes der abgebrochenen Stücke nur auf einer Seite magnetisch sein könne, während das andere Ende, wo der Bruch geschah, unmagnetisch bleiben müsse. Das ist nicht der Fall. Das Ende, wo der Bruch ist, wird plötzlich eben so stark magnetisch wie das andere Ende. Man hat durch das Zerbrechen des Magneten nicht zwei halbe Magnete, sondern zwei neue vollständige Magnete, die nur halb so klein sind als der ganze war.

Und untersucht man die Enden der zwei neuen Magnete, so findet man, daß das Ende, das ehedem Nordpol war, auch jetzt noch Nordpol ist, dafür aber ist das Ende, das früher ganz unmagnetisch war, Südpol geworden, während umgekehrt das Ende, das früher Südpol war, auch jetzt Südpol blieb, das Ende dagegen, wo der Bruch geschah, plötzlich ein Nordpol geworden ist.

Wie aber steht es um die Mitte der beiden neuen Magnetnadeln? Man versuche es wieder mit Eisenfeil-Spänen, und man wird finden, daß ihre Mitte ebenso plötzlich unmagnetisch geworden ist, obwol diese zwei Stellen an der unzerbrochenen Nadel magnetisch waren.

Des Spaßes halber lege man einmal wieder die beiden Bruchstücke dicht an einander, so daß die zwei Nadeln wie eine ganze Nadel aussehen, und man wird finden, daß ihre magnetische Kraft wieder so geworden ist, wie vor dem Zerbrechen. Die Mitte, wo der Bruch ist, ist wieder plötzlich unmagnetisch geworden, und die beiden Punkte, die früher die Mitte beider Nadeln bildeten, haben wieder ihren Magnetismus. Zieht man wieder beide Nadelstücke aus einander, so hat sich wieder im Moment der Magnetismus verschoben und jede Nadel ist wieder ein vollständiger besonderer Magnet mit zwei Polen und einer unmagnetischen Mitte.

Was aber soll man sich von all' den wunderbaren Erscheinungen denken? Wie soll man sich all' die Räthsel erklären? Wie vermag man dieser geheimen Naturkraft auf die Spur zu kommen?

Wir wollen diese Fragen beantworten, soweit eben die Naturwissenschaft jetzt eine Antwort geben kann und wir hoffen hierbei, daß uns die Leser mit ihrem Selbstdenken zu Hilfe, uns in der Verständigung über diese Räthsel durch eigenes Nachdenken entgegen kommen werden.

Vor allem aber wollen wir das hervorheben, was die Thatsachen ganz unleugbar feststellen.

Alle diejenigen, die da leugnen, daß es geheime Kräfte in der Natur giebt, das heißt Kräfte, die wir nicht durch unsere Sinne erfassen können, haben an einem Magneten Gelegenheit, sich eines bessern zu belehren. Einer Nadel kann man es weder ansehen, ob sie magnetisch ist oder nicht, und weder der Geruch, noch der Geschmack, noch das Gehör, noch das Gefühl verräth irgend etwas davon, daß hier eine besondere Eigenthümlichkeit vorhanden ist, die magnetisch wirkt. Und gleichwol ist ein Magnet im Stande, eine Last zu heben, ja man kann jetzt Magnete herstellen, die ganz unbegrenzte Lasten zu tragen im Stande sind.

Durch solche Thatsachen belehrt, kann kein Mensch verkennen, daß hier eine Kraft wirksam ist, eine Kraft, deren Wirkung man sieht, ohne die Kraft selber wahrnehmen zu können. Diese Kraft ist eine Kraft der Anziehung und unter gewissen Fällen eine Kraft der Abstoßung. Sie ist in der Magnetnadel verborgen und tritt, so lange man ihr kein Eisen nahe bringt, scheinbar nicht hervor; giebt sich aber in ihrer Einwirkung auf Eisen vollständig kund.

Untersucht man die Kraft der Anziehung und die der Abstoßung, so findet man, daß auch diese Kraft mit der Entfernung abnimmt und zwar ganz wie die Kraft der Anziehung der Massen; sie nimmt mit dem Quadrat der

Entfernung ab, das heißt beispielsweise: ein Stück Eisen, das zwei Zoll weit vom Magneten liegt, wird viermal schwächer angezogen als ein anderes Stück, das nur einen Zoll weit sich vom Magneten befindet.

Zwei Arten der Anziehungskraft haben wir bereits kennen gelernt. Erstens die Anziehungskraft der Atome in jedem Körper und zweitens die Anziehungskraft der Massen auf entfernte andere Massen. Diese zwei Arten der Anziehungskraft unterscheiden sich, wie wir bereits gesehen haben, in wesentlichen Punkten. Während die Anziehungskraft der Atome in einer höchst wunderbaren Weise mit einer Abstoßungskraft gepaart ist, findet bei der Massenanziehung keine Abstoßung statt. Ferner wirkt die Wärme außerordentlich stark auf die Anziehungskraft der Atome ein, während sie auf die Massenanziehung ohne Einfluß ist.

Jetzt, wo wir eine dritte Anziehung kennen lernen, die magnetische Anziehung, sehen wir in ihr gewissermaßen beide früheren Kräfte in diesen Punkten vereinigt. Wir sehen hier Anziehung aus der Ferne, zugleich nehmen wir wahr, daß hier eine Abstoßungskraft thätig ist und endlich haben Versuche gezeigt, daß eine Erwärmung eines Magneten bis zu einem gewissen Grade die magnetische Kraft aufhebt, so daß ein Magnet, wenn er geglüht wird, alle seine Eigenschaften einbüßt.

Nach diesen allgemeinen vergleichenden Betrachtungen wollen wir der Lehre von dem Geheimniß des Magnetismus etwas näher zu kommen suchen.

XXIX. Eine Erklärung der magnetischen Erscheinungen.

Versuchen wir nunmehr, eine Erklärung der bisherigen Erscheinungen des Magnetismus vorzuführen, so weit die Wissenschaft diese Erklärung zu geben vermochte.

Offenbar steckt in einer eisernen oder einer Stahlnadel, die zu einem Magneten werden kann, und ebenso in Eisen und Stahl überhaupt etwas Verborgenes, das nicht sichtbar wird. Dieses Verborgene — was es nun auch sein und wie man es auch nennen mag — ist ein natürlicher, ein gewöhnlicher Zustand des Eisens und äußert sich deshalb nicht. Sobald jedoch das Eisen mit einem Magneten in Berührung gebracht oder gar mit diesem bestrichen wird, erwacht dieses Verborgene und macht das Eisen selber magnetisch.

Bedenkt man, daß der erste Magnet nichts von seiner Kraft verliert, wenn man mit demselben ein anderes Eisen zum Magneten macht, so kann man nicht annehmen, daß die magnetische Kraft sich dem zweiten Eisen mitgetheilt hat, sondern man muß sich vorstellen, daß die eine vorhandene magnetische Kraft die andere im Eisen verborgene, schlummernde geweckt habe.

Das ist freilich wunderbar, ja es klingt fast wie eine Fabel; aber wir finden in der Natur ähnliche Wunder in nicht geringer Zahl, und hören auf uns zu wundern, wenn wir die Dinge nur oft genug vor Augen sehen. Ein wenig gährende Flüssigkeit versetzt eine große Masse anderer Flüssigkeit in Gährung, das kleinste Tröpfchen Pockengift erzeugt im menschlichen Körper eine Unmasse von Pocken, die gleiches Gift in sich haben. Wir sagen: das ist Ansteckung und glauben durch dieses Wort den Vorgang erklärt; die Wissenschaft aber gesteht gerne ein, daß dies Wort selber noch der Erklärung bedarf. — Will man sich nun beim Magnetismus mit einem Wort begnügen, nun so mag man, wenn man will, sagen, es gehe im ersten Moment, wo der Magnet das Eisen berührt, ein Prozeß der Ansteckung vor, wodurch das Eisen gleichfalls magnetisch wird. Durch Streichen wird die Ansteckung noch vollständiger.

Eine weitere Beobachtung zeigt uns indessen, daß wir dem Geheimniß des Magnetismus noch etwas näher auf die Spur zu kommen im Stande sind.

Es ist augenscheinlich, daß wenn im magnetisirten Eisen, das heißt in einem Magneten, ein gewisses Etwas vorhanden ist, das aus seinem frühern ruhigen und unwirksamen Zustand gestört worden, daß dieses Etwas aus zwei Arten zusammengesetzt ist. Wir sehen offenbar, daß sobald Eisen magnetisch gemacht wird, der Magnetismus sich auf der einen Seite als nördlicher, auf der andern Seite als ein südlicher zeigt. Man kann sich also vorstellen, daß dieses Etwas ein Stoff ist; aber nicht ein einfacher Stoff, sondern ein aus zwei Urstoffen zusammengesetzter Stoff, so daß es einen nördlichen und einen südlichen magnetischen Stoff giebt, die im unmagnetisirten Eisen vorhanden sind, ohne sich zu sondern. Wird aber das Eisen durch einen Magneten berührt oder bestrichen, so trennt sich der magnetische Stoff in seine zwei Bestandtheile. Der eine Bestandtheil begiebt sich nach der einen Seite, der andere nach der andern Seite, wodurch im Eisen ein Nordpol und ein Südpol entsteht.

Diese Erklärung ist freilich nur eine Vermuthung, eine Hypothese; aber wir werden gleich sehen, daß man Ursache hat, anzunehmen, daß diese Vermuthung die wirklich richtige ist, man muß nur diese Vorstellung noch etwas weiter ausführen.

Man muß sich nicht denken, daß bei unserer Stricknadel, die ganz magnetisirt worden, der nördlich magnetische Stoff sich ganz nach der einen Seite begeben hat, und der südlich magnetische nach der andern, als wären sie etwa auseinander geflohen, so daß sie jetzt nur an den Enden existiren. Denn dies ist nicht der Fall, wir haben ja gesehen, daß wenn man die Nadel in der Mitte zerbricht, keineswegs dadurch zwei Nadeln entstehen, von denen die eine puren Nord-Magnetismus, die andere Süd-Magnetismus hat. — Man versuche es nur einmal von dem Nordpol-Ende einer Nadel ein Stückchen abzubrechen, und man wird sehen, daß das Stückchen auch ein vollständiger Magnet ist, der am Bruch einen Südpol hat. Ja, man kann eine Magnetnadel in tausend kleine Stücke zerbrechen und jedes Stückchen wird ein vollständiger Magnet sein, und zwar: mit Nordpol, Südpol und unmagnetischer Mitte. Es ist demnach unmöglich anzunehmen, daß sich in einer Magnetnadel der nördliche und südliche Magnetismus wirklich nach beiden Seiten der Nadel vertheilt haben.

Man muß vielmehr bedenken, daß das Eisen der Stricknadel nur aus einzelnen Atomen besteht und muß sich zur Erklärung der magnetischen Erscheinungen vorstellen, daß **in jedem Atom für sich jene Trennung der zwei magnetischen Stoffe vor sich geht**, so daß aus jedem Atom ein kleiner Magnet mit Nord- und mit Südpol entsteht.

So sonderbar diese Vorstellung auch scheinen mag, so außerordentliche Wichtigkeit erlangt sie doch, wenn man bedenkt, daß sie ausreicht, alle Räthsel der magnetischen Erscheinungen, die wir angeführt haben, zu lösen. Und daß dies der Fall ist, wollen wir sogleich zeigen.

XXX. Was in einer Nadel vorgeht, die man magnetisirt.

Man wird sich am leichtesten eine richtige Vorstellung machen von dem, was in einem Eisen vorgeht, welches zum Magneten umgewandelt wird, wenn man sich folgendes denkt.

Man nehme an, daß wir eine äußerst feine Nadel von der Größe einer Stricknadel vor uns haben; aber die Nadel sei so außerordentlich dünn, daß sie nur aus einer einzigen Reihe aneinanderliegender Atome des Eisens gebildet wird. In der Wirklichkeit giebt es eine so feine Nadel nicht; aber wir wollen sie uns einmal des leichten Verständnisses halber so denken.

In einer solchen Nadel liegen der Reihe nach Atom an Atom einzeln an einander, jedes Atom ist unmagnetisches Eisen und alle zusammen bringen demnach keine magnetische Wirkung hervor. Ein jedes Atom aber für sich hält in sich oder um sich — hierüber hat man keine Gewißheit — beide Arten magnetischen Stoffes verschlossen und zwar derart, daß der nördliche und südliche Magnetismus vereinigt ist. In solchem Falle der Vereinigung beider verschiedenartiger magnetischer Stoffe ist der Magnetismus ruhend und äußert keine Art von Anziehung auf anderes Eisen.

Nunmehr aber wollen wir uns denken, daß man ein Ende dieser Nadel mit dem Pol eines Magneten berührt, und uns hierbei fragen, was in der Nadel vorgehen wird. —

Nehmen wir an, daß der Pol des Magneten der Nordpol sei, so wird er bei der Berührung des ersten Atoms der Nadel in diesem Atom beide magnetische Stoffe vorfinden. Nun wissen wir ja, daß ein Nordpol den nördlich magnetischen Stoff abstößt und den südlichen anzieht. Es wird also die natürliche Folge der Berührung sein, daß der Nordpol des Magneten die zwei verbundenen magnetischen Stoffe des Atoms, das er berührt, von einander trennt. Der südliche Magnetismus des Atoms wird vom Magneten angezogen, der nördliche wird abgestoßen. Hierdurch wird das Atom zwei Pole erhalten: der dem Magneten nahe liegende wird ein Südpol, während der dem Magneten entfernte ein Nordpol wird. Der Magnet hat also das Atom in einen kleinen Magneten verwandelt.

Nun darf man nicht vergessen, daß an diesem ersten Atom ein zweites liegt. Die Stelle des ersten Atoms, welche das zweite Atom berührt, ist wie wir bereits wissen, ein Nordpol; die Folge wird sein, daß dieser Nordpol im zweiten Atom den südlichen Magnetismus an sich heranzieht und den nördlichen abstößt. Hierdurch wird auch das zweite Atom ein kleiner Magnet. Das zweite Atom wirkt nun in gleicher Weise auf das dritte, und dieses auf seinen Nachbar, und dies geht so fort bis die Reihe an das letzte Atom kommt, in welchem ebenfalls das eine Ende, das seinen Nachbar hat, ein Südpol wird, während das letzte Ende der Nadel ein Nordpol bleibt.

Dies ist es nun, was in einer eisernen Nadel vorgeht, die von dem Pol eines Magneten berührt wird.

Wenn man all' das so recht bedenkt, so gewinnt man eine ganz andere Anschauung von der magnetischen Kraft als man gemeinhin annimmt.

Gemeinhin sagt man, ein Magnet zieht Eisen an, und so erscheint es auch; aber es ist nicht so. Der Magnet zieht nicht das Eisen, sondern nur den magnetischen Stoff an, der in jedem Eisen-Atom vorhanden ist. Der Pol eines Magneten besitzt den getrennten magnetischen

Stoff an seiner Fläche. Dieser getrennte Stoff hat das Bestreben sich mit dem andern zu vereinigen und zieht deshalb aus einem Atom Eisen, das er berührt, den entgegengesetzten Stoff an, während er den gleichen Stoff abstößt. Er macht also aus dem Eisen, das er berührt, einen neuen Magneten.

Daher vermag man mit einer Nähnadel, die an einem Magneten hängt, eine zweite Nähnadel aufzuheben, denn die Nähnadel selber ist ein Magnet geworden und verwandelt die zweite Nähnadel wieder in einen solchen.

Weil nun eine Magnetnadel nichts ist als eine Reihe magnetischer Atome, daher kommt es, daß man einen Magneten zerbrechen kann und dann in jedem Stück einen kleinen Magneten besitzt. Ein wenig Nachdenken reicht aus, auch alle übrigen räthselhaften Erscheinungen auf diese Weise zu erklären und deshalb hat man diese Hypothese als die richtigste der bisherigen in der Wissenschaft angenommen.

Freilich entsteht die Frage, wenn immer die beiden magnetischen Stoffe, nördlicher und südlicher Magnetismus, sich zu vereinigen streben, weshalb bleibt ein magnetisirtes Eisen magnetisch? Warum vereinigen sich nicht sofort wieder in jedem Atom die beiden magnetischen Stoffe nach der Entfernung des Hauptmagneten?

In der That, es geschieht dergleichen wirklich. Weiches Eisen wird schnell magnetisch, aber verliert auch sogleich seinen Magnetismus, wenn man es vom Hauptmagneten trennt. Dahingegen nimmt gehärtetes Eisen den Magnetismus schwerer an, die zwei magnetischen Stoffe trennen sich in einem Atom harten Eisens schwer, dafür aber vereinigen sie sich nicht wieder, wenn sie vom Hauptmagneten getrennt werden und deshalb behält Stahl den magnetischen Zustand, sobald er einmal durch häufige Berührung, also durch Bestreichen, ein Magnet geworden ist.

XXXI. Der geheime Stoff oder das was man Fluidum nennt.

Wir haben das, was im Eisen die Ursache der magnetischen Erscheinung ist, einen Stoff, einen geheimen magnetischen Stoff genannt und diesen sogar von zwiefacher Natur kennen gelernt, der sich nicht äußert, wenn er nicht getrennt in seine zwei Bestandtheile, der aber in der Nähe eines Magneten, wo der Stoff bereits getrennt ist, auch in Trennung übergeht und sofort magnetische Erscheinungen verursacht.

Ob man ein Recht hat, dies einen Stoff zu nennen, darüber wollen wir nicht streiten. Unter Stoff versteht man im Allgemeinen etwas, das mindestens die Eigenschaft aller Stoffe hat, die Eigenschaft der Schwere. Stoffe kann man auf eine Wagschale bringen und abwiegen; der Magnetismus jedoch ist unwiegbar und deshalb spricht man wissenschaftlich nicht von einem magnetischen Stoff, sondern von einem magnetischen Fluidum. Allein es gesteht es wol der ernste Mann der Wissenschaft ein, daß man in dem Worte: „Fluidum“ nur ein Wort für ein unbekanntes Etwas besitzt, dessen wahres Wesen dem Menschen verborgen bleibt.

Der menschliche Forschergeist befindet sich hier wiederum auf dem Gebiet eines Naturgeheimnisses und zwar eines Geheimnisses eigener Art. Wir haben bisher Anziehung und Abstoßung in der ganzen Natur beobachtet und dies ist auch beim Magneten der Fall; allein während wir bisher nicht genöthigt waren zu der Annahme, daß zwischen oder in den Atomen noch ein unbekanntes Etwas existirt, zwingen uns die Erscheinungen des Magnetismus anzunehmen, daß im Eisen-Atom solch ein Etwas vorhanden ist, das aus seiner natürlichen Lage gestört, das in seine zwei Hauptbestandtheile getrennt, das also beliebig bewegt werden kann, als wäre es ein Ding, das man von Ort zu Ort schieben könnte.

Früher konnte man sich mit einer geheimen Kraft begnügen; beim Magneten, oder richtiger beim Eisen muß man schon zu der Annahme eines geheimen Stoffes oder Fluidums oder wie man es sonst nennen mag, kommen.

Wir haben ferner gesehen, daß im weichen Eisen dieses Etwas sehr leicht getrennt und verschoben werden kann, daß es aber eben so leicht wieder in seine frühere Lage zurückkehrt, sobald man die Ursache seiner Trennung entfernt; weiches Eisen wird leicht magnetisch und verliert auch leicht seinen Magnetismus; anders ist es im harten Eisen, im Stahl. Dieser wird nicht so schnell magnetisch, verliert aber seinen Magnetismus nicht so leicht, ja er kann Jahre lang die magnetischen Eigenschaften behalten, wenn er nur einmal magnetisch geworden ist.

Bedenkt man nun, daß sich weiches und hartes Eisen nur dadurch unterscheidet, daß das weiche Eisen keine Kohle in sich aufgenommen, während hartes Eisen, Stahl namentlich, eine Verbindung von Eisen und Kohle ist, daß ferner Eisen, welches geglüht worden ist und das man langsam hat abkühlen lassen, weiches Eisen ist, während geglühtes Eisen, das man plötzlich im Wasser abkühlt oder ablöscht, hart wird, so hat man mindestens eine Andeutung darüber, woher die Verschiedenheit der beiden Eisenarten in Bezug auf Magnetismus rührt. Beim Glühen des Eisens oder bei seiner Verbindung mit Kohle werden die

Atome des Eisens von einander entfernt oder durch Kohlenstoff-Atome getrennt; wird nun das geglühte Eisen plötzlich abgelöscht, so können die Atome nicht so schnell wieder in ihre frühere Lage zurück, wie dies beim langsamen Erkalten der Fall ist, und dadurch muß wol auch solchem Eisen oder Stahl die Eigenschaft genommen sein, die magnetische Trennung wieder so leicht aufzuheben.

So viel ist es nun, was man im Allgemeinen über das Geheimniß des Magnetismus kennt und zur Erklärung desselben anzugeben weiß. Es fühlt wol Jeder, daß hier die Naturwissenschaft erst noch im Beginn ihrer wissenschaftlichen Eroberungen ist und ihr noch viel, außerordentlich viel zu thun übrig bleibt.

Gewiß aber drängt sich Jedem auch die Frage auf: sollte denn nur das Eisen jenen geheimnißvollen magnetischen Stoff in sich haben? oder ist dieser Stoff vielleicht auch in einigen andern Dingen vorhanden, oder existirt er gar in allen Dingen, die auf Erden sind?

Die Antwort hierauf kann man erst nach den Forschungen der letzten Jahre mit einiger Sicherheit geben; und hiernach ist der magnetische Stoff in allen Dingen vorhanden; denn wir werden im nächsten Abschnitt sehen, daß die ganze Erde magnetisch ist und in Wahrheit wie ein eiserner Magnet wirkt.

Weshalb aber können wir nicht andere Dinge zu Magneten machen?

Das kann von zwei Ursachen herrühren. Entweder vermögen wir nicht jene Trennung der zwei Hauptbestandtheile des magnetischen Stoffes hervorzubringen, weil es noch nicht entdeckt ist, wie weit man das bewerkstelligen kann, oder es gelingt uns dies wol augenblicklich, aber es tritt wieder zu schnell die Vereinigung ein.

Sollte man aber nicht im Stande sein, den Magnetismus des Eisens auf andere Dinge, die nicht aus Eisen bestehen, zu übertragen? Oder sollte es nicht gelingen, einem Stück Eisen den geheimen magnetischen Stoff irgendwie zu entreißen?

Hierauf kann man nur antworten, daß bisher noch keins von beiden gelungen ist. Ein Magnet wirkt zwar, wie wir im nächsten Artikel sehen werden, auf viele andere Dinge, aber macht diese nicht zu Magneten, wie Eisen. Entfernen endlich kann man aus dem Eisen jenen Stoff auch nicht, er strömt nicht von einem Dinge zum andern über, wie dies bei einem andern geheimen Stoff der Fall ist, dem elektrischen Stoff, den man, wie wir später sehen werden, entwickeln, sammeln, festhalten und überströmen lassen kann nach Belieben.

Und doch sind Elektrizität und Magnetismus aufs allerinnigste mit einander verwandt!

XXXII. Wie auf alle Dinge magnetisch eingewirkt werden kann.

Bereits seit langen Zeiten wußte man, daß nicht Eisen allein von einem Magneten angezogen wird, sondern daß er auch auf andere Metalle, wie Nickel und Kobalt wirkt, wenn auch in weit geringerem Maße. Seitdem aber vor noch nicht zehn Jahren der Gelehrte Faraday Versuche mit außerordentlich starken durch Elektrizität erzeugten Magneten anzustellen anfing, gewann man eine ganz neue Anschauung von dieser Sache.

Faraday entdeckte, daß auf alle Metalle, alle Stoffe, alle Flüssigkeiten, ja sogar Luftarten durch einen Magneten in irgend einer Weise eingewirkt werden kann. Ein Theil der Körper, die er untersuchte, wie Titan, Platin,

Asbest, Flußspath, Mennige, Zinkvitriol, Zinnober, Tusche, Graphit, Holzkohle, Papier, Schellack, Siegellack, Gutta-Percha, und noch andere lassen magnetisch auf sich einwirken, das heißt: sie werden von einem oder dem andern Pol eines sehr starken Magneten angezogen, ohne aber vom entgegengesetzten Pol des Magneten abgestoßen zu werden. Eine große Reihe anderer Körper wieder, wie Zink, Zinn, Natrium, Quecksilber, Silber, Blei, Kupfer, Gold, ferner Jod, Phosphor, Schwefel, Weinsäure, Schwefelsäure, Salzsäure, Salpetersäure, Olivenöl, Terpentinöl, Gummi-Elastikum, Wachs, Stärke, Zucker, Holz, Elfenbein u. s. w. werden von dem einen Pol eines starken Magneten abgestoßen, aber nicht vom andern Pol angezogen. Reines Wasser gehört zu den Körpern, die von beiden Polen abgestoßen werden. Bringt man daher zwischen die beiden Pole eines starken Hufeisenmagneten ein wenig Wasser in einem Uhrglase, so hört das Wasser auf, eine kreisrunde Fläche im Uhrglase zu bilden; es senkt sich vielmehr an den Seiten, wo es den Polen des Magneten nahe ist und erhebt sich in der Mitte zu einem länglichen, zwischen den Polen stehenden Wasserberge.

In sehr sinnreicher Weise gelang es auch dem französischen Gelehrten Becquerel, eine Methode ausfindig zu machen, wie man Luftarten einer gleichen Untersuchung unterwerfen kann. Er entdeckte, daß von den bekannten Luftarten nur der Sauerstoff von den Polen eines Magneten angezogen, während die andern, wie Wasserstoff, Kohlensäure, Stickstoff, Leuchtgas, Quecksilberdampf und Wasserdampf von denselben abgestoßen werden.

Erst in den letzten Jahren (1851) gelang es Faraday, der magnetischen Natur des Sauerstoffs noch näher auf die Spur zu kommen und er fand, daß dieses Gas allein von allen übrigen Gasen sich wirklich wie Eisen zum

Magneten verhalte, und sogar in Nord- und Südpol sich theile, so daß er den kühnen Ausspruch that, den ein Humboldt nicht verschmähte in seinen „Kosmos“ aufzunehmen, daß die Erde, die von Sauerstoff umgeben ist, „gleichsam wie mit einer Hülle von dünnem Eisenblech überzogen ist, die vom Erdball ihren Magnetismus erhält.“

Die interessante Untersuchung des Sauerstoffs und seines Magnetismus ist freilich noch nicht so weit gediehen, um weitere Schlüsse daraus ziehen zu können; eine vorläufige Berechnung aber ergiebt, daß der Magnetismus des Sauerstoffs etwa an dreitausendmal schwächer ist als der des Eisens, das heißt: um einem Lothe Sauerstoff eine gewisse magnetische Kraft zu verleihen, ist ein so starker Magnet nöthig, wie dazu gehört, um ein Stück Eisen von dreitausend Loth, also ungefähr von dreißig Zentnern zu magnetisiren.

Wie dem auch sein mag, so steht soviel fest, daß der Magnetismus nicht im Eisen allein herrscht, sondern wenn dieser von einem eigenen geheimen Stoff, einem Fluidum herrührt, daß dieser Stoff oder das Fluidum die ganze Natur durchdringt und in einigen Körpern sich bloß durch Abstoßung, in anderen durch Anziehung, in einzelnen durch Bildung von Polen, durch Polarität äußert.

Auf ähnliche Gedanken war man bereits früher gekommen, als man durch die Beobachtung dahin gelangte, den ganzen Erdball als einen Magneten anzusehen, und darum müssen wir die merkwürdige Erscheinung des Erdmagnetismus hier vorzuführen versuchen.

Wir haben es bereits erwähnt, daß eine Magnetnadel, wenn sie in der Mitte an einem Faden aufgehängt wird, mit dem einen Pol nach Norden, mit dem andern nach Süden zeigt; wir wissen es auch, daß der in der Schifffahrt so wichtige Kompaß hierauf beruht.

Woher aber, fragt es sich, rührt diese eigenthümliche Erscheinung?

Ein sehr einfacher leicht anzustellender Versuch giebt über diese Frage einen vollen Aufschluß.

Wenn man eine größere Magnetnadel auf den Tisch hinlegt und eine kleine Magnetnadel, die wie ein Kompaß auf einer messingenen Nadelspitze sich hin und her drehen kann zur Hand nimmt, so kann man sich die Einwirkung des großen Magneten auf den kleinen sehr leicht vor Augen führen.

Man halte den kleinen Magneten, den Kompaß, über die eine Hälfte des großen, ruhenden Magneten und man wird wahrnehmen, daß sich die kleine Nadel, welche Richtung man ihr auch geben mag, so lange hin und her bewegen wird, bis sie genau in derselben Richtung steht, wie der große ruhende Magnet. Hält man jetzt die kleine Magnetnadel über die andere Hälfte der großen Magnetnadel, so wird ein Gleiches stattfinden, und wie man auch die kleine Magnetnadel drehen mag, sie wird immer in die eine Lage zurückkehren, wo sie zum Pol des großen Magneten hinweist.

Untersucht man nun die Pole des großen und des kleinen Magneten, so wird man finden, daß auch hier der Südpol des großen Magneten den Nordpol des kleinen so nahe als möglich zu sich herangezogen, und daß der Nordpol des großen Magneten auf den Südpol des kleinen eine gleiche Anziehung ausgeübt hat.

Da diese Erscheinung vollkommen erklärlich ist aus dem bereits erwähnten Verhalten der Pole zweier Magnete zu einander, so werden wenige Versuche genügen, um es sich deutlich zu machen, weshalb die Erde jeder Magnetnadel eine so entschiedene Richtung giebt, und man wird es begreiflich finden, daß die unausgesetzten Versuche zu dem Gedanken führten, daß die Erde selbst ein großer Magnet ist, oder mindestens wie ein großer Magnet wirkt.

XXXIII. Die magnetische Kraft der Erde.

In der That, alle Beobachtungen leiten darauf hin, daß der Erdball selber nicht nur ein Magnet ist, sondern daß in demselben der Sitz der magnetischen Kraft sei, welche im magnetisirten Eisen so bestimmt und unzweifelhaft auftritt, und die sich, wie wir bereits wissen, mindestens theilweise in allen Körpern äußert.

Freilich hat man ehedem etwas derartiges nicht annehmen mögen. Es schien Vielen weit einleuchtender, zu glauben, daß im Innern der Erde ein großer Magnet, ein wirklicher eiserner Magnet oder ein mächtiger Magnetstein liegt, welcher der Magnetnadel ihre Richtung giebt. Seitdem man jedoch genauere Beobachtungen angestellt und gefunden hat, daß die Magnetnadel nicht unveränderlich nach einer und derselben Himmelsgegend zeigt, sondern fortschreitenden Schwankungen unterworfen ist, daß es Momente giebt, wo räthselhafte Lichtströme, die man Nordlichter nennt, emporleuchten aus der Gegend, wohin die Magnetnadel zeigt, und daß in solchem Augenblicke alle Magnetnadeln auf dem ganzen Erdenrund bedeutend abweichen und ins Schwanken gerathen; als man ferner wahrgenommen hatte, daß immerwährend ohne Unterlaß alle Magnete kleinen Schwankungen unterworfen sind, die fast regelmäßig mit den Stunden des Tages wechseln, da mußte man zugeben, daß dies nicht von einem festliegenden in der Erde vergrabenen großen Magneten herrühren könne; es fand vielmehr der Gedanke Eingang, daß der Magnetismus eine Eigenschaft des Erdkörpers selber ist, und daß diese Eigenschaft mit zu dem Wesen und dem Leben desselben eben so gut gehöre, wie die große Eigenschaft der Elektrizität, die mit dem Magnetismus so innig verwandt ist.

Mit jedem neuen Schritt vorwärts in der Naturwissenschaft hat sich diese Ansicht immer mehr und mehr bestätigt, und gegenwärtig ist Niemand mehr in Zweifel, daß eine richtige Anschauung von den Geheimnissen der Natur nicht wird erforscht werden können, so lange nicht das Geheimniß des Erdmagnetismus enthüllt wird.

Wir dürfen mit Stolz sagen, daß es der weltweise Greis, der Ruhm unseres Jahrhunderts, daß es unser Mitbürger Alexander von Humboldt war, der auch dieser Forschung den Weg zur Wissenschaft geebnet hat, und daß es sein Verdienst ist, daß über den ganzen Erdball hin Stationen der Beobachtung errichtet sind, um zuvörderst die Gesetze dieses Geheimnisses der Natur abzulauschen. Ein weniger im Munde des Volkes lebender deutscher Gelehrter aber, der vor kurzem gestorbene Friedrich Gauß in Göttingen ist es, dessen scharfsinnige mathematische Forschungen die ersten Grundsteine zur Erkenntniß dieser geheimen Naturkraft gelegt haben.

Wir können unmöglich in kurzen Umrissen das Gebiet dieses Zweiges der Naturwissenschaft hier vorführen. Wir wollen uns mit einem leichten Blick auf denselben begnügen, der es unserm Leser deutlich macht, wie das, was wir wie eine Spielerei mit der magnetischen Stricknadel begonnen, tiefe Wurzeln im Weltall hat, und auf die ewigen Gesetze hinleitet, die die Träger des Universums sind.

Drei Haupterscheinungen des Erdmagnetismus sind es, auf welche die Naturforscher ihr Augenmerk gerichtet haben.

Die Magnetnadel zeigt nach Norden und nach Süden hin; aber nicht direkt nach dem Nordpol und dem Südpol der Erde, sondern sie weicht auf der nördlichen Halbkugel der Erde nach rechts, auf der südlichen nach links ab. Die magnetischen Pole der Erde sind also nicht dieselben, um welche sie sich bei ihrer Umdrehung um sich selber in vierundzwanzig Stunden bewegt. Diese Abweichung aber bleibt nicht immer gleich groß; sie ist vielmehr einer langsamen Wandelung unterworfen, und hat sich seit der Zeit, daß man die Magnetnadel beobachtet hat, schon wesentlich verändert. Da aber nach Alexander von Humboldt's Mittheilungen bereits vor dreitausend Jahren die Magnetnadel den Chinesen als Kompaß nach dem Süden diente, so geht hieraus hervor, daß die Abweichung der Magnetnadel von den Polen der Erde nicht mit der Zeit so groß wird, daß sie ganz die Himmelsgegend verläßt. Dies weist darauf hin, daß der magnetische Pol der Erde mit dem Umdrehungspol derselben in gewissem Zusammenhange stehe, und die Erforschung dieses Zusammenhanges, wie des Grundes der Veränderungen ist also eine Hauptaufgabe der Wissenschaft.

Eine Magnetnadel, wenn sie genau gearbeitet und gerade in ihrem Schwerpunkt aufgehängt ist, zeigt aber noch eine Erscheinung. Sie stellt sich nicht wie ein Wagebalken in Gleichgewicht, sondern das Nordende wird in unserer Gegend nach abwärts gezogen. Je weiter man die Nadel nach Norden trägt, desto mehr senkt sich das Nord-Ende der Nadel, bis sie sich endlich dort, wo der magnetische Pol der Erde ist, ganz senkrecht stellt.

Anders ist es, wenn man sie nach Süden hin trägt. Je weiter man kömmt, desto mehr hebt sich das gesenkte Ende, bis sie sich endlich in der Nähe des Aequators ganz wagerecht stellt. Trägt man diese Nadel weiter nach

Süden hin, so beginnt der andere Pol sich zu senken und zur Erde hinzuneigen. Je weiter man nach der südlichen Richtung schreitet, desto mehr richtet sich der Südpol der Nadel zur Erde, bis er dort am magnetischen Pol der Erde wiederum so tief sinkt, daß die Nadel eine senkrechte Stellung einnimmt.

Man nennt diese Erscheinung die Neigung der Magnetnadel, und man sollte glauben, daß diese sich in allen Zeiten gleichbleibe, aber auch dies ist nicht der Fall; es zeigt sich auch hier eine Veränderlichkeit, deren Gesetze man bisher noch nicht hat erforschen können.

Ein drittes Räthsel des Erdmagnetismus liegt in der Veränderlichkeit der magnetischen Kraft der Erde zu verschiedenen Zeiten und an verschiedenen Orten. Genaue Beobachtungen ergeben, daß diese Kraft sich nicht gleich bleibt und Veränderungen unterworfen ist, deren Grund den Naturforschern noch unbekannt ist.

Einen Fingerzeig für all diese Veränderungen hat freilich Faraday's Entdeckung gegeben. Wenn der Sauerstoff der Luft magnetische Eigenschaften besitzt, so muß diese Eigenschaft wesentlich geändert werden durch die Erwärmung der Luft, da die Wärme, wie wir bereits wissen, die magnetische Kraft wesentlich schwächt. Humboldt findet es wahrscheinlich, daß die Veränderung der Erwärmung der Erdoberfläche durch die Sonne solche Veränderungen hervorrufe. Gelöst ist indessen das Räthsel noch nicht, und schwerlich enthüllt die Wissenschaft diese geheime Naturkraft ohne Hilfe der Entdeckungen auf einem andern Gebiete der Naturgeheimnisse, ohne Hilfe der Erforschung der elektrischen Kraft, die mit dem Magnetismus im innigsten Zusammenhang steht und zu der wir uns nunmehr ebenfalls wenden wollen.

XXXIV. Die Unendlichkeit und die — Elektrizität.

Von allen Entdeckungen, Erfindungen und naturwissenschaftlichen Bestrebungen der Menschheit hat keine zu so glänzenden Resultaten geführt, wie sie im Gebiet der Elektrizität errungen worden sind.

Es ist nichts Uebertriebenes darin, wenn wir die Behauptung aufstellen, daß dreiviertel aller menschlichen Erfindungen zusammengenommen nicht das aufwiegen, was durch die Elektrizität allein der Menschheit bisher Erhabenes, Nützliches und Wunderbares geleistet worden ist. Rechnen wir das hinzu, was voraussichtlich die nahe oder entferntere Zukunft noch durch weitere Erforschung dieses Zweiges der Wissenschaft der Menschheit bieten wird, so darf man denselben als den reichsten Zweig am Baum der menschlichen Erkenntniß ansehen, von dessen Frucht zu genießen kein Gott der Menschheit verbieten wird.

Wenn ehedem die religiösen Sänger der Vorzeit die Allmacht Gottes preisen wollten, sagten sie, daß der Wind sein Bote, die Wolken seine Wagen, der Blitz sein Diener sei. — Fortan aber reicht dies zum Lobe der Unendlichkeit nicht mehr aus. Wir haben Boten, die Gedanken und Worte schneller von Ort zu Ort tragen als der Sturmwind. An den Küsten Nordamerika's sind bereits elektrische Telegrafen eingerichtet, welche den Schiffern die Nachrichten von allen Seiten her bringen, ob und wo ein Sturm im Anzuge ist. Diese Nachrichten, die schneller dahin fliegen als das Licht der Sonne, eilen dem Sturm weit voraus. Wenn dieser, der ehemals der Gottesbote hieß, anlangt, ist der Menschenbote, der Telegraf, längst vor ihm dagewesen und hat seine Botschaft ausgerichtet und die Schiffer auf seinen Empfang vorbereitet.

Wenn der Wolkenzug seiner Schnelligkeit halber der

Wagen Gottes genannt worden ist, so verdient er fortan diesen Namen nicht mehr, seitdem die Wagenzüge auf unsern Bahnen mit der Feuersäule und Wolkensäule der Maschine voran an Schnelligkeit mit den Seglern der Lüfte wetteifern. Ein weiterer siegreicherer Wetteifer steht uns noch bevor, wenn man erst die elektrische Kraft benutzen wird, um die Dampfkraft zu ersetzen.

Den Blitz, den Diener Gottes von ehedem, hat die menschliche Erforschung im Gebiet der Elektrizität nicht nur nachmachen gelehrt, sondern das elektrisch leitende Metall des Blitzableiters zwingt diesen ehemals gefürchteten Diener Gottes alldort unschädlich vorüberzuziehen, wo wir seiner nicht bedürfen. Der Menschengeist hat das Gesetz belauscht, dem dieser Diener gehorchen, und vermag ihm den Weg vorzuschreiben, den er unfehlbar wandeln muß.

Wenn das Licht der Sonne vordem das Auge der Welt genannt wurde, so ist es jetzt schon soweit durch Elektrizität gelungen, Licht darzustellen, daß vierzig elektrische Flammen dem Sonnenlicht an Glanz gleichstehen. Wenn es in den Sagen der alten Zeit eines Göttersohnes bedurfte, um dem Menschen das Feuer, ein Geschenk des Himmels herabzubringen, so reicht jetzt schon ein schlichtes Werkzeug, eine Elektrisirmaschine hin, die ein Kind in Bewegung setzen kann, um ein einziges ununterbrochenes Feuersprühen aus Glas und Metallen zu erzeugen.

Und bedenkt man, daß alle diese Erfindungen und Entdeckungen erst die Frucht gar weniger Jahrzehnte sind und daß in diesen Jahrzehnten immer noch jedes neue Jahrzehnt das alte an großartigen Eroberungen auf dem Wege des Wissens überflügelt hat, so darf man sagen, daß wir am Vorabend großer entdeckensreicher Zeiten stehen, mit deren Entwicklung die Menschheit mit immer größerem Erfolge ihrer würdigen Aufgabe sich nähert.

Zürnen wir daher der Menschheit nicht, wenn ihre Begriffe vom Erhabenen, Unendlichen, Unerreichbaren und Allmächtigen sich ganz anders gegenwärtig gestalten als ehedem, daß sie nicht mehr in blindgläubiger Begeisterung das Alles als göttliche Wunder betrachten will, was sie jetzt in den Gesetzen der Natur liegend erkennt. Aber auch fürchten dürfen wir nicht, daß mit der Entschleierung der Naturgeheimnisse der Menschengeist sich übermüthig erheben werde; denn es ist nicht minder eine Wahrnehmung unserer Zeit und ein Ergebniß unseres Wissens, daß der forschende Menschengeist gegenüber den Geheimnissen, bis an deren Grenzen er anlangt, zugleich mit dem Genuß im eroberten Gebiet, tiefe Demuth empfindet und gegenüber dem Geiste, der in der Natur waltet, sich klein fühlt mit all dem Großen und Erhabenen, das er im Vergleich mit den vergangenen Geschlechtern errungen hat.

Wir dürfen im Gegentheil sagen, daß Hochmuth und Dünkel in jenen alten Zeiten herrschte und noch in den Männern einer veralteten Zeit herrscht, die unwissend über das Nächste, das sie umgab, die Welt glauben machen wollten, daß sie die Geheimnisse der Vergangenheit und Zukunft gläubig zu durchschauen vermöchten, und die deshalb Alle verdammten und bannten, welche ihrer leeren Allwissenheit keinen Glauben schenken mochten.

Doch wir bitten unsere Leser um Verzeihung, daß wir statt von der Elektrizität zu sprechen, mit einem Lobe der Zeit begonnen haben, von welcher dieser Zweig der Wissenschaft seinen Anfang datirt, und gar so hohe Dinge angeknüpft haben an die schlichte Art der Betrachtung, mit welcher wir sonst die Natur und ihre Gesetze vorführen.

Vielleicht gelingt es uns, die Verzeihung unserer Leser hierfür zu erhalten, wenn wir in der Reihe der nächsten Abschnitte unseres Themas zeigen, wie die elektrischen Erscheinungen so gar einfach und schlicht auftreten, und wie sie dennoch ein tiefes Weltgeheimniß in sich schließen, bei dessen Anschauen der Geist zu den ernstesten Betrachtungen unwillkürlich angeregt wird.

XXXV. Die Elektrizität in ihren einfachsten Erscheinungen.

So großartig die Wirkungen der Elektrizität sind, so einfach sind die Mittel, um die Erscheinungen der Elektrizität zu zeigen.

Man reibe eine Stange Siegellack leicht hin und her auf einem Stück Tuch, oder dem Aermel eines Tuchrockes, so wird man finden, daß die Siegellackstange leichte feine Papierschnitzelchen, Haare, Krümelchen, überhaupt leichte Gegenstände mit einer gewissen Energie anzieht und nach einer kurzen Weile wieder von sich abstößt.

Wenn die Luft im Zimmer recht trocken ist, so erhält sich diese Eigenschaft der Siegellackstange ein paar Minuten, dann aber verliert sie sich nach und nach, bis sich endlich gar keine Anziehungskraft äußert. Aufs neue an Tuch gerieben nimmt die Siegellackstange wiederum diese Eigenschaft an; und so kann man diesen Versuch unendliche Male beliebig wiederholen.

Man mache nunmehr den Versuch und reibe eine Glasstange z. B. einen gewöhnlichen Lampenzylinder mit einem seidenen Taschentuch und der Zylinder wird ebenfalls diese Eigenschaft erhalten. Ja, wenn man es nur richtig anstellt, den Zylinder in der linken Hand, das recht trockene seidene Taschentuch in der rechten offenen Hand hält, dann den Zylinder auf das Tuch legt, die rechte Hand schließt und mit der linken den Zylinder recht schnell herauszieht, so braucht man dies nur fünf bis sechsmal zu wiederholen, um das Anziehen und Abstoßen kleiner Papierschnitzel vom Zylinder recht auffallend sehen zu können. Anziehung und Abstoßung geschehen oft mit solcher Energie, daß die feinen Schnitzelchen einen wahren Tanz aufzuführen scheinen.

Noch auffallender wird der Versuch, wenn man ihn im Dunkeln macht und den Zylinder wiederholt reibt. Man bemerkt dann eine Art Leuchten des Zylinders oder einzelner Stellen desselben und wenn man dem eben geriebenen Zylinder den Knöchel eines Fingers nahe bringt, so sieht man einen kleinen weißblauen Funken mit einem knisternden Geräusch aus demselben hervor- und in die Knöchel hineinspringen.

Man nennt diese merkwürdige Eigenschaft, die sich an geriebenen Körpern zeigt: Elektrizität, weil man diesen Zustand in alten Zeiten bereits am geriebenen Bernstein beobachtet hatte, und Bernstein auf griechisch Elektron heißt.

Was aber ist die Elektrizität? Was geht in einer geriebenen Siegellackstange, einem geriebenen Glase vor, daß sie solch sonderbare Eigenschaften annehmen?

Auf diese Fragen hat erst die Forschung der neuesten Zeiten eine Antwort zu geben vermocht, und nach dieser Antwort haben wir es hier wieder mit einem großen Naturgeheimniß zu thun, mit einem feinen geheimen Stoff, einem Fluidum, das unsichtbar und unfühlbar für unsere fünf Sinne das ganze Weltall erfüllt.

Weitere Forschungen haben nämlich ergeben, daß nicht blos Siegellack und Glas diese merkwürdigen Eigenschaften besitzen, sondern daß alle Körper in der Welt ohne Ausnahme durch Reiben elektrisch werden können; nur ist dies bei den meisten nicht auffallend genug und bei Metallen findet eine besondere Eigenthümlichkeit statt, die in gewöhnlichen Verhältnissen ihr Elektrischwerden ganz unmerklich macht.

Wir wollen nunmehr die besondere Eigenthümlichkeit der Elektrizität etwas näher kennen lernen; müssen aber zu diesem Zweck noch einige Versuche aufstellen.

Man schneide sich aus Kork oder noch besser aus Hollundermark ein paar kleine Kügelchen und hänge solch ein Kügelchen irgend wo an einem trocknen Seidenfaden auf, so daß es wie ein Pendel frei hin und her schwingen kann. Bringt man einem solchen Kügelchen eine geriebene Glasstange nahe, so wird das Kügelchen heranspringen, das Glas berühren, dann aber davon eilen und das Glas zu fliehen suchen. Dasselbe Glas, das früher das Kügelchen angezogen hatte, wird jetzt dasselbe abstoßen. —

Nunmehr berühre man das Kügelchen mit dem Finger und man wird sehen, daß es nun wieder von dem geriebenen Zylinder angezogen wird, sofort aber nachdem es denselben berührt hat, springt es davon und sucht dem Zylinder wieder zu entfliehen. Es wird von dem Zylinder abgestoßen. Erst dann, wenn man das Kügelchen wieder berührt hat, hört es auf vor dem geriebenen Zylinder die Flucht zu ergreifen; im Gegentheil es fühlt sich zu ihm hingezogen, um dann, wenn es einmal denselben berührt hat, ihn wieder zu fliehen.

Offenbar geht hier in dem Glas-Zylinder und in dem Kügelchen etwas ganz Eigenthümliches und Sonderbares vor. Im Dunkeln und namentlich, wenn die Luft in der Stube recht trocken ist, kann man von dem, was vorgeht, schon einigermaßen etwas sehen. —

Man beobachtet im Dunkeln, daß im Moment, wo

das Kügelchen den geriebenen Zylinder berührt, ein feiner Funken in dasselbe hineinspringt. Mit diesem Fünkchen geht eine Summe von Elektrizität in das Kügelchen über. Nun aber sollte man glauben, daß die Elektrizität im Zylinder und die im Kügelchen, die doch beide ganz gleicher Natur sind, sich erst recht leicht anziehen müßten: aber das ist gerade nicht der Fall. Im Gegentheil, die gleichartige Elektrizität in beiden bewirkt eine Abstoßung. — Berührt man aber das Kügelchen, so nimmt man ihm die Elektrizität, und somit wird es wieder von dem Zylinder angezogen, um wieder, wenn es von demselben Elektrizität empfangen hat, abgestoßen zu werden.

Indem wir im nächsten Abschnitt zeigen wollen, wie es sich mit dem Kügelchen verhält, wenn es einer geriebenen Siegellackstange nahe gebracht wird, wollen wir uns für jetzt mit dem Resultat begnügen, daß erstens eine geriebene Glasstange das Kügelchen elektrisch macht, und zweitens, daß diese ganz gleichartige Elektrizität sich gegenseitig abstößt.

XXXVI. Weitere elektrische Versuche.

Ganz denselben Versuch, den man mit dem Kügelchen und dem geriebenen Glas-Zylinder gemacht hat, ganz denselben kann man mit dem Kügelchen und der geriebenen Siegellackstange machen; nur muß man den Siegellack nicht mit Seide, sondern mit wollenem Zeug reiben.

Bringt man dem Kügelchen eine geriebene Siegellackstange nahe, so wird es gleichfalls angezogen und unter günstigen Umständen bemerkt man gleichfalls einen kleinen Funken in das Kügelchen überspringen, das andeutet, daß die Siegellackstange dem Kügelchen etwas Elektrizität abgegeben hat. Aber sobald das geschehen ist, wird das Kügelchen nicht mehr angezogen, sondern es sucht der genäherten Siegellackstange auszuweichen, es wird von derselben abgestoßen.

Da nun die Elektrizität der Siegellackstange und des Kügelchens gleicher Natur sind, so gewinnt man aus diesen Versuchen die Ueberzeugung, daß die gleichartige Elektrizität sich nicht anzieht, sondern abstößt.

Ganz anders aber ist es, wenn man den Versuch folgendermaßen anstellt.

Man bringe einem Kügelchen, das an einem Seidenfaden hängt, eine geriebene Glasstange nahe und es wird zuerst angezogen und sodann abgestoßen werden. Nun bringe man dem von Glas abgestoßenen Kügelchen eine geriebene Siegellackstange nahe und man wird zu seinem Erstaunen sehen, daß es von dieser nicht abgestoßen, sondern im Gegentheil sehr heftig angezogen wird.

Macht man es umgekehrt, das heißt, berührt man das Kügelchen zuerst mit der geriebenen Siegellackstange, so wird es angezogen und dann von der Siegellackstange abgestoßen. Aber wenn man jetzt einen geriebenen Glaszylinder in die Nähe bringt, so wird es von diesem äußerst kräftig angezogen.

Man mache nun den Versuch, dem Kügelchen gleichzeitig beide elektrisirten Körper von zwei verschiedenen Seiten zu nähern, und man wird bemerken, daß das Kügelchen vom Glas angezogen und abgestoßen, dann vom Siegellack gleichfalls angezogen und abgestoßen wird, sodann zieht wieder das Glas das Kügelchen an und stößt es ab; nun macht es die Siegellackstange eben so, und man hat das Schauspiel, daß das Kügelchen eine Zeit lang wie ein Pendel hin und her zwischen Glas und Siegellack springt, bis sich die Elektrizität aus beiden verloren hat.

Woher dieses sonderbare Benehmen?

Man kann sich dies nicht besser als in folgender Weise erklären. —

In allen Dingen, die wir sehen, giebt es einen unsichtbaren und unsern Sinnen völlig verborgenen äußerst feinen Stoff, oder wie man es gewöhnlich nennt ein „Fluidum" welches aus zwei verschiedenen Bestandtheilen besteht. Ob dieses Fluidum in den Atomen der Dinge liegt oder zwischen den Atomen gelagert ist, das ist unbekannt. So lange dieses Fluidum nicht in seine zwei verschiedenen Bestandtheile getrennt ist, giebt es sich nicht weiter kund. Durch Reiben jedoch kann man aus gewissen Körpern das elektrische Fluidum trennen, so daß das Reibzeug die eine Art der Elektrizität in sich aufnimmt, während im geriebenen Körper die andere Art Elektrizität sich ansammelt. Und in solcher Weise werden die Körper sichtbar elektrisch, das heißt, die getrennte Elektrizität bringt gewisse elektrische Erscheinungen hervor.

Reibt man nun Glas mit Seide, so entsteht im Glase eine Trennung des Fluidums der Elektrizität, das heißt, es trennt sich dieses Fluidum in seine zwei Bestandtheile. Die eine Art Elektrizität bleibt am Glase, die andere häuft sich im Reibzeug, in der Seide an. Ein gleiches geschieht beim Reiben der Siegellackstange; nur mit dem Unterschied, daß die Elektrizität, welche am Glase bleibt, von anderer Art ist als die, welche an der Siegellackstange hervorgerufen wird.

Da man das innerste Wesen, die Natur der zwei verschiedenen Elektrizitäten nicht weiter kennt, so hat man zum Unterschied derselben die eine die Glas-Elektrizität oder die positive Elektrizität und die andere die Harz-Elektrizität oder die negative Elektrizität genannt. —

Wir wollen fortan diese Bezeichnung beibehalten und

die zwei Arten Elektrizitäten die positive und die negative nennen, wobei wir immer unter positiver Elektrizität die verstehen, welche das mit Seide geriebene Glas annimmt, während wir unter negativer Elektrizität diejenige meinen, welche mit Tuch oder Pelz geriebener Siegellack zeigt. —

Sollte es aber nicht noch eine dritte Art von Elektrizität geben?

Man hat alle möglichen Dinge in der Welt versucht durch Reiben oder durch andere Operationen elektrisch zu machen und dies gelingt vollständig. Aber bei all den Versuchen hat man immer nur entweder die eine oder die andere Elektrizität hervorzurufen vermocht; niemals fand man irgendwelche Spur einer dritten Art Elektrizität.

Die zahlreichsten Beobachtungen haben nun von dem Verhalten beider Elektrizitäten Folgendes ergeben:

Wenn zwei Körper mit gleicher Elektrizität erfüllt sind, so stoßen sie sich ab. Die positive stößt die positive, die negative stößt die negative Elektrizität ab. Wenn jedoch ein Körper mit positiver, der andere mit negativer Elektrizität versehen ist, so ziehen sie sich an. — —

So wunderlich dies klingt, so räthselhaft auch diese Erklärung an sich ist, so wahr und richtig ist sie dennoch, denn Tausende von Versuchen bestätigen es und schlagen jeden Zweifel durch den Augenschein nieder.

Ein größeres Wunder aber liegt noch in der Art, wie die Elektrizität von einem Körper in den andern überfließt und hiervon wollen wir nunmehr sprechen.

XXXVII. Die Verschiedenheit der elektrischen und magnetischen Erscheinungen.

Ein Jeder, der die Beobachtung macht, wie ein Körper, auf welchem positive Elektrizität haftet, einen andern mit gleicher Elektrizität abstößt, wie ferner auch die negative Elektrizität die negative in gleicher Weise abstößt, wie dagegen sich positive und negative Elektrizität gegenseitig anziehen; — ein Jeder, der dies beobachtet, der wird die Aehnlichkeit, die zwischen diesem Zustand und dem des Magnetismus obwaltet, auffallend finden.

Beide, Elektrizität und Magnetismus, sind Eigenschaften, die wahrscheinlich von einem geheimen Stoff, einem unsichtbaren, unwägbaren Fluidum herrühren, das seinen Sitz in den Atomen oder um denselben hat. Beide geheimen Stoffe sind zwiefacher Natur; im Magnetismus nennen wir sie Nord- und Süd-Magnetismus, in der Elektrizität bezeichnen wir sie durch positive und negative Elektrizität. Am Magneten stößt der Nordpol den Nordpol ab, wie der Südpol den Südpol, während der Nordpol des einen Magneten und der Südpol des andern Magneten sich gegenseitig anziehen; in der Elektrizität ist es ebenso. Die Elektrizitäten gleichen Namens stoßen sich ab, die ungleichnamigen ziehen sich an. Es liegt hiernach sehr nahe beide geheimen Kräfte der Natur als eine einzige zu betrachten, die nur durch eigene Umstände anders erscheinen ohne im Wesen anders zu sein.

Gleichwohl jedoch ergiebt eine nähere Betrachtung einen ungeheuren Unterschied.

Wenn man mit einem Magneten einen zweiten Stahlstab magnetisch macht, so geht vom ersten Magneten hierbei nichts verloren. Er bleibt magnetisch wie er gewesen. Er hat von seinem Magnetismus nichts abgegeben. Der neue Magnet hat nicht einen Theil vom alten in sich aufgenommen. Der Magnetismus haftet fest in dem Magneten und entfernt sich nicht daraus und vermindert sich nicht, selbst wenn man unendliche Massen von Eisen damit magnetisch macht.

Ganz anders aber ist es mit der Elektrizität. Aus dem geriebenen Glasstab, der geriebenen Siegellackstange sieht man schon etwas überspringen in den Körper, womit man ihnen naht. Ein Funke bricht sich die Bahn durch die Luft, die noch beide Gegenstände trennt und das Hollundermark-Kügelchen, das den Funken in sich aufgenommen, hat Elektrizität empfangen und eine gewisse Summe aus dem Glasstab oder der Siegellackstange herausgezogen. — In der That ist die geriebene Glasstange, der geriebene Siegellack gerade um den einen Theil der Elektrizität, den er abgegeben hat, schwächer geworden. Ja man kann ihnen die ganze Elektrizität nehmen, wenn man auch nur einmal mit der feuchten Hand über das Glas oder den Siegellack wischt. Die Elektrizität geht hierbei in die Hand über und hat sich von dem Glase und dem Siegellack ganz und gar fortbegeben.

Dies allein weiset schon auf ein ganz anderes Wesen der Elektrizität hin, als das des Magnetismus. Bemerkt man aber gar, wie die Elektrizität mit einer gewissen Energie überspringt von dem einen Körper zum andern, wie ein bloßer geriebener Lampen-Zylinder einen Theil seiner Elektrizität, bevor noch der Knöchel eines Fingers ihm nahe kommt, einen knisternden Funken aussendet, der oft einen Zoll Raum überspringt, um in den Finger zu fahren, so entnimmt man schon hieraus, daß die Elektrizität, wenn sie an einem Körper erzeugt ist, nur darauf lauert sich von ihm zu entfernen und sich auch sofort entfernt, wenn sie einen Körper findet, der sie aufnimmt.

Wir wollen nun einmal diese sonderbare Eigenschaft der Elektrizität etwas näher betrachten, denn aus dieser entspringen höchst wunderbare Eigenschaften und die merkwürdigsten Erscheinungen, die überhaupt im Reich der Natur uns entgegentreten.

Gewiß wird sich Jeder die Frage vorlegen: wenn wirklich die Elektrizität so begierig ist, sich von dem Körper, auf welchem sie durch Reiben erzeugt worden ist, zu entfernen, weshalb entfernt sie sich nicht in die Luft, die den Zylinder umgiebt? oder weshalb geht sie nicht direkt in die Hand über, mit welcher man den Zylinder hält?

Die Antwort hierauf ist vollkommen klar, wenn sie auch für den ersten Augenblick etwas sonderbar erscheint.

Durch unzählige Versuche bestätigt es sich, daß es gewisse Körper giebt, welche die Elektrizität, die sie in sich aufnehmen, mit ungeheurer Geschwindigkeit weiter fort führen. Andere Körper wieder sind nicht im Stande dies zu thun, sondern die Elektrizität, die auf ihnen erzeugt wird, oder die sie aufnehmen, bleibt an der Stelle sitzen, wo sie einmal vorhanden ist. Man nennt die Körper, welche die Elektrizität schnell fortführen, gute Leiter der Elektrizität, denn sie leiten die Elektrizität, die sie erhalten, schnell ab; diejenigen Körper, welche diese Eigenschaft nicht besitzen, nennt man schlechte Leiter oder mit dem wissenschaftlichen Namen: „Isolatoren", weil sie die Elektrizität absperren und nicht weiter wandern lassen.

Die trockene Luft ist ein schlechter Leiter. Wenn man daher einen Glaszylinder durch Reiben elektrisch macht, so wird zwar die dünne Luftschicht, die auf dem Zylinder ist, auch elektrisch, allein diese Luftschicht leitet die Elektrizität nicht fort und der Zylinder behält seine Elektrizität. Ist man aber in einem Zimmer, wo die Luft feucht ist, so gelingen alle bisher angeführten Versuche nicht. Der Zylinder wird zwar elektrisch, aber die feuchte Luft nimmt die Elektrizität in sich auf und vertheilt sie nach allen Richtungen, so daß von derselben keine Spur bleibt.

Zu den schlechtesten Leitern gehört Glas, daher geht die Elektrizität von der geriebenen Stelle des Zylinders nicht in die Hand über, denn der Theil des Glases, den man in der Hand hält, läßt die Elektrizität nicht durch zur Hand. Der menschliche Körper ist ein guter Leiter, namentlich wenn die Haut ein wenig feucht ist; der allerbeste Leiter aber ist Metall und darum wendet man Metalldrähte zu Telegrafen an, weil sie die Fähigkeit, die Elektrizität fortzuleiten, in einem zauberhaft hohen Grad besitzen, wie wir dies sofort an einigen Beispielen näher zeigen werden.

XXXVIII. Ueber die Leitung der Elektrizität.

Es läßt sich durch Versuche nachweisen, daß man Metall ebenfalls elektrisch machen kann, und wir werden dies auch sofort näher angeben; nur muß man hierbei anders verfahren, wie bei andern Stoffen, welche die erregte Elektrizität nicht fortzuleiten im Stande sind.

Eine Glasstange kann man an einem Ende in der Hand halten, während man das andere Ende elektrisch macht; eine Metallstange dagegen würde zwar elektrisch werden, aber in demselben Augenblick würde sie die ganze elektrische Kraft verlieren. Sie würde die Elektrizität der Hand, mit der sie gehalten wird, mittheilen, die Hand ist wie der ganze menschliche Körper ein guter Leiter und so würde die Elektrizität bis an die Füße dringen, die auf dem Fußboden stehen. Dieser würde die Elektrizität weiter leiten, bis die Erde, die große Erde die Elektrizität aufnimmt, wodurch sie vollständig für uns verloren geht.

Wir haben gesehen, daß ein Hollundermark-Kügelchen eine ganze Weile seine Elektrizität behält, aber es behält sie nur, wenn es an einem trockenen Seidenfaden hängt.

und ein solcher die Elektrizität nicht ableitet. Man mache den Seidenfaden aber ein wenig feucht oder nehme statt desselben einen Zwirnsfaden und man wird sehen, daß das Kügelchen zwar Elektrizität in sich aufnimmt und angezogen aber nicht abgestoßen wird. Denn es vermag die Elektrizität nicht bei sich zu behalten, weil der feuchte Seidenfaden oder der Zwirnsfaden die Elektrizität fortleitet.

Es ergiebt sich hieraus von selbst, daß man Metall recht gut elektrisch machen kann; nur darf man es hierbei nicht in der Hand halten, sondern muß es an einem Seidenfaden aufhängen oder besser noch an einen Glasstab befestigen, oder mit Harz oder Gutta-Percha überziehen.

Gewiß hat Jeder schon die Drähte gesehen, durch welche telegrafische Nachrichten von Ort zu Ort mit unendlicher Schnelligkeit verbreitet werden. Diese Drähte sind von Eisen oder Kupfer, die man aber mit Gutta-Percha überzieht, damit sie auf dem weiten Wege nichts von der Elektrizität, die man ihnen beibringt, verlieren. Von diesem Ueberzug wird die Elektrizität des Drahtes eingeschlossen, isolirt, und ist der Ueberzug gut, so kann der Draht viele viele viele Meilen lang sein, er wird die an einem Ende in ihm erregte Elektrizität augenblicklich auch am andern Ende äußern und dort die Zeichen geben, welche man von ihm als Nachricht verlangt.

Wir werden später von unsern telegrafischen Einrichtungen nähere Mittheilungen machen; für jetzt wollen wir nur zeigen, wie man durch die bloße Leitungsfähigkeit des Metalls im Stande ist, einen sehr einfachen Telegrafen einzurichten.

Gesetzt man hätte einen Draht, der gut isolirt, das heißt von einem nicht leitenden Ueberzug eingeschlossen ist, von London bis Berlin gelegt, so brauchte man nur an jedem Ende eine kleine Messingkugel an den Draht anzulöthen und könnte verabreden, daß man in London gerade im dem Moment, wo dort irgend ein erwartetes wichtiges Ereigniß eintritt, einen elektrischen Funken in die Kugel wird einschlagen lassen, und wenn der Funke nur stark genug ist, so wird unfehlbar fast in demselben Augenblick auch die Kugel in Berlin elektrisch werden und einen Funken von sich geben, der bei gehöriger Vorrichtung im Stande ist Pulver anzuzünden und eine Kanone abzufeuern oder sonst irgend welche Wirkung hervorzubringen.

Freilich wäre dies ein ganz unbehilflicher Telegraf, denn er könnte nur ein verabredetes Zeichen und nicht eine bestimmte Nachricht von Ort zu Ort tragen; aber ein Hauptprinzip der jetzigen Telegrafie würde er immer darstellen, nämlich die wunderbare Leitungskraft der Metalle, die es hervorbringt, daß ein Draht, der an einem Ende elektrisch gemacht wird, sofort seine Elektrizität durch die ganze Länge vertheilt und in demselben Moment auch sein anderes Ende elektrisch macht, selbst wenn dies Ende viele Tausende von Meilen entfernt ist.

Gewiß ist dies etwas Unglaubliches. Ohne Zweifel würden die weisesten Menschen diese Thatsache ableugnen, wenn nicht der Augenschein sie tausendfältig bestätigen möchte. Es ist einmal so und jeder Mensch kann sich durch die Telegrafie davon überzeugen, daß es so ist, daß nämlich ein elektrisch gemachter Draht auf viele viele Meilen hin in einem Augenblick elektrisch wird bis zum andern Ende. Man nennt diese Fähigkeit: die Kraft der Metalle die Elektrizität zu l e i t e n, obgleich es streng genommen nicht gerade eine Leitung, sondern eine V e r t h e i l u n g der Elektrizität durch die ganze Länge ist.

Wir kennen nunmehr diese Leitungsfähigkeit der Metalle; man hat die Geschwindigkeit, mit welcher sie geschieht, schon gemessen und das unglaubliche Resultat gefunden, daß eine einzige Sekunde hinreicht, um einen achtzigtausend Meilen langen Draht von dem einen Ende bis zum andern elektrisch zu machen; allein wenn wir fragen: wie geht dies zu? Was geht in dem Metall vor in dieser Sekunde? Warum besitzen nur die Metalle diese Eigenschaft, während z. B. ein feuchter Zwirnsfaden die Elektrizität wohl leitet, aber außerordentlich langsam leitet? Da schweigt die Wissenschaft und verweist auf eine erkenntnißreichere Zukunft des Menschengeschlechtes. Für jetzt ist auch dies ein Geheimniß, das Wunder ist eine Folge einer geheimen Naturkraft, deren Grund wir nicht kennen, aber deren Erscheinungen wir weiter nachfolgen wollen.

XXXIX. Der elektrische Funke und der Blitz.

Die Entdeckung, daß die Metalle eine so starke Kraft besitzen, die Elektrizität zu leiten, führte zu der herrlichen und nützlichen Erfindung des Blitzableiters. Franklin, ein Bürger Nordamerikas, der sich als Staatsmann, Philosoph, Naturforscher und populärer Schriftsteller unsterbliche Verdienste erworben hat, Franklin war es, der auf den großen Gedanken kam, daß der Blitz, der aus den Wolken hervorbricht und zündend und vernichtend seinen Weg zur Erde sucht, am Ende nichts anderes sein mag wie der elektrische Funke, der aus geriebenem Glase hervorspringt; nur daß dieser Funke mit schwachem Licht und leichtem Knistern sich Bahn bricht durch die Luft, während der Blitz, dieser große elektrische Funke, mit blendendem Lichte und donnernder Stimme seine Bahn durchzuckt. —

Veranlassung zu diesem herrlichen Gedanken hatten schon viele Gelehrten und deren Versuche gegeben. Statt der einfachen geriebenen Glasstange hatte man schon begonnen Maschinen zu bauen, wo große runde Glasscheiben an dazu eingerichteten Kissen gerieben wurden; weitere Vervollkommnung hatte zu den vortrefflichen Vorrichtungen geführt, die gegenwärtig noch die Haupttheile der Elektrisirmaschine ausmachen. Durch geeignete Instrumente lernte man die schwache Elektrizität ansammeln in einer Metallkugel, aus der man bedeutende Funken hervorspringen lassen konnte. Ja man verstand es schon Funken hervorzurufen aus der Elektrisirmaschine und den dazu gehörigen Instrumenten, die stark genug waren, Thiere zu tödten und die Aehnlichkeit solcher Funken mit dem Blitz lag freilich nahe genug, so daß Viele von Franklins Zeitgenossen die Wolken als große Elektrisirmaschinen, den Blitz als elektrischen Funken erklärten; allein dieser große Denker war es, der sich nicht mit der Erklärung des Blitzes begnügte, sondern den Muth hatte zu versuchen, ob er den Blitz ebenso regieren könne, wie man den elektrischen Funken regieren und zwingen kann, einen bestimmten Weg zu wandeln.

Was ursprünglich wie eine Spielerei betrachtet wurde, das Hervorlocken eines Funkens aus geriebenem Glase war freilich schon zu einem kleinen Bilde einer der erhabensten und furchtbarsten Naturerscheinungen geworden; aber der weise Franklin, der weitere Folgen daran knüpfte, verschmähte es nicht wieder zu einem Kinderspiel zu greifen, und machte seine ersten Versuche den Blitz abzuleiten, mit dem Papierdrachen seines Sohnes, den er hoch hinauf in die Luft steigen ließ, in dessen Schnur aber er einen feinen Metallfaden einwebte mit dem Wunsche, daß dieser Metallfaden einen Blitz vom Himmel herablocken möge.

Nach wenigen Wiederholungen gelang sein Versuch vollkommen und trotz der Gefahr, die er mit sich führte, nun die später einem ausgezeichneten Naturforscher das Leben kostete, lief alles so glücklich ab, daß Franklin die Genugthuung hatte, die Blitzableiter als sichere Schutzmittel gegen Gewitterschläge an den vorzüglichsten Gebäuden prangen und selbst an Kirchen angebracht zu sehen, obgleich die überfrommen Diener Gottes von den Kanzeln gegen die Frechheit der Menschen donnerten, welche sich anmaßen, dem Zorn Gottes und seinem Blitze in den Arm zu fallen.

Der Blitz ist in der That nicht der Arm Gottes und das Auflodern der Flamme seines Zornes, wie die frommen Eiferer meinten und meinen oder glauben machen wollen; er ist, wie die weiteren Forschungen ergeben haben, ein Erzeugniß der Elektrizität, die in der Luft entsteht und wahrscheinlich dann entsteht, wenn Luftströme, wenn Winde von entgegengesetzten Richtungen sich begegnen und bei ihrem Vorüberstreifen an einander, bei ihrem Durchdringen und Ringen und Durcheinanderwirbeln eine große Reibung der Luftschichten entsteht, welche die Elektrizität eben so frei macht, wie das Reiben der Seide am Glase.

Wie sehr die Reibung der Luft Elektrizität hervorruft, das hat man erst vor wenigen Jahren Gelegenheit gehabt zu beobachten, wo ein Feuermann bei der Lokomotive die Entdeckung machte, daß man unter geeigneten Umständen aus dem ausströmenden Dampf des Sicherheitsventils der Lokomotive ungemein große elektrische Funken hervorlocken kann. Nähere Untersuchungen dieser Erscheinung haben ergeben, daß die Elektrizität hier nicht entsteht durch die Verwandlung des Dampfes in Wasser, wie man anfangs vermuthete, sondern daß die Reibung des Dampfes beim Herausströmen durch die kleine Oeffnung des Ventils die eigentliche Quelle der elektrischen Erscheinungen ist.

Der Blitzableiter ist der Draht, der bei gewitterschwerer Luft die Elektrizität fortwährend aus der Luft über dem Gebäude auffängt und sie in die Erde führt, wohin der Blitzableiter verläuft. Ein Blitzableiter ist daher ein vorzügliches Schutzmittel für hohe Gebäude und Thürme, die dem elektrischen Schlage des Blitzes am meisten ausgesetzt sind und decken auch so ziemlich die kleineren Gebäude, die in der Nähe liegen. Nur wenn der Blitzableiter zerbrochen oder verrostet ist, so daß er nicht über die beschädigte Stelle hinaus den Blitz leiten kann, ist er nicht nur unnütz, sondern auch gefährlich.

Von der vortrefflichen Leitungsfähigkeit der Metalle hatte ein junger Offizier der französischen Armee im Anfang dieses Jahrhunderts die beste Gelegenheit, sich zu überzeugen. Derselbe eilte durch die Straßen von Mainz, um einem Gewitterregen zu entgehen und steckte sein schweres goldenes Uhrgehänge in die Hosentasche, um es nicht zu verlieren. Doch seine Flucht war vergeblich, ein Blitzschlag schlug ihn nieder. Nach Hause getragen, erwachte er wieder und völlig unbeschädigt. Bei genauer Untersuchung zeigte sich, daß der Blitz durch das Metall seiner Kopfbedeckung in die Uhrkette, die er um den Hals hatte, sich den Weg gebahnt; von hier floß der Blitz durch die Uhrgehänge bis an die Hosentasche und lief von da an dem Metallstreifen seiner Hose bis an die Stiefel und durch den Sporen bis in die Erde. — Der Metallschmuck war freilich theils zerrissen, theils geschmolzen; aber der Offizier war gerettet und mochte fortan den Glauben an die Leitungsfähigkeit der Metalle nicht mehr verloren haben, da der Beweis für ihn wirklich sehr schlagend gewesen ist.

XL. Die Leitung, Ansammlung und Ladung der Elektrizität.

Das Wunderbare, daß man die Elektrizität im Stande ist zu leiten, sie von einem Körper zum andern überfließen zu lassen, wird noch durch die Thatsache erhöht, daß man die Elektrizität im Stande ist anzusammeln, und in so starkem Maße anzusammeln, daß sie eine furchtbare Wirkung hervorbringt, wenn man diese gesammelte Elektrizität mit einem Male frei läßt.

Mit Recht nennt man diese Ansammlung von Elektrizität eine Ladung und spricht von Entladung derselben, als ob von einem geladenen Geschütz die Rede wäre, das abgeschossen wird.

Die Elektrisirmaschinen sind zu diesem Zweck eingerichtet und kann man mit denselben eben so interessante wie lehrreiche Versuche im Großen anstellen.

So eigentlich ist schon ein gewöhnlicher Lampen-Zylinder, der mit einem seidenen Taschentuch gerieben wird, eine Art kleiner Elektrisirmaschine; die wirklichen Elektrisirmaschinen sind nur vortheilhafter gebaut und haben einen besonderen Apparat, der der eigentliche Ansammler der Elektrizität ist.

Die gewöhnliche Elektrisirmaschine besteht aus einer runden Glasscheibe, die wie ein Schleifstein durch eine Kurbel gedreht werden kann. An die Scheibe liegen ein paar Kissen an, die einen mäßigen Druck auf sie ausüben und an welchen die Scheibe sich reibt, wenn sie gedreht wird. Dieses Reibzeug ist vortheilhafter eingerichtet als eines von Seide und wirkt daher besser, so daß man beim dauernden Drehen der Scheibe elektrische Flammen auf dem Glase sieht. Beim Reiben entsteht auf dem Reibzeug negative Elektrizität und auf der Scheibe positive

Elektrizität. Da sich aber diese beiden Elektrizitäten anziehen und sich gegenseitig ausgleichen, so würde die Wirkung der Maschine doch nur schwach sein, man bringt deshalb an dem Reibzeug einen Metallstreifen an, der bis zum Fußboden reicht. Durch diesen Metallstreifen wird alle entstehende negative Elektrizität zur Erde abgeleitet und die positive Elektrizität auf der Glasscheibe kann sich stärker häufen. Um aber die hier aufgehäufte Elektrizität noch stärker an einem Orte anzusammeln, dazu sind vor der Scheibe eine oder mehrere mit einander verbundene Messingkugeln angebracht. Diese Kugeln stehen mit zwei Messingstäbchen in Verbindung, welche ziemlich nahe an die Scheibe anliegen und ihr alle Elektrizität abnehmen und sie zu den Kugeln führen. Die Kugeln aber stehen auf Glasstangen, so daß sie ihre Elektrizität nicht fortleiten können und so sammelt sich denn die Elektrizität in denselben derart an, daß schon aus den Kugeln einer gewöhnlichen Maschine drei bis vier Zoll lange leuchtende Funken herausspringen, wenn man ihnen mit dem Knöchel eines Fingers nahe kommt.

Man nennt diese Kugeln den Konduktor; wir wollen sie die Sammelkugeln nennen, denn in der That sammelt sich in ihnen alle Elektrizität an, die auf der Scheibe entwickelt wird. Solch eine Kugel ist gewissermaßen die Sparbüchse der Elektrizität, die all die kleinen Summen, welche beim Reiben der Scheibe frei werden, in sich aufnimmt und anhäuft. Aber es ist eine sehr unpraktische Sparbüchse, denn wenn man sie nur berührt, giebt sie in einem Augenblick alle ihre Ersparnisse von sich; sie entladet sich wie mit einem Schuß. Wir werden später sehen, daß dies bei der galvanischen Elektrizität nicht der Fall ist und deshalb ist auch die Entwickelung und Wirkung dieser Art Elektrizität von der höchsten praktischen Bedeutung geworden.

Wer jemals Gelegenheit hat eine Elektrisirmaschine zu sehen und ihre Thätigkeit zu beobachten, der unterlasse es ja nicht seine Aufmerksamkeit auch auf all die kleinen sogenannten Spielereien, die man damit treiben kann, zu richten; denn das, was Vielen wie eine Spielerei vorkommt, ist oft der Schlüssel zu wichtigen Naturereignissen und Naturgeheimnissen und sind nicht selten die Pforten geworden zu großartigen und erhabenen Erfindungen und Entdeckungen. — Vor allem aber versäume man nicht folgenden interessanten Versuch anzustellen.

Ein Mensch, der während des Drehens der Maschine die Sammelkugel anfaßt, spürt nicht die mindeste Wirksamkeit derselben, denn die Elektrizität wird durch den menschlichen Körper hindurch geleitet und geht in den Fußboden über, der die Elektrizität zur Erde führt. Ganz anders aber ist es, wenn man einen Menschen auf eine große Gutta-Percha-Platte oder ein Fußbänkchen stellt, welches Glasfüße hat. Hierdurch kann die Elektrizität nicht in den Fußboden abfließen und sie sammelt sich in dem Körper des Menschen ganz so an wie in der Sammelkugel. Vor Allem empfindet der Mensch ein Griseln der Haut, das davon herrührt, daß alle feinen Härchen mit positiver Elektrizität geladen sind und nun sich gegenseitig abstoßen, so daß sie sich alle wie Borsten aufrichten. Bald fängt auch das Kopfhaar und Barthaar an sich zu sträuben und borstenartig aufzurichten. Im vollen Sinne des Wortes stellt sich hierbei das Haar zu Berge, und je länger dasselbe ist, desto sonderbarer wird der Anblick. Berührt man den Menschen, so springt an der Stelle, wo man ihm mit der Hand naht, ein heller, knisternder Funke heraus, so daß man ihm Feuer aus der Nase, aus den Fingern, aus jedem Theil des Leibes ziehen kann. Faßt man ihn an, so hören alle Erscheinungen auf und er hat von all' dem keine weitere Empfindung. Hinzufügen wollen wir nur, daß der Versuch ohne schädliche Wirkung ist, denn die positive Elektrizität, die sich in ihm aufsammelt, stößt sich gegenseitig ab und häuft sich deshalb nur auf der Oberfläche des Körpers, so daß die inneren Organe ganz unbetheiligt dabei bleiben. Deshalb glauben wir auch nicht an eine heilsame medizinische Wirkung dieses Versuches, obgleich Elektrizitätsnarren dergleichen behaupten.

XLI. Wie man die Elektrizität fesseln kann.

Wir haben nun gesehen, daß es etwas ganz Eigenthümliches mit der Elektrizität ist. An sich ist dies ein Stoff, ein Fluidum, wie man es nennt, das man weder sehen, noch sonst mit den Sinnen wahrnehmen kann, und gleichwol kann man dieses sehr unbekannte Ding hervorrufen, wegleiten, ansammeln und von Ort zu Ort transportiren, als ob man es mit etwas Sichtbarem, Faßbarem zu thun hätte! — Und doch ist es nichts Faßbares, ja auch nicht einmal etwas Wägbares! Eine Kugel, in welcher man Elektrizität angehäuft hat, ist durchaus nicht schwerer als sie ohne Elektrizität wäre! Ja diese Elektrizität ist ein so eigenthümlicher Stoff, daß er, wie man zu sagen pflegt, garnicht alle wird. Man kann aus einem Glas-Zylinder, aus einer Glasscheibe, aus einer Harzstange unendliche Zeiten immerfort Elektrizität ziehen, ohne daß sie irgenwie mit der Zeit abnimmt.

Es unterliegt wol gar keinem Zweifel, daß man hier ein Naturgeheimniß vor sich hat, und da die Elektrizität eine unübersehbare große Rolle in der Welt spielt, so ist dies Geheimniß eben ein ungeheuer großes. Gleichwol ist man demselben durch Forschungen schon etwas näher gerückt und hat man auch nicht sein Wesen, doch wesentliche Eigenschaften des elektrischen Stoffes glücklich aufgespürt.

Um den Aufschluß, der bereits gewonnen ist, unsern Lesern deutlicher zu machen, müssen wir noch Eines erwähnen, und das besteht darin, daß man die Elektrizität nicht nur ansammeln, sondern durch eigenthümliche Vorrichtungen an einer bestimmten Stelle so anhäufen kann, daß sie der heftigsten Wirkungen fähig ist.

Die Messingkugel an einer Elektrisirmaschine haben wir die Sammelkugel genannt und wir wissen, daß man aus ihr große Funken zu ziehen im Stande ist. Durch folgende sehr einfache Vorrichtung ist man im Stande, die in der Kugel gesammelte Elektrizität auf einem kleinen Raum anzuhäufen und sie dort gewissermaßen zu binden.

Man nimmt eine gewöhnliche dünne viereckige Glasscheibe und klebt auf beide Seiten ein Blatt Staniol, das ist ein ganz dünnes Bleiblatt, das man im gewöhnlichen Leben Tabaksblei nennt. Die Staniolblätter müssen so aufgelegt werden, daß ein etwa fingerbreiter Rand der Glastafel frei bleibt. — Hält man nun die Glastafel mit dem einen Staniolblatt an die Sammelkugel der Elektrisirmaschine, so wird sie zwar elektrisch, aber eben nicht besonders stark, ganz anders aber ist es, wenn man dabei zugleich das Staniolblatt der andern Seite mit dem Finger berührt. Thut man dies, so häuft sich auf beiden Seiten der Glastafel und zwar auf dem Staniol eine ungeheure Masse von Elektrizität an. Das wunderbare und eigenthümliche dieser Anhäufung ist folgendes. Wir wissen, daß man die Sammelkugel der Elektrisirmaschine nur mit der Hand zu berühren braucht, um ihr alle Elektrizität zu benehmen. Die Elektrizität fließt in solchem Falle durch den Körper des Menschen in den Erdboden hinein. Anders aber ist es mit der gehäuften Elektrizität auf dem Staniolblatt der Glastafel. Man kann jede einzelne Seite des Staniols mit der Hand berühren, ja man kann einen Draht, der zum Erdboden führt, damit verbinden, ohne daß die Elektrizität vom Staniolblatt weicht. Sie ist wie gefesselt auf dem Blatte und man sagt auch wissenschaftlich, daß diese Elektrizität gebunden ist. Trotzdem aber, daß sie gebunden ist und sich nicht rücken und rühren will, braucht man nur gleichzeitig einen Finger an das Staniolblatt der einen Seite und einen andern an das Staniolblatt der andern Seite zu legen, um sofort einen glänzenden Funken zu sehen, einen heftigen Knall zu hören und einen tüchtigen Schmerz in den Fingern zu empfinden.

Ganz nach demselben Prinzip wie diese Tafel eingerichtet ist, stellt man die wirksamere Leidener Flasche her, die aus einem Trinkglas besteht, das von innen und außen mit Staniol belegt ist, wobei ein breiter Rand frei bleibt und mit Lack überzogen wird. Aus der innern Belegung ragt eine kleine Messingstange mit einer kleinen Kugel an der Spitze hervor. Hält man diese Kugel an die Sammelkugel der Elektrisirmaschine, so häuft sich sowol auf der äußern wie der innern Belegung des Glases sehr stark die Elektrizität an, und berührt man mit der einen Hand die äußere Belegung und mit der andern die Kugel der Flasche, so erhält man unter Funken und Knall einen so heftigen Stoß, daß der Schmerz unerträglich, ja sogar die Erschütterung gefährlich werden kann.

Ja ein ganzer Kreis von Menschen, die einander die Hände reichen, fühlt den Schlag, wenn der erste aus dem Kreise die Flasche in die Hand nimmt und der letzte des Kreises die Kugel berührt. Mehrere solche Flaschen in geeigneter Weise verbunden sind im Stande einen solchen

Schlag zu versetzen, daß man einen Ochsen damit augenblicklich tödten kann.

Woher nun diese sonderbare Erscheinung? woher diese sonderbare Anhäufung? Woher dieses räthselhafte Gebundensein der Elektrizität, die nicht entweicht, wenn man nur eine Seite der Tafel oder der Flasche berührt, während sie sich aus der Sammelkugel der Elektrisirmaschine sofort verliert? Woher die so heftige Wirkung, wenn man beide Seiten zugleich anfaßt?

Man sollte glauben, daß dies nur das Räthselhafte der Elektrizität vermehrt; allein dem ist nicht so. Gerade diese Erscheinungen sind der Hauptschlüssel zur Erklärung vieler anderer Räthsel, so daß man hierdurch im Stande ist, einen lichten Blick hinter den Schleier des Naturgeheimnisses zu thun.

Wir wollen es nun versuchen, diese Auflösung des Räthsels unsern Lesern deutlich zu machen.

XLII. Eine Erklärung über Ladung und Entladung der Elektrizität.

Wir haben bereits gesagt, daß wenn man die eine Seite der Glastafel mit Staniol an die Sammelkugel der Elektrisirmaschine anlegt und die andere Seite nicht mit dem Finger berührt, daß dann keine Anhäufung der Elektrizität stattfindet; legt man aber die eine Seite der Glastafel an die Sammelkugel und berührt die andere zugleich, und wenn auch nur ein klein wenig mit dem Finger oder sonst einem guten Leiter, so häuft sich die Elektrizität auf beiden Seiten an und bleibt auf den Staniolblättern wie gebunden, bis man beide zugleich einmal berührt, wo eine heftige plötzliche Entladung vor sich geht.

Die Untersuchung einer solchen Glastafel ergiebt nun Folgendes.

Die Staniolblätter auf beiden Seiten der Tafel sind stark elektrisch; aber sie besitzen nicht eine und dieselbe Elektrizität. Das Staniolblatt, das man an die Sammelkugel der Elektrisirmaschine angelegt, ist positiv elektrisch, während das Staniolblatt der andern Seite, das man mit dem Finger berührt hat, mit negativer Elektrizität angefüllt ist.

Es fragt sich nun: woher kommt das? Wodurch ist das Staniolblatt, das nicht die Elektrisirmaschine berührt hat, elektrisch geworden? Und weshalb hat es gerade eine andere Elektrizität als die Sammelkugel selber? Was hat der Finger, der dies Blatt berührt für eine Rolle gespielt? Ueberhaupt, was ist bei diesem Versuch in dem Staniol vorgegangen?

Die Antwort hierauf ist folgende.

Wir wissen, daß die eine Art Elektrizität die gleiche Elektrizität abstößt, während sie die ungleiche Elektrizität anzieht. Die positive Elektrizität stößt die positive ab, die negative Elektrizität stößt aber ebenso die negative ab; dafür aber ziehen positive und negative Elektrizität sich gegenseitig an. Würde man zwei Metallkugeln, die auf einem gläsernen Tisch liegen, gleichzeitig beide mit positiver oder negativer Elektrizität füllen, so würden sie einander fliehen; würde man die eine mit positiver, die andere mit negativer Elektrizität füllen, so würden sie, wenn sie weit ab von einander entfernt lägen, sich anziehen und zu einander rollen.

Betrachtet man die Glastafel mit den Staniolblättern, wie sie beschaffen ist, ehe man mit ihr den Versuch anstellt, so findet sich, daß beide Staniolblätter keine elektrischen Eigenschaften zeigen, und das rührt daher, weil injedem der Staniolblätter sowol positive wie negative Elektrizität vorhanden ist, die sich gegenseitig ausgleicht. Legt man nun das eine Staniolblatt an die Sammelkugel der Elektrisirmaschine, die mit positiver Elektrizität erfüllt, so geht in diesem Staniolblatt eine Trennung der verbunden gewesenen Elektrizität vor. Die negative wird angezogen, die positive wird abgestoßen, und aus der Sammelkugel strömt noch eine Portion positive Elektrizität in das Staniolblatt.

Nun aber wirkt das eine Staniolblatt, das die Sammelkugel berührt, auf das zweite auf der andern Seite der Glastafel. Die Staniolblätter sind zwar durch das Glas getrennt; aber sie sind doch nahe genug, um durch das Glas hindurch auf einander zu wirken. Die Glastafel bildet zwar eine Scheidewand, die es verhindert, daß die Elektrizität von einem Blatt zum andern überfließt, aber sie verhindert dennoch nicht, daß die Elektrizität des einen Staniolblattes eine Anziehung auf die des andern ausübt. Füllt sich nun das eine Staniolblatt, das die Elektrisirmaschine berührt, mit positiver Elektrizität, so wird dadurch im Staniolblatte der andern Seite eine Trennung der Elektrizitäten hervorgerufen. Die negative Elektrizität wird nach der Glasseite hingezogen, die positive nach der freien Seite abgestoßen, weil sie die positive Elektrizität des andern Staniolblattes fliehen muß.

Giebt man ihr nun keine Gelegenheit zu entfliehen, das heißt, berührt man sie nicht mit dem Finger, so bleibt der Zustand, so wie er jetzt ist. Berührt man aber das Staniolblatt, so fließt die positive Elektrizität derselben in den Körper des Menschen und wird in den Erdboden abgeleitet. Dadurch bleibt in diesem Staniolblatt nur negative Elektrizität, während im andern nur positive ist.

Da sie durch die Glastafel getrennt sind, so vermögen

sie nicht zu einander zu fließen; aber beide Elektrizitäten ziehen sich doch derart durch die Glastafel hindurch an, daß sie sich binden und keine von ihnen abfließen kann, selbst wenn man sie allein mit dem Finger berührt.

Ganz anders aber ist es, wenn man beide Staniolblätter zugleich berührt. Der menschliche Körper ist ein vortrefflicher Leiter der Elektrizität. In demselben Moment, wo die zwiefache Berührung stattfindet, gewinnen die getrennten Elektrizitäten einen Weg, sich zu vereinigen, und zwar den Weg durch den Körper des Menschen, und diese Vereinigung geschieht so plötzlich und mit um so heftigerem Effekt, je mehr Elektrizität auf den Staniolblättern angehäuft ist. Daher also, von der plötzlichen starken Vereinigung rührt der starke Funke, der Knall und der heftige schmerzliche Schlag.

Durch diese Erklärung aber gewinnt man, wie wir bald sehen werden, einen Einblick in das unendlich große Gebiet der Wirksamkeit der Elektrizität, die ihre große Rolle in dem ganzen Weltall spielt.

XLIII. Welche Rolle die Elektrizität bei einem Gewitter spielt.

Um zu zeigen, wie der Versuch mit der belegten Glastafel geeignet ist, Aufschlüsse über großartige Naturerscheinungen zu geben, wollen wir die Vorgänge bei einem Gewitter einmal mit denen auf solcher Glastafel vergleichen. Zuvor aber müssen wir nur noch eine Thatsache anführen.

Wenn man die Staniolblätter der Glastafel zu stark ladet, so findet es sich oft, daß die Elektrizitäten von beiden Seiten her sich derart kräftig anziehen, daß sie die Scheibe an irgend einer schwachen oder schadhaften Stelle durchbrechen. In diesem Falle zerspringt die Glastafel unter heftigem Knall und schleudert die Splitter umher.

Bei einem Gewitter findet ganz dasselbe statt.

Durch die stürmische Bewegung zweier Luftschichten, oder durch Umstände anderer Art entsteht fast immerwährend eine Elektrisirung einer Luftschicht, das heißt irgend eine Luftschicht nimmt positive Elektrizität an, während sich in der andern negative ansammelt. Sobald viel Feuchtigkeit in der Luft ist, durch welche die Luft die Fähigkeit erhält, die Elektrizität zu leiten, kann die Ansammlung verschiedener Elektrizitäten nicht von Dauer sein: sie gehen vielmehr gleich nach dem Entstehen in einander über und so hört jede elektrische Erscheinung auf. Daher ist in kalter feuchter Witterung ein Gewitter sehr selten. Wenn sich aber zwischen zwei mit verschiedener Elektrizität gefüllten Luftschichten oder Wolkenschichten eine dritte Schicht trockener Luft befindet, so sind die Elektrizitäten durch diese Luftschicht ganz so getrennt, wie die Elektrizitäten der Staniolblätter durch die Glastafel und ganz so wie an solcher Glastafel die Staniolblätter sich weit stärker laden, weil sie getrennt sind, so findet es sich oft, daß sich in zwei Wolkenschichten, durch eine dazwischen liegende trockene Luftschicht getrennt, gegenseitig die Elektrizitäten erhöhen, so daß sich in einer die positive, in der andern die negative Elektrizität in gewaltigem Maße anhäuft.

Die Folge davon ist, daß sich die Wolken gegenseitig anziehen; und je näher sie sich kommen, desto mehr häuft sich die Elektrizität an den nächsten Stellen an. Die Luftschicht, die sie trennt, wird daher immer dünner, bis die Elektrizitäten sich in überspringenden Funken vereinigen und der leuchtende Blitz und das Rollen des Donners entsteht. In diesem Falle schlägt der Blitz nicht in die Erde ein, sondern die Entladung findet zwischen zwei Wolken statt, die durch die Anziehung sich verdichten und nun als Regen auf die Erde niederströmen. — Während des niederströmenden Regens bildet dieser eine vortreffliche Leitung zur Erde und wenn noch getrennte Elektrizität in der Luft vorhanden ist, so gleicht sich diese oft durch langsame Ableitung in die Erde aus. Oft aber ist diese Leitung nicht genügend vorhanden und es entsteht ein Zustand, der mit dem unseres Versuches an der Glastafel die größte Aehnlichkeit hat.

Nehmen wir an, daß sich über einem Gebäude eine Wolke befindet, die mit positiver Elektrizität geladen ist, so wird sie die positive Elektrizität im Gebäude abstoßen und diese fließt in die Erde ab; dagegen wird sie die negative Elektrizität im Gebäude an sich ziehen und an der Spitze dieses Gebäudes wird diese sich anhäufen. Die Folge davon ist, daß diese Häufung immer stärker wird und sich endlich durch einen Blitzschlag ausgleicht, der in das Gebäude hineinschlägt. Freilich könnte man sagen, weshalb gleicht sich dieser Zustand nicht aus durch einen Blitzschlag, der von dem Gebäude in die Wolken hineinschlägt? Die Antwort darauf ist, daß der Schlag stets nach der Seite erfolgt, wo die stärkste Ableitung vorhanden ist und da das Gebäude auf der Erde steht, die Wolke aber nur von Luft umgeben ist, so ist es klar, daß der Blitz den Weg nach der vortrefflich leitenden Erde sucht.

Zuweilen kommt auch der Umstand vor, daß der Blitz nicht zur Erde herabfährt, sondern die Elektrizität sich in ganz eigener, wunderbarer Weise ausgleicht. Die Elektrizität einer Wolke sammelt in solchem Falle die entgegengesetzte Elektrizität an irgend einer Stelle der Erde in hohem Grade an. Ist z. B. in der Wolke positive Elektrizität in hohem Grade vorhanden, so sammelt sich an der nächsten Stelle der Erde negative Elektrizität an, und

die getrennten Elektrizitäten durch Anziehung und Abstoßung, daß sie jede für sich die gleichartige Elektrizität fliehen, die ungleichartige aufsuchen und anziehen, um sich mit ihr zu vereinigen und bei der jedesmaligen schnellen Vereinigung entstehen Funken und Lufterschütterungen, die oft eine verheerende Wirkung ausüben.

Wenden wir nun den Blick auf die Thätigkeit der Natur um uns, so erkennen wir, daß die Elektrizität eine unendliche Rolle in derselben spielt. Wenn wir auch für einen Augenblick annehmen wollten, daß in irgend einem Moment auf dem ganzen Erdenrund und in der dasselbe umgebenden Luft keine Störung der verbundenen Elektrizitäten vorhanden sei, daß also allenthalben die positive und negative Elektrizität derart vereinigt ist, daß sie sich gegenseitig in ihrer Wirkung aufheben, so genügte schon die Wärme im Innern der Erde allein, um die Elektrizitäten zu trennen. Die Kraft, mit welcher die Erde das ganze Luftmeer an sich zieht, ist ausreichend die Elektrizität durch Druck, durch den sogenannten Luftdruck zu erwecken. Die Luft aber ruht nicht, sondern ist in fortwährenden Strömungen begriffen und die Strömungen müssen sowohl am Erdboden wie in der Luftregion stets elektrische Thätigkeit hervorrufen. Die Erde, die sich in 24 Stunden um ihre Achse dreht, ist im Verein mit der Luft, die von den Polen zum Aequator wandert und die Passatwinde veranlaßt, einer ungeheuren Elektrisirmaschine vergleichbar, wo die Erde die elektrisirte Kugel, die Luft das elektrisirende Reibzeug ist. Allenthalben auf dieser Kugel wird Elektrizität frei; aber da die Erde ein vortrefflicher Leiter ist und noch besser das Wasser und die feuchte Luft diese Leitung veranlaßt, so findet auch eine fortwährende Ausgleichung der Elektrizität statt. Nur wo trockene Luftschichten die Vereinigung eine Zeitlang hindern und deshalb eine Ansammlung der getrennten Elektrizitäten veranlassen, nur da zeigt die Erde die Erscheinungen der Elektrisirmaschine durch Blitz, Donner und vernichtende Schläge in großartigem Maßstabe. Die große Elektrisirmaschine ist in fortwährender ununterbrochener Thätigkeit, in fortwährender Trennung der verbundenen Elektrizitäten und in fortwährender Ausgleichung und Verbindung der getrennten Elektrizitäten. Da die Leitungsfähigkeit der Erde und besonders der Gewässer unendlich groß ist, so kann man die Ströme auf der Erde und alle in Verbindung mit dem Meere stehenden Quellen im Innern der Erde wie die Leitungsdrähte dieser großen Elektrisirmaschine betrachten. Und da die Schnelligkeit, mit welcher die Elektrizität sich bewegt, ganz unendlich groß ist, so ist es begreiflich, daß jede elektrische Störung auf der Erde im Moment schon die Ausgleichung hervorruft.

Aber nicht nur die Erdbewegung, ihre Anziehung, die innere Wärme, das Sonnenlicht, die Luftströmung, der Lauf der Gewässer trennen und vereinigen fortwährend die Elektrizität, sondern wir werden später sehen, wie in jedem chemischen Vorgang in der Natur Elektrizität erzeugt wird, ja, die Vermuthung ist sehr gegründet, daß die chemische Kraft von der wir noch sprechen werden, nur eine elektrische Kraft sei, und da alles, was auf dem Erdrund existirt, den chemischen Veränderungen unausgesetzt unterworfen ist; da jede Pflanze, jedes Thier eine eigene elektrische Fabrik ist, die unsausgesetzt thätig ist, da aller Wahrscheinlichkeit nach auch das Innere der Erde nicht in todter Ruhe, sondern in steter Thätigkeit begriffen ist, da jede Muskelbewegung nicht nur Elektrizität erzeugt, sondern, wie die herrlichen Entdeckungen der neuesten Zeit bewiesen haben, auch aus elektrischer Thätigkeit hervorgerufen wird, — so ist es begreiflich, daß wahrscheinlich das Feld der

Thätigkeit der Elektrizität so groß wie das Weltall selbst ist, und wir in ihr ein Weltgeheimniß vor uns haben, in das die Wissenschaft einzudringen beginnt, welches sie aber, jetzt erst an der Pforte stehend, noch nicht einmal in den allgemeinsten Zügen zu übersehen im Stande ist.

XLV. Die Erscheinungen des Galvanismus.

Das was man Galvanismus nennt, ist eigentlich nicht eine neue geheime Naturkraft, sondern wir haben in dem Galvanismus nur eine andere **Wirkung** der Elektrizität. Freilich ist diese Wirkung in neuester Zeit durch große Entdeckungen und Erfindungen so nutzbar für die Menschheit gemacht worden, daß sie an Bedeutung für uns die bisher erwähnten Elektrizitätserscheinungen weit übertrifft.

Die nützlichste Erfindung, die aus der Kenntniß der Elektrizität hervorgegangen ist, ist die des Blitzableiters; der Galvanismus dagegen hat, obgleich seine Entdeckung erst später erfolgt ist, die elektrischen Telegrafen, die elektrischen Maschinen, die Galvanoplastik, das elektrische Licht, die wichtigsten elektrisch-chemischen Entdeckungen, und ein erst im Entstehen begriffenes Heilverfahren, das namentlich bei Lähmungen von guter Wirksamkeit zu sein scheint, hervorgerufen. Ja der Galvanismus scheint erst im Beginn der Rolle zu sein, die er in der Menschengeschichte zu spielen berufen ist, und verdient hier in der That jene Begeisterung, die ihm zu Theil wird. Ob aber seine Rolle in der großen Natur eine wichtigere ist als die bisher betrachtete Elektrizität, ist freilich fraglich.

Wir wollen nunmehr die Grundzüge des Galvanismus näher kennen lernen.

Die Erscheinungen, welche man mit dem Namen Galvanismus bezeichnet, sind an sich nur Erscheinungen der Elektrizität; den Namen Galvanismus gab man ihnen nur, weil ihr erster Entdecker ein italienischer Gelehrter Namens Galvani war, und weil man in der ersten Zeit fälschlich glaubte, daß durch ihn eine neue Naturkraft entdeckt worden sei, was aber nicht der Fall war. — Ein zweiter italienischer Gelehrter, Namens Volta, hatte durch seine Erfindungen das große Verdienst, der Welt das richtige Verständniß für Galvani's Entdeckungen zu geben und sie vor den Irrwegen zu bewahren, auf welchen sie sich leicht hätte verlieren können. Seit Volta's Zeiten weiß man, daß der Galvanismus nicht eine besondere Naturerscheinung, sondern nur eine besondere Erscheinung der Elektrizität ist. Wir wollen sie auch in diesem Sinne betrachten und zur Unterscheidung von der bisher besprochenen Elektrizität, die man Reibungs-Elektrizität nennt, die galvanische Elektrizität die Berührungs-Elektrizität nennen.

Der einfachste Grundsatz, auf dem der Galvanismus beruht, ist folgender:

Allenthalben, wo zwei verschiedene Dinge sich berühren, entsteht Elektrizität.

Dieser Satz läßt sich zwar nicht an allen Dingen in der Welt nachweisen und tritt hauptsächlich nur an Metallen hervor; allein es ist aller Grund vorhanden anzunehmen, daß das Dasein der Elektrizität bei Berührung zweier Metalle nur merkbarer ist als anderswo, daß aber bei jeder Art von Berührung zweier Gegenstände elektrische Wirkungen entstehen.

Wenn man auf eine Kupferplatte eine Zinkplatte legt, beide etwa von der Größe und Stärke eines Thalers, so genügt dies um mit feinen Instrumenten nachzuweisen, daß rein durch die Berührung dieser beiden Metalle Elektrizität erzeugt worden ist.

Es ist sehr wichtig, daß man sich hierüber keine falsche Vorstellung mache und deshalb wollen wir das, was bei der Berührung der beiden Platten vorgeht, recht deutlich darlegen.

Die Kupferplatte sowohl wie die Zinkplatte haben wie alle Dinge in der Welt, das unbekannte elektrische Etwas in sich, das aus zwei besonderen Elektrizitäten besteht. In der Kupferplatte und ebenso in der Zinkplatte steckt positive und negative Elektrizität, die sich gegenseitig verbunden hat. Die Kupferplatte für sich giebt deshalb gar keine elektrische Erscheinung von sich, weil Erscheinungen derart ja nur hervortreten, wenn eine Trennung der zwei Elektrizitäten irgendwie stattgefunden hat. Ebenso wenig giebt eine bloße Zinkplatte irgend welche Erscheinung zu erkennen. Sobald man sie jedoch aufeinander legt, ist es anders.

Vor der Berührung herrscht sowohl in der Kupferplatte wie in der Zinkplatte ein gewisses elektrisches Gleichgewicht. In jeder dieser Platten ist die Kraft der positiven und negativen Elektrizität gleich stark; es überwiegt keine von ihnen und es tritt keine elektrische Erscheinung ans Tageslicht. Bei der Berührung aber wird dieses Gleichgewicht durch eine uns unbekannte Ursache gestört. Sowohl in der Kupferplatte wie in der Zinkplatte geht eine Trennung der verbundenen Elektrizitäten vor und zwar derart, daß die Zinkplatte positiv elektrisch, die Kupferplatte negativ elektrisch wird.

Das Merkwürdige hierbei ist folgendes.

Die Trennung geschieht nicht etwa nur im Augenblick oder in der ersten Zeit der Berührung, sondern sie findet immerfort statt.

Löthet man nämlich einen Draht an jede Platte an und steckt beide Drähte in die Erde, so findet ein fortwährendes elektrisches Strömen durch die Drähte statt, selbst wenn man diesen Apparat Jahre lang so läßt. Mit einem Worte: So lange die Berührung zwischen der Kupfer- und Zinkplatte dauert, so lange dauert auch die unausgesetzte Trennung der Elektrizitäten, wobei die Kupferplatte stets negativ, die Zinkplatte stets positiv bleibt.

Um sich nur einigermaßen eine Erklärung dieser räthselhaften Erscheinung zu verschaffen, möchte es vielleicht gut sein, sich zu denken, daß an der Berührungsstelle der Kupfer- und Zinkplatte eine gewisse zitternde Bewegung der Atome aneinander stattfindet, eine Bewegung der Atome, die ihrer Kleinheit oder Geschwindigkeit halber unserm Auge nicht sichtbar ist. Durch diese Bewegung aber werde eine Art Reiben der Kupferatome an den Zinkatomen hervorgebracht, welche, wie alle Reibungen Elektrizität hervorruft. Solch' ein Plattenpaar wäre nach dieser Vorstellung eine Art ewiger Elektrisirmaschine und daher eine stete Quelle der Elektrizität.

Man nennt, wie bereits erwähnt, diejenige Elektrizität, die durch Berührung zweier Metalle entsteht, Galvanismus; in neuerer Zeit hat man wegen der besondern Eigenschaft dieser in ununterbrochenem Strömen begriffenen Elektrizität dieselbe die Bewegungs-Elektrizität, die Kraft derselben die elektromotorische Kraft genannt.

Der große Unterschied zwischen dieser Elektrizitäts-Quelle und der durch Reibung hervorgebrachten Elektrizität besteht hauptsächlich in Folgendem.

Wenn man einen Körper durch Reiben elektrisch macht, so entsteht die Elektrizität nur sehr langsam; sie sammelt sich aber, wie wir gesehen haben in der Sammelkugel der Elektrisirmaschine an, und gestattet man dieses Ansammeln dadurch, daß man jede Berührung eines Leiters mit der Kugel vermeidet, so wird die Elektrizität dort so gehäuft, daß sie in einem Funken überspringt, sobald man ihr einen Leiter, wie z. B. den Knöchel eines Fingers, nahe bringt. — Diese Sammelkugel ist, wie wir bereits gesagt haben, eine Art Sparbüchse der Elektrizität; aber eine sehr verschwenderische Sparbüchse, denn sie giebt sofort, wie man sie nur berührt, all ihre Ersparnisse von sich. Hat man einmal die Sammelkugel berührt, so ist auch die Elektrizität in einem heftigen plötzlichen Stoß entflohen und es bleibt in derselben nichts zurück, das noch eine Wirkung hervorruft. Die Elektrisirmaschine ist in ihrer Wirkung einem Pistol gleich, das nur einmal abgeschossen werden kann und erst wieder geladen werden muß, um wiederum wirken zu können.

Mit der galvanischen Elektrizität ist es anders.

Die Quelle dieser Elektrizität ist die Berührung zweier Metalle, und sie entsteht wirklich an der Stelle, wo die Berührung stattfindet. Läßt man die entstandene Elektrizität nicht abfließen, so entwickelt sie sich nicht weiter, sondern bleibt sehr schwach. Läßt man sie aber abfließen, so ersetzt sich die Elektrizität immer wieder durch die fortdauernde Berührung und fließt auch demnach immer und immer, so daß eine fortwährend in Bewegung begriffene Elektrizität vorhanden ist.

Wenn die Elektrisirmaschine nur schußweise wie eine Art Pistol wirkt, so wirkt die galvanische Elektrizität strömend wie ein fortwährend fließender Wasserstrahl. Mit dem Pistol kann man eine und zwar sehr starke Wirkung hervorbringen; ein fließendes Wasser bringt freilich keine so starke Wirkung mit einemmale hervor; aber es vermag durch das wiederholte Strömen große Mühlen zu treiben und Wasserwerke in Bewegung zu setzen. Dieser Unterschied in der Wirkung ist so bedeutend, daß man die Reibungs-Elektrizität nicht hat praktisch für bestimmte Zwecke anwenden, während man von der galvanischen Elektrizität die großartigsten Anwendungen hat machen können und die gegründetsten Hoffnungen dafür vorhanden sind, daß noch ganz ungeahnte großartige Erfindungen und Entdeckungen auf diesem Gebiete gemacht werden.

Um das Wesen und die Wirkung der galvanischen Elektrizität dem Verständniß näher zu bringen, haben wir uns zwar erlaubt, uns vorzustellen, daß zwischen der Kupfer- und Zinkplatte eine Art Reibung der in Schwingungen oder zitternder Bewegung begriffenen Atome vor sich gehe; in Wahrheit aber ist dem nicht also, denn wir werden bald sehen, daß es nicht darauf ankommt, daß die beiden Metalle sich an vielen Punkten berühren, und daß zur kräftigen Wirkung des galvanischen Stromes noch etwas hinzukommen muß, was wir bisher außer Betracht gelassen haben, aber bald näher angeben werden.

XLVI. Was man unter galvanischer Kette versteht.

Um irrthümliche Auffassungen der galvanischen Elektrizität und ihrer Wirksamkeit zu vermeiden, müssen wir noch immer bei dem einfachsten Apparat von nur einem einzigen Plattenpaar verweilen.

Wir haben gesagt, daß zwei Drähte, der eine von der Kupferplatte, der andere von der Zinkplatte aus nach der Erde hinab gelegt fortwährende Strömungen der Elektrizität hinabführen und daß diese Ströme immer neu an der Berührungsstelle des Kupfers und des Zinks entstehen.

Wie aber ist es, wenn man nur einen Draht von einer Platte hinab zur Erde leitet, und den andern nicht?

Man sollte glauben, daß dann der eine Draht seine Schuldigkeit thun und Elektrizität hinableiten werde, ohne sich um den andern Draht zu kümmern. Das ist aber nicht der Fall. Wenn der eine Draht nicht den Strom seiner Elektrizität ableiten kann, so kann es auch der andere nicht. Geht beispielsweise der Draht von der Kupferplatte zur Erde, während der der Zinkplatte nicht zur Erde geleitet ist, so hört nicht nur der Strom im Draht der Zinkplatte, also der positive Strom auf, sondern auch der Strom im Draht der Kupferplatte, der negative Strom stockt, und dasselbe ist der Fall, wenn der Draht der Zinkplatte allein zur Erde geleitet wird, und der der Kupferplatte nicht.

Der Grund dieser sonderbaren Erscheinung ist folgender.

An der Stelle, wo die Zink- und Kupferplatte sich berühren, findet, wie bereits gesagt, eine fortwährende Trennung der verbundenen Elektrizitäten statt. Die positive Elektrizität geht zum Zink, die negative zum Kupfer. Diese Ströme entstehen aber nur neu, wenn die Elektrizitäten abfließen können; ist aber ein Draht unterbrochen, so findet keine weitere Trennung der Elektrizität an seiner Platte statt und deshalb kann auch die andere Platte die andere Elektrizität nicht weiter empfangen, und der Strom im andern Draht hört von selber auf.

Von welcher Wichtigkeit dieser Umstand ist, wird Jeder aus folgendem Beispiel ersehen.

Gesetzt es befindet sich hier in Berlin ein galvanischer

Apparat, dessen einer Draht hier in die Erde gesteckt, während der andere Draht bis nach Paris geleitet ist, wo er an einer Metallstange befestigt wird, deren eines Ende in der Erde steckt, so wird, so lange dieser pariser Draht an der Metallstange anliegt, auch der berliner Draht elektrisch sein; sobald jedoch ein Mensch in Paris den Draht von der Metallstange entfernt, so wird im selben Augenblick der berliner Draht seine Elektrizität verlieren. Man sieht hieraus, wie ein Mensch in Paris im Nu einem Menschen in Berlin ein Zeichen geben kann. Dies wäre zwar eine sehr unvollständige Zeichensprache und wir werden sehen, daß zur Telegrafie, wie sie jetzt besteht, eine neue Erfindung noch hinzukommen mußte, um sie möglich zu machen; aber gleichwohl spielt das beliebige Unterbrechen und Hervorrufen des Stromes, wie wir es hier angeführt haben, die Hauptrolle der elektrischen Telegrafie.

Endlich müssen wir noch Eines hierbei hervorheben.

Wir haben bisher angenommen, daß man die Enden beider Drähte in die Erde steckt, um den Strom in denselben in Bewegung zu setzen, man kann aber auch den Strom in anderer Weise hervorrufen und unterhalten, und zwar in sehr verschiedener Weise.

Vor Allem kann man die Enden beider Drähte an einander legen, und dann wird gleichfalls ein fortwährendes Strömen stattfinden. Nennt man den Draht am Zink den positiven, den Draht am Kupfer den negativen Pol, so braucht man nur die Pole sich berühren zu lassen, um einen ununterbrochenen Strom zu besitzen. Man nennt dies Verbinden der Pole mit einander das Schließen der Kette, und hat sich das, was in dieser Kette vorgeht, in folgender Weise zu denken. An der Berührungsstelle des Zinkes und Kupfers findet eine fortwährende Trennung der Elektrizitäten statt; die Pole aber, welche die Elektrizitäten zu einander bringen, rufen eine fortwährende Verbindung derselben hervor. Diese fortwährende Trennung der Elektrizitäten einerseits und Verbindung derselben andererseits macht, daß die Strömung fortwährend stattfindet, so daß in allen Punkten eines so geschlossenen Apparats, der äußerlich vollkommen ruhig erscheint, eine Bewegung und eine Thätigkeit der wunderbarsten Art vor sich geht.

Man braucht aber auch die Pole nicht direkt zu verbinden, um die elektrische Kette zu schließen, sondern kann jeden beliebigen Leiter der Elektrizität dazu wählen. Nimmt man den einen Pol in die eine, den andern in die andere Hand, so ist gleichfalls die Kette geschlossen und zwar durch den Körper des Menschen, durch den nun die Ströme ihren Durchgang nehmen. Welche wunderbare Wirkung dies auf den Körper hervorbringt, werden wir später sehen. —

Desgleichen ist die Kette geschlossen und der Strom in voller Thätigkeit, wenn man beide Pole, ohne daß sie sich berühren, in eine Schüssel Wasser oder sonst in eine wässerige Flüssigkeit leitet, denn auch das Wasser leitet die Elektrizität. Daß dies von mächtiger Einwirkung auf die Flüssigkeit ist, werden wir weiterhin näher darlegen.

Nunmehr sind wir so weit, um zu den großartigen Wirkungen der galvanischen Elektrizität überzugehen, und das wollen wir im nächsten Abschnitt in aller Kürze versuchen.

XLVII. Wie man eine Voltaische Säule herstellt und was man an ihr bemerken kann.

Wir wissen, daß bei der Berührung zweier verschiedener Metallplatten, die eine z. B. von Kupfer, die andere von Zink, eine Trennung der Elektrizitäten in ihnen entsteht, und daß die negative Elektrizität im Kupfer, die positive im Zink zum Vorschein kommt. Allein ein einziges Plattenpaar dieser Art giebt nur eine ganz schwache Wirkung. Zu einer großen Wirksamkeit gehört, daß man mehrere solche Platten benutzt.

Man sollte nun glauben, daß dies leicht erreicht wäre, wenn man eine Reihe solcher Kupfer- und Zinkplatten abwechselnd auf einander legt; allein das ist ein Irrthum. Ein wenig Nachdenken wird auch bald davon nähere Ueberzeugung verschaffen.

Gesetzt man legte eine Kupferplatte hin und legte eine Zinkplatte darauf, so wissen wir, daß dies eine Trennung der Elektrizitäten hervorrufen, daß unten in der Kupferplatte negative, oben in der Zinkplatte positive Elektrizität entstehen würde. Wollte man oben auf diese Zinkplatte noch eine Kupferplatte legen, so würde an dieser obern Seite der Zinkplatte wieder dieselbe Trennung vor sich gehen. Die obere Kupferplatte würde negativ, die in der Mitte liegende Zinkplatte würde von beiden Seiten her positive Elektrizität erhalten; allein gerade dadurch würde die Zinkplatte unwirksam werden, denn ihre positive Elektrizität würde von beiden Seiten durch die negative eingeschlossen sein. Würde man nun auf die obere Kupferplatte noch eine Zinkplatte legen, so würde die Kupferplatte zwischen zwei Zinkplatten liegend wiederum mit ihrer negativen Elektrizität eingeschlossen werden. Man sieht also leicht, daß die zwischen der obersten und der untersten

Platte liegenden Platten unwirksam sein werden, und in der That ergiebt der Versuch auch, daß eine Säule von hundert solchen Plattenpaaren auf einander gelegt nicht stärker wirkt, als ein einziges Plattenpaar. Denn in Wirklichkeit ist nur hierbei ein einziges Paar Platten wirksam, die eine die oben, und die andere die unten liegt. —

Will man eine Verstärkung der Wirksamkeit durch mehrere Plattenpaare, so muß man es machen, wie es der italienische Gelehrte Volta, der eigentliche Entdecker dieser Art von Berührungs- oder Strömungs-Elektrizität machte, nach dessen Namen die Verstärkungssäule genannt wird, die unter dem Namen die Voltaische Säule bekannt ist.

Diese Voltaische Säule wird in folgender Weise aufgebaut. Man legt ein Plattenpaar, das heißt eine Kupferplatte und auf diese eine Zinkplatte hin. Auf die Zinkplatte legt man eine mit Salzwasser angefeuchtete Papier- oder Tuchplatte; auf diese Tuchplatte kommt wieder ein Plattenpaar von Kupfer und Zink, auf dieses wieder eine angefeuchtete Platte und hierauf wieder ein Plattenpaar, und so geht es fort, so daß die ganze Säule aus regelmäßig auf einander geschichteten Platten besteht, welche der Reihe nach immer aus Kupfer, Zink und Tuchplatte gebildet werden. Man kann nun diese Säule, zu welcher man etwa thalergroße Platten wählt, beliebig hoch aufschichten; sie muß nur so beschaffen sein, daß, wenn sie unten mit Kupfer anfängt, sie oben mit einer Zinkplatte endet, auf welche keine weitere feuchte Platte gelegt wird.

Eine solche Säule ist von außerordentlicher, höchst wunderbarer Wirksamkeit, die wir sogleich kennen lernen werden, nachdem wir mit einigen Worten gezeigt haben, weshalb diese Art Säule besser wirkt, als eine Säule ohne dazwischen liegende feuchte Platten.

Eine Säule in der Weise errichtet, wie sie von Volta angegeben ist, das heißt eine Säule, in welcher auf jedes Plattenpaar von Kupfer und Zink eine feuchte Tuchplatte gelegt wird, verstärkt sich mit jedem neuen Plattenpaare, das heißt, wenn ein einziges Plattenpaar eine gewisse Portion Elektrizität in Strömung versetzt, so verstärkt ein zweites Plattenpaar diese Portion auf das zweifache, eine dritte auf das dreifache, und so weiter, so daß eine Säule mit hundert Plattenpaaren hundertmal stärker wird als ein einziges Plattenpaar allein.

Der Grund hiervon ist folgender.

Wir wissen, daß das erste Plattenpaar eine Portion Elektrizität in Strömung versetzt. Legt man auf dieses, also auf die Zinkplatte gleich eine Kupferplatte, so haben wir bereits gesehen, daß die hier entstehende neue Elektrizität die vorhandene absperrt, also die Zinkplatte unwirksam macht. Legt man jedoch eine feuchte Tuchplatte auf die Zinkplatte, so ist es ganz was anderes. Die feuchte Tuchplatte leitet die Elektrizität, sie nimmt also die eine Portion positive Elektrizität, die die Zinkplatte stets aussendet, in sich auf. Bringt man nun eine Kupferplatte auf die Tuchplatte, so verhält sich diese Kupferplatte ebenfalls wie ein Leiter, sie füllt sich also auch mit der einen Portion positiver Elektrizität. Bedeckt man aber jetzt die zweite Kupferplatte mit einer Zinkplatte, so nimmt die Zinkplatte schon als metallischer Leiter die eine Portion positiver Elektrizität in sich auf, die von dem ersten Plattenpaar herstammt. Zugleich aber bringt sie in Berührung mit der Kupferplatte eine gleiche Portion Elektrizität in Bewegung, von dieser begiebt sich gleichfalls die positive Elektrizität zum Zink; es hat hiernach die zweite Zinkplatte volle zwei

Portionen positiver Elektrizität. Legt man nun auf dieses zweite Plattenpaar wieder eine feuchte Tuchplatte und auf dieses ein drittes Plattenpaar, so werden auf dieses dritte Plattenpaar erstlich die zwei Portionen positiver Elektrizität durch Leitung übergehen, die in der Zinkplatte des zweiten Plattenpaares stecken und hierzu kommt noch die neue Portion, die das dritte Plattenpaar selbst erzeugt, so daß die positive Elektrizität der dritten Zinkplatte eine dreifache ist. — Da dies so fort geht, so ist der Satz ganz richtig, daß mit jedem neuen Plattenpaar die Elektrizität um eine Portion wächst.

Man hat sehr sinnreiche Instrumente erfunden, um die Stärke der Elektrizität genau zu messen und durch diese hat sich das bisher Gesagte auch praktisch bestätigt gefunden.

Wir wollen nunmehr zur Hauptsache kommen, zur wunderbaren Wirkung stärkerer Ströme der Elektrizität.

Nehmen wir an, wir haben eine Säule in der angegebenen Weise von hundert Plattenpaaren aufgebaut. An der untersten Kupferplatte sei ein Draht angelöthet, und ebenso an der obersten Zinkplatte, so wird der Draht, der unten an der Kupferplatte angelöthet ist, der negative, und der oben an der Zinkplatte befestigt ist, der positive Pol genannt.

So ruhig wie diese Säule dasteht und so wenig ein Menschenauge irgend welche Merkwürdigkeit an ihr entdecken würde, so auffallend ist ihre Wirksamkeit in jeder Beziehung.

Berührt man mit feuchten Fingern gleichzeitig beide Drähte, so erhält man einen heftigen elektrischen Schlag. Hat man sich diesen Schlag gefallen lassen, was viel sagen will, und hält die Drähte fest, so hat man nicht die leiseste Empfindung davon, daß hier noch irgend etwas Wunderbares vorgeht. Läßt man jedoch die Drähte los, so erhält man einen zweiten elektrischen Schlag, der aber nicht so stark ist wie der erste. — Weshalb diese Säule so unfreundlich zum Willkommen und Abschied ist, werden wir noch näher kennen lernen; für jetzt wollen wir die Hauptkunststücke, die diese Säule machen kann, nur einfach aufzählen.

Bringt man beide Draht-Enden bis auf eine kleine Entfernung nahe, so sieht man schon einigermaßen, was in dieser Säule steckt. Es entsteht nämlich zwischen diesen Draht-Enden ein heller Funke oder richtiger ein leuchtender Funkenstrom, der von Spitze zu Spitze so schnell geht, daß er wie ein einziger Funke aussieht. Der Funke verschwindet nicht wie der bei der Reibungs-Elektrizität im Moment des Entstehens, sondern er ist dauernd und kann unter Umständen fortwährend und unausgesetzt erhalten werden, so daß man diesen Funken oder richtiger diesen Funkenstrom zur Erzeugung des blendend hellen elektrischen Lichtes benutzt, was wir weiterhin noch näher besprechen werden.

Leitet man einen feinen Metalldraht von einem Pole der Säule zum andern, so fängt der Draht schnell zu glühen an. Ja man kann es so weit treiben, daß Eisen- und Stahldraht unter lebhaftem Funkensprühen verbrennen.

Bringt man eine Magnetnadel dem elektrischen Strome, der durch die Drähte geht, nahe, so wird sie von ihrer natürlichen Lage abgelenkt und je nachdem man sie über oder unter dem Draht hält, ist die Ablenkung der Magnetnadel verschieden.

Umwickelt man ein Stück weiches Eisen mit einem Draht und läßt den Strom durch diesen Draht hindurch gehen, so wird urplötzlich das Eisen magnetisch. Unterbricht man den Strom, so verliert das Eisen sofort den Magnetismus. Wir werden noch sehen, wie auf dieser wunderbaren Eigenschaft die Erfindung der elektromagnetischen Maschinen, und die der Telegrafen beruht.

Bringt man beide Pole in eine chemische Flüssigkeit, so zersetzt sich dieselbe, das heißt es löst sich die chemische Verbindung derselben auf und es legen sich an die Pole die chemischen Grundstoffe an. Wir werden sehen, wie wichtig dieses für die Chemie war und ist, und wie hierauf die schöne Erfindung der Galvanoplastik beruht, durch die viel Vorzügliches noch geleistet werden wird.

Dies sind die Hauptkunststücke der galvanischen Säule; wir werden jedes derselben nunmehr in aller Kürze näher kennen lernen.

XLVIII. Die Wirkung des Galvanismus auf den lebenden Körper.

Die Wirkung, welche der elektrische Strom auf Menschen und lebende Wesen macht, wenn sie die Drähte der Säule gleichzeitig berühren, wird die physiologische Wirkung der Elektrizität genannt und sie beruht darauf, daß die Körper der lebenden Wesen Leiter der Elektrizität sind, das heißt, daß sie den Strömen der Elektrizität kein Hinderniß entgegenstellen. Hat man also den einen Pol der Säule in der Hand und berührt den andern, so hat man durch den Körper die beiden Pole verbunden und ihren elektrischen Strömen die Möglichkeit gegeben zu einander zu kommen; man hat mit dem Körper, wie wir bereits gesagt haben, die Kette geschlossen und hierdurch die

Ströme angewiesen, ihren Weg durch den Leib des Menschen zu nehmen.

Den Schlag, den man bei diesem Schließen der Kette erhält, erklärt man dadurch, daß der menschliche Körper zwar die Elektrizität zu leiten im Stande ist, aber nicht ein so guter Leiter derselben ist als Metall; es wird demnach der Strom gewissermaßen zurückgehalten und man empfindet hierbei, wenn man so sagen darf, den Stoß des Stromes, dessen schnellerem Lauf man sich entgegensetzt. Dies erklärt den Schlag beim Schließen der Kette; ist diese aber einmal geschlossen, so geht nicht etwa der Strom durch die Drähte mit der Geschwindigkeit, mit der er eine metallische Kette durchlaufen würde, sondern er geht nun auch in den Drähten langsamer. Das Hinderniß seines Laufes, das der menschliche Körper ausübt, wirkt auf den ganzen Strom und deshalb empfindet man nach dem ersten Schlage nichts weiter von dem Strom, oder richtiger den Strömen verschiedener Elektrizitäten, die sich stets trennen und wieder vereinigen. Erst, wenn man die Kette wieder öffnet, das heißt wenn man einen Draht wieder losläßt, erhält man den zweiten Schlag, der eben dadurch entsteht, daß man beim Oeffnen der Kette die Ströme gewissermaßen ganz abschneidet.

Obwohl Versuche mannigfacher Art diese Erklärung unterstützen, so ist sie dennoch sehr wenig befriedigend zu nennen. So eigentlich weiß man nicht, was da vorgeht im menschlichen Körper, wenn dieser einen elektrischen Schlag empfängt und erst die weitere Forschung, die Du-Bois-Raymond in Berlin mit so glänzendem Erfolge angestellt hat, wird auch über diese Gesammtwirkung elektrischer Schläge neues Licht zu werfen im Stande sein.

Wir werden die Resultate der Du-Bois-Raymond'schen Untersuchungen, die einen tiefen Blick in die Werkstatt des menschlichen Körpers, in die Thätigkeit des Gehirns und die Wirksamkeit der Nerven gewähren, noch näher mittheilen; für jetzt wollen wir nur in Bezug auf vorliegende Wirkung des Stromes das Eine hervorheben, daß bei dem Schlag oder der Zuckung, die in Folge dessen entsteht, hauptsächlich nur die Wirkung auf die Bewegungsnerven in Betracht kommt, welche durch die elektrische Anregung eine Zusammenziehung von Muskeln wider unsern Willen veranlassen, daß aber die Wirkung des elektrischen Stromes auf die Empfindungsnerven noch ganz anderer Natur ist und besondere Untersuchungen verdient.

Die Thatsachen, die hier hervorgehoben zu werden verdienen, sind folgende. An verwundeten Hautstellen empfindet man ein stechendes Brennen während der Bewegung des elektrischen Stromes, von dem man sonst nichts verspürt. Bringt man die Pole einer schwachen Kette auf die Zunge, so empfindet man einen eigenthümlichen Geschmack. Ja man braucht nur ein blankes Kupferstück unter die Zunge und ein eben solches Zinkstück auf die Zunge zu legen, so empfindet man schon das, was man den elektrischen Geschmack nennt, sobald man es zu Wege bringt, daß die Metallstücke an einer Stelle sich berühren. — Wenn man die Pole der elektrischen Kette in gewissen Stellungen an das Auge bringt, so empfindet man während des Stromes ein fortwährendes Blitzen im Auge. — Leitet man den Strom durch die Ohren, so vernimmt man ein fortdauerndes Sausen, so lange der Strom in Bewegung, das heißt so lange die Kette nicht unterbrochen ist. — Endlich hat man bisher auch stets von einer Reizung der Geruchsnerven durch Elektrizität gesprochen und noch jetzt findet man in den Lehrbüchern, selbst den neueren, den phosphorartigen Geruch, den man beim Bewegen der Elektrisirmaschine riecht, als solche Reizung der Geruchsnerven angegeben; indessen ist es wenigstens bei diesem Falle durch neuere Forschungen erwiesen worden, daß der Geruch nicht eine Wirkung des Reizes auf die Geruchsnerven ist, sondern daß er herrührt von einem wirklichen Stoff, der bei der Reibungselektrizität frei wird, den man Ozon nennt, und der auch schon anderweitig so hergestellt worden ist, daß man an seiner wirklichen Existenz nicht zweifeln darf. — Dieser Umstand läßt vermuthen, daß auch der elektrische Geschmack nicht sowol von der Elektrizität herrührt, sondern von der chemischen Wirkung derselben auf die Metalle, daß man also nichts von der Elektrizität zu schmecken bekommt, sondern nur den Geschmack der Metalle verspürt, den sie bei der chemischen Veränderung annehmen.

Bei weitem mehr als die Wirkung des elektrischen Stromes auf die Empfindungs- oder Sinnesnerven ist die Wirkung desselben auf die Bewegungsnerven ausgebeutet worden, und es beruhen auf dieser Wirkung die jetzt sehr in Aufnahme gekommenen elektrischen Kuren, für die schon eigene Institute errichtet sind, und welche durch den Privatgebrauch der sehr gangbar gewordenen galvanischen Rheumatismus-Ketten bekannt sind.

XLIX. Der elektrische Funke.

Wir haben gesehen, daß der elektrische [illegible] Leitungsdrähten Wärme erzeugt und zwischen [illegible] nahe gebrachten Polen einer Säule ein elektrisch[illegible] strömen entsteht, das man im allgemeinen [illegible] trische Licht bezeichnet.

Aehnliche Erscheinungen nimmt man [illegible]

Reibungs-Elektrizität wahr. Wenn die Elektrizität durch die Elektrisirmaschine erzeugt und vermittelst einer Batterie Leidener Flaschen auf einem Punkt angehäuft wird, so entsteht bei der Entladung ein außerordentlich heller Funke von bedeutendem Wärmegrad. Allein die Zeit, in welcher der Funke existirt, ist so unglaublich kurz, daß eine gründliche Untersuchung der Licht- und Wärme-Erscheinung außerordentlich schwierig ist.

Obwohl es uns für einen Augenblick von unserm Thema etwas abführt, wollen wir doch die Gelegenheit nicht vorüber lassen, ohne unsern Lesern mindestens Etwas von dieser unbegreiflich kurzen Zeit des elektrischen Funkens mitzutheilen.

Wenn man einen Unerfahrenen einen starken elektrischen Funken sehen läßt und ihn fragt, wie lange Zeit wohl der Funke geleuchtet habe, so wird er mindestens einige Sekunden als die Zeitdauer des Funkens angeben. Das ist eine Täuschung. Unser Auge erhält einen so mächtigen Lichteindruck von einem starken elektrischen Funken, daß der Eindruck sich nicht schnell verliert und noch fortdauert, wenn auch das Licht schon längst geschwunden ist. Es geht dem Unerfahrenen beim elektrischen Funken, wie dem Kinde mit dem glimmenden Span, mit dem es Kreise beschreibt und sich einbildet, einen wirklichen Feuerkreis vor sich zu haben, während es nur eine Täuschung des Auges ist, auf dessen feinem Nervennetz der Lichteindruck nicht so schnell schwindet, wie der glimmende Span bewegt wird.

Um wirklich zu wissen, wie lange oder richtiger wie kurze Zeit ein elektrischer Funke existirt, dazu bedarf es sinnig geleiteter Versuche. Man läßt zu diesem Zweck eine große runde Scheibe, die mit bunten recht auffallenden Farbenstrichen verziert ist, mit großer Schnelligkeit durch eine Maschine herumdrehen. Betrachtet man diese Scheibe bei Licht, so sieht man statt der einzelnen Farben nur eine undeutliche Mischfarbe; und das rührt daher, daß der Eindruck der einen Farbe noch im Auge existirt, wenn die andere durch die Drehung schon an deren Stelle gekommen ist. Verfinstert man aber das Zimmer und erzeugt einen elektrischen Funken, so sieht man beim Licht dieses Funkens nicht nur alle Farbenstriche der sich drehenden Scheibe vollkommen deutlich, sondern man möchte darauf schwören, daß die Scheibe sich gar nicht gedreht habe.

Woher rührt das? Es rührt daher, daß der Funke nur eine so unglaublich kurze Zeit geleuchtet hat, daß die Bewegung des Rades in dieser Zeit so gut wie Nichts war! Der Versuch fällt noch glänzender aus, wenn man feines geripptes Zeug über die Scheibe spannt, dessen Fäden man nicht genau sehen kann, wenn die Scheibe auch nur ein wenig bewegt wird. Versetzt man diese auch in die schnellste Umdrehung, so sieht man beim elektrischen Funken aufs allergenaueste jedes Fädchen des Zeuges ganz so gut als ob die Scheibe gestanden hätte. Die Dauer des Funkens ist so kurz, daß in dieser Zeit die aufs schnellste gedrehte Scheibe so gut wie gar keine Bewegung gemacht hat.

Auch der Blitz dauert nur so außerordentlich kurze Zeit, obgleich die Dichter gern ihre nächtlichen Unglücksszenen mit minutenlangen Blitzen beleuchten lassen; aber in dem einen Punkte haben sie ganz recht, daß sie alle fliehenden und sich bewegenden Gegenstände während des Blitzes als „erstarrt stille stehend" bezeichnen, denn wirklich in der unglaublich kurzen Zeit eines Blitzes ist die Bewegung sämmtlicher Gegenstände, die wir sehen, gleich Null. Die Bahnwärter an den Eisenbahnen entsetzen sich oft, wenn sie Nachts den dahin donnernden Zug beim Licht des Blitzes sehen. Sie sehen den Zug nicht gehen, sondern stehen. Sie erkennen den Zugführer, sehen die Speichen der sich drehenden Räder ganz deutlich, als ob der Zug vor ihren Augen stillgestanden hätte; ja sie sehen ihn noch immer vor sich, wenn sie auch am Getöse der Maschine merken, daß der Zug schon fort ist. Der Eindruck dieser Szene wird so außerordentlich geschildert, daß selbst hierüber belehrte Bahnwärter sich des Grausens über das wunderbare plötzliche Stillstehen des Zuges nicht erwehren können.

Die Zeitdauer des Leuchtens des elektrischen Funkens ist in der That unermeßlich kurz, da die feinsten Versuche, die man angestellt hat, sie zu messen und zu welchen man äußerst empfindliche Instrumente, nämlich Drehspiegel, anwandte, bisher vergeblich waren. So viel geht aus diesen Versuchen hervor, daß ein solcher Funke und ebenso ein einfacher Blitz kaum den tausendsten Theil einer Sekunde lang existirt.

Bedenkt man aber, daß man beim Leuchten eines elektrischen Funkens eine ganze Stube voll Menschen sieht und erkennt, daß man beim Licht des Blitzes eine ganze Gegend genau ins Auge fassen kann, daß man oft, so deutlich wie am Tage, Häuser, Felder, Bäume, Menschen, Wasser, Schiffe und eine ganze Masse von Einzelheiten erkennt, so kann man sich hierbei eine Vorstellung machen von der Feinheit des menschlichen Auges und seiner Empfänglichkeit für das Licht, da eine so unendlich kurze Zeit, wie die Dauer des elektrischen Funkens oder Blitzes hinreicht, dem Auge den vollen Eindruck einer großen ganzen Szene zu verschaffen.

Der kurzen Dauer des Funkens der Reibungs-Elektrizität, über die wir hier nur gelegentlich und eigentlich mit Abschweifung von unserm Thema ein Wort gesprochen haben, steht die Dauerhaftigkeit des elektrischen Lichtes im galvanischen Strome gegenüber, von welcher wir nun, zu unserm Thema zurückkehrend, ein Näheres vorführen wollen.

L. Die galvanische Hitze.

In demselben Maße wie der Funke der Reibungselektrizität leuchtet, in demselben Maße vermag er auch Metalldrähte zum Glühen zu bringen. Ueber diese Erscheinung hat der verdienstvolle Peter Rieß in Berlin, der hauptsächlich die Reibungselektrizität zum Gegenstande seiner ersprießlichen Forschungen gemacht, die vorzüglichsten Aufschlüsse gegeben. Weniger durchforscht ist das Glühen der Metalldrähte, durch welche man einen galvanisch-elektrischen Strom leitet und es ist nur so viel durch Versuche festgestellt worden, daß je dünner der Draht und je stärker der Strom ist, desto heftiger das Glühen eintritt.

Obwohl man dem Gesetz des Glühens der Drähte, durch welche galvanische Ströme geleitet werden, nachgespürt hat, ist man dennoch nicht hinter dasselbe gekommen, und man weiß um so weniger zu sagen, woher diese Wärme kommt, als man über die Natur der Wärme überhaupt noch ziemlich im Unklaren ist. Gleichwohl hat man praktisch das Glühen der Drähte, durch welche man den Strom leitet, zu bestimmten Zwecken vortheilhaft angewendet.

Um große Felsen zu sprengen ist es oft von großer Wichtigkeit, die Sprengung durch Pulver an vielen Stellen des Felsens gleichzeitig vorzunehmen. Zu diesem Zweck bohrte man früher Löcher in die Felsen, die man mit

Pulverpatronen ausfüllte und man legte um das Entzünden des Pulvers in allen Löchern zu gleicher Zeit zu bewerkstelligen, Zündfäden von einem Loche zum andern. Allein nicht selten geschah trotzdem die Entzündung der Patronen nicht zu gleicher Zeit, auch fehlte es an Mitteln, das Pulver ebenso dort anzubringen und zu entzünden, wo die Bohrlöcher, was nicht selten der Fall ist, unter Wasser angebracht werden mußten. Gegenwärtig hilft man all den Uebeln durch galvanisches Glühen in sehr leichter Weise ab. In die Bohrlöcher der Felsen werden Pulverpatronen gesteckt, in welchen man einen Leitungsdraht aus einer galvanischen Kette anbringt. Die Drähte gehen von einem Bohrloch zum andern und werden, wenn sie unter Wasser gezogen werden müssen, mit einem Gutta-Percha-Ueberzug versehen. Die letzten Enden der Drähte werden mit dem galvanischen Apparat im rechten Moment in Verbindung gebracht und dadurch entsteht der Strom in all den Drähten, der sie zum Glühen und das Pulver zum Brennen bringt, so daß die Sprengung in einem und demselben Augenblick von allen Seiten geschieht. Hierdurch wird nicht nur eine gleichmäßigere Wirkung erzielt, sondern man bewirkt durch viele gut vertheilte kleinere Bohrlöcher ein weit besseres Resultat als sonst durch große. —

Eine andere Anwendung des Glühens der Drähte durch galvanische Ströme ist, wenn auch nicht so wichtig, doch in hohem Grade interessant. Es kommt oft vor, daß man um den Zahnschmerz in einem gesunden Zahn zu stillen, genöthigt ist, den Nerv durch Brennen zu tödten und man wandte zeither dazu Platin-Drähte an, die man glühend in den Zahn steckte bis wo der Nerv seinen Sitz hat, der den Schmerz verursacht oder richtiger zur Empfindung bringt. Diese Operation, die in den meisten

Fällen viel zusagender ist als das Ausreißen des Zahnes, hat aber immer das Schwierige, daß man wegen Unsicherheit der Hand und des Zuckens des Leidenden sehr unsicher mit dem geglühten Draht ist und häufig kommt der Fall vor, daß der Draht nicht nur Zunge, Zahnfleisch, Lippe und Backe von seiner Hitze unnöthigerweise zu kosten giebt, sondern auch noch abgekühlt an die richtige Stelle gelangt und darum wirkungslos bleibt, wo er wirken sollte. Die Anwendung des Glühens des Drahtes durch den galvanischen Strom hilft all den Uebeln ab. Ein zu diesem Zweck in England erfundenes Instrument, das Herr Gruel hierselbst in einer seiner Vorlesungen im polytechnischen Verein vorzeigte, ist sinnreich eingerichtet. Es wird dies Instrument, das nicht viel größer ist als eine Schreibfeder, die einen Zahnstecher trägt, mit der Zahnstecher-Spitze, die aus Platindraht besteht, in den Zahn und an die rechte Stelle kalt gebracht. Von diesem Instrument gehen zwei Drähte aus, die mit dem galvanischen Apparat in Verbindung stehen und es genügt ein Fingerdruck des Operateurs, um den elektrischen Strom durch den Platindraht zu leiten, der im Zahn steckt, durch dessen geheimes Glühen die gewünschte Operation ohne alle Schwierigkeit vollzogen wird.

In gleicher Weise werden jetzt schon eine große Reihe medizinischer Operationen im Innern des menschlichen Körpers, zu welchen man sonst nicht anders als durch gefahrvolle Einschnitte ins Fleisch gelangen konnte, vermittelst Drähte vollstreckt, die man unter äußerst geringfügiger Verwundung in den Körper steckt. Durch galvanisches Glühen werden so Operationen vollführt, bei denen nicht nur der Schmerz unbedeutend, sondern auch der Blutverlust fast ganz vermieden wird, und die obenein den

Vorzug haben, daß die Heilung außerordentlich schnell erfolgt.

LI. Das elektrische Licht.

Wir haben es bereits erwähnt, daß zwischen den sehr nahe gebrachten Polen einer voltaischen Säule oder, was dasselbe ist zwischen den nahe gebrachten Polen einer galvanischen Kette ein leuchtendes dauerndes Licht entsteht. Ein Versuch, der in Frankreich gemacht wurde und zu welchem 3520 einfache Plattenpaare gebraucht wurden, fiel dahin aus, daß als man die Pole bis auf den fünfzigsten Theil eines Zolls nahe brachte, ein ununterbrochenes Funkensprühen von einem Pol zum andern sich zeigte, das durch fünf volle Wochen anhielt ohne wirklich an Kraft zu verlieren. Selbst mehrere Monate nach Einrichtung dieser Batterie zeigte sich keine Schwächung desselben.

Auch schon bei ganz gewöhnlichen kleinen Apparaten zeigt sich ein Funken im Augenblick des Schließens und Oeffnens der Kette, und man schrieb diesen Funken dem Glühen der äußersten Spitze der Drähte zu, durch welches eine Art von Verbrennung des Metalls stattfinden sollte.

Allein der Naturforscher Neef hat den Beweis geliefert, daß der Vorgang sich doch anders verhalte. Er brachte bei seinen Versuchen an den einen Pol einen Metallstift mit einer feinen Platinspitze und an den andern eine Platintafel. Diese Tafel war so eingerichtet, daß sie in zitternder Bewegung erhalten wurde, wobei sie abwechselnd die Platinspitze berührte und von ihr sich entfernte. Die zitternde Bewegung war so rasch, daß sie ein Summen verursachte, und da bei der jedesmaligen Berührung dieser beiden Pole ein Schließungs- und ein Trennungs-Funke entstand, so sah man mit bloßem Auge ein ununterbrochenes kleines Lichtpünktchen. Neef traf nun die Vorrichtung, dieses Fünkchen durch ein Mikroskop betrachten zu können und fand in Folge seiner Beobachtung, daß das Licht immer nur am negativen Pol erschien, gleichviel ob er das Platinblech oder die Platinspitze mit dem negativen Pol in Verbindung brachte. Weitere Untersuchungen haben nun ergeben, daß der Pol der am Zink ist, also der positive Pol, eigentlich dunkel bleibt und daß selbst am andern, dem negativen Pol, der eigentlich der Träger des Lichtes ist, eine Art Glühen und Verbrennen des Metalls nicht vor sich geht.

Das jedoch, was man gemeinhin das elektrische Licht nennt, wird durch eine besondere Einrichtung hervorgebracht, die von Davy erfunden worden ist. Dieser um die gesammte Naturwissenschaft hochverdiente Forscher brachte an dem positiven und negativen Pol einer starken Säule zwei Kohlenspitzen an. Die Drähte mit den Kohlenspitzen an den Enden führte er in einen Glasballon, der luftleer gemacht wurde, und nachdem er die Kohlenspitzen von den entgegengesetzten Seiten her durch Schrauben einander bis zur Berührung näherte, so daß der elektrische Strom genöthigt war durch die Kohlenspitzen hindurch zu gehen, zeigte sich eine Glüherscheinung an den Kohlen in so außerordentlichem Grade, daß die Spitzen der Kohlen das blendendste Licht von sich gaben, das man bisher künstlich erzeugen konnte.

Zu diesem schönen, jetzt bereits vielfach wiederholten Versuch ist eigentlich die luftleer gemachte Glocke nicht nothwendig; allein der luftleere Raum hat den Vortheil um erstens darzuthun, daß das elektrische Licht ohne Gegenwart von Sauerstoff existiren kann, und zweitens verhindert es das Verzehren der Kohle, welche sich in gewöhnlicher Luft mit dem Sauerstoff verbindet und Kohlensäure bildet.

Weitere Versuche haben gezeigt, daß das elektrische Licht nicht nur im luftleeren Raume, sondern auch unter Wasser brennen kann und wenn auch mit schwächerer, aber dennoch außerordentlich blendender Helligkeit im Wasser leuchtet. Interessant ist die Mittheilung einer amerikanischen Zeitung, daß man daselbst Versuche angestellt hat, Tauchern dies Licht nach dem tiefen Abgrund der Gewässer mitzugeben, in welche sie mit ihren neu erfundenen, außerordentlich bequem eingerichteten Taucherglocken hinabsteigen, um daselbst Schätze aus dem Meeresgrund heraufzuholen. Die Taucherglocke, die durch ein eingerichtetes Pumpwerk stets mit frischer Luft versorgt wird, während eine andere Pumpe die verbrauchte Luft entfernt, wurde von außen mit elektrischen Drähten versehen, durch welche das elektrische Licht tief unten im Wasser erzeugt werden kann, und man machte den Versuch, vermittelst dieses Lichtes auch in der Nacht bei brillanter Beleuchtung eine Fahrt in den Abgrund machen zu können.

LII. Die praktische Verwendung des elektrischen Lichtes.

Ein wundervolles Schauspiel gewährt es, wenn man die Kohlenspitzen, nachdem einmal das Licht an ihnen erschienen ist, ein wenig von einander entfernt, indem dann statt des hellen Lichtpunktes ein Lichtbogen entsteht, der freilich viel zu blendend ist, um genauer untersucht werden zu können: der aber sehr deutlich in einem Bilde erscheint, welches man nach Art der Bilder der Laterna magika auf eine Wand fallen lassen kann. Hierdurch ist man im

Stande gewesen, genauer das zu beobachten, was bei der Erscheinung des elektrischen Lichts vor sich geht und hat gefunden, daß auch in diesen Kohlenspitzen ein eigenthümliches Ausströmen von der Kohle des positiven Pols stattfindet, das an den negativen Pol sich hinbewegt. Mit dieser Strömung werden kleine Kohlentheilchen mit unermeßlicher Geschwindigkeit von dem positiven Pole nach dem negativen hingeführt, so daß in der That die positive Kohle sich vermindert und die negative sich vermehrt. Diese fliegenden Kohlentheilchen aber gerathen in die höchste Glut und veranlassen den Lichtbogen, der in den schönsten Farben von dem positiven Pol zum negativen hinführt.

Da das elektrische Licht viel heller leuchtet als jede Art von künstlichem Lichte, so würde es sicherlich schon häufiger im Gebrauch sein, wo man außerordentlich starkes Licht bedarf und würde das Knallgas-Licht schon verdrängt haben; allein es hat das Ueberströmen der positiven Kohle nach der negativen den Uebelstand, daß hierdurch die Entfernung der Kohlen von einander stets wechselt, so daß man fortwährend daran zu reguliren hat, um es in gleichmäßiger Weise zu erhalten. Man hat zu diesem Zweck in England ein Uhrwerk eingerichtet, von dem man sich viel versprochen hatte; allein ein Exemplar dieses Uhrwerks eigner Zusammenstellung, das Herr Goldhammer in Berlin bei seinen Vorstellungen benutzte, zeigte noch zu viel Unregelmäßigkeit in der Beleuchtung, um dies Licht so genau handhaben zu können, wie es jetzt mit dem Knallgaslicht der Fall ist.

Versuche haben ergeben, daß je mehr man die Platten einer galvanischen Batterie vergrößerte und ihre Zahl vermehrte, desto stärker sich auch das elektrische Licht erweist. Hieraus folgt nun freilich nicht, daß die Steigerung des Lichtes immer in gleichem Maße wachsen würde, wenn man immer weiter ginge in der Verstärkung der Batterie; allein es ist schon viel, daß es schon mit sehr starken Batterien gelungen ist ein Licht durch Galvanismus zu erzeugen, das der ungefähren Schätzung nach vom Sonnenlicht etwa nur um das Vierzigfache übertroffen wird. Würde man hiernach vierzig solcher elektrischen Lichter an einem Orte anbringen, so würde es in dessen näherer Umgebung so hell sein wie im Sonnenschein.

Im Ganzen ist indessen das elektrische Licht noch nicht in der Weise ausgebeutet worden, wie man hätte vermuthen sollen, man darf aber die Hoffnung nicht aufgeben, daß manch großer Fortschritt noch im Laufe dieses Jahres bekannt werden wird, wenn der außerordentliche Preis, den Louis Napoleon auf die bedeutendste Entdeckung oder Erfindung auf diesem Gebiet ausgesetzt hat, die rechten Preisbewerber finden sollte.

Da die Herstellung des elektrischen Lichts mit weniger Schwierigkeiten und Gefahren verbunden ist als die Herstellung des gewöhnlichen Gaslichtes, so handelt es sich hauptsächlich darum, die Kosten so billig zu machen, daß man dieses Licht praktisch im Leben anwenden könne, was bisher noch nicht der Fall ist, weil man keine einträgliche Verwendung für die Metalle kennt, die in der Batterie abgenutzt werden. In dieser Beziehung sind zwar von London aus Hoffnungen gemacht worden, daß man durch die Auflösungen der Metalle im Stande sein würde, ganz besonders schöne Farben herzustellen, die sich gut verwerthen würden, und in der That sollen Proben dieser Farben außerordentlich gut ausgefallen sein; allein bis jetzt ist nicht mehr davon bekannt geworden, als daß sich in London eine Gesellschaft gebildet, die eine namhafte Summe zur weitern Ausbeute dieser Erfindung zusammengeschossen hat und die Zeit muß lehren, in wieweit die Hoffnungen, die man hieran knüpft, gegründet sind oder nicht.

LIII. Die chemische Wirkung des elektrischen Lichtes.

Auch in wissenschaftlicher Beziehung ist die weitere Erforschung dieses Zweiges der Elektrizität von größter Wichtigkeit: denn was in einem einzelnen Fall bekannt geworden ist, berechtigt zu der Hoffnung, daß man durch die Erforschung der Eigenschaften des elektrischen Lichtes einen Schritt näher kommen könnte zur Erforschung der Natur des Sonnenlichtes selber. Die Eigenschaft, die wir hiermit meinen, ist die bisher unerklärliche chemische Einwirkung des Lichtes auf viele Stoffe.

Bekanntlich beruht die schöne Kunst der Daguerreotypie und Photographie hauptsächlich in der Einwirkung des Sonnenlichtes auf Jod- und Chlor-Silber. Außer diesen giebt es noch eine ganze Masse chemischer Verbindungen, die im Sonnenlicht auf unerklärliche Weise verändert werden, wie denn gewiß Jedem bekannt ist, daß fast alle Farben im Sonnenlicht nach und nach verbleichen, verschießen, überhaupt sich verändern. Alles dies sind ganz und gar chemische Wirkungen des Sonnenlichtes. Zur Erklärung dieser Erscheinungen nimmt man an, daß außer den Licht- und Wärme-Strahlen noch besondere chemische Strahlen von der Sonne direkt ausgesandt oder durch Schwingungen eines Weltäthers veranlaßt werden und daß diese besonderen für unser Auge und Gefühl unmerkbaren chemischen Strahlen die chemischen Veränderungen verursachen, die man an Gegenständen wahrnimmt, die von der Sonne beschienen werden.

So gewagt diese Erklärung erscheint, so sehr wurde sie gerade in neuerer Zeit durch die Daguerreotypie und Photographie wahrscheinlich. Jeder, der sich mit Verfertigung von Lichtbildern beschäftigt, weiß es, daß niemals ein gutes Bild entsteht, wenn er die Platte, worauf das Bild hervorgebracht werden soll, genau an die Stelle bringt, wo das Bild für unser Auge am deutlichsten erscheint, daß er vielmehr genöthigt ist, durch Versuche zu ermitteln, um wie viel er jedesmal die Platte in seinem Apparat von jener Stelle entfernen muß, um ein scharfes gutes Bild zu erhalten. Nun ist es eine ausgemachte Sache, daß das Lichtbild nur durch eine chemische Einwirkung des Lichtes hervorgerufen wird und hiernach kann sich Jedermann davon überzeugen, daß es nicht das für unser Auge sichtbare Licht ist, das die chemische Wirkung hervorbringt, sondern daß es besondere Strahlen oder Wellenerscheinungen sein müssen, die unsichtbar und unfühlbar für uns mit dem Sonnenlichte zu uns gelangen.

In dieser Beziehung ist es nun höchst interessant zu bemerken, daß das elektrische Licht die größte Aehnlichkeit mit dem Sonnenlichte besitzt. Es gelingt vollkommen im elektrischen Licht Lichtbilder zu erzeugen, ja es ist sogar dem verdienstvollen Photographen Humbert de Mollard in Paris gelungen, deutliche Lichtbilder im Lichte des elektrischen Funkens herzustellen, von dem wir wissen, daß er nur eine unendlich kurze Zeit dauert. Bei allen Versuchen aber darf man beim elektrischen Licht, ähnlich wie beim Sonnenlichte die Platte nicht an die Stelle bringen, wo für unser Auge das Bild erscheint, sondern man hat auch hier den sogenannten chemischen Brennpunkt aufzusuchen, so daß es ganz unzweifelhaft wird, daß auch vom elektrischen Lichte chemische Strahlen ausströmen, die nicht dieselben sind, welche für unser Auge sichtbar werden.

Da man nun mit dem elektrischen Lichte, das man beliebigen Veränderungen unterwerfen kann, mannigfache Versuche anzustellen im Stande ist, wie man sie mit dem Sonnenlicht nicht vermag, so ist es wohl möglich, daß man durch die Erforschung der chemischen Wirkungen des elektrischen Lichtes hinter das Geheimniß der chemischen Wirkung des Sonnenlichtes wird kommen können.

Einen sehr verdienstlichen Versuch stellte Herr Apotheker Simon in Berlin mit dem elektrischen Lichte an. Es giebt ein medizinisches Mittel aus Chlor und Kohlenstoff bestehend, das nur hergestellt werden kann im hellen Sonnenschein, da die Verbindung dieser Stoffe durchaus nicht anders zu Wege gebracht werden kann, als durch das direkte Sonnenlicht, das es bescheinen muß. Der Versuch ergab, daß auch das elektrische Licht dies Kunststück kann, also in dieser Beziehung im Stande ist, die Sonne zu ersetzen.

Verdienstlich könnte auch folgender Versuch werden, von dem wir nicht wissen, ob er schon irgendwo gemacht worden ist. Das Grün der Pflanzen rührt, wie man jetzt genau weiß, nur von der chemischen Einwirkung des Sonnenlichtes her, indem Pflanzen im Dunkeln farblos werden. Es würde sich des Versuches lohnen, ein schnellwachsendes Pflänzchen im elektrischen Lichte aufzuziehen, um zu sehen, ob dies Licht auch das unerklärte Kunststück versteht das sogenannte „Blattgrün“ zu erzeugen.

LIV. Die Wirkung des elektrischen Stromes auf Eisen.

Die bedeutendste Anwendung, die man von der Kraft des elektrischen Stromes gemacht, ist die Eigenschaft desselben, Eisen beliebig oft in einen Magneten zu verwandeln. Mit einem Worte: die am meisten praktisch in's Leben eingreifende Verwendung des elektrischen Stromes liegt im Verhältniß der Elektrizität zum Magnetismus.

Wieder ist hier der erste Beginn der großartigsten Entdeckung fast wie ein Kinderspiel. Zuerst wurde die Entdeckung gemacht, daß der elektrische Schlag der Reibungs-Elektrizität im Stande ist, einer Magnetnadel die magnetische Eigenschaft zu benehmen. Sodann fand man bei weiterer Beobachtung, daß eine Magnetnadel, die, wie wir wissen, mit einer Spitze nach Norden und mit der andern nach Süden hinweist, sofort diese Stellung verläßt, wenn man sie in die Nähe eines Drahtes hält, durch welchen ein elektrischer Strom sich bewegt. Zuletzt endlich, im Jahre 1820 entdeckte der geistreiche Naturforscher Oersted die eigentliche Hauptsache.

Seine Entdeckung ist einfach ausgedrückt folgende:

Wenn man einen Draht um eine Eisenstange windet und durch den Draht einen elektrischen Strom gehen läßt, so wird die Eisenstange plötzlich in einen Magneten verwandelt. Unterbricht man den elektrischen Strom, so verliert das Eisen, namentlich wenn es weiches Eisen ist, sofort seine magnetische Eigenschaft.

Es verlohnt sich wohl, daß sich Jeder selbst frage, ob er, wenn man ihm diese Entdeckungen alle mitgetheilt hätte, im Stande gewesen wäre, vorauszusagen, von welcher unendlichen Bedeutung sie für die Welt zu werden bestimmt sind? Gewiß würden viele Tausende von Menschen die Entdeckungen des Verhältnisses der Elektrizität zum Magnetismus sammt allen Versuchen, die man in der ersten Zeit damit machte, für nichts weiter als interessanten Gelehrtenkram gehalten haben; jetzt jedoch, wo durch die Ausbeute dieser Entdeckungen und namentlich der letzteren von Oersted die elektrischen Telegraphen hervorgerufen worden sind, jetzt sieht Jeder die Weltbedeutung dieser anfangs kleinlich erschienenen Versuche ein und man ahnt, daß die Menschen- und Völkergeschicke dereinst werden neu gezählt werden von der Zeit an, wo diese Sprache nach der Ferne erfunden worden ist, die schneller um die Erde wandert, als der Lauf der Sonne und für welche die Erde in vollem Sinne des Wortes zu winzig und geringfügig ist.

Aber einen tiefern Blick noch in das Geheimniß des Weltalls verspricht die Erscheinung des Elektromagnetismus einem künftigen Geschlechte zu gewähren, dem es gelingen wird zu erforschen, ob und wie der elektrische Stoff, der mit der Luft um die Erde kreist, den Magnetismus erzeugt, oder ob umgekehrt der magnetische Zustand der Erde das Kreisen des elektrischen Stoffes auf derselben hervorgerufen. Für jetzt sind Fragen derart noch zu vorzeitig und führen leicht auf den Abweg, durch willkürliche Annahmen die Lücken der wirklichen Forschung auszufüllen, oder durch Ahnungen das zu ersetzen, was unserm Erkennen noch verschlossen ist.

Wir wollen uns daher zu einer schlichten Betrachtung der Thatsachen wenden und von den herrlichen Resultaten, die man bereits durch die elektromagnetische Kraft gewonnen, das Hauptsächlichste vorführen.

Die Hauptsache liegt darin, daß man im Stande ist durch den Elektromagnetismus eine bewegende Kraft herzustellen, das heißt eine Kraft, durch die man Massen in Bewegung versetzen kann, die Kraft, auf welcher eigentlich das ganze Maschinenwesen beruht. —

Um dies recht klar einzusehen, wollen wir uns einmal die einfachste Maschine denken, die wir alltäglich vielfach auf der Straße sehen, wir meinen einen gewöhnlichen Brunnen, der durch den eisernen Schwengel, den man hin- und herschleudert, in Thätigkeit gesetzt wird. Wollte man einen solchen Brunnen oder richtiger solche Pumpe nicht von Menschenhänden, sondern von einer Maschine in Bewegung setzen lassen, so müßte man irgend welche Kraft z. B. Dampfkraft anwenden, welche die Kraft des pumpenden Menschen ersetzt. Wenn wir nun sehen werden, daß man das Pumpwerk auch durch Elektromagneten in Thätigkeit halten kann, so wird es gewiß jeder verstehen, was wir damit meinen, es sei diese Kraft eine bewegende, denn sie bewegt wirklich Massen von der Stelle.

Es ist nun ein Leichtes, solch ein Pumpwerk durch Elektromagneten in Thätigkeit zu setzen. Man brauchte nur vor und hinter dem eisernen Schwengel ein Stück Eisen anzubringen. Diese Eisenstücke werden jedes für sich mit Kupferdraht umwickelt und der Kupferdraht wird mit den Polen einer galvanischen Säule in Verbindung gebracht. So oft dies am vorderen Stück Eisen geschieht, wird ein elektrischer Strom durch die Drähte gehen, mit denen das Eisen umwickelt ist. Sofort wird hierdurch das vordere Stück Eisen magnetisch werden und wird, da der Schwengel aus Eisen ist, diesen zu sich heranziehen. Denkt man sich die Einrichtung so getroffen, daß im Augenblick, wo der Schwengel das Stück Eisen, also den Elektromagneten berührt, ein Draht aus der galvanischen Säule sich aushebt, so wird sofort das Stück Eisen seinen Magnetismus verlieren. Nun aber stelle man sich vor, daß im gleichen Augenblick der Draht des hinteren Stückes Eisen mit der galvanischen Säule in Verbindung gebracht wird, so wird sofort das hintere Eisen ein Magnet werden und den Schwengel zu sich heranziehen.

In solcher Weise brauchte man nur die Vorrichtung zu treffen, durch welche ein paar Drähte, die an den Polen der Säule befestigt sind, den elektrischen Strom bald dem Draht des einen Eisenstückes, bald dem des andern Eisenstückes zuführen, um abwechselnd bald das vordere bald das hintere Stück Eisen magnetisch zu machen und in Folge dessen den Schwengel bald nach vorn, bald nach hinten bewegt zu sehen.

Dies freilich ist nur ein ganz roher Versuch, um die Wirkung des Elektromagnetismus als bewegende Kraft deutlich zu machen; aber er wird uns den Weg zu den feinern und großartigern elektromagnetischen Erfindungen bahnen, die wir unseren Lesern in einzelnen Zügen deutlich machen wollen.

LV. Die Anwendung der elektromagnetischen Kraft.

Die Kraft der elektrischen Magnete, mit welcher ein Pumpenschwengel hin- und herbewegt wird, bringt zwar nur eine sehr einförmige und wenig künstliche Bewegung hervor, es ist nur ein Hin- und Herstoßen in grader Linie und scheint für den ersten Blick wenig geeignet bedeutende Resultate hervorzubringen; allein ein wenig Nachdenken wird Jeden leicht belehren, daß die vorzüglichsten Maschinen, die wir besitzen, die Dampfmaschinen eigentlich auch von einer Kraft getrieben werden, die blos mit einem Hin- und Herstoßen wirkt und dennoch durch die Zusammenstellung des mechanischen Theils der Maschine ist die Kraft des Dampfes im Stande die meisten und bedeutendsten Werke zu verrichten die menschliche Geschicklichkeit hervorzubringen vermag.

Wer einen bloßen Dampfkessel ansieht, durch den eigentlich nichts weiter getrieben werden kann, als ein Kolben in einem Zylinder, der wird wissen, daß die Dampfkraft selbst ursprünglich auch nur in einem Hin- und Herstoßen in grader Linie thätig ist und wird es einsehen, daß der Elektromagnetismus vollkommen im Stande ist den Dampf zu ersetzen, sobald man nur vermöchte diese elektromagnetische Kraft so billig herzustellen wie die Dampfkraft.

Bedenkt man, daß wir jetzt erst noch im Beginn der Erfindungen des Elektromagnetismus sind, und erwägt man, daß vielleicht schon die nächste Zeit die Entdeckung uns zuführen kann, wie man auf billige oder belohnende Weise Elektromagneten herstellt, so wird jeder zugeben, daß man mit Recht sagen darf, diese Kraft wird mindestens so wichtig für die Menschheit werden als die Dampfkraft, ja, wohl noch wichtiger, indem sie so gefahrlos ist, daß man gewiß dereinst viele Verrichtungen im Hause statt mit den Händen durch Elektromagneten wird besorgen können.

Aber die elektromagnetische Kraft ist ihrer Natur nach mehr als die Dampfkraft, und wenn man einmal dahin kommen wird, diese Kraft so billig herzustellen, wie die Erzeugung der Dampfkraft ist, so wird das ganze Maschinenwesen eine Umänderung erfahren. Der Vorzug der elektromagnetischen Kraft vor der Dampfkraft liegt darin, daß man durch sie eine direkte drehende Bewegung erzeugen kann, während bei der Dampfkraft jede Drehung erst indirekt erzeugt werden muß durch mechanische Vorrichtungen, welche einen Theil der Kraft abnutzen.

All unsere Maschinen sind ursprünglich darauf gegründet, daß irgend ein Triebrad durch Dampf in Drehung versetzt wird; der Dampf selber aber kann direkt nur einen Kolben hin- und herstoßen. Soll dieser Kolben ein Rad umdrehen, so ist man genöthigt an demselben eine bewegliche Stange anzubringen, die sich zugleich beim Hin- und Hergehen auch auf- und abbewegen kann, und hierdurch kann zwar, bei geeigneter Vorrichtung die Drehung eines Rades erzielt werden; aber immer nur auf Kosten eines Theiles der Dampfkraft.

Anders ist es bei der elektromagnetischen Kraft. Man vermag durch sie direkte Drehungen vielfacher Art hervorzubringen und sie ist in diesem Sinne eine wirkliche Maschinenkraft, die nur der einen Entdeckung harrt, durch welche sie billig herzustellen ist, um auch praktisch in den verschiedenartigsten Maschinen ihre Anwendung zu finden.

Um unsern Lesern eine flüchtige Vorstellung von dieser Kraft und ihrer drehenden Wirkung zu verschaffen, wollen wir die einfachste Vorrichtung derart hier darzustellen suchen, um zu zeigen, wie z. B. die Räder eines Wagens durch elektrische Magneten in Drehung und somit der Wagen in Bewegung gesetzt werden könnte. Wir brauchen es nicht zu sagen, daß diejenige Art, die wir anführen eben nur ganz obenhin von uns entworfen werden wird, und die wirkliche Ausführung bei weitem feiner und sinnreicher sein muß, um gute Resultate zu liefern.

Vor allem müssen wir daran erinnern, daß die Hauptsache darin besteht, daß man durch umwickelte Drähte im Stande ist, ein Stück Eisen in einen Magneten zu verwandeln, sobald man die Enden der Drähte mit dem Pole einer galvanischen Batterie in Verbindung bringt und so einen elektrischen Strom durch die Drähte gehen läßt. — Nun aber müssen wir nicht vergessen, daß ein jeder Magnet einen Nordpol und einen Südpol hat und das ist auch bei dem Eisen der Fall, das man durch den elektrischen Strom magnetisch macht. Wir wissen aber auch bereits, daß die Nordpole zweier Magnete sich abstoßen und ebenso die Südpole zweier Magnete eine abstoßende Kraft auf einander ausüben, daß hingegen Nordpol und Südpol zweier Magnete sich gegenseitig anziehen.

Zu diesen bereits den Lesern bekannten Thatsachen haben wir aber noch eine neue von höchst wunderbarer Art vorzuführen. Wir haben gesagt, daß ein elektrischer Strom, der durch die Drähte geht, mit welchen man einen Eisenstab umwickelt hat, diesen Stab in einen Magneten verwandelt, und das ist auch richtig; allein es kommt sehr viel darauf an, ob von den zwei Enden der Drähte das eine an dem negativen und das andere an dem positiven Pol der galvanischen Batterie angebracht ist, oder umgekehrt. Geschieht es in der einen Weise, so wird ein Ende des Eisens Nordpol und das andere Südpol, geschieht es umgekehrt, so wird das eine Ende, das früher Nordpol war, zum Südpol, während der Südpol zum Nordpol wird. Man kann also durch ein leichtes Verfahren, nämlich durch ein verschiedenartiges Anlegen der Drahtenden, mit denen das Eisen umwickelt wird, beliebig die magnetischen Pole des Eisens umkehren.

Bisher haben wir immer angenommen, daß man ein Stück Eisen von beliebiger Form, also etwa eine Eisenstange, so umwickelt hätte, um sie zu einem Magneten zu machen; für unsern Zweck aber ist es nöthig, die Magnete in Hufeisenform darzustellen und zwar in einer Form, in welcher sicherlich viele unserer Leser bereits Magnete gesehen haben und die so gestaltet sind, daß sie eigentlich eine krummgebogene Eisenstange bilden und wo also im magnetischen Zustand die Pole nahe neben einander liegen.

Nach diesen Vorbereitungen, von welchen wir bitten, daß die Leser sich eine möglichst deutliche Vorstellung machen mögen, werden wir im nächsten Abschnitt leicht zeigen können, wie man ein Rad in drehende Bewegung versetzen kann.

LVI. Drehende Bewegung der Elektromagneten.

Denken wir uns die eine Fläche eines Rades mit acht oder zehn Hufeisen aus weicher Eisenmasse besetzt und zwar so, daß die zwei Enden jedes Hufeisens an die Kante zu liegen kommen, während die Krümmung des Eisens nach der Achse des Rades zu liegt. — Der Einfachheit wegen wollen wir einmal annehmen, daß dieses Rad auf einer eisernen Schiene stehe, wie das Rad eines Eisenbahnwagens. Bedenkt man, daß es ein leichtes ist, die Hufeisen beliebig magnetisch zu machen, so daß sie die Schiene anziehen, so wird es wohl schon Jedem klar werden, daß man nur immer ein Hufeisen, das von der Schiene noch entfernt ist, zu einem Magneten zu machen braucht, um zwischen der Schiene und dem Magneten eine Anziehung zu veranlassen, und diese Anziehung wird genügen, um das Rad in Drehung zu versetzen, bis die Pole des Magneten die Schiene wirklich berühren.

Würde man in diesem Augenblick diesem Hufeisen seine magnetische Kraft benehmen, so würde es sich wieder von der Schiene entfernen können, und machte man gleichzeitig das nächste Hufeisen magnetisch, so würde dieses wieder angezogen werden, die Drehung würde sich fortsetzen bis auch die Pole dieses Hufeisens auf der Schiene liegen. Fährt man in dieser Weise fort, das heißt, macht man immer ein von der Schiene entferntes Hufeisen magnetisch und nimmt man ihm immer den Magnetismus, wenn es sich an der Schiene befindet, so muß das Rad in fortwährender Drehung bleiben. Es wird demnach auf der Schiene zu laufen anfangen und vorausgesetzt, daß man vier solcher Räder an einem Wagen anbrächte und sie auf Eisenbahnschienen stellte, so würde der Wagen in einem unausgesetzten Lauf verharren, in einem Lauf, der sich sogar fortwährend steigern würde und der zu einer Geschwindigkeit gebracht werden könnte, die für Lokomotiven nicht ohne Gefahr ist, weil jeder Kolbenstoß der Lokomotive, wie vorzüglich auch jetzt schon die Einrichtungen gemacht werden, diese erschüttert und angreift.

Allein auch diese Art ist immer noch eine sehr rohe und unvortheilhafte; denn man kann die Sache noch besser machen. Man kann z. B. alle Hufeisen, welche auf der Vorderseite des Rades liegen, immer magnetisch machen und ihnen den Magnetismus nehmen, wenn das Rad sich gedreht, so daß nicht Ein Magnet, sondern mehrere Magnete zugleich den Lauf befördern.

Aber auch hier ließe sich noch eine Verbesserung anbringen. Man könnte nämlich über dem Rade auch noch ein Stück Eisen anbringen, welches das Rad nicht berührt, aber anziehend wirkt auf ein immer in seine Nähe kommendes Hufeisen, das man zu diesem Zweck magnetisch machte und so würde die Kraft sich wiederum steigern.

In Wahrheit aber ist all das nur höchst unvollkommen gegen die Einrichtungen, die man zu treffen im Stande ist durch das beliebige Umkehren der Pole der

Magneten, wovon wir bereits im vorigen Abschnitt gesprochen haben.

Man denke sich solch ein Rad mit einzelnen Hufeisen, und rings um das Rad eine nicht drehbare Kreisscheibe, auf welcher ebenfalls solche Hufeisen befestigt sind, aber so, daß die Pole dieser Hufeisen den Hufeisenpolen des Rades gegenüberstehen. Stellen wir uns nun vor, alle diese Hufeisen, sowohl die am Rade, wie die an der das Rad umgebenden Scheibe wären mit Metalldrähten umwickelt. Man wäre also im Stande, jede einzelne von ihnen beliebig magnetisch zu machen. Nun aber wissen wir auch, daß man dieses Magnetischmachen so betreiben kann, daß irgend ein Pol, der jetzt ein Nordpol ist, durch Umkehren des elektrischen Stromes zum Südpol gemacht wird.

Da dies bei jedem dieser Hufeisen der Fall ist, so brauchen wir daran nicht zu erinnern, daß immer der Nordpol und Südpol zweier Magneten sich anziehen, während Nordpol und Nordpol und ebenso Südpol und Südpol sich immer abstoßen.

Denken wir uns nun etwa am Rade zehn solcher Hufeisen; also zwanzig Pole und an der Kreisscheibe um das Rad eben so viele Hufeisen mit zwanzig Polen, so ist es leicht einzusehen, wie man durch eine geschickte Leitung weniger Drähte es dahin bringen kann, daß allenthalben jeder Nordpol des Rades vor sich, das heißt nach der Richtung hin, wo es sich drehen soll, einen Südpol an der Kreisscheibe trifft. Da diese sich anziehen, so wird das Rad sich drehen. In dem Moment aber, wo der Nordpol des Rades grade genau bis über den Südpol der Kreisscheibe gekommen ist, kehrt man den elektrischen Strom derart um, daß aus dem Südpol ein Nordpol wird und nun stößt dasselbe Stück Eisen, das früher das Rad zu sich gedreht hat, wieder nach der andern Seite ab, das heißt, es zwingt das Rad durch Abstoßung zu einer weitern Drehung. — Es ist klar, daß solch eine Vorrichtung, wo vierzig Pole in Thätigkeit gesetzt sind, eine vierzigfache Kraft der Drehung hat, also wirksamer sein muß, als alle bisher geschilderten Versuche. —

In der That ist eine Maschine dieser Art von Jacobi in Petersburg aufgestellt worden, die auf der Neva ein Boot in Bewegung setzte. Die Verbesserungen, die Wagner in Frankfurt a. M. vorschlug, berechtigen auch zu Hoffnungen, so daß es feststeht, daß die elektromagnetische Kraft eine wirkliche Maschinenkraft ist. Nur an dem einen Punkte scheiterte die Ausbeute dieser Erfindungen, daß die Kosten zu bedeutend sind, also auf ein Praktischmachen bis zur Zeit, wo diese Schwierigkeit gehoben wird, noch Verzicht geleistet werden muß.

Desto glänzender ist der Erfolg gewesen, den man von der Anwendung der galvanischen Elektrizität auf die Telegrafie gemacht hat, und hiervon wollen wir im nächsten Abschnitt ein Näheres vorführen.

LVII. Die elektrischen Telegrafen.

Als man sich um die Mitte des vorigen Jahrhunderts von der Geschwindigkeit überzeugt hatte, in welcher ein Draht, an der Elektrisirmaschine befestigt, durch seine ganze Länge elektrisch wird, selbst wenn der Draht viele Meilen lang ist, so dachte man sogleich daran, ihn zum Zeichengeben nach der Ferne zu benutzen. Wie sichs von selbst versteht, mußte solch ein Draht mit nicht leitenden Stoffen umsponnen werden, wie z. B. mit Seide, oder wie man es jetzt macht, mit Gutta-Percha, das man jedoch damals noch nicht kannte. Inzwischen war gerade dieses Umspinnen, dieses Einschließen des Drahtes oder was man das Isoliren nennt, damals die größte Schwierigkeit; jetzt versteht man dies schon so gut, daß man umsponnene Drähte käuflich erhält und es bei Beschreibung solcher Vorrichtung garnicht für nöthig hält, zu erwähnen, daß man immer, wenn von Drähten die Rede ist, nur umsponnene, isolirte Drähte meint.

Eine zweite Schwierigkeit lag darin, daß die Elektrisirmaschine ein sehr unzuverlässiges Instrument ist, da sie im vollen Maße nur wirkt, wenn die Luft trocken ist; bei feuchter Luft dagegen, welche Elektrizität zu stark ableitet, nur schwach wirksam ist, oder gar völlig versagt. — Endlich haben wir es bereits einmal erwähnt, daß man durch das bloße Elektrisiren eines Drahtes höchstens ein verabredetes Zeichen für eine bereits früher erwartete Thatsache geben kann, nicht aber verschiedene Zeichen zu geben vermag, die die Stelle von Worten vertreten könnten.

Als Volta die galvanische Säule erfunden hatte und man ihre Wirkung und hauptsächlich ihre größere Beständigkeit kennen lernte, ging man wieder daran sie zum Zeichengeben nach der Ferne zu benutzen, aber die Vorschläge blieben unausführbar und traten, weil sie dürftig und unpraktisch waren, nicht ins Leben. Erst die große Entdeckung der Einwirkung des elektrischen Stromes auf Magnete führte zu einigen in's Leben eingreifenden Resultaten. Wir haben bereits erwähnt, daß eine Magnetnadel, die sonst immer mit der einen Spitze nach Norden, mit der andern nach Süden hinzeigt, von dieser Richtung abgelenkt wird, sobald sie in die Nähe eines Drahtes gebracht wird, durch welchen ein elektrischer Strom geht.

Diese Ablenkung geschieht, je nachdem der Strom vom negativen oder vom positiven Pol der Batterie ausgeht bald nach der einen, bald nach der andern Seite hin. Eine weitere Entdeckung zeigte ferner, daß wenn man den Kasten, der eine Magnetnadel einschließt, etwa wie die Kästchen, in welchen man einen Kompas hat, mit Draht vielfach umwickelt, daß dann auch sehr schwache elektrische Ströme, die man durch den Draht leitet, eine Ablenkung der Magnetnadel bewirken. Dieses Instrument, das man zum Messen sehr schwacher Ströme der Elektrizität benutzt, weil es gut eingerichtet sehr empfindlich ist, wurde nun von zwei göttinger Gelehrten, von Gauß und Weber — zwei Männer, auf die Deutschland stolz zu sein Ursache hat, — benutzt, um damit zu telegrafiren. Die Zuckungen der Magnetnadel, die sofort nach rechts und links erfolgen, so oft man von der Ferne her durch die Drähte elektrische Ströme von den verschiedenen Polen aus fließen läßt, wurden als Alphabetzeichen benutzt und man war nun im Stande, wirklich zu telegrafiren, wie die Versuche im Kleinen auch erwiesen haben.

Aber wie es uns Deutschen in allen Dingen geht, so ging's auch hier. Wir erfinden und ersinnen viel; aber es dringt nichts ins Volk und wird nicht praktisch; höchstens interessirt sich eine wissenschaftliche Akademie oder ein gekröntes Haupt für diese Dinge und belohnt den Erfinder und Denker mit einem leeren Titel und einem noch leereren Orden. Erst wenn die Dinge von England und Amerika praktisch und in Volk und Leben eingreifend gemacht werden, erst dann öffnet bei uns auch die Welt die Augen und wir nehmen dann das aus zweiter Hand auf, was wir aus erster Hand verschmäht hatten.

Gauß und Weber hatten bereits im Jahre 1833 ihre schöne Erfindung bekannt gemacht und Steinheil in

München, ein Mann von unsterblichen Verdiensten für die Naturwissenschaft, machte wenige Jahre darauf die herrliche Entdeckung, daß man die Erde selber als Leiter für den galvanischen Strom benutzen kann, so daß man nicht zwei Drähte von einem Ort zum andern zu führen braucht, um zwischen ihnen hin und zurück telegrafiren zu können, sondern genug hat, wenn man an beiden Stationen die beiden Drahtenden an Metalltafeln anbringt und diese in die Erde, am besten in einen Brunnen steckt. — Das alles sind Entdeckungen deutscher Gelehrten: aber zur praktischen Wirksamkeit wurde die Telegrafie erst in England und Amerika gebracht.

Der Engländer Cooke und der berühmte Naturforscher Wheatstone griffen die Idee von Gauß und Weber auf und errichteten die in England noch jetzt gebräuchlichen Nadeltelegrafen, durch welche sie im Stande waren, Zeichen für sämmtliche Buchstaben wiederzugeben. Freilich sind diese Zeichen sehr beschränkt, denn es giebt für solche Nadelsprache nur zwei Bewegungen, eine nach rechts und die andere nach links, je nachdem man den Strom vom negativen oder positiven Pol ausgehen läßt; aber durch Wiederholungen dieser Zeichen vermag man doch jeden Buchstaben des Alphabets zu bezeichnen, so daß diese Telegrafie noch jetzt in England praktisch besteht, obwol neue Erfindungen entschieden bessere Resultate geben. —

Von diesen neueren Erfindungen ist die erste wieder eine deutsche, und zwar gebührt die Ehre unserer Stadt Berlin, deren Mitbürger Siemens und Halske die vortrefflichen Buchstaben-Telegrafen erfunden haben.

LVIII. Die Telegrafen von Siemens und Halske.

Die Telegrafen, wie sie unsere Mitbürger Siemens und Halske erfunden und ausgeführt haben, besitzen den Vorzug vor den englischen Telegrafen, daß sie wirkliche Buchstaben bezeichnen, ganze Worte und Sätze telegrafiren, und dadurch so vollständig sind, wie man es nur wünschen kann. Ein zweiter Vorzug besteht darin, daß an dem Telegrafen ein Wecker angebracht ist, der so lange klingelt, bis der Telegrafist, der eingeschlafen ist oder sich aus dem Zimmer entfernt hat, es hört und den Apparat in den Stand setzt, seine Botschaft zu beginnen. Endlich haben die genannten Künstler auch noch einen Druck-Apparat erfunden, der so beschaffen ist, daß eine Nachricht, die in Paris aufgegeben wird, in Berlin buchstabenweise sich selber druckt.

Um unsern Lesern eine Beschreibung von all' dem zu geben, müßten wir sehr viel Raum in Anspruch nehmen. Wir können, wie sich's von selbst versteht, nur die Hauptsachen dieser sinnreichen Einrichtung hier vorführen, und müssen zufrieden sein, wenn dies hinreicht, die Leser zu überzeugen, daß all' die Wunder der Telegrafie nicht Zauber, sondern sinnreiche Benutzung der geheimen Kräfte der Natur sind.

Der Buchstabentelegraf von Siemens und Halske ist gegründet auf die Eigenschaft des elektrischen Stromes, Eisen in einen Magneten zu verwandeln, sobald der Strom durch einen um das Eisen gewickelten Metalldraht geht.

Nehmen wir des Beispiels halber an, daß zwischen Berlin und Paris eine solche Telegrafie eingerichtet ist, so wird man sich die einfachste Vorstellung davon machen können, wenn man sich Folgendes denkt.

In Berlin ist eine galvanische Batterie aufgestellt. Der Draht des einen Pols geht in die Erde zu einer

Metalltafel, die in einen Brunnen hineingesteckt wird. Der Draht des zweiten Pols geht über der Erde auf Stangen gezogen bis nach Paris. In Paris ist nun im Telegrafenzimmer ein Hufeisen auf dem Tisch angebracht, das mit umsponnenem Draht umwunden ist. Das eine Ende des Drahtes wird nun an dem berliner Leitungsdrahte befestigt, das andere Ende desselben ist gleichfalls in die Erde eingesenkt wie in Berlin. — Wir wissen nun bereits, daß unter diesen Umständen die galvanische Kette geschlossen ist und daß das Hufeisen in Paris durch den elektrischen Strom, der den Draht durchläuft, ein Magnet wird. Denken wir uns nun, daß in seiner Nähe ein Stück Eisen angebracht ist, so wird dieses Stück Eisen von dem Magneten angezogen.

Nun ist es aber für den Telegrafisten in Berlin ein Leichtes die Kette zu öffnen. Er braucht nur seinen Draht ein wenig von dem Apparat zu entfernen, und sofort ist der Strom unterbrochen, der Magnet in Paris verliert im selben Augenblick seine Kraft und läßt das Eisen fallen. Legt er hierauf wieder den Draht an den Apparat, so erhält der Magnet in Paris wieder seine Kraft und zieht wiederum das Eisen an. Der Telegrafist in Berlin kann das so schnell wiederholen, wie er nur vermag; das Eisen in Paris, das in der Nähe des Hufeisens angebracht ist, wird jedesmal bei der Schließung der Kette angezogen und bei der Oeffnung abfallen, so daß bei recht schnellem wiederholtem Schließen und Oeffnen in Berlin ein Stück Eisen in Paris in einer fortwährenden Hin- und Herbewegung erhalten werden kann.

Auf dieses bereits früher bekannte Grundprinzip gründeten die Mechaniker Siemens und Halske folgende sinnreiche Einrichtung. Das Stück Eisen, welches in der Nähe des Hufeisenmagneten in Paris aufgestellt ist und welches Eisen wir fortan immer den Anker nennen wollen, ist von einer schwachen Feder vom Magneten zurückgehalten. Wenn der Magnet seine Kraft durch den elektrischen Strom bekommt, so ist er im Stande trotz der Feder den Anker anzuziehen. Aber im Moment, wo er dies thut, löst der Anker durch seine Bewegung zum Magneten die galvanische Kette. Der Magnet also verliert wieder im Augenblick seine Kraft und die Feder zieht den Anker zurück. Gerade jedoch dieses Zurückspringen des Ankers schließt wieder die galvanische Kette. Der Magnet bekommt dadurch wieder seine Kraft und der Anker wird angezogen. Dies jedoch bewirkt wiederum das Oeffnen der Kette, wodurch der Magnet die Kraft verliert und wieder die Feder den Anker zurückzieht. Dies bewirkt wieder das Schließen der Kette, wodurch der Anker wieder zum Magneten hinfliegt. — Und nun geht dies so fort, daß der Anker außerordentlich schnell immerfort hin- und herfliegt und in einer Art zitternder Bewegung begriffen ist zwischen dem Magneten und der Stelle, wo ihn die Feder zurückhält.

Man muß sich nicht die Vorstellung machen, als ob der Raum, den der Anker hin- und herläuft, groß wäre. Es ist der Raum, auf dem der Anker seine unruhige Hin- und Rückfahrt macht, kaum breiter als ein Messerrücken. Dieses Hin- und Herfliegen geschieht mit solcher Schnelligkeit, daß der Anker ein Schnurren verursacht, wie man es beim Aufziehen einer Uhr hört, und seine Fahrt so geschwind vollführt, daß man ihm kaum mit den Augen folgen kann.

Gerade aber dieser Anker und sein Hin- und Herfliegen auf dem kleinen Raum ist die Hauptsache, denn dieses Hin- und Herspringen setzt ein kleines Räderwerk in Bewegung, und auf dem Zapfen eines Rades ist ein

Zeiger angebracht, der, so lange der Anker hin- und herfliegt, sich schnell in der Runde bewegt wie der Zeiger einer außerordentlich schnell laufenden Uhr.

Wir sehen also, daß der Telegrafist in Berlin einen Zeiger in Paris in Umlauf versetzen und durch Unterbrechen der Kette zum Stillstand bringen kann!

Indem aber der berliner Telegrafist im Stande ist, den Zeiger eines Räderwerkes in Paris in Bewegung zu setzen, vermag er auch alle beliebigen Worte nach Paris zu telegrafiren.

Der Zeiger nämlich ist so angebracht, daß er bei seinem Rundlauf mit der Spitze einen Kreis berührt, auf welchem der Reihe nach das ganze A. B. C. und sämmtliche Zahlen von 1 bis 9 und einige übliche Schreibezeichen angebracht sind. Bevor die Telegrafie anfängt, stellt der pariser Telegrafist diesen Zeiger immer auf den Punkt, nach welchem das Alphabet anfängt. Im Augenblick, wo der berliner Telegrafist die Kette schließt, weiß er also, daß der Zeiger in Paris zu laufen anfangen wird; da er ihn aber durch das Oeffnen der Kette sofort zum Stillstehen bringen kann, so läßt er ihn laufen, bis der Zeiger an dem Buchstaben ankommt, den er telegrafiren will und unterbricht nun die Kette in Berlin und sofort macht der Zeiger in Paris an dem betreffenden Buchstaben ein wenig Halt! Der pariser Telegrafist weiß nun, daß dies der erste Buchstabe der Depesche ist; er notirt also denselben auf einem Zettel. Während dem aber schließt der berliner Telegrafist wieder die Kette, der Zeiger läuft weiter und bleibt nun bei dem zweiten Buchstaben der Depesche stehen, und so geht es fort, bis die ganze Depesche fertig ist.

Freilich wird hier der Leser fragen: Wie kann der berliner Telegrafist es so genau berechnen, ob der Zeiger in Paris auch auf dem gewünschten Buchstaben stehe? Sollte er sich nicht irren und ihn einmal zu viel oder einmal zu wenig laufen lassen? Gewiß würde dies der Fall sein. Aber dafür ist ganz vortrefflich gesorgt.

Wir haben der Einfachheit wegen angenommen, daß der galvanische Apparat in Berlin und der Magnet mit dem Anker und dem von dessen Bewegung getriebenen telegrafischen Apparat in Paris steht. In Wahrheit aber ist es anders. Es befindet sich in Berlin ebensogut ein Magnet sammt Anker und telegrafischem Apparat wie in Paris, und in Paris ist ebenfalls ein galvanischer Apparat, wie in Berlin angebracht. All' dies steht so in Verbindung und ist so geschickt und akkurat durch mechanische Vorrichtungen eingerichtet, daß beide telegrafischen Apparate, der in Berlin wie der in Paris, ganz genau gleichen Gang haben und die Zeiger, wenn sie nur richtig vor dem Telegrafiren auf den Punkt vor dem A gestellt worden sind, netto immer auf demselben Buchstaben stehen. Der berliner Telegrafist sieht also seinen Apparat und dessen Zeiger und weiß in jedem Augenblicke ganz genau, wo der pariser Zeiger steht. Ja, die Einrichtung ist noch viel schöner und interessanter, denn an dem berliner Apparat ist an jedem Buchstaben ein kleiner Drücker angebracht, der, wenn er niedergedrückt wird, den Zeiger bei dem Buchstaben anhält und somit zugleich den Strom der Kette unterbricht; dadurch aber bleibt der pariser Zeiger auch an dem Buchstaben stehen und verharrt so lange bei ihm bis der berliner Telegrafist den Drücker losläßt und seinen und den pariser Zeiger weiter laufen läßt zum zweiten Buchstaben.

Das Interessanteste bei diesem Apparat ist, daß das eigentliche Telegrafiren mit demselben ein reines Kinderspiel ist. Der Telegrafist legt seinen Draht an den galvanischen Apparat an und somit ist die galvanische Kette geschlossen und sofort fängt der Zeiger an, mit schnarrendem Geräusch zu laufen. Man kann ihn so eine ganze Weile laufen lassen, er geht an allen Buchstaben vorüber und stellt sich bei keinem hin. Will man nun die Depesche anfangen und zum Beispiel das Wort Berlin telegrafiren, so braucht man nur mit dem Finger den Drücker bei B. niederzudrücken und der Zeiger muß bei diesem Buchstaben sowol in Berlin wie in Paris Halt machen. Dann läßt man den Drücker los und der Zeiger läuft weiter und man kann ihn auch jetzt wieder, so oft man will, in der Runde laufen lassen bis man das E. aufgefunden und den Drücker dieses Buchstaben niedergedrückt hat: der Zeiger wird anhalten, sobald er hier ankommt. Und so geht es fort von Buchstabe zu Buchstabe, so daß selbst der Ungeübteste, ja jedes gewöhnliche Kind, das es einmal mit ansieht, den Telegrafen handhaben kann. Der geübte Telegrafist wird alles nur geschwinder, aber keineswegs richtiger machen, wie jeder Knabe, der richtig schreiben kann. Und das ist ein außerordentlicher Vorzug dieser Telegrafen-Einrichtung.

Wie sichs von selbst versteht, können wir nicht alle Feinheiten des Apparats hier vorführen; aber eine Einrichtung, die wir bereits erwähnt haben, die Einrichtung des Weckers ist zu interessant, um sie mit Stillschweigen zu übergehen.

Wir haben es bereits gesagt, daß, bevor die telegrafische Depesche anfängt, immer erst ein Glöckchen im Apparat so lange klingelt, bis der Telegrafist, an den die Depesche gerichtet ist, anzeigt, daß er bereit sei zu hören, was ihm der Telegraf erzählen will. Diese Wecker-Einrichtung ist durch folgende höchst einfache und interessante Vorrichtung zu Stande gebracht.

Wir wissen nun schon, daß eigentlich zwei Batterien, die eine auf der einen und die andere auf der anderen Station angebracht beim Telegrafiren in Thätigkeit sind. Beide Batterien sind, wie sich's von selbst versteht, doppelt so stark, wie eine von ihnen. Nun ist die Vorrichtung so getroffen, daß, um den Zeiger in Umlauf zu setzen, durchaus beide Batterien thätig sein müssen, dahingegen genügt schon die Kraft einer Batterie, um eine kleine Glocke klingeln zu lassen. — Will nun der berliner Telegraf sprechen, so setzt er seine Batterie in Thätigkeit; aber diese kann nur die Glocke in Thätigkeit setzen. Diese klingelt in Berlin und in Paris nun in einem fort ohne Aufhören, bis der pariser Telegrafist auch seine Batterie einschaltet; jetzt fängt der Zeiger an zu laufen und der berliner Telegrafist merkt daran, daß man ihm von Paris her zuruft: „Der Herr Berliner hat das Wort!" und somit sagt er sein Stückchen her.

LIX. Die Schreibe-Telegrafen.

Wir bedauern recht sehr, den allervorzüglichsten Theil der Telegrafen-Einrichtung unserer verdienstvollen Mitbürger Siemens und Halske hier nicht genau beschreiben zu können, weil dieser Theil in der That sehr kunstvoll gearbeitet ist und ohne Modell oder Zeichnung nicht gut verstanden werden kann. Dieser vorzügliche Theil des Telegrafen ist im vollen Sinne des Wortes eine kleine Druckerei, deren Einrichtung so getroffen ist, daß durch die magnetisch-elektrische Kraft kleine Stempel, auf welchen die Buchstaben ausgeschnitten sind, in die Höhe gepreßt, mit Druckerschwärze gefärbt und gegen einen in Fortbewegung begriffenen Streifen Papier gedrückt werden, so daß sich damit eine telegrafische Depesche Buchstabe um Buchstabe selber abdruckt.

Es klingt dies fast unglaublich; aber in Wahrheit, es ist so, und man kann sich jetzt durch den Augenschein überzeugen, daß man im Stande ist, durch einen Fingerdruck in Berlin jeden beliebigen Buchstaben in Paris gegen einen Papierstreifen zu pressen und dort eine Depesche derart zu drucken, daß der pariser Telegrafist sie fertig vorfindet und nur abzulesen braucht. Mit Recht wird in dem Bericht der Akademie der Wissenschaften in Paris diese Erfindung eine der sinnreichsten und herrlichsten unseres Jahrhunderts genannt.

Ob die berliner Akademie der Wissenschaften es der Mühe werth hielt, sich über diese Erfindung einen ordentlichen Bericht von einem dazu ernannten Mitgliede abstatten zu lassen, wissen wir nicht. Die pariser Akademie, ein Institut, das sein Augenmerk auf alles richtet, was in der Welt Bedeutsames vorgeht, und sich nicht damit begnügt, daß sich die geehrten Herren Mitglieder gegenseitig Bruchstücke eigener Weisheit vorlesen, hat direkt einen Berichterstatter nach Berlin gesandt, um von dieser verdienstvollen Erfindung in genaueste Kenntniß gesetzt zu werden.

Würden die Herren Siemens und Halske Franzosen oder gar Engländer gewesen sein, so würden diese Staaten einen Ruhm darin gesucht haben, deren Telegrafen-Einrichtung durch das ganze Reich einzuführen. Wir Deutschen aber sind zu bescheiden zu solcher Selbstachtung und so sind denn diese Buchstaben-Telegrafen bei uns nur sehr wenig eingeführt. Sie existiren nur auf einzelnen Eisenbahnen und sind bei den Telegrafen angewandt worden, die hier in der Stadt vom Polizeipräsidium aus nach allen einzelnen Feuerwachen und Schutzmanns-Abtheilungen gelegt sind.

An den großen Linien der Staatstelegrafen sind die Schreibetelegrafen des Nordamerikaners Morse in Anwendung gebracht worden. Die Einrichtung dieses Telegrafen ist wesentlich verschieden von der oben angeführten. Er ist weder so sinnreich, noch so leicht zu handhaben. Man bedarf zu seiner Benutzung besonders unterrichteter Telegrafisten, welche die eigenthümliche Art zu schreiben und das Geschriebene zu lesen verstehen; aber er hat Vorzüge, die hoch angeschlagen werden müssen und diese bestehen darin, daß das Werk sehr einfach ist und jede Depesche sich selbst auf einem Papierstreifen produzirt, den der Telegrafist nur zu lesen braucht, ohne während der Thätigkeit des Telegrafen irgend welche Aufmerksamkeit darauf zu richten. Der Siemens- und Halske'sche Apparat ist gerade durch seine sinnreiche Zusammenstellung mehreren Reparaturen ausgesetzt, ferner hat er den Nachtheil, daß jede auch nur kleine Abweichung, welche die gleichen Apparate auf jeder Station haben, störend wirkt. In diesem Sinne ist der amerikanische Telegraf wirklich amerikanisch, das heißt sehr praktisch eingerichtet.

Wenn man wieder annimmt, daß es sich um das Telegrafiren zwischen Berlin und Paris handelt, so kann man sich durch Folgendes eine leichte Vorstellung der Einrichtung des Morse'schen Telegrafen machen.

In Berlin ist eine galvanische Batterie aufgestellt, deren einer Pol in die Erde hineingesteckt wird; der andere wird mit einem gut überzogenen Draht bis nach Paris geleitet. Dort befindet sich ein Stück Eisen, das mit Draht umwickelt ist, dessen eines Ende an den Leitungsdraht befestigt wird und dessen anderes Ende wieder in die Erde gesteckt ist. Wir wissen nun schon, daß durch den elektrischen Strom, der in Berlin erregt wird, sofort das Eisen in Paris magnetisch wird, und daß es diesen Magnetismus verliert, sobald die Kette in Berlin unterbrochen wird. Nun ist in Paris folgende Einrichtung getroffen. Ueber dem aufrecht stehenden Magneten schwebt auf einem kleinen Wagebalken ein eiserner Stab, den wir wieder den Anker nennen wollen; an der andern Seite des Wagebalkens aber ist eine schwache Feder angebracht, die es bewirkt, daß der Anker immer ein kleines Stückchen von dem Magneten entfernt wird, wenn der Strom unterbrochen ist.

Es läßt sich denken, daß jedesmal, wenn der Magnet seine Kraft bekommt, der Anker auf der einen Seite des Wagebalkens niedertaucht, um den Magneten zu berühren; dadurch hebt sich aber ganz natürlich die andere Seite des Wagebalkens. Nun ist auf dieser andern Seite ein kleiner Stift angebracht von der Dicke einer Stricknadel. Der Stift steht aufrecht und versetzt einer über ihm angebrachten Rolle immer einen Stoß, so oft der Anker von dem Magneten angezogen wird. Zwischen diesem Stift aber und der Rolle, auf welche er aufschlägt, sobald der elektrische Strom im Gang ist, wird durch ein ganz gewöhnliches Walzwerk, das von einem Gewicht im Gang gehalten wird, ein Streifen Papier durchgezogen, so daß bei dem jedesmaligen kleinen Stoß, den der Stift auf die Rolle thut, der Streifen einen Punkt bekommt, der sehr deutlich sichtbar ist. — Sobald aber der Magnet längere Zeit magnetisch erhalten wird, also der Stift längere Zeit an die Rolle drückt, erhält der zwischen Rolle und Stift sich fortschiebende Streifen Papier, wie sichs von selbst versteht, einen S t r i c h.

Man kann also von Berlin aus auf den pariser Apparat so einwirken, daß man auf einem dort existirenden

Papierstreifen Punkte und Striche machen kann, und wir werden nun zeigen, wie dieses einfache Mittel ausreicht, vollständige telegrafische Depeschen zu übersenden.

Wir haben der Einfachheit wegen zwar gesagt, daß der eine Draht der galvanischen Batterie ohne Weiteres in die Erde geleitet ist. Dies ist aber nicht ganz der Fall. Es ist vielmehr so eingerichtet, daß der Draht erst nach einer kleinen Holzplatte geht, die auf dem Tische liegt und woselbst der Draht endet. Ueber dem Ende des Drahtes aber ist ein kleiner metallener Knopf angebracht, der mit dem Finger niedergedrückt werden kann, und erst von diesem Knopf aus geht ein Draht bis in die Erde. Alles dies ist nun so eingerichtet, daß wenn man mit dem Finger auf den Knopf drückt, dieser den Draht berührt und sofort die Leitung nach der Erde herstellt und somit die Kette schließt. Die Kette bleibt geschlossen, so lange man den Knopf niederdrückt; sobald man jedoch den Fingerdruck nachläßt, wird der Knopf durch eine Feder in die Höhe gerichtet und die Kette ist wieder unterbrochen.

Und nun kann das Telegrafiren losgehen, wobei wir nur noch das Eine sagen wollen, was sich eigentlich von selbst versteht, daß in Berlin auch solch ein Apparat da ist, wie in Paris und in Paris eben solch eine Batterie wie in Berlin.

Der berliner Telegrafist tippt mehreremale mit dem Finger auf den Knopf, sofort wird der Magnet in Paris im selben Augenblick den Anker mehreremale anziehen und loslassen und der Stift wird zu gleicher Zeit mehreremale an die Rolle tippen. Dies verursacht in Paris ein leichtes Klappern, das der pariser Telegrafist versteht, denn es heißt so viel wie: „ich bitte ums Wort!“

Nun setzt der pariser Telegrafist erst seinen Papierstreifen zwischen Stift und Rolle in Lauf und tippt ebenfalls ein paarmal auf den Knopf. Dies verursacht in Berlin einen gleichen Lärm und der berliner Telegrafist versteht dadurch, daß sein Herr Kollege ihm das Wort giebt.

Das Wort? — das ist freilich leicht gesagt; aber wie soll da ein Wort zu Stande gebracht werden? — Jedesmal, wenn der berliner Telegrafist auf den Knopf tippt, entsteht freilich in Paris auf dem Papierstreifen ein Punkt; läßt der berliner Telegrafist den Finger länger auf dem Knopf verweilen, so drückt der Stift in Paris länger gegen die Rolle und der sich zwischendurchziehende Papierstreifen erhält einen Strich. Was aber soll man mit Punkten und geraden Strichen anfangen?

Wir werden sehen, daß man recht viel damit anfangen kann. Der praktische Amerikaner Morse, der im Jahre 1832 über seinen Apparat zu sinnen anfing, hat bereits im Jahre 1837 die ganze Geschichte fertig gemacht und dabei gezeigt, daß es ein leichtes ist, das ganze A. B. C. durch höchstens fünf Zeichen, aus Strichen und Punkten darzustellen. Nach Morse's Schreibart, die jetzt in Preußen, Oestreich, der Schweiz und ganz Amerika eingeführt ist, besteht ein a aus einem Punkt und einem Strich, ein b aus einem Strich und drei Punkten u. s. w., so daß statt der folgenden Buchstaben der Telegraf die beistehenden Zeichen macht: a [. —] b [— . . .] c [— . — .] d [— . .] e [.] f [. . — . .] g [— — .] h [. . . .] 2c.

In dieser Weise macht nun der Telegrafist durch einmaliges Auftippen auf den Knopf einen Punkt; durch Verweilen des Fingers auf dem Knopf einen Strich, und so vermag er Buchstaben zusammenzusetzen und ganze Worte daraus zu bilden.

Freilich ist dies nicht einfach, wie das Telegrafiren beim Siemens- und Halske'schen Apparat; aber durch gute Uebung lernt man doch vortrefflich sowol in dieser Weise schreiben, wie das Geschriebene lesen. Es versteht sich von selbst, daß zwischen einem Buchstaben und dem andern ein kleiner leerer Raum und zwischen einem Wort und dem andern ein größerer Raum gelassen wird, so daß sich Buchstabe von Buchstabe und Wort von Wort ziemlich getrennt hält. Wie weit man es bereits in der Uebung gebracht hat, davon kann man schon schöne Proben vorlegen. Das Telegrafiren geht jetzt schon so schnell, daß dem Ungeübten dabei Hören und Sehen vergeht und das Lesen der Depeschen geschieht mit solcher Geschwindigkeit, als ob man gedruckte Papierstreifen vor sich hätte.

Was den Morse'schen Apparat besonders beliebt macht, ist, daß er eine vortreffliche Kontrole des Dienstes gestattet. Beim Buchstabentelegraf von Siemens und Halske kommt der Fall oft vor, daß sich Irrthümer einschleichen. Der Telegrafist, der die Depesche absendet, schiebt den Irrthum auf den Empfänger, daß dieser falsch gelesen. Dieser schiebt den Fehler auf den Absender und zuweilen haben beide nicht Schuld, sondern es liegt an einer kleinen Abweichung in der Beschaffenheit beider Apparate. All' das, was den Dienst unsicher macht und oft die schwersten Uebel aus irrthümlichen Nachrichten nach sich ziehen kann, ist durch den Morse'schen Apparat vermieden, da dieser im Papierstreifen ein Aktenstück hinterläßt, was aufbewahrt wird, und woraus irgend ein Irrthum sich sofort aufklären läßt.

LX. Berichtigung einer zu weit getriebenen Theorie über die elektrische Ausgleichung.

Wir haben noch einige der interessantesten Anwendungen der elektromagnetischen Kraft unsern Lesern vorzuführen. Bevor wir dies jedoch thun, haben wir die Pflicht von einem besonderen Umstand zu sprechen, der selbst gut unterrichtete Köpfe zu sonderbaren, weitgetriebenen Vorstellungen verleitet.

Wir haben nämlich bereits erwähnt, wie der deutsche Naturforscher Steinheil in München die folgenreiche Entdeckung gemacht hat, daß man beim Telegrafiren nicht zwei Drähte von einem Ort zum andern zu leiten braucht, sondern daß es ausreicht, wenn man auf jeder Station das eine Ende des Drahtes in die Erde steckt und so die Erde selber als Leitungsdraht benutzt. Wir haben auch angeführt, daß man das eine Ende des Drahtes am besten in einen Brunnen steckt, weil eben alle Gewässer der Erde in Zusammenhang stehen und so eine ununterbrochene Leitung der Elektrizität bilden.

Dieser Umstand aber hat zu den sonderbarsten Irrthümern Veranlassung gegeben und eine wahrhaft komische Vorstellung gangbar gemacht von dem, was im Innern der Erde hierbei vorgeht oder vorgehen soll. Nicht nur in gebildeten Unterhaltungen, sondern auch in wahrhaft vortrefflichen Büchern sieht man die Behauptung aufgestellt, daß der elektrische Strom von einem Ort zum andern durch den Draht geht und daß er durch die Erde wieder zum ersten Ort zurückkehrt. Diese Vorstellung, die so wunderbar klingt, daß der Uneingeweihte Mund und Augen vor Staunen aufreißt, ist schon so allgemein geworden, daß in dem sonst so vortrefflichen Lehrbuch der Physik von Pouillet-Müller sogar eine Abbildung des Stromes gegeben ist, wie derselbe in der Richtung abgeschossener Pfeile von Köln nach Aachen durch den Draht geht und im Innern der Erde durch rücklaufende Pfeile angedeutet, wieder direkt von Aachen nach Köln zurückkehrt.

Wir halten es für unsere Pflicht, irrthümlichen Auffassungen dieser Art entgegenzutreten. Wir meinen, daß es genug des Unerklärlichen, Räthselhaften und Geheimnißvollen in den Kräften der Elektrizität giebt und daß man nicht zu Liebe der wundersüchtigen Welt noch irreführende Darstellungen mit ins Spiel bringen sollte.

Gesetzt man telegrafirt durch einen Draht von Berlin nach Paris, so hört man mit Staunen behaupten, daß der Strom wieder von dem einen Brunnen in Paris, wo das eine Polende steckt, durch die Erde direkt durchläuft nach Berlin und zwar dahin, wo im berliner Brunnen das andere Polende steckt. Fragt man: woher weiß denn der Strom so genau den Weg bis Berlin, da die Erde ja allenthalben hinführt, so antwortet man durch Achselzucken der Verwunderung. Gäbe es nun in der Welt weiter kein Polende, das in einem Brunnen steckt als das berliner, so ließe sich die Sache noch durch eine freilich fabelhafte Anziehung dieses Polendes erklären; aber es giebt jetzt unendlich viele solcher Pole in der Welt, ja in Berlin selber stecken eine ganze Masse solcher Pole in Brunnen und nun erkläre es Einer, warum der Strom von Paris, wenn er richtig weiß, daß er eigentlich ein geborener Berliner ist und zurück muß, sich nicht einmal irrt und statt nach dem Postgebäude nach dem Polizei-Präsidium oder irgend einem Eisenbahnhof äuft, wo solche Pole eben so empfangsbereit in Brunnen liegen?

Hierdurch allein sollte man schon auf den Gedanken kommen, daß hier eine irrthümliche Vorstellung obwaltet, und in Wahrheit ist es auch so. — Wir wollen deshalb dies hier näher beleuchten und diese Vorstellung auf ihr wahres Maß zurückführen.

Es ist eine ganz richtige Beobachtung, daß der elektrische Strom stockt, sobald die negative Elektrizität vom

Kupferende nicht zu der positiven des Zinkendes gelangen kann, das heißt, wenn sich die Elektrizitäten nicht ausgleichen und einander zu vernichten im Stande sind. Der Grund davon ist folgender. Von der elektrischen Batterie strömt aus dem Zink positive und aus dem Kupfer negative Elektrizität aus. Befestigt man Drähte an die Metalle, so nehmen auch diese die entsprechende Elektrizität an; aber da die Elektrizitäten nicht abfließen können, bewirkt dies sofort ein Stocken an den Enden der Drähte, das rückwirkt auf die Batterie und zur Folge hat, daß sich keine neue Elektrizität entwickelt. — Bringt man aber mittelst der Drähte die Pole der Batterie in Berührung, so vereinigen sich vermöge ihrer gegenseitigen Anziehungskraft die getrennten Elektrizitäten, die positive und negative Elektrizität verbinden sich und heben sich gegenseitig auf. Es wird also gewissermaßen Platz für neue Ströme, und darum kann sich immerfort Elektrizität entwickeln und die Batterie ist in fortwährender Thätigkeit.

Dies ist nun der Fall, wenn die Drähte der Pole sich direkt berühren. Steckt man sie aber in die Erde, so tritt noch etwas anderes dazu. Die Erde ist so ungeheuer groß, daß sie eine ungeheuere Portion ebenso von negativer Elektrizität wie von positiver in sich aufnehmen kann, bevor sie rückwirkt auf die Batterie und sie ins Stocken bringt. Die Abstoßung, welche die negative Elektrizität auf sich selber ausübt, wird erst dann auf den Apparat wirken können, wenn die ganze große Oberfläche der Erde ähnlich wie eine Sammelkugel der Elektrisirmaschine mit negativer Elektrizität geladen ist, und das will viel sagen! — Ganz dasselbe ist mit der positiven Elektrizität der Fall, wenn man ihr solch einen ungeheueren Raum bietet zum Abfließen wie die Erde. — Nun ist es schon ganz richtig, daß in der Erde die Elektrizitäten sich ausgleichen, und darum wird auch die Erde nicht von irgend einer Elektrizität geladen werden; aber diese Ausgleichung geschieht nicht wie im Draht durch unmittelbares Uebergehen der einen Elektrizität zur andern, sondern die Ausgleichung erfolgt auf und in der gesammten Erdkugel, und deshalb, weil sie eben so ungeheuer groß ist und sehr viel von Elektrizität verschlucken kann, bringt sie die Batterie nicht ins Stocken, selbst wenn der elektrische Strom von Paris nicht sofort und direkt den Weg nach dem berliner Postgebäude findet.

LXI. Die elektromagnetischen Uhren.

Noch eine interessante Anwendung hat man von dem elektrischen Strom gemacht, die zwar im bürgerlichen Leben nur eine Annehmlichkeit bietet, aber in wissenschaftlicher Beziehung von der größten Wichtigkeit ist. Wir meinen die Herstellung elektrischer Uhren durch Elektromagnetismus.

Es giebt gewiß Tausende von Menschen, die es zwar wissen, daß ihre Uhren nicht ganz genau gehen, die aber nicht ahnen, wie sie in solchem Falle zu richtig gehenden Uhren kommen, oder auf welche Weise ihre Uhr gestellt oder reparirt werden kann.

Zwar ist es Jedem bekannt, daß man die Uhr nur zum Uhrmacher zu bringen braucht, um das Werk reinigen oder ausbessern zu lassen; woher kommt aber der Uhrmacher zu einer richtig gehenden Uhr, um nach dieser die gereinigte und reparirte Uhr zu stellen?

Diese Frage wird vielleicht wieder Vielen sehr sonderbar vorkommen, da sie wohl voraussetzen, daß jeder ordentliche Uhrmacher eine Uhr haben müsse, auf welche er sich verlassen könne, daß sie in einem Tage um keine Sekunde falsch geht. — Aber gesetzt, es besäße jeder Uhrmacher solch ein Werk, woher weiß er, daß es nicht eines schönen Tages doch einmal einen kleinen Fehler bekommt, sei es durch Hitze, sei es durch Kälte, sei es beim Aufziehen, oder auch nur durch die Abnutzung oder Reibung während des Ganges?

Die Antwort auf all diese Fragen ist einfach die, daß in Wahrheit kein Uhrmacher in der Welt sich wirklich auf seine Uhr verläßt, sondern sich an der nächsten Sternwarte von dem beobachtenden Astronomen stets sagen läßt, was die Glocke geschlagen hat.

Es giebt nur Eine wirklich richtig gehende Uhr, die keiner zu repariren braucht und die auch Niemand aufzieht, deren Meister sich nicht sehen läßt und deren Triebwerk sogar bisher völlig unbekannt ist, obgleich wir auf dieser ewig gehenden Uhr herumwandeln von der ersten Stunde unseres Wandellebens und in das Gehäuse dieser Uhr eingebettet werden, nachdem unsere Lebensuhr abgelaufen ist, und diese einzig richtig gehende Uhr ist die Erde.

Die Erde dreht sich in einer Zeit, die wir vier und zwanzig Stunden nennen, um ihre Axe und nach dieser Zeit, nach der Zeit dieser Uhr theilen wir unsere Zeit, unsere Lebenszeit ein. Nach dieser Naturuhr stellen wir unsere künstlichen Uhren. Würde diese Uhr still stehen, so würde unsere Zeit mit all den Meßwerken der Zeit, mit all den künstlichen Uhren, sammt Allen, die nach ihrem Gange ihr Leben abmessen, dahin sein. — Zum Glück für uns geht aber diese einzige Hauptuhr sehr genau und sehr richtig und zwar so richtig, daß sie nachweisbar in den letzten zweitausend Jahren nicht den zehnten Theil einer Sekunde falsch gegangen ist.

Mit einem Worte: alle unsere Uhren werden nach

der Umdrehung der Erde regulirt und diese Umdrehung der Erde wird alltäglich auf den Sternwarten aufs allersorgsamste und genaueste durch das sogenannte Mittags-Fernrohr beobachtet, und erst nach dieser Beobachtung wird die künstliche Hauptuhr der Sternwarte gerichtet, welche sodann die sichersten Zeitangaben macht, um nach ihr die sogenannten bürgerlichen Uhren sammt und sonders zu stellen.

Die am richtigsten gehende astronomische Uhr in Berlin ist die Uhr auf der berliner Sternwarte, die ein vorzügliches Kunstwerk unseres Mitbürgers und Künstlers, des Uhrmachers Tiede ist. Nach dieser Uhr wird die am richtigsten gestellte bürgerliche Uhr Berlins stets regulirt, welche am Gebäude der berliner Akademie sich befindet und nach welcher sich alle Uhrmacher richten, wenn ihre Uhren zweifelhaften Ganges werden.

So war es bisher, und so ist es noch; aber seitdem man die magneto-elektrische Kraft in all ihren Anwendungen für das Leben hat kennen lernen, hat man bereits an mehreren Orten angefangen, dieses erhabene Zeichen unserer Zeit auch zum Bezeichnen unserer Zeit zu benutzen, oder einfacher gesagt: man hat auch elektromagnetische Uhren hergestellt.

Die Einrichtung ist so getroffen, daß nur eine einzige Hauptuhr, deren Gang äußerst sorgfältig regulirt wird, ein wirkliches Uhrwerk besitzt, während unendlich viele Uhren durch die ganze Stadt oder durch das ganze Land vertheilt, nur eigentlich Zifferblätter sind, die ein Hufeisen verbergen, das mit Draht umwunden ist, und durch welches vermittelst Leitungsdrähten ein elektrischer Strom erzeugt wird, der das Eisen zum Magneten macht. So oft dies geschieht, wird an jeder dieser Uhren ein kleiner Anker in der Nähe angezogen und dadurch ein Rad um einen Zahn weitergedreht. Da nun auf der Achse dieses Rades ein Zeiger angebracht ist, so wird der Zeiger eine kleine Wanderung auf dem Zifferblatt machen. An der Hauptuhr ist aber die Einrichtung getroffen, daß das Pendel in jeder Sekunde beim Schwingen die elektrische Kette schließt, also einen elektrischen Strom nach allen Uhren aussendet, deren Zeiger dann genau eine Sekunde weiter rücken, wodurch sämmtliche Uhren den allergenauesten Gang innehalten.

In Leipzig sind bereits solche Uhren eingerichtet, so daß man dort für eine billige Abgabe eine außerordentlich richtig gehende Uhr im Hause hat, die viel Annehmlichkeit im Leben darbietet.

Von welch tiefer wissenschaftlicher Bedeutung aber solche Uhreneinrichtung ist, wollen wir im nächsten Abschnitt zeigen.

LXII. Die wissenschaftliche Anwendung elektrischer Uhren.

Die wissenschaftliche Anwendung, die man von den elektrischen Uhren gemacht hat, ist in mehr als einer Beziehung wichtig.

Um dies unseren Lesern klar zu machen, müssen wir mehrere Punkte berühren, die villeicht Vielen neu sein und im ersten Augenblick sonderbar klingen werden.

Wir haben es bereits gesagt, daß die einzig richtig gehende Uhr, die keiner Reparatur bedarf, die Erde ist, die sich in vierundzwanzig Stunden um ihre Achse dreht. Allein diese Uhr ist ganz kurios gebaut: denn der Zeiger dieser Uhr, und dies ist offenbar die Sonne, liegt in so ungeheurer Entfernung von ihr ab, daß es einiger

Kunst bedarf, um sich auf diese Uhr zu verstehen. Gleichwohl wissen sich die Bauern, die Schäfer, die Heerdentreiber und alle, die viel unter freiem Himmel leben, nach dem Stand der Sonne, dieses leuchtenden Zeigers der Weltuhr, zu richten und merken es sich, daß die Sonne am Himmel um Mittag ihren höchsten Stand erreicht hat, und so den Morgen vom Abend trennt.

Und in der That, das was die Schäfer und ihre Genossen bereits seit alter, alter Zeit wußten, ist jetzt noch immer der Gegenstand der Beobachtung der geistreichsten Astronomen: nur verstehen es diese die Mittagszeit durch den Stand der Sonne bis auf den zehnten Theil einer Sekunde genau anzugeben, während man mit bloßem Auge vielen Täuschungen und Irrthümern ausgesetzt ist. Auch noch gegenwärtig stellt man die Uhr nach der Sonne und schiebt den Zeiger auf Punkt zwölf, wenn die Sonne durch das Mittagsfernrohr sichtbar ist.

Allein es ist auch mit der Sonne, diesem Zeiger der Weltuhr, wiederum ganz eigenthümlich. Wir wissen, daß die Erde eine Kugel ist, auf deren Oberfläche wir leben. Sie kann also von der Sonne nicht mit einemmale ganz und gar beschienen werden, sondern erst durch die Umdrehung der Erde in vierundzwanzig Stunden vermag das Sonnenlicht alle Theile der Erde zu beleuchten. Aber da die Umdrehung erst nach und nach geschieht, geschieht auch die Beleuchtung der Erde erst nach und nach, und wenn die Sonne am Morgen bereits von Osten her eine Gegend der Erde beleuchtet, liegt noch die Gegend im Westen im Dämmerschein der Nacht. — Ganz in derselben Weise aber ist es mit der Mittagszeit.

Wenn die Sonne in Berlin gerade durch die Mittagslinie, die man den Meridian nennt, geht, so haben alle Gegenden, die nach Osten liegen, bereits Mittag gehabt, während in allen Gegenden, die im Westen liegen, noch Vormittag ist. — Und das eben ist das Eigenthümliche, daß die einzig richtig gehende Uhr, sammt ihrem Zeiger nur jedesmal für den Ort die richtige Zeit angiebt, wo sie betrachtet wird, und weder gelten kann für die Gegenden im Osten noch im Westen. Da nun unsere gewöhnlichen Uhren immer nach der Sonne gestellt werden, so zeigen sie eigentlich, wenn sie ganz richtig gehen, nur die Zeit für Berlin richtig an, keineswegs aber für Breslau oder Königsberg, die östlich, oder Kassel und Köln, die westlich liegen.

Man muß sich daher nicht wundern, wenn man von Berlin mit einer sehr pünktlich gehenden Uhr nach Breslau reist und dort findet, daß sie um mehrere Minuten zurückbleibt gegen die breslauer Uhren und eben so wenig darf man mit seinem Uhrmacher hadern, wenn eine nach berliner Zeit gestellte Uhr in Kassel oder Köln zu schnell zu gehen scheint, sondern man muß es wohl bedenken, daß so wenig wie die Sonne gleichzeitig in all' den Orten in einer und derselben Sekunde im Mittagspunkt stehen kann, ebensowenig eine Uhr für zwei östlich oder westlich liegende Orte zugleich richtig gehen kann oder darf.

Die armen Lokomotiv-Führer, die stets auf Reisen sind und allenthalben genau auf die Minute ankommen sollen, haben auch ihre liebe Noth mit den Uhren, wenn die Bahn gerade nach Osten oder Westen geht. Wenn sie nach Osten fahren, kommen sie immer ein paar Minuten zu spät, wenn sie nach Westen fahren, ein paar Minuten zu früh an und dies hat schon, namentlich in England, zu solchen Konflikten Veranlassung gegeben, daß man dort die Einrichtung getroffen hat, die Uhren der Eisenbahn durchweg gleichmäßig zu reguliren und sich garnicht um die wirkliche Zeit zu bekümmern, die in Wahrheit auf jeder Station anders ist und anders sein muß.

Was bei den Eisenbahnen nur den Lokomotiv-Führern auffällt, wird beim Gebrauch der elektrischen Telegrafen schon bedeutender und auffallender. Der Unterschied der Uhr-Zeit zwischen Berlin und London ist fast eine Stunde. Das heißt, London liegt so weit westlich von Berlin, daß wenn in Berlin Mittag ist, die Londoner noch fast eine Stunde warten müssen, bevor dort die Sonne die Mittagslinie betritt. Dort also ist es ungefähr elf Uhr Vormittags. Da aber eine telegrafische Depesche in fünf Minuten ganz gut von Berlin nach London gelangen kann, so ist es gut möglich und kommt wol auch vor, daß die Depesche, die hier um zwölf Uhr abgeht, in London um ein viertel auf zwölf ankommt, das heißt im gewöhnlichen Leben, sie kommt früher an, als sie abgeschickt wird. — Wir wissen freilich, daß dies in Wahrheit nicht der Fall ist; aber wo es darauf ankommt, irgend ein Ereigniß genau nach der Zeit, wann es passirt ist, zu bestimmen, ist die genaue Kenntniß des Unterschiedes der Uhren von wesentlichster Wichtigkeit.

Um einen Fall derart anzuführen, wollen wir hier eine kleine Geschichte erzählen, die uns freilich einen Augenblick von unserm Thema entfernen wird, die aber doch interessant genug ist, um zu zeigen, wie die genaue Ausgleichung der Zeit in der Welt von praktischer Bedeutung werden kann.

Ein reiches Ehepaar, das ohne Erben lebte, hat sich gegenseitig zu Universal-Erben eingesetzt, das heißt, der Ueberlebende soll den früher Gestorbenen beerben. Der Mann reist nach London, woselbst er Verwandte hatte; die Frau bleibt in Berlin, wo ihre Verwandten leben. Da trifft es sich, daß beide, Mann und Frau an einem und demselben Tage sterben, und zwar stirbt der Mann in London punkt halb zwölf Uhr Morgens; die Frau dagegen stirbt in Berlin genau um 12 Uhr Mittags. — Wer ist nun wirklich früher gestorben?

Die Verwandten und Erben der Frau in Berlin behaupten, der Mann ist um 11½ Uhr gestorben, da lebte die Frau noch. Sie also hat ihn überlebt und sein Vermögen geerbt, und da sie eine halbe Stunde später auch starb, erben wir das Vermögen. Die Verwandten des Mannes in London dagegen behaupten: der Mann hat seine Frau überlebt, denn in dem Moment, wo sie um 12 Uhr in Berlin starb, da war es in London erst 10 Minuten nach 11 Uhr; da also hat der Mann noch gelebt; er also ist der Ueberlebende und Erbe, und deshalb haben wir, des Mannes Erben, das Anrecht auf das ganze Vermögen.

Wie dieser Prozeß von den Gerichten geschlichtet werden muß, mögen unsere Leser selber errathen; für diesmal bitten wir um Entschuldigung, daß wir vom eigentlichen Thema ein wenig abgeschweift sind, und versprechen dafür in dem nächsten Abschnitt unserer Pflicht um so strenger nachzukommen.

LXIII. Die Brauchbarkeit der elektrischen Uhren für Länder- und Witterungs-Kunde.

Um die wissenschaftliche Bedeutung der elektrischen Uhren einzusehen, muß man noch etwas in Betracht ziehen.

Jeder, der einmal eine gute Landkarte angesehen hat, wird wissen, daß auf dieser jeder bedeutende Ort sehr genau bezeichnet ist, wie weit er nach Norden oder Süden, nach Osten oder Westen liegt. Was nun die Lage nach

Norden oder Süden betrifft, so kann man in jedem Orte selber die Beobachtung anstellen, um zu wissen, wo er auf dem Erdenrund sich befindet. Man braucht z. B. nur genau zu wissen, wie hoch der jedem Liebhaber der Sternkunde bekannte Polarstern über dem Horizont eines Ortes steht, um sofort zu wissen, wie nahe oder wie fern der Ort des Beobachters vom Nordpol der Erde ist. — Ganz etwas anderes aber ist es mit Ost und West; denn hier kann man eine direkte Beobachtung nicht machen, sondern man muß eine und dieselbe Beobachtung an zwei Orten zugleich machen, um herauszubekommen, ob der eine vom andern nach Osten oder Westen gelegen ist.

Man weiß z. B. schon im Allgemeinen, daß Königsberg östlich von Berlin, und London westlich von Berlin liegt; aber um genau zu wissen, wie viel Königsberg östlich und London westlich liegt, dazu sind Mittel nöthig, von denen man sich im gewöhnlichen Leben gar keine Vorstellung macht.

Bisher hat man sich hierzu eines Mittels bedient und bedienen müssen, das gewiß Viele, die es zum erstenmal hören, in Erstaunen setzen wird. Dies Mittel bestand in Folgendem.

Auf der Sternwarte in Berlin beobachtete ein Astronom eine im voraus berechnete Verfinsterung eines Jupiter-Mondes und merkte sichs, so genau er konnte, um welche Stunde und Minute und Sekunde diese Erscheinung eintrat. In Königsberg that ein anderer Astronom im selben Augenblick ein gleiches, dann schrieben sie sich beide, wann sie diese gleichzeitige Erscheinung gesehen haben. Es fand sich nun, daß in Königsberg im Moment, wo der Jupiter-Mond verfinstert ward, die Uhr später war als in Berlin. Hieraus erst konnte man entnehmen, daß in Königsberg die Sonne früher aufgeht als in Berlin, daß also Königsberg östlich von Berlin liegen muß. Verglich man nun die Zeit genau, so konnte man auch aus dem Unterschied der Zeit berechnen, um wie viel Berlin weiter nach Westen liegen muß als Königsberg.

Wenn wir versichern, daß man es mit jedem Orte der Erde so oder in ähnlicher Weise machen mußte, um seine Lage nach Ost und West genau zu ermitteln, so wird es Jeder einsehen, daß die Schwierigkeit gerade nicht klein ist, und auch glauben, daß es gar sehr wenige Orte giebt, von denen man mit voller Genauigkeit sagen kann, daß man ihre Lage vollständig sicher anzugeben weiß.

Ganz etwas anderes ist es aber nun durch die elektrischen Uhren. Man braucht nicht mehr eine schwierige Beobachtung am Himmel zu machen, sondern man kann in Berlin im Moment, wo die genau gehende Uhr zwölf schlägt, ein Zeichen nach Königsberg geben. Im selben Augenblick weiß man also in Königsberg: jetzt ist in Berlin Mittag, und verbindet man in Königsberg eine richtiggehende Uhr derart mit dem Telegrafen, daß das Uhrwerk durch das Zeichen aus Berlin sofort angehalten wird, so kann man mit einer bisher nicht geahnten Sicherheit und Leichtigkeit sehen, wie groß der Zeitunterschied zwischen Berlin und Königsberg ist, und somit auch mit größerer Genauigkeit wissen, um wie weit Berlin westlicher liegt als Königsberg.

Mit Einem Wort, für die Messung der Längengrade, die sonst mit unendlichen Schwierigkeiten verbunden war, giebt es jetzt kein leichteres und sichereres Mittel als die elektrischen Uhren, die ohne die mindeste Schwierigkeit die Zeitunterschiede verschiedener Orte und somit die Lage der Orte auf der Erde genau angeben.

Ueberhaupt sind für die beobachtenden Astronomen die elektrischen Uhren von solcher Wichtigkeit, daß wir die

Hoffnung hegen dürfen, es sei die Zeit nicht mehr fern, wo sämmtliche Sternwarten Europas unter einander durch Telegrafen und elektrische Uhren verbunden sein werden, wodurch erst ein bei weitem sichereres Beobachten und gemeinsames Arbeiten möglich werden wird. — Wenn am 9. Dezember des Jahres 1874, wo Nachmittags 2 Uhr der Planet Venus vor der Sonnenscheibe vorübergeht, jene telegrafische Verbindung der Sternwarten existiren wird, so wird dieser Moment mit solcher Sicherheit beobachtet werden können, daß man von dieser Zeit ab die Entfernung der Erde von der Sonne wie überhaupt alle Entfernungen im Sonnensystem so sicher wird angeben, wie man jetzt kaum die Entfernung von Berlin nach Potsdam anzugeben weiß. —

Es würde uns viel zu weit führen, wenn wir den wissenschaftlichen Werth der elektrischen Uhren und der Telegrafenverbindungen, auch noch so flüchtig nur, angeben wollten. Das Eine wollen wir hier nur noch erwähnen, daß man in Nordamerika, das man sonst materiell schilt, höchst sinnige und wichtige Anwendungen von der elektrischen Telegrafie macht, zum Nutzen der Wissenschaft, wie zum Segen der Menschheit, die durch die Wissenschaft veredelt wird. Amerika fängt an auch in dieser Beziehung Europa den Rang abzulaufen.

Aber die Zeit wird unbedingt noch kommen, wo viele jetzt noch ganz ungeahnte Vortheile aus der Anwendung der elektrischen Ströme gewonnen werden, die eben so tief ins bürgerliche, wie ins wissenschaftliche Leben eingreifen. Schon jetzt telegrafirt man von den Küsten Nordamerikas den herankommenden Wind, damit die Schiffer stundenlang zuvor von ihm Kenntniß nehmen und sich danach richten. Wir dürfen hoffen, daß die Zeit nicht gar fern ist, wo man telegrafische Stationen durch ganze Länder hat, durch welche mehreremale des Tages von allen Himmelsgegenden die Nachrichten eingehen, wie es in der Runde um Wind, Luftdruck, Feuchtigkeit oder Trockenheit des Luftkreises, um Gewitter, Schnee, Regen und elektrische Spannung steht, so daß man mit größerer Sicherheit auf den Zustand des Wetters in den kommenden drei Tagen wird schließen können, als man es jetzt auf eine einzige Stunde voraus thun kann.

Druck für Duncker & Weibling in Berlin.
F. Weibling.

Naturwissenschaftliche Volksbücher.

Band XI.

Aus dem Reiche der Naturwissenschaft

von

A. Bernstein.

Band V.

Aus dem Reiche

der

Naturwissenschaft.

Für

Jedermann aus dem Volke

von

A. Bernstein.

Fünfter Band.

Von den geheimen Naturkräften. II.

Berlin.
Verlag von Franz Duncker.
(W. Besser's Verlagshandlung.)
1855.

Inhaltsverzeichniß.

Von den geheimen Naturkräften. II.

Seite

1. Die verschiedenen elektrischen Batterien 1
2. Wie man die Stärke elektrischer Ströme messen kann . 4
3. Thierische Elektrizität 8
4. Unterschied der metallischen und der thierischen Elektrizität 11
5. Du Bois-Reymond's Versuche 14
6. Die verschiedene Wirkung der auf- und abwärts gehenden galvanischen Ströme 17
7. Die Elektrizität in den Muskeln 24
8. Schwächnng und Stärkung des Muskelstromes . . . 27
9. Versuch über die elektrische Muskelströmung 30
10. Mögliche Folgen der Du Bois'schen Entdeckungen . . 33
11. Die galvanischen Ströme in den Nerven 37
12. Die elektrischen Heilmittel 41

„ Von den chemischen geheimen Kräften 45

13. Die Verschiedenheit der geheimen Kräfte 48
14. Die besonderen Eigenthümlichkeiten der chemischen geheimen Kraft 51
15. Die Haupt-Erscheinungen der chemischen Kraft . . . 55
16. Die chemische Verwandtschaft oder Neigung 58
17. Wie sonderbar oft die Resultate chemischer Verbindungen sind 62
18. Die Umstände, unter welchen chemische Anziehungen stattfinden 66
19. Eine Reihenfolge der chemischen Neigungen 72
20. Wie die größte chemische Neigung gerade zwischen sich unähnlichen Stoffen besteht 76
21. Von der Natur der chemischen Verbindungen . . . 79

Seite

22. Die Gewichts-Verhältnisse der chemischen Verbindungen 83
23. Wie die chemischen Stoffe stets nur in bestimmten Gewichtstheilen ihre Verbindungen eingehen . . 86
24. Was chemischer Appetit und was chemische Energie ist 89
25. Die Verbindung eines chemischen Stoffes mit doppelten und mehrfachen Portionen 92
26. Was man in der Chemie von den Atomen erfahren kann 96
27. Verschiedener Zustand der Atome in verschiedenen Dingen 99
28. Die Anzahl der Atome bei chemischen Verbindungen, und das Gewicht jedes Stoffes 103
29. Die mehrfachen Verbindungen der Atome 106
30. Die Atome und die Wärme 110
31. Was man spezifische Wärme der Stoffe nennt und wie die Atome erwärmt werden 113
32. Was man unter Diffusion versteht 116
33. Wie Chemie und Elektrizität mit einander verwandt sind 119
34. Die chemischen Wirkungen galvanischer Ströme . . . 122
35. Von der elektro-chemischen geheimen Kraft 125
36. Die Erklärung der chemischen Erscheinungen durch elektrische Kräfte 128
37. Erklärung der chemischen Verbindungen und Trennungen nach der elektro-chemischen Lehre 131
38. Die Galvano-Plastik 134
39. Von der galvanischen Versilberung 137
40. Von der Bereitung der Versilberungs-Flüssigkeit . . 141
41. Einrichtung des Apparats zum Versilbern 144
42. Etwas von der galvanischen Vergoldung 147
43. Merkwürdige neue Versuche 150
44. Giebt es viele geheime Kräfte? 153
45. Schlußbetrachtung 156

I. Die verschiedenen elektrischen Batterien.

Indem wir von den Wirkungen der elektromagnetischen Kraft nunmehr einen kleinen Umriß gegeben haben, wollen wir uns zu einer andern Wirksamkeit des elektrischen Stromes wenden; wir müssen jedoch zuvor noch mit einigen Worten auf einen Hauptpunkt aufmerksam machen, den wir des leichtern Verständnisses halber bisher absichtlich vermieden haben.

Wir haben bisher immer von den elektrischen Strömen gesprochen, die in einer aus Kupfer und Zink gebildeten Säule, die man die Voltaische Säule nennt, hervorgerufen werden. In der That aber ist solch eine Säule durch die Fortschritte der Wissenschaft ganz außer Gebrauch gekommen.

Die Voltaische Säule hat schon in ihrer Aufstellung viel Unbequemlichkeit und ist in ihrer Wirkung außerordentlich unbeständig. Die feuchten Scheiben, die man zwischen jedes Plattenpaar legen muß, werden von den darüber liegenden Platten gepreßt, so daß sie zu schnell trocken werden und die Elektrizität nicht leiten. Außerdem fließt das Wasser über alle Platten hinab und bildet so eine Nebenleitung der Elektrizität, wodurch viel von der

Kraft verloren geht. Endlich ist die Wirkung im Verhältniß zu den Kosten zu gering und außerdem steht die Summe der elektrischen Kraft, die sie entwickelt, mit den mannigfachsten Zwecken, zu welchen sie verwendet wird, nicht immer im richtigen Maße.

Man hat deshalb schon seit längerer Zeit andere Apparate in Gebrauch, die bequemer, billiger und je für den bestimmten Zweck wirksamer sind; so daß in der That zu den meisten von uns angeführten Versuchen die Voltaische Säule unpraktisch geworden ist.

Die Apparate, die man jetzt in Gebrauch hat, sind je nach dem Zwecke verschieden, sie beruhen aber alle auf dem Prinzip, daß man zwei Stoffe oder Metalle, die bei ihrer Berührung Elektrizität entwickeln, in leitende Verbindung setzt und außerdem zwei Drähte an dieselben befestigt, die, wenn man deren Enden an einander bringt, die Kette schließen und den elektrischen Strom zirkuliren lassen.

Um sich eine einfache Kette dieser Art selbst zusammenzustellen, braucht man nur ein Stück Kupferblech und ein Stück Zinkblech so in ein gewöhnliches Trinkglas zu stellen, daß sich die Metalle nicht berühren. Oben löthet man an jedes Metall ein Stück Draht an, und gießt das Glas voll Wasser, worin ein wenig Schwefelsäure gemischt ist. Schon solch ein einfacher Apparat ist eine Quelle eines elektrischen Stromes. Der Draht am Zinkstück ist der positive Pol, der am Kupferstück ist der negative Pol, und bringt man diese Pole in Berührung, so läßt sich durch Instrumente, von denen wir sogleich sprechen werden, die elektrische Strömung sehr stark erkennen.

Diesen einfachen Apparat kann man außerordentlich verstärken, wenn man mehrere Gläser mit gleichen Metall-Stücken neben einander stellt und immer das Stück Zink des einen Glases und das Stück Kupfer des andern Glases durch einen angelötheten Metalldraht verbindet; dadurch entsteht eine ganze Batterie, die, wenn sie recht zahlreich ist, von ganz außerordentlicher Wirksamkeit sich zeigt.

Eine eigene Art von Apparat erhält man, wenn man eine sehr dünn gewalzte lange Zinkplatte auf den Tisch legt, darauf eine Platte Tuch, auf diese wiederum eine sehr dünn gewalzte Platte Kupfer bringt und diese ganze Lage so wie sie ist auf ein Stück Stock von Holz aufrollt. Bringt man dann diesen mit Zink, Kupfer und Tuch umwickelten Stock in ein Gefäß mit angesäuertem Wasser und führt zwei Drähte aus den aufgerollten Metallen heraus, so bilden diese eigentlich die Pole eines einzigen sehr großen Plattenpaares, das aber wegen seiner Größe so wirksam ist, daß man mit solchem Apparat am besten die Glüh-Erscheinungen von Metalldrähten zeigen kann. —

Diese sehr einfachen Apparate sind jedoch dadurch sehr unbrauchbar, daß das angesäuerte Wasser sofort chemisch auf das Zink einwirkt und dieses auflöst. Die Ketten dieser Art wirken daher anfangs sehr stark, verlieren aber sofort mehr und mehr von ihrer Kraft, so daß ihr Gebrauch kostspielig und unsicher ist.

Man hat deshalb darauf gesonnen, beständigere, das heißt, weniger den Veränderungen ausgesetzte Ketten herzustellen und dies ist am besten gelungen in der Bunsenschen Batterie, die nicht aus Zink und Kupfer, sondern aus Zink und Kohle zusammengesetzt ist.

Man muß es nämlich wissen, daß nicht etwa Zink nur in Berührung mit Kupfer elektrische Trennung bewirkt, sondern daß Zink in Berührung mit Kohle noch weit stärker in der Wirkung ist. Um recht haltbare Kohle der Art zu erhalten, wird diese eigends hierzu aus ausgebranntem Koaks und fetter Steinkohle zusammengerieben, geformt und gebrannt, wodurch sie bei gehöriger Behandlung sehr hart wird. — Man macht nun einen Kohlen-Zylinder, den man in ein Glas stellt. In diesen Zylinder setzt man einen Becher aus gebranntem Thon, und in diesen Becher einen Zink-Kolben. In das Glas gießt man wasserfreie Salpetersäure, während man in den Thonbecher Wasser, mit etwas Schwefelsäure versetzt, thut. Ein Paar Drähte, die von der Kohle und vom Zink hergeleitet werden, sind nun die Pole dieser Kette, durch deren Schließung sichere und keiner bedeutenden Veränderung unterworfene Strömungen von Elektrizität hervorgerufen werden.

In geringen Abänderungen ist die Bunsensche Kette sehr geeignet, zu einer ganzen Batterie mehrerer solcher Ketten verbunden zu werden und ihre Wirkung ist so vortrefflich, daß man meist jetzt mit solchen arbeitet.

Indem wir nunmehr im nächsten Artikel ein neues Feld der Wirksamkeit elektrischer Ströme betrachten wollen, müssen wir zuvor unsere Leser noch mit einem einzigen wichtigen Instrument bekannt machen und bitten um ihre Aufmerksamkeit hierfür mit der Versicherung, daß gerade dieser Zweig der elektrischen Wirksamkeit vielleicht das Bedeutsamste ist, das die neuesten Forschungen hervorgebracht haben.

II. Wie man die Stärke elektrischer Ströme messen kann.

Das Thema, zu dem wir uns jetzt wenden wollen, ist die thierische Elektrizität und das Instrument, das wir vorher noch unsern Lesern vorführen müssen, ist der Elektrizitäts=Messer, das heißt: ein Instrument, mit welchem man die Stärke der Elektrizität messen kann.

Im Großen kann man die Elektrizität durch Schätzung messen. Eine Elektrisirmaschine wird geschätzt nach der Länge ihrer Funken. Man braucht nur Elektrisirmaschinen in Bewegung zu setzen, die Sammelkugeln zu laden, und mit dem Knöchel des Fingers denselben nahe zu kommen, um zu sehen, daß die eine erst einen Funken giebt, wenn man den Knöchel bis auf einen Zoll der Kugel nähert, während eine andere schon in der Entfernung von zwei, drei, vier oder noch mehr Zoll einen Funken überspringen läßt. Ja, es giebt Elektrisirmaschinen, wie z. B. die von Winter in der polytechnischen Schule zu Wien und die von Van Marum in Harlem, aus welchen man vermittelst geeigneter Funkenzieher vier Fuß lange Funken ziehen kann.

Die galvanische oder strömende Elektrizität schätzt man ebenfalls im Großen nach ihren Wirkungen. Bei der einen Kette findet man, daß sie nur einen dünnen und kurzen Draht zu glühen im Stande ist, während bei der anderen schon ein dickerer und längerer ins Glühen geräth.

Allein bei den Versuchen, die wir jetzt vorführen wollen, spielt ein oft sehr feiner Strom, der sich nicht so leicht abschätzen läßt, seine große Rolle, und deshalb ist ein feineres Instrument zur Messung nöthig; ein Instrument, das auch zugleich anzeigt, ob man es mit einem Strom negativer oder positiver Elektrizität zu thun hat.

Wir haben bereits erwähnt, daß wenn man eine Magnetnadel, welche auf einem feinen Stift hin und her balanciren kann, sich selbst überläßt, sich die eine Spitze des Magneten nach Norden, die andere nach Süden stellt. Bringt man eine solche Magnetnadel in eine Schachtel mit Glasdeckel, so hat man einen gewöhnlichen

Kompaß. Wie man auch solchen Kompaß drehen mag, der Magnet wird seine Lage nicht ändern und immer nach Nord und Süd zeigen. Ganz anders aber ist es, wenn man solchen Kompaß in die Nähe eines Drahtes bringt, durch welchen ein elektrischer Strom hindurchgeht. Gesetzt man legt den Draht auch von Nord nach Süd, so daß er in ganz gleicher Lage mit dem Magneten sein müßte, so stellen sich beim Annähern des Kompasses an den Draht folgende Erscheinungen heraus.

Hält man den Kompaß über den Draht, so lenkt die Nadel von ihrer Richtung ab und ihr Nordpol stellt sich nach Osten hin; hält man den Kompaß unter den Draht, so lenkt die Nadel gleichfalls von ihrer Richtung ab, aber der Nordpol stellt sich nach Westen hin.

Ueber den Grund dieser Erscheinung ist man nicht vollkommen sicher, wie denn überhaupt die Elektrizität und der Magnetismus noch zu den für uns geheimnißvollen Kräften der Natur gehören. Wir wollen uns deshalb enthalten, Theorien, wenn sie auch höchst interessant und reizend für den denkenden Menschen sind, hier vorzuführen und uns mit der Thatsache begnügen, daß es so ist, denn aus der Thatsache selbst sind vorerst glänzende Resultate genug an das Tageslicht getreten.

Die Ablenkung der Magnetnadel ist also an sich schon eine gute Prüfung, ob überhaupt ein Strom in einem Drahte vorhanden ist, und Viele, die solche Ströme gewerblich benutzen, z. B. alle diejenigen, die sich mit galvanischer Vergoldung und Versilberung beschäftigen, bedienen sich eines solchen Kompasses, um zu sehen, ob ihr Apparat in Thätigkeit ist, was sie mit bloßem Auge nicht unterscheiden könnten, da sie zu ihrem Gewerbe nur sehr schwache Ströme brauchen.

Zu wissenschaftlichen weiter gehenden Versuchen ist

jedoch eine bedeutende Verfeinerung des Instruments nöthig. Zu diesem Zwecke bringt man einen solchen Kompaß, der außerordentlich fein gearbeitet sein muß, in der Mitte eines aufrecht stehenden breiten Ringes von Messing an. Man stellt nun den Ring, der an einem Gestell angebracht ist, so, daß er mit beiden Krümmungen nach Nord und Süd zeigt oder richtiger, daß seine Ebene mit der des Magneten in gleicher Richtung ist. Läßt man nun durch den Ring, der unten am Gestell in zwei gesonderte Streifen ausläuft, einen elektrischen Strom hindurch, das heißt, bringt man die beiden Enden des Ringes mit den zwei Polen einer galvanischen Kette in Berührung, so entsteht in der Magnetnadel eine Art geheimnißvollen Kampfes. Der Magnetismus der Erde bewirkt, daß die Nadel nach Nord und Süd gerichtet bleibt; der elektrische Strom in dem Ringe aber wirkt dahin, daß die Nadel sich nach Ost und West hinrichtet. Die Nadel also weicht, je nachdem der elektrische Strom stark oder schwach ist, mehr oder weniger von ihrer Lage ab und stellt sich schief zwischen Nordost und Südwest. Je nachdem also die Ablenkung bedeutend ist oder nicht, je nachdem kann man schließen, daß der elektrische Strom stärker oder schwächer ist.

Bei weitem freier und empfindlicher noch wird das Instrument, wenn man die Kompaß-Schachtel selber mit sehr vielen Windungen von umsponnenen Drähten umgiebt und den Strom durch diese Draht-Windungen leitet. Der Strom, der durch so viele Windungen geht, wirkt auf die Nadel noch stärker und es verräth sich selbst eine ganz schwache elektrische Strömung durch die Ablenkung der Magnetnadel. Nun aber ist es eine Eigenthümlichkeit, die wir hier nur flüchtig erwähnen dürfen, daß, je nachdem die Windungen rechts oder links laufen, es sich sogleich aus der Ablenkung der Nadel ergiebt, ob der Strom von negativer oder positiver Elektrizität ist, indem in dem einen Falle die Nadel nach rechts, in dem andern nach links von der Nord- und Süd-Linie abweicht.

Dieses empfindliche Instrument ist durch große Sorgfalt von dem vorzüglichsten Forscher der thierischen Elektrizität, dem hiesigen Gelehrten Du Bois-Reymond, noch verfeinert worden und durch dieses hat er die herrlichen und vielversprechenden Entdeckungen gemacht, von denen wir nun sprechen wollen.

III. Thierische Elektrizität.

Wenn man sich von dem, was man thierische Elektrizität nennt, in leichter Weise unterrichten will, so thut man gut, auf die Geschichte der Entdeckung einen Blick zu werfen.

Es ist nämlich merkwürdig, daß die erste Entdeckung auf diesem Gebiete, die bereits im Jahre 1786 gemacht wurde, eine dunkle Vorstellung in der Wissenschaft verbreitete, die zu Anfang ungeheueres Aufsehen erregte, daß sie aber dann als eine ganz falsche angesehen wurde und eine große Reihe von Jahren fast ganz unbeachtet blieb, und daß man erst in neuerer Zeit wieder der ersten Entdeckung Gerechtigkeit widerfahren ließ und sie zur Grundlage einer großen Reihe von vorzüglichen Forschungen wichtigster Art machte.

Die Sache verhält sich folgendermaßen.

Im Jahre 1786 kannte man nur die Reibungs-Elektrizität, die wir bereits unsern Lesern vorgeführt haben. Da machte der Professor Ludwig Galvani in Bologna die Entdeckung, daß ein paar Frosch-Schenkel, die er so abgeschnitten hatte, daß sie nur noch an zwei Nervenfäden mit dem Wirbelknochen zusammenhingen, zu zucken anfingen, so oft er die Schenkel mit einem Kupferdraht berührte, während die Nerven mit Eisen in Berührung kamen, woran der Kupferdraht befestigt war.

Um diesen Hauptversuch deutlicher kennen zu lernen, müssen wir uns denken, daß man einen Streifen Eisen oder Zink mit einem Streifen Kupfer an irgend einer Stelle zusammenlöthet; berührt man nun gleichzeitig mit dem einen Metallende den Nerv, mit dem andern Metallende den Schenkel, so zuckt der Schenkel, als ob noch Leben in ihm wäre.

Und wirklich dachte sich Galvani und behauptete es auch, daß dieses Zucken eine Art Lebenszeichen wäre. Er stellte nämlich die Lehre auf, daß in den Nerven eine Art Lebenskraft oder Flüssigkeit vorhanden sei, die während des Lebens die Bewegungen der Muskeln hervorrufe, zu welchen die Nerven hingehen. Diese Lebensflüssigkeit sei auch kurze Zeit nach dem Tode nicht erloschen und werde wieder erweckt, wenn man sie reize, und die Reizung eben werde durch die Berührung des Metalls hervorgerufen, welches wie ein Leiter hierbei wirke.

Wie es in allen Zeiten mit wichtigen Entdeckungen geht, daß man nämlich ihre Wichtigkeit und Wahrheit meist übersieht und ihre Uebertreibung als die Hauptsache aufnimmt, welche sofort die überspanntesten Köpfe zu den schwindelndsten Hoffnungen hinreißt, so ging es auch hier. Der Gedanke, daß man das große Geheimniß des Lebens in einem Lebenssafte, einer Lebensflüssigkeit vor sich habe, und daß diese Lebensflüssigkeit geweckt, selbst in Leichen erweckt werden könne, dieser Gedanke erregte das höchste Aufsehen und je weiter dieses Aufsehen um sich griff, um so eifriger war die Uebertreibung bemüht, die Phantasie der neugierigen Menschheit mit neuen Uebertreibungen anzuspannen.

Als es wirklich gar gelang, den Körper eines enthaupteten Verbrechers durch galvanische Reizung — so nannte man nämlich diese nach dem Namen des Entdeckers — zu lebensähnlichen Bewegungen und Zuckungen zu bringen, da war dem Spiel der Phantasie Thür und Thor geöffnet und es ging wie ein Zauberschlag durch die damalige gebildete Welt der Wahn, daß man durch Galvanismus selbst den Tod müsse besiegen können.

Galvani selber hatte freilich nur die Behauptung aufgestellt, daß Nerv und Schenkel des Frosches von einem Lebensstrom gewissermaßen elektrisch geladen seien, wie eine Leidener Flasche, die wir unsern Lesern vorgeführt haben. Er meinte, daß die Berührung der Metalle nur eine Entladung hervorbringe, also eigentlich nur als Leiter wirke. Die Wundersüchtigen der damaligen Zeit dagegen verdunkelten durch ihre Ueberspanntheit diese einfache Anschauung des Professors und wollten alle Räthsel des Lebens durch dieses eine Räthsel, das sie Galvanismus nannten, enthüllt sehen. Und wirklich sie sahen, was sie zu sehen Lust hatten. —

Da trat ein nüchterner Beobachter und Forscher auf, der der Sache eine ganz neue fruchtreichere Wendung gab, und der Gründer einer ganz neuen Reihe der großartigsten Entdeckungen wurde, und dieser bewies, daß das, was Galvani als eine geheime Kraft bezeichnete, die in den Nerven und Muskeln stecke, dort garnicht vorhanden sei, sondern eben in den Metallen erzeugt werde, die sich berühren. Dieser Forscher war Volta, dessen Namen und großartigen Verdienste wir schon oft unsern Lesern vorgeführt haben und der den Lehrsatz aufstellte, daß die Metalle, die Galvani bei seinem Versuch anwandte, nicht blos

Leiter einer Kraft sind, die im Frosche stecke, sondern daß diese Metalle an ihrer Berührungsstelle die Erzeuger der Elektrizität seien. Volta hatte also durch Galvani's Versuche angeregt, etwas ganz Neues entdeckt, nämlich die Berührungs-Elektrizität, deren Wichtigkeit freilich unendlich groß war, und deren Folgen noch jetzt kaum übersehbar sind.

Wunderbar genug folgte nach der Aufreizung, die Galvani's Entdeckung verursachte, eine Zeit, in welcher man, wie man zu sagen pflegt, das Kind mit dem Bade ausschüttete. Was Volta sah und zeigte, war neu und großartig, aber was Galvani gesehen hatte, war darum doch nicht falsch, obwohl man es als Charlatanerie verschrie.

Lange Zeit zog Volta's Entdeckung das Auge der Forscher ganz auf sich; erst der neuesten Zeit war es vorbehalten, zu beweisen, daß Galvani doch nicht völlig fehlgegriffen hatte, und daß eine thierische Elektrizität wirklich existirt, nicht in den Metallen, sondern in Nerven und Muskeln.

Und von dieser wollen wir jetzt sprechen.

IV. Unterschied der metallischen und der thierischen Elektrizität.

Wie bereits erwähnt, hatte Volta's Entdeckung derart die Aufmerksamkeit der Naturforscher in Anspruch genommen, daß man Galvani's Entdeckung außer Acht ließ.

Jetzt, wo Du Bois-Reymond's vorzüglichen Versuche wieder die eigentliche Forschung Galvani's aufgenommen und zu einem außerordentlich wichtigen Zweig der Wissenschaft gemacht haben, jetzt ist es besonders wichtig, sich den

Unterschied zwischen dem was Volta, und dem was Galvani gelehrt, genau zu merken.

Galvani war durch weitere Versuche zu dem Resultat gekommen zu behaupten, daß wirklich ein elektrischer Strom zwischen Nerven und Muskeln hervorgerufen werden könne. Er zeigte dies durch den Versuch, daß wenn man die Nerven eines Frosch-Schenkels mit dem Muskel dieses Schenkels in Berührung bringe, dieser Muskel in Zuckung gerathe. Die Metalle, die er anfangs anwendete, hielt er später für überflüssig, wie sie in Wahrheit auch überflüssig sind. Allein Volta, der diese Anwendung der zwei Metalle für die Hauptsache ansah und durch diese auf die große Entdeckung der Berührungs-Elektrizität geführt wurde, übersah ganz die weitere Entdeckung Galvani's und schrieb jede Zuckung des Muskels dem elektrischen Strome zu, der durch die Berührung der zwei Metalle erzeugt wird.

Wenn wir nun jetzt von der thierischen Elektrizität sprechen wollen und die Zuckungen, die die Elektrizität in Muskeln hervorruft, erwähnen, so muß man sehr streng und genau unterscheiden, ob hier von einer Entdeckung Volta's oder einer Galvani's die Rede ist; und dieser Umstand liegt in Folgendem.

Wir haben es bereits früher erwähnt, daß wenn man die beiden Pole einer Voltaischen Säule gleichzeitig berührt, man eine Erschütterung erhält, die ein Zucken verursacht. Während der Berührung der beiden Pole fühlt man nichts weiter; der Strom zirkulirt nun durch den menschlichen Körper, ohne sich bemerkbar zu machen. Erst wenn man den einen Pol wieder losläßt, also die elektrische Kette wieder öffnet, erhält man einen zweiten Stoß.

Diese Erscheinung ist die Entdeckung Volta's. Dieser Versuch hat mit dem etwaigen elektrischen Zustand unserer

Nerven und Muskeln nichts zu thun. Es ist nur eine Wirkung auf unsere Nerven und Muskeln, die wir hier wahrnehmen; nicht aber eine elektrische Aeußerung der Nerven und Muskeln selber. Der Grund dieser Erscheinung liegt in den Metallen und ihrer Berührung, weshalb wir auch diesen Versuch und diese Zuckungen als Wirkungen des metallischen Galvanismus bezeichnen wollen.

Wir werden aber sehen, daß Galvani ganz Recht hatte, wenn er behauptete, es seien keine Metalle nöthig, um den Frosch-Schenkel zum Zucken zu bringen; es existire ein elektrischer Zustand in Nerv und Muskel, der gleichfalls sich unter gewissen Bedingungen äußere. Da dies nunmehr ganz außer Zweifel gesetzt ist, so hat man jetzt ein ganz neues Feld von Naturforschung vor sich, wo es sich nicht um metallisch erzeugten Galvanismus und eine Wirkung auf Nerv und Muskel, sondern um wirkliche Elektrizität handelt, die in Nerv und Muskel hervorgerufen werden kann, also um wirklichen thierischen Galvanismus.

Wir heben diesen Unterschied zwischen metallischem Galvanismus und seiner physiologischen Wirkung sowie dem wirklichen thierischen Galvanismus und seiner wahrscheinlichen lebensthätigen Aeußerung deshalb so stark hervor, weil eine Vermischung dieser zwei verschiedenen Dinge eine heillose Verwirrung in den Köpfen der Uneingeweihten erzeugt und das Verständniß oft außerordentlich erschwert hat.

Wie bereits erwähnt, hat die eigentliche Durchforschung der thierischen Elektrizität lange Zeit ganz und gar geruht. Zwar hatte Alexander von Humboldt, dessen herrliches Verdienst es ist, die Naturforschung mit großer Vorurtheilslosigkeit getrieben zu haben, Galvani's Behauptung bestätigt gefunden und wäre man auf diesem Wege weiter gegangen, so würde unsere Wissenschaft sicherlich bereits einen Schritt weiter vorgeschritten sein; allein die erstaunlichen Erfolge der Voltaischen Entdeckungen machten die thierische Elektrizität ganz vergessen, bis erst der Zufall eigentlich zu dem früher richtig betretenen Weg zurückführte.

Der italienische Gelehrte Nobili wurde nämlich bei einem Versuche, den er mit dem von uns bereits erwähnten Elektrizitätsmesser machte, von der Erscheinung überrascht, daß wirklich ein Frosch-Schenkel ganz ohne metallische Elektrizität ins Zucken geräth, wenn man zwischen Nerv und Muskel eine Leitung herstellt. Nach ihm nahm ein anderer italienischer Gelehrter, Matteucci, diese Forschung und Untersuchung auf und machte glänzende Entdeckungen auf diesem Gebiete. Allein Matteucci verwirrte das wichtige Thema durch leichtfertig aufgestellte Gesetze und Behauptungen, so daß dieser Zweig des Wissens, der vielleicht der interessanteste und lehrreichste unseres Jahrhunderts genannt werden darf, nicht aufgekommen wäre, wenn nicht unser Mitbürger, der hiesige Naturforscher Du Bois-Reymond mit eben so viel Geist wie strenger Beobachtungsgabe die ganze Arbeit noch einmal vorgenommen und mit eben so viel Verdienst wie Beharrlichkeit in seinen glücklichen neuen Entdeckungen den Grundstein zu dieser neuen Wissenschaft gelegt hätte.

V. Du Bois-Reymond's Versuche.

Die Versuche über thierische Elektrizität werden, wie bereits erwähnt, meist an Frosch-Schenkeln gemacht; aber nicht etwa darum, weil die Natur den Schenkel des Frosches besonders mit einer Eigenschaft begünstigt hat, die andere Thiere oder die Menschen nicht besitzen, sondern deshalb, weil der Frosch sich durch zwei Eigenschaften besonders zur Anstellung solcher Versuche eignet. Es ist ein kaltblütiges Thier, das überhaupt nicht so schnell stirbt als ein warmblütiges. Der enthauptete Frosch macht noch stundenlang lebensähnliche Bewegungen. Das ausgeschnittene Herz des Frosches wechselt nach Stunden noch in Zusammenziehung und Ausdehnung regelmäßig so ab wie während des Lebens. Der Frosch hat also ein zähes Leben, wie es jede Hausfrau schon wohl bei anderen Thieren bemerkt hat, die kaltes Blut haben, z. B. beim Krebs und beim Aal; und darum lassen sich mit dem Körper des Frosches gut Versuche anstellen. Zweitens ist es eine Thatsache, daß jemehr Kraft die Natur in ein Organ gelegt hat, desto besser sich an ihm die elektrischen Erscheinungen zeigen. Nun ist der Frosch mit Schenkeln begabt, die zum Springen eingerichtet sind, und der Sprung des Frosches ist garnicht klein für die Leibesgröße dieses Thieres. Er springt wohl eine Strecke, die zwanzigmal länger ist als er selber. Im Schenkel also liegt eine bedeutende Kraft zur Bewegung und deshalb ist er auch so vorzüglich zum Studium der Elektrizität.

In Wahrheit also besitzt er nur einen Vorzug für die Untersuchung; während das, was man von dem Muskel eines Frosches berichtet, auch für jeden Muskel jedes andern Thieres, ja jedes Menschen gilt, freilich nur in weit geringerem Maße.

Du Bois-Reymond hat seine Versuche angestellt mit den Muskeln vieler Thiere und auch mit den frischen Muskeln eines Menschen, dem man das Bein abgenommen hatte; die Resultate blieben dieselben, wenn auch die Wirkungen nicht so kräftig waren, wie beim Frosche.

Da aber aus diesen Resultaten hervorgeht, daß die

Thätigkeit der Nerven im lebenden Körper die größte Aehnlichkeit hat mit den Leitern der Elektrizität; da die Nerven alle aus dem Gehirn und seiner Verlängerung, dem Rückenmark, entspringen oder mit demselben in genauer Verbindung stehen; da das Gehirn selber aus zwei sehr scharf getrennten Massen, einer weißen und einer grauen Substanz besteht, die sich höchst wahrscheinlich zu einander verhalten wie zwei Metalle, die in ihrer Berührung oder Einwirkung auf einander Elektrizität hervorrufen; da endlich alle Lebensfähigkeit ihren Sitz im Gehirn der Geschöpfe hat, so führt dieser Zweig der Wissenschaft dahin, daß man nunmehr einen tiefern Blick als bisher in das innere Wesen der Lebensthätigkeit zu werfen vermag, und daß dies ein neu erschlossener Weg zur nähern Erforschung des größten aller Geheimnisse der Natur, zur Erforschung des Lebens selber ist.

Und deshalb mögen unsere Leser die etwas längere Vorbereitung, die wir zu diesem Thema gemacht, entschuldigen und uns verzeihen, wenn wir um besondere Aufmerksamkeit für denselben bitten.

Gehen wir nun auf den Weg der vortrefflichen Forschungen, die Du Bois-Reymond gemacht, so müssen wir es ihm vor allem Dank wissen, daß er klare und übersichtliche Gesetze über die Wirkungen des metallischen Galvanismus auf die Muskeln und Nerven festgestellt hat.

Man wußte es schon lange, daß wenn man die beiden Pole einer galvanischen Säule gleichzeitig berührt und also die galvanische Kette durch den menschlichen Körper geschlossen wird, man im Moment des Schließens einen Schlag fühlt. Läßt man sich dadurch nicht stören und hält die Kette geschlossen, so zirkulirt der elektrische Strom durch den Körper, ohne jedoch fühlbar zu sein. Erst wenn man die Kette unterbricht, also den einen Pol losläßt, oder den Draht vom Apparat trennt, dann erhält man einen zweiten Schlag.

Man nennt den ersten Schlag den Schließungs-Schlag, den zweiten den Oeffnungs-Schlag.

Du Bois-Reymond hat diese Erscheinung schärfer gefaßt und ein genaueres Gesetz hierüber festgestellt. Nicht das Oeffnen und Schließen der Kette, wie man bisher meinte, macht diese empfindliche Wirkung, sondern jede Schwankung des Stromes, jedes stärker und schwächer Werden desselben bringt diese Empfindung hervor. Nur der gleichbleibende Strom ist ohne empfindliche Wirkung; bleibt er sich aber nicht gleich, so giebt jede Veränderung, sie mag nun in Verstärkung oder Verminderung bestehen, sich in einer entsprechenden Empfindlichkeit kund.

Hieran schließt sich das zweite von Du Bois-Reymond festgestellte Gesetz, daß je schneller dieser Wechsel, desto stärker die Empfindung, wenn auch die Menge der Elektrizität ganz gering ist. Der heftige Schlag, den man bei der Entladung einer Leidener Flasche erhält, welche sehr wenig Elektrizität besitzt, ist dadurch erklärt. Er rührt von der Schnelligkeit ihrer Entladung her.

VI. Die verschiedene Wirkung der auf- und abwärts gehenden galvanischen Ströme.

Auch die Zuckungen, welche sowol beim Schließen, wie beim Oeffnen der galvanischen Kette erfolgen, führten Du Bois-Reymond's Untersuchungen auf ein bestimmtes Naturgesetz hin.

Diese Zuckungen zeigen sich am deutlichsten an Froschschenkeln, die beide nur noch mit den Nerven am Rücken verbunden sind. Man hängt diese Schenkel so auf, daß jedes Bein des Frosches in ein besonderes Glas Salzwasser eintaucht; bringt man nun die zwei Pole einer galvanischen Kette in die zwei Gläser, so zucken die Schenkel sowol bei dem Herausnehmen wie bei dem Einlegen eines der Pole, das heißt beim Oeffnen und Schließen der Kette. —

Nun aber fand es sich, daß es ein Unterschied sei mit diesen Zuckungen, daß zuweilen die Schließungs-, zuweilen die Oeffnungszuckung stärker ist. Du Bois hat auch diese Erscheinung gründlich untersucht und folgendes Gesetz gefunden.

Die Nerven kommen, wie wir wissen, alle aus dem Gehirn und der Verlängerung desselben, dem Rückenmark, und laufen wie Schnüre durch den Körper bis sie in irgend einen Muskel eintreten, in welchem sie sich nach allen Theilen desselben in den feinsten Fäden verbreiten. Versuche haben gezeigt, daß ihr Ursprung das Gehirn ist und daß der Theil, der im Muskel sich verbreitet, ihren Verlauf vorstellt; und dies ist dadurch erwiesen worden, daß wenn man den Nerv an irgend einer Stelle durchschnitten hat, der Theil, der mit dem Gehirn in Verbindung bleibt, noch thätig ist, während der Theil, der mit dem Muskel verwachsen ist, sofort unwirksam wird. Hiernach kann man sagen, die Nerven steigen vom Gehirn abwärts nach den Muskeln, und deshalb wollen wir diese Richtung nach abwärts als die Richtung vom Ursprung zur Verzweigung bezeichnen.

Von diesem bekannten Gesichtspunkt ausgehend fand Du Bois, daß es einen Unterschied in den Zuckungen ausmacht, je nach der Art und Weise, in welcher man den elektrischen Strom durch die Frosch-Schenkel gehen läßt.

Läßt man den Strom derart durch den Frosch-Schenkel

gehen, daß er in der Richtung nach abwärts, also vom Ursprung im Gehirn zur Verzweigung im Muskel strömt, so ist die stärkere Zuckung beim Schließen der Kette vorhanden; läßt man den Strom aufsteigend strömen, so tritt die Oeffnungszuckung stärker hervor.

Bei dem erwähnten Versuch mit den Frosch-Schenkeln wird der elektrische Strom in einem galvanischen Apparat erzeugt. Der Strom geht hierauf durch den einen Pol ins Salzwasser, sodann durch dieses bis zu dem Fuß des Frosches. Sodann steigt dieser Strom aufwärts im Fuße bis zu dem Nerv, der ins Rückmark führt. Von hier geht der Strom auf den Nerv des anderen Fußes über und wandert durch diesen Fuß abwärts bis ins Salzwasser, um dort zu dem zweiten Draht und durch diesen wieder zu dem galvanischen Apparat zu gelangen. Hier also sieht man den Strom durch einen Fuß des Frosches aufwärts und durch den andern abwärts steigen. Man hat hier also einen Strom nach beiden Richtungen, in dem einen Bein in der Richtung von den Muskeln zum Gehirn und in dem andern Bein in der Richtung vom Gehirn zum Muskel, und deshalb zeigt sich bald in dem einen, bald in dem andern Bein die stärkere Zuckung, je nachdem man die Schließungs- oder die Oeffnungszuckung beobachtet.

Ja, wie Du Bois zeigt, braucht man nur einige Zeit zu warten, bis die Frosch-Schenkel etwas von ihrer Energie verlieren und es tritt dann ein Moment ein, wo der eine Schenkel nur noch beim Schließen, der andere nur noch beim Oeffnen der Kette zuckt, wodurch das von ihm aufgestellte Gesetz sich leicht beweisen läßt.

Im allgemeinen kann man sogar durch dieses Gesetz den Lauf der elektrischen Ströme prüfen. Wenn man einen Strom durch einen Frosch-Schenkel gehen läßt und er zuckt nur beim Schließen der Kette, so kann man sicher sein, daß der Lauf des elektrischen Stromes in der Richtung nach abwärts geht, das heißt, daß der Strom in der Richtung vom Gehirn nach dem Fuße fließt. Zuckt aber der Schenkel nur beim Oeffnen der Kette, so kann man sicher sein, daß man es mit einem elektrischen Strom zu thun hat, der in der Richtung nach aufwärts läuft, das heißt in der Richtung von den Beinen des Frosches nach dem Kopfe hin.

Man kann daher durch einen Frosch-Schenkel die Richtung des Stromes einer galvanischen Batterie prüfen, eine Prüfung, wozu man sich bis jetzt eines andern Instrumentes bedienen mußte.

Nachdem von Du Bois in dieser Weise die Wirkung eines durch metallischen Galvanismus erzeugten Stromes auf Nerven und Muskeln in bestimmten Gesetzen festgestellt worden, ist es jetzt Sache der Wissenschaft, hieraus weitere Schlüsse zu ziehen, um diese bei vorkommenden Fällen beachten zu können.

Es kommen gegenwärtig die elektro-magnetischen Kuren vielfach in Aufnahme; hierbei wendet man hauptsächlich ein schnelles Schließen und Oeffnen der Ketten an, um durch irgend ein erkranktes Glied des Körpers Ströme hindurch gehen zu lassen. Vorausgesetzt, daß eine heilsame Wirkung hieraus erfolgen soll — was freilich nur in beschränktem Maße der Fall zu sein scheint — so ist es leicht einzusehen, daß man nur auf unklare Resultate wird kommen können, wenn man nicht die von Du Bois entdeckten Gesetze berücksichtigt und wohl unterscheidet zwischen aufwärts und abwärts gehenden Strömungen und den Wirkungen des Schließens und denen des Oeffnens der Kette. — So lange dies nicht geschieht, werden alle sogenannten magnetischen Heil-Kabinete nur im Dunkeln herumtappen mit ihren Versuchen, die man schon als Kuren ausgiebt.

Die erwähnten Gesetze, deren Feststellung die Wissenschaft den Forschungen Du Bois-Reymond's zu verdanken hat, sind indessen nur Vorbereitungen seiner eigentlichen Untersuchungen gewesen, die er über die wirkliche thierische Elektrizität angestellt hat. —

Diese wichtigen Untersuchungen sind von ihm nicht minder glücklich bis zu der Stufe gebracht worden, wo sie eine strengwissenschaftliche Grundlage erhalten haben, da es ihm auch hier gelungen ist, Naturgesetze der thierischen Elektrizität festzustellen. Zu diesen Untersuchungen mußte sich Du Bois erst die Instrumente selber herstellen, da die bisherigen nicht ausreichten, um sichere Resultate zu liefern.

Bis zu seiner Zeit machte man Versuche dieser Art hauptsächlich mit Fröschen, denen man die Haut abzog, wodurch ihre elektrische Empfindlichkeit freilich gesteigert wurde. Die Natur und Stärke der elektrischen Strömungen untersuchte man durch die Elektrizitätsmesser, welche wir bereits beschrieben haben und die aus empfindlichen Magnetnadeln bestehen, in deren Nähe man viele Windungen von umsponnenen Drähten anbrachte, um die Magnetnadel zur Abweichung zu bringen, sobald ein elektrischer Strom durch die nahen Drähte zieht. Man nennt solch ein Meß-Instrument der Elektrizität: den Multiplikator, und der Kürze wegen wollen wir diesen Namen auch beibehalten. Endlich wurde die Methode beibehalten, daß man in vorkommenden Fällen die entsprechenden Theile des Frosches in Salzlösungen brachte und diese als Leiter der Elektrizität benutzte.

Du Bois verwarf dieses ganze Verfahren.

Er sah ein, daß man mit ganzen Fröschen, oder auch

nur ganzen Gliedern des Frosches so gut wie auf gar kein sicheres Resultat gelangen könne, weil hierbei eine ganze Partie Muskeln und Nerven thätig sind und man niemals wissen kann, wo, wie und welch ein Theil hier wirksam ist. Er unterwarf zu seinem Zwecke einzelne von dem Thiere getrennte Muskeln und Nerven einer Untersuchung und gelangte nur so zu seinen sicheren und festen Resultaten.

Um die Natur und die Stärke der elektrischen Ströme, die sich zeigen könnten, zu untersuchen, mußte Du Bois sich das Instrument, den erwähnten Multiplikator, erst selbst bauen, da alle damals existirenden nicht diejenige Feinheit und Empfindlichkeit besaßen, die zu seinen Untersuchungen nöthig sind. Gegenwärtig sind bereits unter seiner Leitung mehrere so feine Instrumente angefertigt worden; aber sie gehören noch immer zu den Seltenheiten, weshalb es nicht leicht ist, einen Versuch, den Du Bois angiebt, ohne weiteres nachzumachen.

Endlich vermied es Du Bois bei seinen Versuchen, irgend einen Theil eines zu prüfenden Muskels oder Nervs in irgend welche Flüssigkeit zu bringen, weil er mit Recht den elektrisch-chemischen Einfluß einer solchen Benetzung fürchtete und eine Störung der gewonnenen Resultate hierbei voraussah.

Es würde uns zu weit führen, wenn wir die Sorgfalt näher bezeichnen wollten, die bei seinen Versuchen beobachtet worden ist; wir wollen nur mit einem Worte sagen, daß diese Sorgfalt alles übertrifft, was vor ihm geleistet wurde und daß gerade dieser Umstand seinen Forschungen den Werth einer strengen Wissenschaftlichkeit verleiht. —

Kommen wir nun auf die Resultate, die aus Du Bois' Untersuchungen sich ergeben haben, so erscheinen sie für den ersten Augenblick freilich unbedeutend gegenüber den überschwenglichen Träumereien, denen man sich beim Auftreten des Galvanismus hingab, wo man das Räthsel des Lebens erfaßt zu haben glaubte, wenn man statt seiner ein neues Räthsel, den Galvanismus setzte; allein der Werth der jetzigen gewonnenen Resultate liegt eben darin, daß man nicht mehr so viel vom galvanischen Vorgang im lebenden Körper in Pausch und Bogen spricht, sondern einfacher, wie es einer Wissenschaft ziemt, beginnt und mit Sicherheit sagen kann, was in einem besonders geprüften Muskel und Nerv von galvanischen Strömungen vor sich geht. Wie diese Strömungen in einander greifen und zu welchem Resultat sie beim gesammten Lebensprozeß führen, das darf man wohl vermuthungsweise aussprechen; von wahrem wissenschaftlichem Werthe jedoch bleibt immer nur ein sicheres Vorschreiten vom Einzelnen und Kleinen zum Ganzen und Großen; ein Vorschreiten, zu welchem eben die Bahn durch Du Bois geebnet worden ist.

Du Bois hat Muskeln und Nerven besonders untersucht und in Bezug auf die Muskeln gefunden, daß jeder Muskel eines lebenden Wesens während des Lebens und auch kurze Zeit nach dem Tode der Sitz einer galvanischen Strömung ist, und zwar ist diese Strömung derart, daß jedes Stück des Querschnitts eines Muskels negativ elektrisch ist gegen jeden Punkt des Längenschnittes des Muskels.

Wir wollen dieses Grundgesetz unsern Lesern deutlich zu machen suchen.

VII. Die Elektrizität in den Muskeln.

Ein Muskel ist eigentlich das, was man gewöhnlich Fleisch nennt. Wenn wir Fleisch essen, essen wir Theile von Muskeln größerer oder ganze Muskelpartien kleinerer Thiere. Untersucht man jedoch die Beschaffenheit und das Wesen eines ganzen Muskels, so findet man immer, daß er eine Art Band aus Fleisch ist, das mit seinem einen meist schmalen Ende an einen Knochen angewachsen ist, während sein zweites schmales Ende an dem nächsten Knochen ansitzt. Er bildet also eine längliche Fleischbrücke von einem Knochen zum andern. Die Bestimmung des Muskels ist das Glied, das der zweite Knochen bildet, zu bewegen, und diese Bewegung bringt der Muskel dadurch hervor, daß er sich im gesunden Zustand nach dem Willen des Thieres zusammenziehen kann, das heißt, er wird kürzer und dicker, namentlich in seiner Mitte, wodurch er natürlich den Knochen, an dem er mit seinem untern Ende angewachsen ist, mit sich zieht und so zur Bewegung veranlaßt.

All' unsere Bewegungen, unser Gehen, Laufen Springen, Schwimmen, Strecken, Beugen, Setzen, Aufstehen, die Bewegungen unseres Gesichtes beim Sprechen, Lachen, Weinen, Denken und Empfinden, mit einem Worte sämmtliche Bewegungen eines lebenden Wesens rühren einzig und allein von dem Zusammenwirken jener Muskel-Zusammenziehungen her. Sobald in den Muskeln diese Zusammenziehungskraft verloren geht oder gestört wird, ist der Körper starr und unbeweglich.

Wer hiervon noch keine rechte Anschauung hat, der beobachte z. B. seinen Oberarm dort, wo das dicke Fleisch sich befindet. Streckt man den Arm aus, so liegt der dicke Muskel gestreckt; er fühlt sich weich an und man bemerkt an ihm, daß er nicht thätig ist; biegt man aber den Ellbogen ein, so daß die Hand der Schulter sich nähert, so sieht man wie der Muskel sich zusammenzieht, zusammenballt, kürzer und dicker wird, und in diesem Zustand fühlt er sich hart an, zum Zeichen, daß er gepreßt und zusammengezogen, also thätig ist. — Gemeinhin nun glauben Viele, daß der Muskel diesen Zustand annehme, weil man den Arm gebogen habe; das aber ist falsch. Nicht der gebogene Arm macht den Muskel ballig und zusammengezogen, sondern umgekehrt. Das Zusammenziehen des Muskels am Oberarm, der mit seinem zweiten Ende am Knochen des Unterarms angewachsen ist, hat es bewirkt, daß der Arm sich einbiegen mußte. Daher kommt es, daß wenn man sich diesen Muskel am Oberarm stark verletzt hat, man den Oberarm selber noch ganz gut im Gelenk bewegen kann, während man den Unterarm nicht einzubiegen und die Hand nicht zur Schulter zu bringen vermag.

Fragt man sich nun, woher kommt es, daß der Muskel sich nach unserm Willen zusammenziehen kann? so giebt hierauf die Wissenschaft die Antwort, daß der Wille in unserem Gehirn seinen Sitz hat. Von dem Gehirn aus oder von dessen Verlängerung, dem Rückenmark, gehen Nerven nach jedem einzelnen Muskel, worin sie sich in die feinsten Aeste vertheilen und diese Nerven, die wie Schnüre aussehen, bringen zum Muskel die Botschaft des Gehirns und geben ihm das Vermögen, die Zusammenziehung zu vollbringen. Durchschneidet man solchen Nervenfaden, so verliert der Muskel, ohne sonst irgendwie verletzt zu sein, die Kraft sich zu bewegen und er hängt schlaff und unthätig im Körper.

Das Interessante an diesem wunderbaren Vorgang ist, daß die Nervenschnüre nicht etwa selber sich bewegen, nicht etwa gezogen werden, wie an einer Maschinerie, und dadurch auch die Muskeln in Bewegung setzen, sondern daß die Nerven still liegen an ihrem Orte und nur die Anregung zur Bewegung fortleiten. Im vollen Sinne des Wortes gleichen die Nerven hierin den Leitungsdrähten eines elektrischen Telegrafen. Wie diese Drähte ruhig daliegen in der Erde, oder über der Erde und weiter keine Rolle spielen, als daß sie die Elektrizität leiten, so thun es auch die Nerven mit der Anregung, die sie vom Gehirn aus empfangen. Sie sind nur die Leiter der Anregung. Und ganz so wie die Drähte zu einem entfernten Eisen einen elektrischen Strom bringen, der ihn zum Magneten macht, der ihm Anziehungskraft verleiht, welche Bewegungen der telegrafischen Apparate hervorbringt, ganz so bringt ein Nerv nur einen Strom zum Muskel und dieser Strom verleiht ihm die Kraft der Anziehung, welche Bewegungen der Glieder veranlaßt.

Schon aus diesem Vergleich, der, wie wir noch sehen werden, keineswegs unbegründet ist, geht hervor, daß jeder Muskel ein Apparat ist, der in Folge einer Anregung sich zusammenzieht, daß also der Muskel nicht etwa von Nerven bewegt wird, wie eine Klingel durch den Klingelzug, sondern wie ein mit einer bestimmten Kraft begabter Apparat, der in Folge einer Anregung nur in Thätigkeit gesetzt wird.

Und welches ist diese bestimmte Kraft? Sie ist eine elektrische Kraft.

Du Bois-Reymond's Untersuchungen haben den Beweis geführt, daß, wenn man einen Muskel quer durchschneidet und einen Punkt dieses Querschnittes in leitende Verbindung bringt mit irgend einem Punkt am Muskel auf seiner ganzen Länge, daß dann ein elektrischer Strom entsteht, und zwar derart, daß aus der Stelle des Querschnittes ein Strom negativer Elektrizität nach der mit ihm leitend verbundenen Stelle der Länge sich bewegt.

Nachdem diese Entdeckung einmal festgestellt ist, hat man um so mehr Ursache anzunehmen, daß dieser elektrische Strom im Muskel, den man nach Du Bois den Muskelstrom nennt, die eigentliche Kraft ist, die im lebenden Muskel fortwährend vorhanden ist und die es bewirkt, daß in Folge einer Nerven-Anregung der Muskel sich zusammenzieht, daß also die Quelle der Muskelbewegungen in der thierischen Elektrizität liegt, von welcher der Muskel einen bestimmten Theil enthält.

VIII. Schwächung und Stärkung des Muskelstromes.

Eine weitere Untersuchung des elektrischen Stromes, der in jedem Muskel vorhanden ist, führte Du Bois zu dem Resultat, daß der elektrische Strom abnimmt, sobald der Muskel sich zusammengezogen hat und daß er erst in seiner natürlichen Lage wieder an elektrischer Kraft gewinne.

Du Bois führt den Beweis hierfür in der Weise, daß er von einem Muskel ein kleines Stück in der Quere abschneidet, die Stelle, wo das Stück fortgeschnitten ist, also den Querschnitt mit außerordentlicher Vorsicht in leitende Verbindung mit einem Gefäß Salzwasser setzt. Desgleichen bringt er irgend einen Punkt aus der Länge des Muskels in leitende Verbindung mit einem zweiten Glase Salzwasser. Indem er nun in die beiden Gläser die zwei Drähte des Elektrizitäts-Messers, des Multiplikators, einlegt, ist eine Kette geschlossen für den elektrischen Strom, der von dem Querschnitt des Muskels in das Glasgefäß, von diesem in den einen Draht des Multiplikators hineingeht. Hier durchläuft der Strom alle Drahtwindungen, die an dem höchst empfindlichen Instrument, mit dem Du Bois seine Versuche angestellt hat, sich auf 24,000 belaufen. Von diesen Windungen geht nun der Strom nach dem zweiten Draht des Multiplikators, von hier nach dem zweiten Glasgefäß und sodann wieder in den Punkt des Muskels über, dessen Längenseite in leitender Verbindung mit dem Salzwasser ist. Daß wirklich ein elektrischer Strom hier den Kreis beschreibt, das verräth die Magnetnadel des Multiplikators, die von der Richtung des Erdmagnetismus, als in der Richtung von Nord nach Süd, abweicht und sich etwas ostwestlich stellt.

Es ist klar, daß je stärker der Strom im Muskel ist, desto mehr vermag er die Magnetnadel abzulenken, und daß je schwächer der Strom wird, desto mehr wird die Nadel in ihre natürliche Lage zurückkehren.

Dies ist der Zustand des Muskelstromes, wenn der Muskel nicht zusammengezogen wird; sobald jedoch eine Zusammenziehung des Muskels stattfindet, zeigt es sich, daß der Strom im Muskel abnimmt.

Du Bois führt hierfür folgenden Beweis.

Er stellt den eben angeführten Versuch mit einem Muskel an, der noch an einem Nervenfaden hängt. Wenn man diesen Nervenfaden in irgend einer Weise reizt, so zuckt der Muskel. Dieses Zucken tritt auch ein, wenn man durch ein kleines Stück des Nervs einen elektrischen Strom leitet, und zwar zuckt der Muskel beim Oeffnen und Schließen der elektrischen Kette. Bringt man einen Apparat an, der ein schnelles Oeffnen und Schließen der Kette veranlaßt, so tritt ein so häufiges Zucken im Muskel ein, daß er sich zusammenballt und krampfartig zusammengezogen bleibt. — Untersucht man nun in oben angegebener Weise den elektrischen Strom des Muskels, wenn er zusammengezogen, so findet es sich, daß der Strom schwächer geworden ist, denn die Magnetnadel begiebt sich während der Zeit, daß der Muskel zusammengeballt liegt, zurück in die Richtung von Nord nach Süd.

So wenig für den ersten Augenblick dieser Versuch von Bedeutung für das Leben scheint, so wichtig wird er, wenn man näher hierüber nachdenkt.

Wir wissen, daß wir bei bedeutenderer Muskelanstrengung, also beim Gehen, Laufen, Arbeiten ꝛc. müde werden. Erst nach einiger Ruhe werden wir wieder kräftiger und hierzu ist nicht einmal frisch eingenommene Nahrung nöthig, sobald nur Nahrungsstoff genug im Körper vorhanden ist.

Was aber ist Ermüdung? Woher rührt sie? Warum macht die angestrengte Benutzung eines Muskels diesen auf einige Zeit schwach?

Die Benutzung eines Muskels beruht auf seinen häufigen und andauernden Zusammenziehungen, und da Du Bois' Versuche zeigen, daß bei Zusammenziehungen die elektrische Strömung des Muskels abnimmt, so hat man Ursache anzunehmen, daß die Ermüdung in Folge eines Mangels elektrischer Strömung eintritt, die im Muskel zum Vorschein kommt.

Bedenkt man, daß es sich gezeigt hat, wie in einem kräftigen Muskel ein starker elektrischer Strom existirt, so hat man Grund, auch umgekehrt zu schließen, daß ein starker Muskelstrom in dem Muskel eine starke Kraft der Zusammenziehung, also seiner gesammten Thätigkeit erzeugt. Häufige Zusammenziehungen, die den Muskelstrom schwächen, müssen also auch seine Kraft schwächen, und ihn zur Ermüdung bringen.

Ein müder Mensch ist also ein Mensch, der seine Muskeln zu häufig zusammengezogen und hierdurch die elektrischen Ströme seiner Muskeln geschwächt hat.

Freilich wird man hiergegen einwenden können: Wie könnt Ihr von einem todten Muskel, an dem Du Bois die Versuche angestellt hat, auf einen lebenden schließen, der im menschlichen Körper thätig ist? Die dauernde Zusammenziehung, die man künstlich an einem todten Muskel hervorruft, ist ja eigentlich nur ein übermäßiges, schnelles Zucken. Der todte Muskel kann sich nicht so schnell zusammenziehen und ausdehnen und ballt sich daher krampfhaft zusammen. Wie will man diesen Kampf des todten Muskels mit der dauernden Thätigkeit eines Muskels im lebenden Wesen vergleichen und hieraus Schlüsse ziehen?

Die Antwort auf diese Frage hat Du Bois durch seine neueste glänzendste Entdeckung in höchst überraschender Weise gegeben. Wir werden sehen, daß er den schlagendsten Beweis geliefert, wie man das, was er am todten Muskel beobachtet hat, auch am lebenden zu zeigen im Stande ist.

IX. Versuch über die elektrische Muskelströmung.

Den Beweis, den Du Bois-Reymond führt, um zu zeigen, daß das, was sich am Muskel frisch getödteter Thiere von elektrischen Strömen zeigt, auch bei lebenden Wesen stattfindet, ist eben so schlagend wie überraschend. Es geht aus diesem Beweis hervor, daß durch die Glieder, z. B. der Arme des Menschen, ein abwärts gehender Strom sich bewegt, und daß dieser unter Umständen auch einer Messung unterworfen werden kann.

Zu diesem Zweck bringt Du Bois die beiden Drähte

seines großen Multiplikators in zwei Gläser mit Salzwasser und taucht in jedes der Gläser den Zeigefinger einer Hand hinein. Hierdurch ist eine geschlossene Kette entstanden, die von den beiden Armen und dem Körper und den Drähten und Windungen des Multiplikators gebildet wird. So lange Du Bois die Arme in natürlicher Lage läßt, zeigt sich keine Abweichung der Magnetnadel des Multiplikators. Es gehen zwar elektrische Ströme aus den Armen; aber da sie beide abwärts gehen, so begegnen sie sich und heben sich gegenseitig auf. Nun aber zieht Du Bois die Muskeln des rechten Armes zusammen und sofort wird der elektrische Strom des Armes schwächer, ganz so wie es bei zusammengezogenen Muskeln frisch getödteter Thiere der Fall ist. Hierdurch überwiegt der Strom, der zum andern Arm abwärts strömt, und man beobachtet sogleich an der Magnetnadel des Multiplikators, daß sie von der Richtung von Nord nach Süd abweicht und einen elektrischen Strom anzeigt, der vom nicht zusammengezogenen Arm in das eine Glasgefäß, durch das darin befindliche Salzwasser zum Draht des Multiplikators, sodann durch die Windungen des Multiplikators geht, wo er die Magnetnadel zur Abweichung bringt. Sodann geht der Strom durch den zweiten Draht des Multiplikators zum zweiten Glasgefäß, durch dessen Flüssigkeit zum eingetauchten Finger und steigt den Arm hinan, der, weil seine Muskeln zusammengezogen sind nur einen schwachen Strom ihm entgegenschickt, einen schwachen Strom der von dem stärkern überwunden wird. Der stärkere Strom geht also weiter und durch den Körper, so daß sich ein fortwährender Kreislauf eines elektrischen Stromes herstellt, so lange die Muskeln des einen Armes zusammengezogen bleiben.

Hört Du Bois auf, die Muskeln zusammenzuziehen,

so stellt sich nach einiger Zeit die Strömung durch beide Arme wieder gleichmäßig her und man sieht die Nadel zurücklenken nach der Richtung von Nord nach Süd.

Dieser im höchsten Grade überraschende lehrreiche Versuch bietet in der Ausführung einige Schwierigkeiten, weil eine starke Uebung dazu gehört, die Muskeln nur eines Armes anhaltend zusammenzuziehen, ohne mit dem andern Arm zu zucken, weshalb ein Mißlingen des Versuches nicht selten ist.

Wir sagen nicht zu viel, wenn wir behaupten, daß diese Entdeckung Du Bois-Reymond's zu den bedeutendsten unserer Zeit gezählt werden kann. Die strengwissenschaftliche Gewissenhaftigkeit dieses Forschers verbietet ihm, unsichere Möglichkeiten, die sich aus dieser Entdeckung vielleicht noch entwickeln werden, auszusprechen; uns aber, die wir zwar nicht gern der Wundersucht des Publikums und der Elektrizitäts-Narren huldigen, aber gleichwol einmal bei einer bedeutenden Entdeckung hinausgreifen in die Zukunft, um auf deren mögliche Folgen aufmerksam zu machen, uns mag es gestattet sein von der möglichen Zukunft auch dieser Entdeckung ein paar Worte zu sprechen.

Vor allem wollen wir nur sagen, daß es das höchste Staunen erregen muß, wenn man bedenkt, daß der Mensch durch eine willkürliche Bewegung seines Armes im Stande ist, eine von ihm weit entfernte Magnetnadel zu bewegen. Es steht fest, daß der Multiplikator in Amerika stehen könnte; wenn nur dicke Drähte bis hierher geleitet würden, so würde ebenso eine Muskelzusammenziehung eines Armes genügen, um die dortige Magnetnadel zum Abweichen zu bringen.

Bedenkt man aber, daß die Muskelzusammenziehung nur durch den Willen geschieht, daß dieser seinen Sitz im Gehirn hat, daß in diesem Gehirn nur etwas vorgeht, das man geistige Thätigkeit nennt, so kann man im vollen Sinne des Wortes sagen, daß die Nadel in Amerika durch den geistigen Willen im Gehirn eines Menschen in Berlin bewegt wird.

Nun aber wissen wir, daß gegenwärtig noch in ganz England die Telegrafie nur auf den Ablenkungen einer Magnetnadel eines Multiplikators beruht, und daß man durch solche wiederholte Ablenkungen im Stande ist, ganze Reihen von Gedanken in die weiteste Ferne mitzutheilen. Denkt man nun an den Fall, daß einmal ein noch empfindlicherer Multiplikator erfunden wird als der von Du Bois, so ist die Möglichkeit gegeben, durch diesen direkte telegrafische Nachrichten vom Gehirn eines Menschen aus in die weiteste Ferne senden zu können, sobald es der Mensch nur versteht, die Muskeln seines Armes in entsprechender Weise zusammenzuziehen. —

Das ist freilich nur eine Spielerei, und mag uns als solche verziehen werden; aber die Möglichkeit, noch empfindlichere Multiplikatoren zu bauen, ist ein ernster Gedanke, an den sich wichtige Folgerungen anschließen.

X. Mögliche Folgen der Du Bois'schen Entdeckungen.

Schon die gegenwärtigen Multiplikatoren, die nach Du Bois' Angaben gebaut sind, besitzen eine so große Empfindlichkeit, daß sie bereits sehr merkbar zeigen, ob eine Person, die die Finger in die beiden Glasgefäße steckt, einen stärkeren oder einen schwächern elektrischen Strom errege, das heißt, ob in den Arm-Muskeln dieser Person eine stärkere oder schwächere Strömung von Elektrizität stattfinde. Da nun die Muskelstärke, die eigentliche Bewegungsfähigkeit dieser Person, in so genauem Zusammenhang mit dem in den Muskeln thätigen elektrischen Strome steht, so kann man schon jetzt sagen, daß man an einem Du Bois-Reymond'schen Multiplikator ein Instrument besitzt, durch welches man die Stärke, die Muskelkraft eines Menschen prüfen oder messen kann.

Freilich gehört hierzu eine ungemein große Sorgfalt, um zu genauen Resultaten zu kommen. Nach den neuesten Erfahrungen dieses verdienstvollen Forschers genügt die kleinste Wunde, der geringste Nadelstich in dem einzutauchenden Finger, um einen störenden Einfluß auf das Instrument auszuüben. Der elektrische Strom wird nämlich durch die verwundete Stelle, wo die schützende Haut fehlt, kräftiger strömen als durch den andern Finger, der mit ganz unverletzter Haut umgeben ist. Ferner ist der linke und der rechte Arm ohnehin bei den allermeisten Menschen nicht von gleicher Stärke, und es zeigen sich demnach auch schon Unterschiede in den Strömen, die auf das Instrument einwirken.

Denkt man sich jedoch eine weiter gehende Vervollkommnung dieses Instruments oder die Entdeckung eines andern Instrumentes, das dieses an Empfindlichkeit und Sicherheit noch übertrifft, so wird man wirklich im Stande sein, nicht nur die elektrischen Ströme verschiedener Personen zu messen und deren Stärke genau zu bestimmen, sondern man wird auch jedes einzelne Glied einer Person in Hinsicht seiner Stromstärke prüfen können und einen Maßstab besitzen, wonach man die Gesundheit, die Erstarkung oder die Abschwächung einzelner Glieder wird abschätzen können.

Schon seit langer Zeit weiß man mit ziemlicher Sicherheit, daß die Elektrizität bei der Lebensthätigkeit des menschlichen Körpers eine große Rolle spielt, und auf diesem an sich richtigen Grundsatz beruhen zum großen Theil die elektrischen Kuren, die jetzt nicht ungewöhnlich sind. Allein jeder Arzt, der es ernst mit seiner Kunst meint und sie zur Höhe einer Wissenschaft erheben will, wird eingestehen, daß bisher erst ein noch ganz dunkeles Herumtappen mit den Heilmitteln der Elektrizität stattfindet, und nur für sehr wenige Fälle einige Sicherheit im Erfolge angegeben werden kann. Erst dann, wenn Du Bois-Reymond's Forschungen fortgesetzt und erweitert und die Instrumente vervollkommnet und verfeinert werden, erst dann wird man den Weg zu einer wirklichen wissenschaftlichen Erkenntniß der gesunden und krankhaften Zustände des menschlichen Körpers und seiner einzelnen Theile besitzen, erst dann darf man hoffen, daß Krankheiten und ihre Ursachen, wenn sie auf Abweichungen der elektrischen Strömungen beruhen, besser erkannt werden, und dann erst wird die Möglichkeit zur Sprache kommen dürfen, ob man für Krankheiten, deren Ursache man erkennt, irgend ein Mittel in irgend einem elektrischen Verfahren zu finden hoffen darf.

Vielleicht ist die Zeit nicht mehr fern, wo jeder gewissenhafte Arzt einen Apparat wie den Multiplikator eben so nothwendig braucht, wie er sich des in neuerer Zeit in Aufschwung gekommenen Hör-Rohrs bedient, um den Zustand der Lungen und des Herzens im Menschen zu untersuchen; und obwohl vorauszusehen ist, daß durch solche Instrumente der stets schnell fertigen Charlatanerie nicht wenig Spielraum zu Selbsttäuschungen und Täuschungen des Publikums gegeben werden wird, so dürfen wir es doch als einen erfolgreichen Schritt ansehen, wenn erst die elektrische Untersuchung in dieser Beziehung beginnen würde.

Mit Genugthuung ersehen wir aus den Zeitungen, daß es meist jüngere berliner Aerzte sind, die die Vorlesungen Du Bois-Reymond's besuchen, wie wir denn auch aus Berichten wissen, daß seine Entdeckungen namentlich in England günstige Aufnahme gefunden haben, und so zu der Hoffnung berechtigt sind, daß in dieser für alle Praxis so glücklich thätigen Nation ein weiterer Fortschritt sich ergeben werde.

Wer weiß, ob nicht schon das kommende Geschlecht es erlebt, daß solche Instrumente, die gegenwärtig nur erst in den Händen einzelner Forscher sich befinden, im verbesserten und vervollkommneten Zustand sich in den Händen von Tausenden befinden, um noch ungeahnte Dienste im praktischen Leben zu leisten! — Die Zukunft der elektrischen Forschungen und die Verwendung einer Entdeckung ist so unübersehbar groß, daß man sich gegenwärtig kaum eine Vorstellung von der Ausdehnung machen kann, die sie noch zu nehmen berufen ist, und ebenso wie man vor zwanzig Jahren selbst in den gebildeten Kreisen nur auf Spott und Lächeln hätte rechnen können, wenn man vorausgesagt hätte, welche Rolle heute die elektrischen Telegrafen in der Welt spielen würden, ebenso darf man jetzt nur auf ungläubiges Lächeln rechnen, wenn man die Verwendung der Elektrizität in den nächsten zwanzig Jahren voraussagen wollte. — Daß aber Du Bois-Reymond's Entdeckungen nicht fruchtlos für die Zukunft sein werden, können wir trotzdem hinstellen und vielleicht wird es in zwanzig Jahren so gewöhnlich sein, die Muskelkraft eines Menschen oder eines Zugthieres, die Gesundheit eines Militärpflichtigen oder eines vorgeblichen Kranken durch einen Multiplikator zu prüfen, wie es jetzt schon gebräuchlich ist, sich im gewöhnlichen Leben eines Thermometers zu bedienen.

Wir wollen uns indessen nicht in die dunkle Zukunft verlieren, sondern zu unserm Thema zurückkehren, wo wir unsern Lesern noch eine weitere Entdeckung Du Bois' über die elektrische Thätigkeit in den Nerven vorzuführen haben.

XI. Die galvanischen Ströme in den Nerven.

Außer den elektrischen Strömen in den Muskeln hat Du Bois-Reymond auch elektrische Ströme in den Nerven festgestellt, von deren Existenz man bereits früher Vermuthungen hegte, sich jedoch nur unbestimmte Vorstellungen machen konnte.

Du Bois-Reymond's Versuche zeigen, daß jeder Theil eines Nervs, den man mit einem abgeschnittenen Ende desselben in Berührung bringt, eine elektrische Kette bildet, durch welche ein Strom zirkulirt. Legt man irgend einen Nervenfaden so auf den Apparat, daß er an irgend einem Punkt seiner Länge in leitender Verbindung mit einem Glase Salzwasser steht und bringt man sodann an ein zweites Glas Salzwasser die Stelle, wo man den Nervenfaden abgeschnitten hat, so braucht man nur die Drähte des Multiplikators in die Gläser zu legen, um an der Ablenkung der Magnetnadel den elektrischen Nervenstrom zu merken.

In dieser Beziehung gleichen die Nerven ganz und gar den Muskeln; denn ebenso wie in den Muskeln vom Querschnitt zu jedem Punkt der Länge ein negativer Strom sich zeigt, ebenso ist es mit den Nerven der Fall.

Da nun die Nerven in die Muskeln hineingehen und sich in denselben verzweigen, so liegt der Gedanke nahe, daß der eigentliche elektrische Apparat im Muskel der in ihm sehr fein verzweigte Nerv sein mag; allein Du Bois hat den Beweis geführt, daß dies ein Irrthum sei, denn der elektrische Strom der Muskeln ist bei weitem stärker als er hätte sein können, wenn seine Elektrizität nur von den fein verzweigten Nervenfäserchen herrührte.

Außer diesem elektrischen Strome in den Nerven hat Du Bois noch einen eigenthümlichen elektrischen Zustand der Nerven entdeckt,* von welchem wir unsern Lesern nur ein sehr flüchtiges Bild zu geben im Stande sind, da die genaue Darlegung dieses Zustandes eine zu ausführliche und streng wissenschaftliche Behandlung nöthigt macht. —

Diese Entdeckung ist für die Erkenntniß der gesammten Thätigkeit der Nerven von der größten Wichtigkeit und dürfen wir auch hier hoffen, daß eine weitere Durchforschung dieses neuen Zweiges der Wissenschaft von den günstigsten Erfolgen gekrönt werden wird. Im Allgemeinen ausgedrückt beweist diese Entdeckung Folgendes.

Wenn man durch ein kleines Stück eines langen Nerven einen elektrischen Strom fließen läßt, so nimmt der Nerv in seiner ganzen Länge einen elektrischen Zustand an. Dieser erregte Strom in der ganzen Länge des Nervs ist unabhängig von dem elektrischen Strome, der ohnehin schon durch den Nerv thätig ist und verstärkt diesen letzteren Strom oder schwächt ihn, je nachdem beide Ströme eine gleiche oder eine entgegengesetzte Richtung haben.

Es liegt freilich nahe, daß man bei all' diesen Entdeckungen nach den Ursachen oder richtiger nach dem Zustande fragt, in welchem Muskeln und Nerven sich im Moment ihrer elektrischen Thätigkeit befinden. Allein die Elektrizität ist, wie wir wissen, für uns noch ein großes Naturgeheimniß, und wenn wir uns vergeblich bei einem gewöhnlichen Metalldraht, durch den ein Strom geht, fragen: was geht denn eigentlich in diesem Moment, dem sich wichtige Folgerungen anschließen, vor? so wird man es begreiflich finden, daß die Antwort noch weit schwieriger ist, wenn man sich die Frage stellt: was in einem so außerordentlich schwierig zu entwirrenden Gewebe eines Muskels oder in einem immer noch nicht völlig durchforschten Gebilde eines Nervs vorgeht, daß von selber elektrische Ströme in ihm vorhanden seien oder neue erzeugt werden können. Gleichwohl hat Du Bois den Versuch gemacht, durch Modelle und Zeichnungen den räthselhaften Zustand, der in den kleinsten mit keinem Mikroskop sichtbar zu machenden Theilchen der Nerven und Muskeln vor sich geht, zu versinnlichen und hat damit mindestens einen Anhalt geliefert, den größten Räthseln der Natur etwas näher zu kommen.

Die Wissenschaft, die Du Bois so verdienstlich angebahnt hat, ist eigentlich erst im Beginn, ja seine gesammten Forschungen sind noch nicht einmal an die Oeffentlichkeit getreten, da bis jetzt nur die zwei ersten Bände seines Werkes veröffentlicht sind und der dritte Band erst zur Herausgabe vorbereitet wird. Wie es einem so strengen Forscher ziemt, hat Du Bois sich fern gehalten von allen überspannten Hoffnungen, die die Welt bei den ersten Entdeckungen Galvani's gehegt hat; uns jedoch, die wir in diesen Blättern die Aufgabe haben, in unsern Lesern den Sinn für die Naturwissenschaft anzuregen, die neuesten Entdeckungen ihnen vorzuführen und durch Fernblicke in eine lichtere Zukunft die Ueberzeugung zu befestigen, daß die Wissenschaft nicht umkehrt, sondern unaufhaltsam vorschreitet, uns muß es gestattet sein, auch auf die Zukunft dieses Zweiges der Wissenschaft noch einen hoffnungsvollen Blick zu werfen. —

Die Natur bietet der Räthsel viele dar, dies bemühen

wir uns eben in unserem Thema über die geheimen Kräfte derselben darzuthun. Der Räthsel größtes aber ist sicherlich das lebende Wesen und unter ihnen das vorzüglichste der Wesen, der Mensch. Ist aber der Mensch das vorzüglichste der Wesen, so ist das vorzüglichste der Organe des Menschen das Gehirn, diese räthselhafte Stätte seines Wollens, seines Empfindens und Denkens, diese wundervolle Werkstatt des Geistes, der dem Geiste der Natur nachzuspüren sucht.

Und von dieser Werkstatt, von dem Gehirn und seiner Verlängerung, dem Rückenmarke aus, gehen die Nerven wie Leitungsfäden durch den ganzen Körper, um das, was man Leben nennt, nach den festen Theilen des Körpers auszusenden.

Wer da wähnt, in der Elektrizität allein das ganze große Räthsel des Lebens zu finden, der irrt sicherlich. Wir stehen noch auf einer sehr niedrigen Stufe der Erkenntniß der Gesammt-Natur-Geheimnisse, um in dem so geringen Gebiet das bis jetzt erforscht und entdeckt ist, das All suchen zu dürfen. Gleichwohl aber spielt die Elektrizität eine unendlich große Rolle im Lebensprozeß, und wer es sieht, wie jedes Gehirn aus zwei Massen, einer grauen und einer weißen Masse besteht, und wahrnimmt, wie aus der einen Masse, der weißen, die Nerven als elektrische Fäden auslaufen gleich den Drähten einer galvanischen Batterie, um allenthalbenhin telegrafische Dekrete für alles Thun und Lassen, und von allenthalbenher telegrafische Berichte zurückzubringen, wer dies sieht, dem tritt in der That der Gedanke nahe, daß diese zwei, sehr scharf kenntlichen Massen des Gehirns sich zu einander, wie die zwei Elektrizität erregenden Metalle oder Stoffe verhalten, durch welche wir künstlich elektrische Erscheinungen hervorrufen können.

Ist dem aber so, so wird die Zukunft einmal auf dem jetzt erst betretenen Wege der Forschung der thierischen Elektrizität zu höhern Resultaten gelangen, als sie augenblicklich erschwingen kann, und wir dürfen unsere Zeit glücklich preisen, daß sie mit Glück vorbereitend eine Arbeit begonnen hat, deren höchster Gipfel die Höhe des Lebens selber ist.

XII. Die elektrischen Heilmittel.

Wir haben bereits mehrfach Gelegenheit genommen, vorübergehend von den elektrischen Kuren zu sprechen, und finden uns namentlich bei der Beobachtung der thierischen Elektrizität veranlaßt, noch einmal hierauf zurückzukommen.

Die Frage ist für viele Tausende von größter Wichtigkeit, ob man sich den jetzt sehr gangbar gewordenen elektrischen Kuren anvertrauen soll oder nicht?

Unsere Antwort hierauf ist folgende.

Wissenschaftlich steht es fest, daß die Elektrizität eine der wesentlichsten Rollen im menschlichen Körper spielt und man sollte meinen, daß hieraus schon folge, daß es im Allgemeinen heilend auf den Körper einwirken müsse, wenn man ihn den elektrischen Strömen aussetze; allein es ist gewiß nur in sehr beschränktem Maße der Fall.

Hätte man ein Mittel, die elektrische Thätigkeit der Nerven oder der Muskeln selber anzuregen, so ließe sich die Sache schon eher hören; hierfür aber ist kein Mittel vorhanden, sondern man versucht jetzt dadurch ein Heilverfahren herzustellen, daß man durch zwei Metalle einen elektrischen Strom erzeugt und diesen Strom durch den menschlichen Körper, oder durch ein erkranktes Glied einfach oder mit häufigen Unterbrechungen hindurchströmen

man dies durch elektrischen Reiz. Man hat gegenwärtig sinnreiche Vorrichtungen hierzu erfunden. Man setzt einen Menschen in ein lauwarmes Bad, in welches der Pol einer Batterie mündet, an den zweiten Pol der Batterie befestigt man eine metallene Ruthe und schlägt mit derselben ganz leise den Körper des Kranken. Hierdurch entsteht eine fortwährende Entladung der Elektrizität auf der Haut des Kranken, die diese etwas empfindlich prickelt und röthet und somit die Thätigkeit der Haut anregt, was in angemessenen Fällen heilsam wirken muß und auch wirkt. Hier aber wirkt nicht die Elektrizität als solche, sondern nur der Reiz, den sie auf der Haut verursacht, und als solcher ist er medizinisch gewiß anwendbar.

Nicht minder können bei Lähmungen der Muskeln die Reizungen wirksam sein, die man durch galvanische Apparate auf den Muskel ausüben kann; denn die Zuckungen, die man im Muskel erzeugen kann, begünstigen den Blutumlauf und befördern, in geeigneter Weise angewandt, auch die Ausscheidung oder Zertheilung krankhafter Stoffe in demselben. Selbst die Rheumatismusketten, die jetzt sehr gebräuchlich sind, können in diesem Sinne Dienste leisten, vorausgesetzt, daß sie überhaupt elektrische Wirkungen hervorzubringen vermögen. Die vorzüglichste ist die Pulvermachersche Kette, die so außerordentlich wirksam ist, daß man durch zwei solcher Ketten und den Unterbrecher, wie ihn Herr Mechaniker Gruel in Berlin (Roßstraße 3) anfertigt, im Stande ist, eine große Reihe galvanischer Erscheinungen zu zeigen und alle einzelnen Einwirkungen des Galvanismus auf den menschlichen Körper zum Vorschein zu bringen.

Wir beantworten daher die obige Frage wegen der elektrischen Kuren dahin: daß die metallisch erregte Elektrizität keineswegs die thierische irgendwie direkt ersetzen, wahrscheinlich auch nicht heilbringend verstärken kann; daß aber der Reiz der Elektrizität auf Haut und Muskeln in einzelnen Fällen wol heilsam einzuwirken vermag; und wir schließen diese Reihe der Beobachtung mit der Behauptung, daß es Charlatanerie ist, wenn man den Galvanismus als einzige Medizin anpreisen hört, daß es aber absprechender Dünkel wäre, wenn man den Reiz der galvanischen Behandlung ganz und gar aus dem Reiche der Heilmethode verbannen wollte.

XII. Von den chemischen geheimen Kräften.

Nachdem wir eine Reihe geheimer Naturkräfte unsern Lesern vorgeführt haben, wollen wir noch eine neue Kraft vorführen, die in ihrer Erscheinnng sich wesentlich von den bisherigen Kräften unterscheidet. Wir meinen die chemische Kraft.

Die große Verwandtschaft der chemischen Kraft mit der elektrischen Kraft werden wir noch später näher in's Auge fassen, wenn wir zum Schluß unseres Themas eine Betrachtung über die vorgeführten Kräfte der Natur anstellen werden; für jetzt jedoch wollen wir die Erscheinung der chemischen Kraft selber in's Auge fassen, denn sie ist wunderbar und geheimnißvoll.

Ein Jeder weiß es, daß Eisen, wenn man es in feuchter Luft liegen läßt, nach einiger Zeit zu rosten anfängt. Statt des blanken metallischen Eisens bildet sich ein rothes zusammenbackendes, aber doch leicht krümliches Pulver, während das Eisen verschwindet. Läßt man das Eisen immer weiter unter dem Einfluß der feuchten Luft, so verwandelt es sich ganz und gar in Rost und zeigt endlich vom Eisen keine Spur mehr.

Es fragt sich: was ist hier vorgegangen?

Die Naturwissenschaft giebt hierauf die Antwort: Hier ist eine chemische Kraft thätig gewesen, welche das Eisen chemisch verwandelt hat.

Die genaueste Untersuchung zeigt, daß wenn man das Eisen früher genau gewogen hat und nun den Rost nochmals auf die Wage bringt, der Rost schwerer ist als das Eisen war, daß also offenbar zum Eisen jetzt etwas hinzugekommen sein muß, was die Verwandlung hervorgebracht hat.

Was aber ist es, das hier dazu gekommen ist?

Hierauf antwortet die Wissenschaft nach den gewissenhaftesten und allersichersten Prüfungen Folgendes: Zu dem Eisen ist der Sauerstoff der Luft hinzugekommen, und begünstigt von der Feuchtigkeit der Luft hat sich das Eisen mit dem Sauerstoff verbunden, so daß das Eisen völlig umgewandelt und zu dem rothen Pulver wurde, das wir Rost nennen. Hätte man das Eisen mit ein wenig Talg eingeschmiert, so daß die Luft nicht direkt zukommen konnte, so würde es nicht in Rost verwandelt worden sein.

Kann man aber den Rost nicht wieder in Eisen verwandeln? Kann man nicht in irgend einer Weise den Sauerstoff wieder aus dem Rost vertreiben, so daß das Eisen wieder rein zum Vorschein kommt?

Hierauf antwortet sowol die Wissenschaft wie die gewöhnliche Praxis, daß man das ganz gut kann und in der That in jedem Eisenbergwerk, wo Hoch-Oefen sind, es auch macht. Denn das Eisen wird ursprünglich nicht als reines Eisen gefunden, sondern man gräbt und haut es in den Bergwerken als eine Art steinernen Rost aus dem Felsen und der Erde. Diese Art Rost, der auch nichts ist als Eisen, das verwandelt worden ist, indem sich damit Sauerstoff verbunden hat, diese Art Rost wird mit Kohle gemischt in einen Ofen gebracht. Hier brennt man die Kohle an und läßt sie verbrennen. Bei diesem Verbrennen geht der Sauerstoff aus dem Rost und verbindet sich mit der Kohle, indem sie mit derselben Kohlensäure bildet und das Eisen schmilzt und kommt aus einer Oeffnung des Ofens als Gußeisen heraus.

Man hat also aus Eisen, welches sich mit Sauerstoff verbunden hatte, den Sauerstoff hinausgebracht, indem man ihn mit der Kohle in Verbindung brachte.

Wie aber erklärt man sich diesen Vorgang? Warum verläßt der Sauerstoff der Luft seinen Ort in der Luft und verbindet sich mit dem Eisen, um Rost zu bilden, und weshalb verläßt wieder dieser Sauerstoff das Eisen, um sich mit Kohle zu verbinden, Kohlensäure zu bilden und das Eisen frei zu lassen?

Die Antwort hierauf ist folgende:

Auch dieses Verbinden zweier Stoffe, das man eine chemische Verbindung nennt, ist ein geheimer Vorgang in der Natur, dessen Grund man nicht mit Sicherheit angeben kann; es spricht aber die größte Wahrscheinlichkeit dafür, daß eine geheime Anziehungskraft mit im Spiele ist, die so wunderbare Dinge verrichtet.

Man nennt diese Anziehungskraft, die hierbei thätig ist, die chemische Verwandtschaft; allein das Wort „Verwandtschaft" ist in vollem Sinne des Wortes unpassend, denn wir werden später sehen, daß es gerade umgekehrt mit dieser Anziehung ist, daß nämlich wirklich verwandte Stoffe sich nicht gegenseitig chemisch anziehen, während gerade die sich unähnlichsten Stoffe, die garnichts Verwandtes an sich haben, sich am eifrigsten anziehen.

Wir wollen daher das Wort „Verwandtschaft", das in der Chemie so häufig gebraucht wird, hier lieber immer mit den Worten „chemische Neigung" bezeichnen; im Grunde genommen aber kommt es auf die Bezeichnung nicht an, wenn man sich nur das Richtige dabei denkt, und das Richtige ist, daß eine geheime Anziehungskraft zwischen Eisen und Sauerstoff vorhanden ist, die es bewirkt, daß aus Eisen Rost wird, und daß noch eine stärkere Anziehungskraft zwischen Kohle und Sauerstoff stattfindet, die es macht, daß unter begünstigenden Umständen der Sauerstoff das Eisen verläßt und sich mit der Kohle verbindet.

Wir haben also hier wieder ein Naturgeheimniß, eine Anziehungskraft, und zwar eine chemische Anziehungskraft, und da wir der Anziehungskraft schon so oft in unserm Thema begegnet sind, so wollen wir einmal sehen, wie sich die chemische Anziehungskraft ganz absonderlich und anders zeigt, als die bisherigen Anziehungskräfte.

XIII. Die Verschiedenheit der geheimen Kräfte.

Wenn wir gewissenhaft verfahren wollen, dürfen wir bei der Betrachtung der neuen, der chemischen Anziehungskraft, es nicht scheuen, nochmals einen Blick auf die bisher vorgeführten Anziehungskräfte zu werfen, um das Aparte dieser neuen Kraft deutlicher einsehen zu können.

In allen festen Massen herrscht eine Anziehungskraft, welche je ein Atom an das andere fesselt, und die es verhindert, daß die Atome auseinander fallen. Ein Stück Eisen, ein Stück Blei oder sonst ein Stück eines festen Körpers ist nur darum weniger oder mehr unzerbrechlich und unzertrennbar, weil alle kleinen Eisentheilchen oder Bleitheilchen oder sonst die Theilchen eines Körpers sich gegenseitig mit einer gewissen Kraft festhalten. Trotzdem aber wissen wir, daß diese einzelnen Theilchen nicht unverrückbar dicht an einander liegen, denn man kann Eisen, Blei oder andere feste Körper durch Druck noch mehr an einander pressen. Demnach muß man annehmen, daß sich die Theilchen in einer gewissen Entfernung festhalten, also gegenseitig eine Anziehung auf einander ausüben.

Neben dieser Anziehung jedoch existirt, wie wir das schon gezeigt haben, in denselben Körpern auch zugleich eine Abstoßungskraft. Denn hat man Eisen zusammengepreßt und es gewaltsam kleiner gemacht, so dehnt es sich sofort wieder aus, wenn man den Druck aufhören läßt. Man muß also hieraus schließen, daß die Anziehungskraft zwischen einem Atom und dem andern nur bis zu einer gewissen Grenze geht und wenn man zwei Atome gewaltsam mehr einander nähert, wieder eine Abstoßung zwischen den Atomen thätig ist, die sich bestrebt, die Atome von einander in gewisser Weite entfernt zu halten.

Dies ist die eine Art der geheimen Anziehungskraft, die zugleich mit einer eben so geheimen Abstoßungskraft gepaart ist.

Wir haben sodann eine zweite Anziehungskraft kennen gelernt, die auf weite Entfernungen wirkt, wie z. B. die Anziehungskraft der Himmelskörper, der Sterne, der Planeten, der Erde, und haben auch gesehen, daß alle Massen in gleicher Weise dieselbe Kraft der Anziehung besitzen, die zwar mit der Entfernung abnimmt, aber immer noch wirksam ist. Von dieser Anziehungskraft kennen wir kein Beispiel, daß sie auch mit einer Abstoßungskraft gepaart sein sollte. Es bildet also diese Anziehungskraft, deren Grund ebenfalls ein Naturgeheimniß für uns ist, eine ganz andere Art von Naturkraft.

Wir haben ferner gesehen, daß Magnete eine Anziehungskraft besitzen, die bis auf einen gewissen Punkt mit der Massenanziehung viel Aehnlichkeit besitzt; allein die magnetische Kraft ist wiederum anders. Sie besitzt eine

Polarität, das heißt eine Eigenschaft, wodurch in dem magnetischen Körper eine gewisse Trennung seiner Kraft nach zwei Seiten hin stattfindet. Eine Magnetnadel hat wie jeder magnetische Körper zwei Pole und eigenthümlicherweise stoßen sich die gleichen Pole von zwei Magnetnadeln stets ab, während sich die ungleichen gegenseitig anziehen.

Viel Aehnlichkeit mit dieser magnetischen geheimen Kraft hat freilich die elektrische Kraft, denn auch diese theilt sich in Anziehung und Abstoßung; allein es findet wieder der große Unterschied zwischen Magnetismus und Elektrizität statt, daß der Magnetismus garnicht aus seiner Trennung in Pole herauszubringen, daß man z. B. mit aller Kunst es nicht dahin bringen kann, eine Magnetnadel herzustellen, die in ihrer ganzen Länge nur nordmagnetisch oder nur südmagnetisch ist, während man die Elektrizität mit größter Leichtigkeit trennen, und z. B. jeden beliebigen Körper sowohl positiv, wie auch negativ elektrisch machen kann, wenn man will. Es findet ferner auch noch der eigenthümliche Unterschied statt, daß der Magnetismus gewissermaßen fest sitzt an einem Körper, der ihn besitzt und nicht von dem einen Körper fortgenommen und in einen andern gebracht werden kann, während man mit der Elektrizität dies in der größten Leichtigkeit zu Wege bringt, und so zu sagen die Elektrizität in einem Körper beliebig ansammeln, entladen, auf einen andern Körper übergehen lassen kann, ja daß man im Stande ist, sie zu leiten bis auf Tausende von Meilen und sie zu handhaben als hätte man einen Stoff vor sich, den man von einem Gefäß ins andere gießen und durch beliebig lange Röhren hinfließen lassen kann, wohin man nur Lust hat.

Von all diesen Eigenthümlichkeiten, welche die bisher

vorgeführten geheimen Naturkräfte von einander unterscheiden, besitzt die chemische Kraft so gut wie garnichts.

Sie beruht auch auf einer Anziehungskraft; aber diese ist so eigenthümlich und hat so bestimmte eigene Gesetze, daß sie für den ersten Augenblick als eine ganz neue mit den vorigen Kräften garnicht in Verbindung stehende Kraft erscheint. Diese Eigenthümlichkeiten und Verschiedenheiten wollen wir nun vorerst genauer kennen lernen und sodann zu den Gesetzen kommen, welche die Naturwissenschaft im Stande gewesen ist, der geheimen Kraft der chemischen Anziehung abzulauschen. Wir werden sehen, daß diese Gesetze wiederum einen Weg bahnen, die Erkenntniß der Naturgeheimnisse dem menschlichen Forschergeist aufzuschließen.

XIV. Die besonderen Eigenthümlichkeiten der chemischen geheimen Kraft.

Vor allem zeigt sich die geheimnißvolle Anziehungskraft in der Chemie schon insofern auffallend verschieden von den bisherigen Kräften, als sie diesen Kräften gewissermaßen entgegenarbeitet.

Wir haben gesehen, daß Eisen sich mit Sauerstoff verbindet, daß also zwischen Eisen und Sauerstoff eine Art Anziehungskraft obwaltet, welche es macht, daß die festen Atome des Eisens sich loslassen und jedes Eisen-Atom für sich eine Portion Sauerstoff wählt, mit welcher es jetzt einen Körper bildet. Ein Stück Eisen, das wir mit aller Kraft nicht auseinander zu reißen vermögen und von dem wir annehmen müssen, daß seine Atome sich mit großer Gewalt an einander festhalten, zerfällt ohne alle Kraftanstrengung in Rost, das heißt nichts anderes: es dringt, sobald die Umstände es gestatten, Sauerstoff hinein und trennt die Atome von einander.

Hieraus sollte man den Schluß ziehen, daß Eisen eine so starke chemische Anziehung auf Sauerstoff ausübt, daß die Anziehungskraft seiner eigenen Atome sich dagegen verliert; aber wunderbar genug äußert sich diese so große chemische Anziehung auch nicht im mindesten, sobald man nur das Eisen mit dem feinsten Schicht von Talg z. B. oder von sonst irgend einem trennenden Stoffe überzieht, der keinen Sauerstoff zuläßt. Hieraus nimmt man wahr, daß die chemische Anziehung nicht nur anderer Natur ist als die Anziehung der Atome fester Körper, sondern sie muß auch eine ganz andere als die Massenanziehung sein, von der wir wissen, daß sie auf Entfernungen wirksam ist.

Wir haben des leichtern Verständnisses halber das Rosten des Eisens als Beispiel für chemische Anziehung gewählt, weil wohl Jedermann schon das Rosten beobachtet hat. Es giebt aber noch viele andere Stoffe, an welchen wir diese Erscheinung hätten zeigen können; namentlich existirt ein Metall, das den Namen Kalium führt und silberähnlich aussieht, und dieses Metall hat eine so gewaltige Neigung sich mit Sauerstoff zu verbinden, daß man gar kein anderes Mittel besitzt, es davor zu schützen, als daß man es in Steinöl aufbewahrt, welches keinen Sauerstoff enthält. Trotzdem aber, daß die Anziehung zwischen Kalium und Sauerstoff ungeheuer groß ist, würde man doch vergebliche Versuche anstellen, um nachzuweisen, daß sie sich gegenseitig einander nähern, wenn man sie um ein Haar weit von einander entfernt hat. Füllte man z. B. eine Glaskugel mit Kalium und eine zweite mit Sauerstoff und legte sie im luftleeren Raume neben einander, so würden sich die Kugeln trotz der Anziehungskraft ihrer Stoffe durchaus nicht zu einander bewegen, denn die chemische Anziehung ist selbst für die kleinste Entfernung unwirksam.

Wir sehen demnach, daß die chemische Anziehung durchaus von anderer Beschaffenheit sein muß als die Anziehung der Massen.

Noch weniger gleicht die chemische Anziehung irgendwie der magnetischen Anziehung. Von der magnetischen Anziehung wissen wir vor Allem, daß sie, wie die Massenanziehung auf Entfernungen wirksam ist, was bei der chemischen Anziehung nicht stattfindet. Ferner zeigt die chemische Anziehung nichts von Polarität, das heißt: sie theilt den Körper nicht in zwei Pole, wie es der Magnet thut. Endlich findet sich in der chemischen Anziehungskraft keine Erscheinung, welche sich in einem Stoffe gewissermaßen vertheilt, während dies im Magneten vollkommen der Fall ist. Eine Eisenstange, die man an einem Punkte magnetisch macht, wird durch die ganze Länge magnetisch; während das eine Ende einer Eisenstange ganz und gar einer chemischen Verbindung ausgesetzt werden kann, ohne daß das andere Ende irgendwie davon betroffen wird.

In noch größerem Maße verschieden ist die chemische Anziehungskraft von der, welche sich an der Elektrizität zeigt. Während die Elektrizität fortgeleitet werden kann von Ort zu Ort und im vollen Sinne des Wortes das bewegteste Element des Weltraumes zu sein scheint, ist die chemische Thätigkeit nur an den Ort gebannt, wo sie vorgeht. Man vermag sie durch nichts überzuleiten von einem Orte, wo sie stattfindet, auf einen andern. Man würde vergeblich von einem Gefäß, wo eine chemische Verbindung vor sich geht, Drähte oder sonst irgend etwas nach einem zweiten Gefäße leiten, um auch hier eine gleiche oder ähnliche Wirkung hervorzurufen.

Freilich findet ein sehr inniges Verwandtschaftsverhältniß zwischen allen diesen Kräften statt, wie wir das noch später sehen werden; für jetzt jedoch ist es zur Kenntniß der Thatsachen nothwendig, daß wir die besondere Art von geheimer Naturkraft, die in der Chemie zum Vorschein kommt, in ihrer besonderen Eigenthümlichkeit kennen lernen, und indem wir sofort zu den Hauptgesetzen der Chemie kommen werden, wollen wir hier noch folgende Bemerkungen vorausschicken.

Fast bei allen Naturkräften, die wir hier vorgeführt haben, existirt neben einer Anziehungskraft auch eine Kraft der Abstoßung; bei der Chemie ist dies nicht der Fall. Die Kraft, mit welcher ein Stoff einen andern, mit dem er sich verbinden will, anzieht, muß sehr groß sein. Wir kennen diese Größe der Kraft zwar nicht direkt, aber sie zeigt sich ganz unverkennbar darin, daß die chemische Kraft Metalle aus ihrem festesten Zusammenhange zu reißen und sie in Atome aufzulösen im Stande ist, um sie zu einer chemischen Verbindung zu bringen. Die Vernichtung des festen Zusammenhanges im Eisen, welche beim Rosten desselben stattfindet, diese Vernichtung geht nur langsam vor sich; aber man lege nur etwas Eisen, zum Beispiel eine Handvoll kleiner Nägel in ein Glas Wasser, worin man eine Portion Schwefelsäure hineingegossen und man wird eine chemische Auflösung des Eisens wahrnehmen, die sehr schnell vor sich geht. Auch hier beruht diese Auflösung auf einer chemischen Anziehung, und diese Kraft der Anziehung muß sehr bedeutend sein, da sie die Nägel, die wir mit den Fingern kaum zerbrechen können, mit Leichtigkeit und Schnelligkeit auflöst. Gleichwol jedoch ist neben dieser so starken Anziehungskraft noch nirgend eine chemische Abstoßungskraft herausgefunden worden. Während sich allenthalben in der Natur Kraft und Gegenkraft findet, scheint dies in der Chemie nicht der Fall zu sein; wenigstens sind alle ihre Erscheinungen aus der einen Anziehungskraft zu erklären, ohne daß sie irgendwie eine Gegenkraft verrathen.

XV. Die Haupt-Erscheinungen der chemischen Kraft.

Wenn man sich das Eigenthümliche der chemischen Anziehung recht deutlich machen will, so hat man hauptsächlich Folgendes zu beachten.

Erstens: die chemische Anziehung ist eine Kraft, die allen Stoffen eigen ist.

Zweitens: Jeder einzelne Stoff hat zwar eine Neigung sich mit andern Stoffen zu verbinden; aber diese Neigung bleibt sich nicht gleich, sondern ist je nach den Stoffen verschieden.

Drittens: Die ursprüngliche Anziehung hört ganz und gar auf, sobald die chemische Verbindung vollendet und aus den früheren Stoffen ein bestimmter neuer Stoff geworden ist.

Viertens: Man findet bei einer nähern Untersuchung höchst merkwürdige Verbindungsverhältnisse heraus, welche darauf hinführen, daß alle chemischen Verbindungen der verschiedensten Stoffe auf einem und demselben Grunde beruhen müssen.

Wir wollen es versuchen, die hier angegebenen Eigenthümlichkeiten so deutlich wie möglich zu machen.

Wir haben gesagt, daß die chemische Anziehung eine geheime Kraft ist, die allen Stoffen in der Welt eigen sei. Wir verstehen hierunter Folgendes.

chemischen Anziehung, die sich geltend macht und gestaltete Dinge umgestaltet. Aber nicht minder ist alles, was man im gewöhnlichen Leben entstehen, sich bilden, keimen, wachsen u. s. w. nennt, auch nur eine Folge der chemischen Kraft, die immerfort und immerfort in allen Dingen der Welt in ununterbrochener Thätigkeit ist.

Man wird hiernach einsehen, daß die geheime chemische Kraft eine Hauptrolle in der Welt spielt, ja daß sie die Weltgestaltung in sich trägt und daß sie wol verdient, daß man einiges Nachdenken auf sie und ihre Gesetze verwendet.

Für jetzt also haben wir es deutlich gemacht, daß die chemische Anziehung eine Kraft ist, die in allen Stoffen und eigentlich in allen Dingen der Welt vorhanden ist; wir wollen es nunmehr deutlich machen, wie sonderbar und eigenthümlich verschieden diese Kraft in ihrer Neigung bei verschiedenen Stoffen ist.

XVI. Die chemische Verwandtschaft oder Neigung.

Nachdem wir gesehen haben, daß die geheime chemische Kraft der Anziehung in allen Urstoffen der Welt vorhanden ist, und wir diesem Grundsatz noch die Versicherung hinzufügen können, daß es auch nicht einen einzigen Stoff in der Welt giebt, der nicht mit einem andern eine Verbindung einzugehen bereit ist, wenn eben der andere nur der für ihn passende ist, so wollen wir jetzt einmal sehen, wie verschieden diese chemische Kraft in verschiedenen einzelnen Stoffen obwaltet, und wie es daher rührt, daß nicht nur die seltsamsten und wunderbarsten Verbindungen zu

Stande kommen, sondern daß auch aus diesen Verbindungen die wunderlichsten und unerwartetsten Dinge von der Welt werden.

Zwischen je zwei chemischen Urstoffen findet immer eine chemische Anziehungskraft statt; aber die Stärke dieser Anziehungskraft ist außerordentlich verschieden.

Wir haben es schon erwähnt, daß Eisen eine große Neigung besitzt, sich mit Sauerstoff zu verbinden und Rost zu bilden. Es waltet also zwischen Eisen und Sauerstoff eine Art Liebe ob, die sie zwingt, eine eigenthümliche Ehe zu schließen und etwas ganz anderes zu werden, als sie ursprünglich waren. Allein es giebt Stoffe, deren Neigung zum Sauerstoff noch größer ist als die des Eisens, oder um uns wieder bildlich auszudrücken, die noch begieriger sind eine Ehe mit dem Sauerstoff einzugehen, und diese Begierde ist oft so groß, daß gewisse Stoffe unter gewissen Umständen den Sauerstoff aus dem Rost herausholen, um sich mit ihm zu verbinden und das Eisen gewissermaßen aus der Ehe zu treiben.

Wir haben es schon erwähnt, daß dies in einem Hoch-Ofen geschieht. Wenn in einem solchen Ofen, der in Eisen-Bergwerken gebräuchlich ist, die mit dem Rost vermengte Kohle zu glühen anfängt, so entsteht eine so ungemeine Liebschaft zwischen dem Sauerstoff im Rost und der brennenden Kohle, daß der Rost zerlegt wird. Der Sauerstoff verläßt den bisherigen Gatten, das Eisen, und geht eine neue Ehe ein mit der Kohle um Kohlensäure zu bilden und das Eisen des Rostes kommt rein und ohne Sauerstoff aus dem Ofen herausgeflossen.

Hieraus sieht man, daß die chemische Anziehungskraft zwischen Kohle und Sauerstoff unter Umständen z. B. beim Glühen größer ist als zwischen Eisen und Sauerstoff. In der That kann man Eisen vor dem Rosten schützen, wenn man es in trockener fein gepulverter Kohle verwahrt. Eine noch stärkere Liebschaft besteht zwischen Sauerstoff und dem Metall Kalium, das wir bereits erwähnt haben. Ja, diese Liebschaft ist so groß, daß man ein Stückchen Kalium gar nicht an die Luft bringen darf, denn ehe man sich's versieht, ist dies blanke silberhelle Metall durch Verbindung mit dem Sauerstoff der Luft in eine weiße krümlige Masse, die man Kali nennt, verwandelt, und läßt man dieses noch länger in der Luft, so wird sogar das Kali feucht und zerfließt endlich wie naßgewordener Zucker.

Wenn man sich also eine richtige Vorstellung von der Anziehungskraft, die zwischen zwei chemischen Stoffen waltet, machen will, muß man sagen: die Anziehungskraft ist zwar immer vorhanden zwischen je zwei chemischen Urstoffen. Wenn die Umstände diese Anziehungskraft begünstigen, entsteht aus diesen zwei Urstoffen ein ganz anderes Ding, das oft nicht die mindeste Aehnlichkeit mit den Urstoffen hat. Aber diese Anziehungskraft ist nicht immer gleich bei allen Urstoffen, sondern es waltet zwischen je zwei Urstoffen bald eine größere, bald eine schwächere Anziehung ob.

Indem wir später dem Grunde dieser Erscheinung nachspüren wollen, um uns diese Eigenthümlichkeit der Stoffe einigermaßen zu erklären, wollen wir für jetzt einmal in Betracht ziehen, wie so eigenthümliche Dinge aus den Verbindungen zweier Stoffe hervorgehen.

Wir haben es schon erwähnt, daß aus einer chemischen Verbindung von Sauerstoff und Stickstoff die Salpetersäure entsteht; ferner wissen wir bereits, daß aus einer Verbindung von Sauerstoff und Wasserstoff Wasser hervorgeht.

Was Wasser ist, weiß jeder Mensch. Alles Wasser der Welt, unser Trink-, Brunnen-, Fluß- und Regenwasser ist nichts anderes als eine chemische Verbindung von zwei Luftarten, von Sauerstoff und Wasserstoff. — Viele werden auch wol wissen, was die Salpetersäure für eine eigene Flüssigkeit ist. Sie ist eine äußerst beizende Flüssigkeit von höchst saurem Geschmack, so daß ein paar Tropfen hinreichen, ein Glas Wasser sauer schmeckend zu machen. Sie ist so ätzend, daß man fast alle Metalle in derselben auflösen kann. Taucht man ein wenig Baumwolle in ganz reine Salpetersäure und läßt sie auch nur eine Sekunde darin, so wird sie die bekannte Schießbaumwolle. Man kann sie dann stundenlang auswässern und mit Wasser waschen, die Baumwolle wird, wenn sie trocken ist, noch heftiger wie Schießpulver abbrennen, sobald man nur ein Fünkchen daran bringt. Man sieht also, die Salpetersäure ist ein ganz anderes Ding als Wasser.

Nun aber wissen wir, daß in beiden, sowol im Wasser wie in der Salpetersäure Ein Stoff ganz derselbe ist, nämlich der Sauerstoff. Sie unterscheiden sich nur darin, daß in dem einen, im Wasser, Wasserstoff, während in der Salpetersäure Stickstoff vorhanden ist. Wenn man nun sieht, wie das Wasser so milde und die Salpetersäure so brennend und ätzend ist, so könnte man auf den Gedanken kommen, daß diese Eigenthümlichkeiten nur von den Eigenschaften des Wasserstoffs und des Stickstoffs herrühren müssen. Man sollte meinen, der Wasserstoff mache das Wasser so milde, so unschuldig, während der Stickstoff daran Schuld haben muß, daß die Salpetersäure so gefährlich und heftig wirkend ist. — Das aber ist ein großer Irrthum!

Wer sich hiervon überzeugen will, der denke sich nur einmal, was wol entstehen müßte aus einer Verbindung von Wasserstoff und Stickstoff. Gewiß glaubt der Unkundige, daß hieraus so eine Art wäßrige Salpetersäure oder dergleichen halb unschuldiges Ding entsteht; aber er kaufe sich nur zum Spaß aus der Apotheke für einen Sechser Ammoniak und rieche daran, und er wird merken, daß aus den zwei Stoffen, die er schon die Ehre hatte, im Wasser und in der Salpetersäure kennen zu lernen, etwas ganz anderes als diese Dinge geworden ist.

Eine weitere Betrachtung wird uns aus diesem leicht faßlichen Beispiel manchen interessanten Blick in die Geheimnisse der Stoffe und ihrer Verbindungen thun lassen.

XVII. Wie sonderbar oft die Resultate chemischer Verbindungen sind.

Wenn man sieht, wie man aus den drei genannten chemischen Urstoffen, aus Sauerstoff, Wasserstoff und Stickstoff so ganz besondere drei Flüssigkeiten machen kann, die mit einander nicht die mindeste Aehnlichkeit haben, so kann man so recht bemerken, was es mit der chemischen Kraft für eine ganz eigene Bewandniß hat, und daß hier ein Geheimniß ganz eigenthümlicher Art dahinter stecken muß.

Sauerstoff und Wasserstoff in chemischer Verbindung geben Wasser. Aber weder der Sauerstoff allein, noch der Wasserstoff allein hat die mindeste Aehnlichkeit vom Wasser. Beides sind Luftarten, von denen die eine, der Sauerstoff, von uns mit jedem Athemzug eingeathmet wird; die andere, der Wasserstoff, ist eine Luftart, die, wenn sie angezündet wird, mit großer Hitze brennt. Hat man in einer Schweinsblase Sauerstoff, in einer zweiten Wasserstoff und läßt man beide Gase durch feine Röhrchen ausströmen, so daß der Wasserstoff durch den Strom von Sauerstoff strömt, so braucht man nur den Wasserstoff mit einem Zündhölzchen anzustecken, um den höchsten Grad von Hitze zu erhalten, der bisher erzeugt werden konnte. Man nennt diese Mischung Knallgas und in der schwachen wenig leuchtenden Flamme des Knallgases schmilzt nicht nur Glas, als ob es Wachs wäre, sondern der härteste Stahl brennt darin so lebhaft, daß die Funken nach allen Seiten herumsprühen. Und doch ist die chemische Verbindung dieser beiden Luftarten nichts als Wasser, ganz gewöhnliches Wasser, das nicht brennt und die Verbrennung nicht befördert, sondern gerade gebraucht wird, um Feuer zu löschen. —

Sauerstoff und Stickstoff sind beides Luftarten. Ja diese zwei Luftarten sind die Bestandtheile unserer gewöhnlichen Luft, in welcher wir leben und athmen. Alle Luft, welche die Erde umgiebt und alles erfüllt, was wir in und an uns haben, besteht aus vier Theilen Stickstoff und einem Theile Sauerstoff. Zum Glück sind diese beiden Stoffe in der Luft nicht chemisch verbunden, sonst würde die Luft nicht Luft, sondern eine höchst ätzende brennende furchtbare Flüssigkeit, sie würde Salpetersäure sein, die alles Leben zerstören würde. Bekäme die Luft der Erde einmal irgend welchen Zustand, der eine chemische Verbindung der beiden Luftarten, aus denen sie besteht, zu Wege bringt, so würde ein Meer von Salpetersäure die Erde überschwemmen und alles Leben und Dasein auf derselben vernichten. Hier kann man so recht sehen, welch ein Unterschied es ist ob zwei Urstoffe nur mit einander vermischt sind, wie es mit dem Sauerstoff und Stickstoff in der Luft der Fall ist, oder ob sie chemisch verbunden sind, wie es in der Salpetersäure stattfindet. Ohne Zweifel ist es eine eigne wunderbare Kraft, welche zwei so unschädliche, ja für das Leben so wichtige Stoffe derart in der Salpetersäure verbindet, daß sie eine Flüssigkeit bilden, die an sich gar keine Aehnlichkeit mehr mit den Urstoffen hat.

Nimmt man aber den einen Bestandtheil des Wassers, den Wasserstoff, und den einen Bestandtheil der Salpetersäure, den Stickstoff, und bringt eine chemische Verbindung zwischen ihnen zu Wege, so bilden sie Ammoniak, das eigentlich auch ein Gas von so durchdringendem stechendem Geruch, daß es vollkommen unerträglich ist und selbst dort, wo es schon mit Wasser bedeutend geschwächt ist, wie in dem Ammoniak, den man in der Apotheke kaufen kann, so in die Nase steigt, oder richtiger die Geruchsnerven reizt, daß Einem die Thränen eine ganze Weile aus den Augen fließen.

Wenn wir dem noch die Versicherung hinzufügen, daß die Eigenschaften des Ammoniaks gerade die entschieden entgegengesetzten der Salpetersäure sind, so läßt es sich schon hieraus erkennen, daß es ganz was Eignes ist mit der Kraft der Chemie. Sie schafft in der Verbindung der Urstoffe Dinge, die gar nichts mehr mit den Urstoffen gemein haben; wie denn der Versuch gezeigt, daß man Wasserstoff mit Stickstoff gemischt ohne die mindeste Beschwerde einathmen kann und daß sie im reinen Zustand einzeln und auch in Mischung ganz geruchlos sind.

Will man nun einen Blick hinter das Geheimniß der Chemie thun, so muß man nicht nur auf das achten, was wir bereits angeführt haben, nämlich auf die größere und schwächere Neigung, die zwischen zwei Stoffen besteht, um sich zu einem neuen Ding zu verbinden, sondern man hat auch auf die Umstände Rücksicht zu nehmen, unter welchen die Verbindung möglich wird, denn von diesen Umständen hängt oft der hauptsächliche Vorgang der Verbindung ab.

Indem wir nun im nächsten Abschnitt von dieser Neigung zur Verbindung sprechen und einige der Umstände anführen werden, die nöthig sind, um die chemische Anziehungskraft wirksam zu machen, wollen wir hier nur noch einige auffallende Thatsachen anführen, um zu zeigen wie die chemische Kraft merkwürdige Veränderungen der Stoffe hervorbringt.

Vom Stickstoff wissen wir schon, daß er ein ganz unschädlicher Stoff ist; vom Kohlenstoff wissen wir ein Gleiches, denn Kohlenstoff ist eigentlich nichts als reine Kohle, und doch giebt eine Verbindung von Kohlenstoff und Stickstoff ein Gas, das den Namen Cyan hat und sehr giftig wirkt. Kommt aber zu diesem noch Wasserstoff hinzu, das sonst so unschädlich ist, so entsteht daraus die schreckliche Blausäure, die das furchtbarste Gift ist, das man kennt, da es fast augenblicklich tödtlich wirkt. Gelingt es aber, einem so Vergifteten schnell Ammoniak beizubringen, so ist die Rettung noch möglich, obgleich Ammoniak auch nichts als Stickstoff und Wasserstoff ist, die ja Bestandtheile der Blausäure sind!

Die zerstörende Kraft des Chlors ist bekannt, da man oft genug klagen hört, daß das jetzt eingeführte Bleichen mit Chlor die Zeuge zerstöre. Chlorgas eingeathmet, wirkt erstickend. Ferner ist Natrium ein Metall, das tödtlich wirkt, wenn man ein Stückchen davon verschluckt. Und diese beiden gefährlichen Dinge, Chlor und Natrium, verbinden sich chemisch und bilden das Kochsalz, von dem wir täglich gar nicht wenig verschlucken und das für die Ernährung im höchsten Grade wohlthätig ist! — Die chemische Verbindung macht also auch schädliche Stoffe unschädlich.

XVIII. Die Umstände, unter welchen chemische Anziehungen stattfinden.

Da wir nun wissen, daß die geheime Kraft der chemischen Anziehung zwar in allen Stoffen vorhanden ist, daß sie aber nicht in jeden beliebigen zwei Stoffen gleich stark waltet, daß z. B. zwischen Kalium und Sauerstoff eine ungeheuer starke chemische Anziehungskraft thätig, daß sie zwischen Eisen und Sauerstoff schon schwächer ist, daß sie zwischen Silber und Sauerstoff noch weniger vorwaltet, — so läßt es sich denken, daß man eine ganze Reihe aufführen kann, um zu zeigen, wie stark oder wie schwach die Anziehung ist, die zwischen dem Sauerstoff und allen übrigen sechzig Urstoffen obwaltet.

Eine solche Reihe könnte man so aufführen, daß man mit demjenigen Urstoffe anfinge, der am wenigsten Lust hat, sich mit Sauerstoff zu verbinden, sodann der Reihe nach diejenigen Stoffe folgen ließe, die immer mehr und mehr diese Lust bezeigen, bis man zu denjenigen Stoffen gelangte, deren Neigung zum Sauerstoff sehr groß ist und zum Schluß endlich zum Kalium käme, das wie gesagt die allerstärkste Neigung zum Sauerstoff hat.

Gesetzt, man wäre im Stande, eine solche Reihe mit Genauigkeit aufzustellen, so besäße man eine Tabelle für die Stärke der chemischen Verbindungen, welche der Sauerstoff mit allen übrigen Stoffen eingeht, und es wird Jeder einsehen, daß solch eine Tabelle sehr interessant und lehrreich sein müßte.

Allein es hat leider seine große Schwierigkeit, eine solche Tabelle genau herzustellen; denn es hängt die chemische Verbindung eines Stoffes mit Sauerstoff nicht nur von der in beiden wohnenden Anziehungskraft ab, sondern auch noch von den Umständen, unter welchen die beiden

Stoffe zu einander gebracht werden. — Ein Beispiel, das wir erwähnt haben, wird das, was wir meinen, sehr deutlich machen.

Wir haben schon die allbekannte Thatsache erwähnt, daß Eisen so leicht rostet, das heißt, daß es sich so sehr leicht mit dem Sauerstoff der Luft verbindet. Nun aber wird schon Jedermann selber die Erfahrung gemacht haben, daß das Rosten sehr schnell vor sich geht in feuchter Luft, z. B. im Keller, während man im trockenen Zimmer Wochen lang ein Messer liegen lassen kann, ohne daß es rostet. Schon hieraus sieht man, daß der Umstand der Feuchtigkeit der Luft wesentlich dazu beiträgt, die Anziehungskraft zwischen Eisen und Sauerstoff zu befördern. — Nun wissen wir aber auch schon, daß man im Hoch-Ofen durch Glühen des Rostes mit Kohle das reine Eisen aus dem Rost gewinnen kann, indem der Sauerstoff des Rostes das Eisen verläßt und sich zur Kohle begiebt, um mit ihr Kohlensäure zu bilden. — Hieraus sollte man nun schließen, daß der Sauerstoff mehr Lust hat, sich mit der Kohle zu verbinden als mit dem Eisen; das aber ist durchaus nicht der Fall, denn es kommt eben auf die Umstände an.

Ein Stück Kohle kann Jahrelang in der Luft liegen, ohne daß es sich mit dem Sauerstoff der Luft verbindet, während ein Stück Eisen die Verbindung schnell genug im Rosten eingeht; bringt man aber die Kohle an ein brennendes Licht, so daß sie zu glühen anfängt, so fängt augenblicklich die Verbindung der Kohle mit dem Sauerstoff der Luft an, und sie verwandelt sich in Kohlensäure mit der größten Leichtigkeit von der Welt.

Die Kohle hat also Lust sich mit Sauerstoff zu verbinden; allein hierzu muß sie einer großen Hitze ausgesetzt sein, sie muß angebrannt werden, es sind also Umstände nöthig, um die Liebschaft zwischen Kohle und Sauerstoff zum Ausbruch zu bringen, was beim Eisen nicht der Fall ist.

Vielleicht könnte man hieraus schließen wollen, daß die chemische Anziehungskraft eine Art Liebschaft sei, die gerade durch die Hitze immer zunimmt; das wäre aber wieder fehlgeschossen, denn wir sehen es ja, daß die Hitze im Hoch-Ofen gerade die Liebschaft zwischen dem Eisen und dem Sauerstoff aufhebt, also schwächt und nicht verstärkt! —

Um zu sehen, wie sehr die chemische Anziehungskraft von Umständen herrührt, brauchen wir nur daran zu erinnern, daß in Pulverfabriken, wo man feingemahlenes Kohlenpulver lange gehäuft übereinander liegen ließ, dieses Kohlenpulver sich oft schon von selber in Brand gesetzt hat, und zwar rein durch die Anziehung des Sauerstoffs, den jedes Kohlenstäubchen in sich aufsaugt, verdichtet und festhält. Bei dieser Selbstentzündung, die oft die größten Gefahren herbeigeführt hat, geräth der ganze Haufen Kohlenstaub in Brand und verwandelt sich sammt dem Sauerstoff der Luft in Kohlensäure.

Schon diese eine Vergleichung zwischen Eisen und Kohle in ihrem Verhältniß zum Sauerstoff wird es beweisen, daß es seine Schwierigkeit haben muß, zu sagen, ob der eine oder der andere Stoff größere Neigung zum Sauerstoff hat; denn außer dieser Neigung spielen die Umstände, unter welchen chemische Verbindungen vor sich gehen, die größte Rolle und diese Umstände sind oft so verschieden, daß man sie garnicht mit einander vergleichen kann. —

Gleichwol hat sich die Wissenschaft nicht abschrecken lassen von der Schwierigkeit, welche die Umstände bieten und hat eine solche Tabelle der Neigungen herausstudirt und herausprobirt; denn diese Tabelle ist, wie wir zeigen werden, von der allergrößten Wichtigkeit, wenn man hinter die Geheimnisse der Natur kommen will.

Wenn man die einzelnen Umstände, unter welchen chemische Verbindungen vor sich gehen, genauer erwägt, so ergiebt sich aus ihnen eine Art Uebersicht über den Zustand, in welchem zwei chemische Stoffe sich befinden müssen, um die in ihnen schlummernde Neigung zu äußern, und deshalb wollen wir einige Fälle des Beispiels halber hier aufführen; denn wir werden später sehen, daß diese Fälle die Möglichkeit gewähren, einen Blick in die Geheimnisse der Natur zu werfen.

Wir wissen schon, daß Eisen in feuchter Luft schneller rostet als in trockener, das heißt: die Verbindung zwischen dem Sauerstoff der Luft und dem Eisen wird durch die Feuchtigkeit der Luft befördert. Es wirkt also nicht die Anziehung der Stoffe allein, sondern auch der Zustand, in welchem die Stoffe sich befinden, auf die Verbindung derselben.

Wir wissen ferner, daß Kohle zwar Luftarten in sich einsaugt, ohne immer eine chemische Verbindung mit der Luftart einzugehen; dahingegen braucht man Kohle nur anzuzünden, das heißt zu erhitzen und sofort geht sie eine schnelle Verbindung mit dem Sauerstoff der Luft ein und verwandelt sich mit dieser in Kohlensäure. Also hier sehen wir, daß die Feuchtigkeit der Luft keine Rolle spielt, sondern umgekehrt die Hitze ist die Kupplerin, welche die schnelle Ehe zwischen Kohle und Sauerstoff zu Wege bringt.

In vielen Fällen muß man, um eine chemische Verbindung zu Stande zu bringen, mindestens einen der Stoffe als Flüssigkeit anwenden. In manchen Fällen ist es nöthig, die Wärme zu steigern, um eine chemische Verbindung herbeizuführen; in manchen Fällen dagegen trennen sich zwei Stoffe aus ihrer chemischen Verbindung, wenn man sie erwärmt.

Sehr wunderbar ist die Einwirkung des Sonnenlichtes auf einzelne chemische Verbindungen, namentlich auf solche, in welchen Chlor oder Jod eine Rolle spielt. Das Chlor hat die Eigenschaft, alle Farben zu zerstören, weshalb man es zum Bleichen der Zeuge anwendet, wozu man sich sonst des Sonnenlichtes bediente. Schon dieser Umstand deutete darauf hin, daß das Sonnenlicht die Stoffe chemisch verändert, indem es ähnlich wie ein chemischer Stoff, das Chlor wirkt. Wenn man nun durch die Forschungen der neuern Zeit ziemlich sicher weiß, daß das Sonnenlicht nicht eine Art Stoff, der von der Sonne durch den ganzen Weltraum ausströmt, sondern nur eine Erscheinung ist, von der die Sonne die Ursache ist, so kann man sich die Einwirkung des Sonnenlichtes auf chemische Stoffe nur dadurch erklären, daß man annimmt, es versetze das Sonnenlicht die Stoffe in einen eigenthümlichen Zustand, welcher auf die chemische Verbindung von Einfluß ist. — Vor wenigen Jahren noch wußte man von dieser Einwirkung des Lichtes auf den chemischen Zustand gewisser Stoffe sehr wenig; nur das Bleichen der Wäsche im Sonnenlicht, die Rasenbleiche, war eine bekannte Thatsache; gegenwärtig jedoch, wo man allenthalben, fast in jeder Hütte schon Lichtbilder, Daguerreotypen, Photographien findet, jetzt hat man Gelegenheit zu sehen, welche wunderbare Wirkungen das Sonnenlicht auf chemische Stoffe hervorzubringen vermag, denn die ganze Kunst, Lichtbilder anzufertigen, ist eine rein chemische Operation.

Am interessantesten ist noch ein Umstand, der uns gleichfalls lehrt, wie eigenthümlich oft der Zustand der Stoffe sein muß, wenn man sie zu einer chemischen Verbindung bringen will.

Es giebt Stoffe, die man nur dann zu einer chemischen Verbindung bewegen kann, wenn man sich gewissermaßen auf die Lauer legt und den Augenblick abwartet, wo sie eben erst aus einer chemischen Verbindung freigelassen worden sind. Bietet man ihnen in diesem Augenblick Gelegenheit eine neue Verbindung einzugehen, so geschieht es schnell und leicht; läßt man ihnen aber Zeit, so hört die Lust, eine chemische Verbindung einzugehen, auf.

Einige Beispiele derart bietet sowol die Entstehung der Salpetersäure, wie die des Ammoniak und auch in vielen Fällen die Entstehung des Wassers.

Wie wir wissen, besteht die Salpetersäure aus Sauerstoff und Stickstoff. Der Sauerstoff ist seiner Natur nach sehr verbindungslustig; allein der Stickstoff ist außerordentlich träge in dieser Beziehung, und das ist ein Glück, sonst würde sich oft in der Luft, die ja aus Sauerstoff und Stickstoff besteht, Salpetersäure bilden. Braucht man aber Salpetersäure, und das ist eben sehr vielfach in jetziger Zeit der Fall, so muß man den Moment abwarten, wo in irgend einem chemischen Vorgang gerade der Stickstoff aus einer frühern chemischen Verbindung verdrängt wird, und führt man ihm in diesem Augenblick den Sauerstoff zu, so geschieht die chemische Verbindung des Sauerstoffs und Stickstoffs ohne alle Schwierigkeit.

Dieses Ablauern des Stoffes, um ihn sofort wieder einfangen zu können, geschieht bei der Bereitung des Ammoniak in noch höherem Grade. Der Ammoniak, der aus Wasserstoff und Stickstoff besteht, bildet sich nur dann, wenn man einerseits Wasserstoff und andererseits Stickstoff aus ihren alten Verbindungen treibt und die eben erst freiwerdenden Stoffe ohne Zeitverlust zu einander führt. Man muß hier beiden Stoffen auflauern, um den Moment nicht zu verpassen.

Auch Wasser, das aus Sauerstoff und Wasserstoff besteht, bildet sich nicht, wenn man beide Gase zu einander bringt; dahingegen entsteht es bei unzähligen chemischen Operationen, wenn beide Gase im Entstehungsmoment, wo sie eben anderweitige Verbindungen verlassen haben, an einander gerathen.

Offenbar liegt ein Geheimniß eigener Art all den Zuständen zu Grunde, unter welchen chemische Verbindungen und Lösungen vor sich gehen, und wir haben Grund, diese chemischen Geheimnisse mit zu den geheimen Kräften der Natur zu zählen.

XIX. Eine Reihenfolge der chemischen Neigungen.

Nachdem wir einige Umstände kennen gelernt haben, die einen großen Einfluß auf die chemische Verbindung ausüben, wird es Jedem klar werden, daß es eine große Schwierigkeit hat, genau zu bestimmen, ob der eine oder der andere Stoff sich leichter mit einem dritten verbindet, und welche zwei dieser Stoffe also eine größere Anziehungskraft auf einander ausüben.

Trotzdem jedoch hat die Naturforschung es so weit gebracht, mit ziemlicher Sicherheit die Größe der chemischen Anziehung zwischen je zwei Urstoffen bestimmen zu können.

Nehmen wir wieder einmal den Sauerstoff als den ersten Stoff an, weil er mit allen anderen Stoffen am leichtesten Verbindungen eingeht und weil er in der Natur eine so große chemische Rolle spielt, so weiß man es jetzt, daß er so gut wie gar keine Neigung hat, sich mit Chlor zu verbinden. Eine stärkere Neigung besitzt der Sauerstoff schon zu Schwefel, mit dem er die bekannte Schwefelsäure bildet. Noch leichter verbindet er sich mit Phosphor zu Phosphorsäure und wiederum unter Umständen noch leichter mit Stickstoff zu Salpetersäure. Noch leichter ist seine Verbindung mit Kohlenstoff, um Kohlensäure zu bilden. Die Neigung des Sauerstoffs zum Wasserstoff ist wiederum stärker als die der bisher genannten Stoffe. Die Neigung wächst nun immer mehr, je mehr wir uns den Metallen nähern. Seine Verbindung mit Gold und Platin ist stärker als die mit Wasserstoff. Mit Silber verbindet sich Sauerstoff heftiger. Zum Kupfer hat er noch stärkere Neigung, zum Zink ist die Neigung wiederum bedeutender, zum Eisen ist sie schon sehr stark, zum Natrium ist sie außerordentlich stark und am allerstärksten ist die Neigung zwischen Sauerstoff und Kalium.

Wir sind demnach schon im Stande, eine Reihe aufzuführen, in welcher jeder folgende Stoff eine immer bedeutendere Neigung hat, sich mit Sauerstoff zu verbinden, und diese Reihe von den genannten Stoffen würde demnach folgendermaßen lauten:

Chlor, Schwefel, Phosphor, Stickstoff, Kohlenstoff, Wasserstoff, Gold und Platin, Silber, Kupfer, Zink, Eisen, Natrium, Kalium.

Wir haben freilich nur die bekanntesten chemischen Urstoffe hier aufgeführt, während wir viele weniger bekannte mit Stillschweigen übergangen haben; allein auch bei diesen bekannten Stoffen dürfen wir nicht vergessen, daß die Umstände, unter welchen sie Verbindungen mit dem Sauerstoff eingehen, sehr verschieden sind, und daß demnach die Sicherheit der genannten Reihe noch nicht ganz fest steht.

Aber in dieser Reihe von Stoffen, die wir hier aufgeführt haben, zeigt sich etwas höchst Merkwürdiges, das einen Einblick in das Wesen der Naturgeheimnisse der Chemie gestattet.

Die Reihe sollte ja eigentlich nur für Verbindungen jedes dieser Stoffe mit Sauerstoff gelten, sie gilt aber auch für fast jeden andern dieser Stoffe. Nehmen wir beispielsweise den ersten der genannten Stoffe, das Chlor, so finden wir, daß auch dies sich am liebsten mit Kalium verbindet, welches der letzte Stoff der Reihe ist. Zunächst leicht verbindet sich Chlor mit Natrium, in welcher Verbindung es unser gewöhnliches Kochsalz bildet. Gehen wir in dieser Reihe weiter rückwärts, so kommen wir erst auf Eisen, dann auf Kupfer, Silber, Gold, Wasserstoff und Kohlenstoff. Mit all diesen Stoffen verbindet sich Chlor; aber wenn ihm die Wahl gelassen wird, verbindet es sich immer lieber mit einem Stoff, der in der genannten Reihe weiter von ihm absteht als mit einem, der ihm nahe steht. Also Chor verbindet sich lieber mit Eisen als mit Zink, lieber mit Zink als mit Kupfer, lieber mit Kupfer als mit Silber 2c., so daß es sich mit Kohlenstoff schon sehr schwer verbindet und zu dieser Verbindung, die in der Medizin gebraucht wird, schon das Einwirken des Sonnenlichtes zu Hilfe gerufen werden muß, weil sie ohne dessen Einwirkung nicht zu Stande kommt. — Mit dem neben dem Chlor stehenden Schwefel, Phosphor und Stickstoff kann man keine Verbindung mit dem Chlor zu Wege bringen, so daß wir hier sehen, wie diese Reihe nicht nur für den Sauerstoff, für welchen sie ja ursprünglich aufgestellt worden ist, Bedeutung hat, sondern auch für Chlor.

Das Merkwürdige geht aber noch weiter. Auch der zweite Stoff in der genannten Reihe, auch der Schwefel verbindet sich nicht mit dem ihm nebenstehenden Phosphor, auch nicht mit dem darauf folgenden Stickstoff und Kohlenstoff; wol aber mit dem Wasserstoff, wo er das bekannte übelriechende „Schwefelwasserstoffgas“ bildet, das man in faulen Eiern riecht. Mit den folgenden Stoffen aber, die noch entfernter in der Reihe von ihm abstehen, verbindet er sich nun immer leichter und inniger, je weiter man in der Reihe kommt, so daß die Neigung zur Verbindung der Reihe nach zunimmt, bis endlich wieder Schwefel-Kalium die stärkste Verbindung ist, die man mit Schwefel hervorrufen kann.

Aehnlich verhält es sich mit dem dritten Stoff der angeführten Reihe, dem Phosphor. Er verbindet sich garnicht oder nur äußerst schwer mit Stoffen, die in der Reihe neben ihm stehen, wol aber stärker und immer stärker mit Stoffen, die ihm der Reihe nach entfernt und entfernter aufgeführt sind.

Da die Reihe von uns nur sehr lückenhaft aufgeführt worden ist, so können wir auch hier die weiteren Merkwürdigkeiten derselben nicht näher ausführen. Wir hoffen aber, daß unsere Leser uns Glauben schenken, wenn wir versichern, daß eine weiter ausgeführte Reihe mehr Merkwürdigkeiten derart zeigt, und eine Bedeutung für die Verbindungen aller Stoffe mit einander hat, obgleich wir ja wissen, daß wir die Reihe nur anfangs anlegten, um zu sehen, wie es um die Verbindung der einzelnen Stoffe mit dem Sauerstoff steht.

Diese merkwürdige Eigenthümlichkeit kann unmöglich zufällig sein, und sie ist es auch nicht, sondern man hat Grund zu vermuthen, daß ein allgemeines Naturgesetz hier geheim waltet, das mit dem Geheimniß der chemischen Verbindungskraft in genauem Zusammenhang steht.

Wir werden sehen, daß man diesem Geheimniß schon mit Glück nachgespürt hat!

wo die ihrer Natur nach entgegengesetzten Stoffe die stärkste Neigung zur Verbindung besitzen.

Schon dies führt auf den Gedanken, daß wol ein und dieselbe Ursache all' diesen geheimen Kräften der Natur zu Grunde liegen müsse. Unmöglich kann es zufällig sein, daß allenthalben, wo eine Kraft in der Natur wirksam ist, eine Gegenkraft zugleich in Thätigkeit tritt, die mit ihr zusammen den Grund der Erscheinung ausmacht. In den festen Körpern herrscht eine Anziehungskraft zwischen einem Atom und dem andern, die sie zusammenpreßt und zugleich ist eine Abstoßungskraft thätig, die sie doch wiederum von einander fern hält. In dem großen Weltraum besitzen sämmtliche Himmelskörper eine Fliehkraft, die sie in die Unendlichkeit der Fernen treiben würde, und dieser Fliehkraft entgegen wirkt eine Anziehungskraft, die, wenn sie allein herrschte, alle Himmelskörper in einem einzigen Punkt vereinigen müßte. Und gerade diese zwei Kräfte, die entgegengesetzte Resultate in ihren Wirkungen haben würden, bringen den geordneten Lauf der Himmelskörper hervor, den wir anstaunen.

Im Magnetismus und in der Elektrizität ist die Trennung der Kräfte in zwei verschiedene Arten noch deutlicher ausgesprochen. Nordpol und Südpol, positive und negative Elektrizität treten hier auf, und es zeigt sich die auffallende Erscheinung, daß die entgegengesetzten Arten, die scheinbar einander feindlich sein sollten, sich gegenseitig suchen, sich einander anziehen. Finden wir nun in der Chemie ein ähnliches Verhältniß, zeigt sich auch hier, daß die entgegengesetzten Dinge die größere Neigung zu einander haben, so drängt sich unwillkürlich der Schluß auf, daß all' die geheimen Kräfte, die in so verschiedener Weise zur Erscheinung kommen, von einer uns noch unbekannten großen gemeinsamen Naturkraft, die das All' durchdringt, herstammen müssen, und daß sie alle wol nur verschiedene Erscheinungen der gemeinsamen noch unentdeckten Kraft sein mögen.

Wir werden am Schluß unseres Themas noch einige Betrachtungen über diese gemeinsame Urkraft anstellen; für jetzt jedoch müssen wir zu den bereits entdeckten Gesetzen der Chemie zurück, um diese vorerst kennen zu lernen und um dann zeigen zu können, welch' herrliche Entdeckungen in neuerer Zeit gemacht worden sind, die fast mit schlagender Gewißheit den Beweis führen, daß die Chemie, die für den ersten Blick garnicht die mindeste Aehnlichkeit mit der Elektrizität zu haben scheint, aufs innigste mit der Elektrizität verwandt ist, so daß man mit Recht nunmehr gestehen muß, daß fast ohne chemische Erscheinungen keine Elektrizität, und ohne Elektrizität keine chemische Erscheinung zu Wege gebracht werden kann.

XXI. Von der Natur der chemischen Verbindungen.

Wir haben es schon erwähnt, daß es einige sechzig chemische Urstoffe giebt, und daß sich je zwei und zwei dieser Stoffe chemisch verbinden können. Wenn dies der Fall ist, so nennt man die Verbindung eine einfache. Sauerstoff und Schwefel sind zwei chemische Urstoffe; wenn sie sich verbinden, bilden sie Schwefelsäure, und weil die Schwefelsäure eben nur aus zwei Stoffen besteht, nennt man sie eine einfache Verbindung. Es läßt sich denken, daß es außerordentlich viele einfache Verbindungen geben kann. Es verbindet sich auch Chlor mit den übrigen Stoffen, und ebenso Jod, Brom, Schwefel, Phosphor rc. mit den meisten übrigen Urstoffen, so daß deren Zahl außerordentlich groß ist.

Nennen wir nun Verbindungen dieser Art, wo nur zwei Urstoffe zu einander getreten sind, Verbindungen erster Ordnung, so zeigt es sich, daß auch aus diesen Verbindungen hervorgegangene Dinge meisthin eine besondere Neigung haben, sich wieder mit einander zu verbinden.

Wir haben schon des Rostes öfters erwähnt, daß er gebildet wird von Eisen und Sauerstoff; also Rost ist ebenfalls eine Verbindung erster Ordnung. Bringt man nun zu diesem unter gewissen Umständen etwas Schwefelsäure, so verbinden sich diese beiden Dinge zu einem neuen Dinge, das aus Schwefelsäure und Eisenrost besteht, und wie grünes Salz aussieht, das gewiß Vielen unter dem Namen Eisenvitriol bekannt ist. Solch eine Verbindung ist eine Verbindung zweiter Ordnung.

Da die meisten Dinge,-die aus Verbindungen zweiter Ordnung entstehen, die Form und Gestalt des Salzes haben, so nennt man sie Salze. Nun aber verbinden sich oft auch noch zwei solcher Salze mit einander und bilden Doppelsalze, und diese werden Verbindungen dritter Ordnung genannt.

Alle diese Verbindungen aber stehen unter ganz genauen und von der Natur mit großer Pünktlichkeit befolgten Gesetzen.

Man bringe nur einem Chemiker irgend einen chemischen Körper, sei es Körper erster oder zweiter oder dritter Ordnung und er wird sofort im Stande sein, nicht nur zu sagen, was für einfache Urstoffe darin stecken, sondern er wird mit der schärfsten Genauigkeit zugleich angeben können, wie, viele Gewichtstheile von jedem einzelnen Urstoff darin enthalten sind. Denn nichts in der Welt ist so pünktlich wie die Natur, und hat man auch nur einmal ihre Gesetze belauscht, so hat man für alle Zeiten den ewig sichern Faden, um ihr Verfahren zu erkennen. Dies aber ist in der Chemie bereits geschehen und die Gesetze, nach welchen die Natur ihre chemischen Kunststücke betreibt, sind jetzt schon jedem Chemiker geläufig und bekannt.

Das erste dieser Gesetze lautet folgendermaßen:

„Wenn sich zwei Urstoffe mit einander chemisch verbinden, so geschieht dies nur nach genauen Gewichten!“

Wir wissen es schon, daß Wasser aus Sauerstoff und Wasserstoff besteht; aber man bilde sich nicht ein, daß es ein Wasser geben kann, worin etwas mehr Sauerstoff ist als in einem andern, sondern es steht unerschütterlich fest, daß in jeder Art von Wasser, mag man es hernehmen aus dem Meer oder aus einer Quelle, oder aus Eis oder aus Schnee bereiten oder in Thau oder Regen ansammeln, immer und zu aller Zeit in einem Pfund Wasser stets genau so und soviel Loth Sauerstoff und so und so viel Loth Wasserstoff vorhanden sein werden. Kein Chemiker in der Welt und auch die Natur vermag nicht ein Wasser herzustellen, worin ein Atom Sauerstoff oder Wasserstoff mehr ist als in allen Wassern der Welt. Das heißt aber nichts anderes, als daß in jedem Pfund Wasser stets das Gewicht des Sauerstoffs und des Wasserstoffs genau und unumstößlich fest gegeben ist.

Hundert Loth Sauerstoff verbinden sich ganz genau mit zwölf und einem halben Loth Wasserstoff zu 112½ Loth Wasser; will man 100 Pfund Sauerstoff zur Bildung von Wasser verwenden, so muß man 12½ Pfund Wasserstoff dazu bringen und es darf auch nicht das kleinste Theilchen daran fehlen. Nimmt man mehr Sauerstoff oder mehr Wasserstoff, so bleibt er übrig und verbindet sich nicht, das heißt, er läßt sich auf keinen chemischen Prozeß weiter ein.

Und wie dies mit dem Wasser ist, so ist es mit allen Dingen, die aus zwei Urstoffen bestehen. Die Schwefelsäure z. B. besteht immer aus 100 Gewichtstheilen Schwefel und 150 Gewichtstheilen Sauerstoff, man mag die Schwefelsäure fabriziren, wie und wo man will. Unser gewöhnlicher gebrannter Kalk besteht aus einem Metall, das den Namen Calcium hat, und aus einer Portion Sauerstoff, und zwar sind immer im Kalk 250 Gewichtstheile Calcium und 100 Gewichtstheile Sauerstoff, gleichviel ob man den Kalk aus Marmor oder aus Kalkstein, aus Kreide oder aus Knochen oder Eierschalen brennen will. Es geht ein für allemal nicht anders, es werden immer in 350 Loth Kalk 250 Loth Calcium und 100 Loth Sauerstoff enthalten sein.

Woher aber mag das rühren? Warum vermag man nicht ein chemisches Ding herzustellen, worin man etwas mehr von dem einen Stoff hineinthut als die Chemie vorschreibt?

Offenbar rührt dies von der chemischen Anziehungskraft her, die zwischen je zwei Stoffen herrscht. Diese ist gewissermaßen wie der Appetit, aber ein so geregelter und genau zugemessener Appetit, daß er nur eine bestimmte, genau gewogene Portion aufnimmt und nicht ein Krümelchen mehr.

Wir werden im nächsten Abschnitt zeigen, wie sonderbar einerseits und wie wunderbar andererseits dieser Appetit sich herausstellt.

XXII. Die Gewichts-Verhältnisse der chemischen Verbindungen.

Der Grund, weshalb ein gewisses Gewicht eines Urstoffes nur ein ganz genau bestimmtes Gewicht eines andern Stoffes anzuziehen vermag und sich nicht ein Bischen abdingen oder ein Bischen mehr aufdringen läßt, ist ein tiefer und sehr bedeutsamer. Gerade die Erscheinung dieses Grundes hat die geistesschärfsten Denker dahin geführt, einen Blick in das Wesen aller körperlichen Dinge zu thun und den Beweis zu führen, daß Alles, was wir in der Welt sehen, Alles, was wir in, um und an uns haben, zusammengesetzt ist aus einzelnen kleinen Atomen, die so klein sind, daß wir ein einzelnes davon nicht sehen können, selbst mit den schärfsten Vergrößerungsgläsern nicht, und daß aus der Zusammenstellung dieser Atome sämmtliche Dinge der Welt erst entstanden sind.

Wir werden über diese wichtige Lehre noch weiterhin ein Näheres sprechen; für jetzt haben wir ein höchst merkwürdiges chemisches Gesetz unseren Lesern vorzuführen, dessen Erforschung ebenfalls für die Wissenschaft von der wichtigsten Bedeutung geworden ist.

Wir wissen, daß ein jeder chemische Urstoff einen gewissen Appetit hat, sich mit einem andern chemischen Urstoffe zu verbinden, daß aber der Appetit des Stoffes durchaus mit einer ganz genau bestimmten Portion des zweiten Stoffes gesättigt werden muß, von der er sich nichts abhandeln und zu der er sich nichts zulegen läßt. Es findet nun aber ein ganz wunderbares Verhältniß in diesem Appetit sowol wie in den Portionen statt. Um dies einleuchtend zu machen, müssen wir einmal diesen Appetit und die Portionen bei einigen Stoffen etwas näher kennen lernen.

Wir wollen nun wieder mit dem Sauerstoff anfangen und uns denken, wir haben 100 Loth Sauerstoff vor uns und dazu eine ganze Masse von einzelnen Urstoffen, die wir beliebig mit dieser Portion Sauerstoff chemisch verbinden können. Es fragt sich nun z. B.: wie viel Wasserstoff werden die 100 Loth Sauerstoff aufnehmen? Die Antwort hierauf lehrt die Erfahrung; und die genaueste Prüfung ergiebt, daß netto 12½ Loth Wasserstoff den Appetit von 100 Loth Sauerstoff stillen, so daß nun aus beiden Stoffen 112½ Loth Wasser entstehen.

Da wir nun wissen, wie groß der Appetit von 100 Loth Sauerstoff ist, wenn wir ihn mit Wasserstoff speisen, so wollen wir einmal sehen, ob sein Appetit zum Stickstoff größer oder kleiner ist. Macht man nun den Versuch und bringt die einfachste Verbindung von Sauerstoff und Stickstoff zu Stande, woraus eine Art salpetersaures Gas entsteht, so findet man, daß er von Stickstoff eine ganz gewaltige Portion zu sich nehmen kann, denn die 100 Loth Sauerstoff nehmen 175 Loth Stickstoff auf.

Da nun dieselben 100 Loth Sauerstoff schon satt wurden durch 12½ Loth Wasserstoff, dagegen 175 Loth Stickstoff brauchen, um gesättigt zu werden, so muß man schon annehmen, daß 12½ Loth Wasserstoff gerade so viel Sättigungsstoff in sich haben als 175 Loth Stickstoff, daß man also beliebig statt des einen den andern wählen kann.

So weit wäre die Sache nun nicht wunderbar, denn wir haben viele Dinge in der Welt, wo ein wenig von dem einen Stoff so viel zu bedeuten hat, als sehr viel vom andern Stoff. Aber das Wunderbare kommt erst, wenn man probirt wie sich denn Wasserstoff mit Stickstoff verbindet.

Versucht man es Wasserstoff mit Stickstoff in chemische

Verbindung zu bringen, so zeigt es sich, daß gerade die $12\frac{1}{2}$ Loth Wasserstoff, die wir schon kennen, netto die 175 Loth Stickstoff aufnehmen, um eine Verbindung einzugehen. Also die $12\frac{1}{2}$ Loth Wasserstoff sind nicht für den Appetit des Sauerstoffs so gut wie 175 Loth Stickstoff, sondern die $12\frac{1}{2}$ Loth Wasserstoff haben netto auch solch großen Appetit wie die 100 Loth Sauerstoff, denn sie verstehen gleich diesen das Kunststück sich nur durch 175 Loth Stickstoff sättigen zu lassen.

Hieraus aber ergiebt sich ein ganz eigenthümlicher wunderbarer Einblick in das geheime Wesen der chemischen Verbindungen.

Wir haben uns gewundert, daß 100 Loth Sauerstoff schon satt werden durch $12\frac{1}{2}$ Loth Wasserstoff, während sie 175 Loth Stickstoff zur Sättigung brauchen; jetzt aber sehen wir die erstaunliche Thatsache, daß die bescheidene Portion von $12\frac{1}{2}$ Loth Wasserstoff auch einen sehr gesegneten Appetit hat nach Stickstoff und ebenfalls erst satt wird, wenn sie 175 Loth davon verzehrt hat. Wir finden also, daß der Appetit von $12\frac{1}{2}$ Loth Wasserstoff netto so groß ist, wie der von 100 Loth Sauerstoff und kommen nun endlich dahinter, daß gerade darum $12\frac{1}{2}$ Loth Wasserstoff mit 100 Loth Sauerstoff sich verbinden, weil ihr chemischer Appetit gleich groß ist.

Der chemische Appetit ist aber nichts anderes als die chemische Anziehungskraft, und wir kommen so hinter ein Geheimniß, das uns folgendes lehrt:

Da 100 Loth Sauerstoff sich nur mit $12\frac{1}{2}$ Loth Wasserstoff verbinden, so müssen wir schließen, daß die chemische Anziehungskraft der 100 Loth Sauerstoff gerade so groß ist, wie die der $12\frac{1}{2}$ Loth Wasserstoff.

Das Eigenthümliche und Wunderbare, das wir hier von den drei Stoffen Sauerstoff, Wasserstoff und Stickstoff angeführt haben, findet aber bei allen übrigen sechzig Stoffen statt, und hieraus ergiebt sich ein so richtiges Naturgesetz der chemischen Verbindungen, daß man wol sagen darf, daß dessen Erkenntniß erst die Chemie zu begründen vermochte.

XXIII. Wie die chemischen Stoffe stets nur in bestimmten Gewichtstheilen ihre Verbindungen eingehen.

Da es, wie wir gesehen haben, ein so eigenthümliches Ding ist mit dem Appetit der chemischen Urstoffe, so wollen wir einmal eine Reihe derselben hier aufsuchen und durch Zahlen genauer angeben, wie viel von jedem Urstoff man nehmen muß, um dessen Appetit gleich zu machen mit dem von 100 Loth Sauerstoff; oder richtiger wie viel von jedem Urstoff eine gleiche chemische Anziehungskraft äußert als die 100 Loth Sauerstoff.

Wir wissen bereits, daß 12½ Loth Wasserstoff so stark in ihrem Appetit sind als 100 Loth Sauerstoff, und darum verbinden sich auch 100 Loth Sauerstoff genau mit 12½ Loth Wasserstoff, um Wasser zu bilden. Der Stickstoff dagegen ist von schwachem Appetit, denn man muß schon 175 Loth Stickstoff nehmen, um seine chemische Anziehungskraft gleich groß zu machen der von 12½ Loth Wasserstoff oder 100 Loth Sauerstoff. — Will man Kohlenstoff nehmen, so ergiebt der Versuch, daß 75 Loth desselben sich mit 100 Loth Sauerstoff verbinden und diese beisammen bilden das so gefährliche Kohlenoxyd oder den Kohlendampf, an dem so viele Menschen ersticken, wenn sie unvorsichtigerweise die Ofenklappe zu früh schließen. Also 75 Loth Kohlenstoff oder reine Kohle hat so viel chemische Anziehungskraft wie 100 Loth Sauerstoff oder $12\frac{1}{2}$ Loth Wasserstoff oder 175 Loth Stickstoff.

Macht man denselben Versuch mit Schwefel, so ergiebt sich, daß er einen halbmal so schwachen Appetit hat als Sauerstoff, denn von Schwefel muß man schon an 200 Loth dazu nehmen. Phosphor ist nahe viermal so schwach an Appetit, denn man muß schon 400 Loth nehmen, um seine Anziehung der von 100 Loth Sauerstoff gleich zu machen. Von Chlor muß man gar 440 Loth dazu thun, um durch ihn eine eben so starke Anziehung zu haben. Für Natrium braucht man wieder nur 290 Loth hierzu. Hieraus aber folgt, daß 290 Loth Natrium so stark in der Anziehung sind als 440 Loth Chlor, denn jeder dieser Stoffe ist in solcher angegebenen Menge ja so stark in seiner Anziehung als 100 Loth Sauerstoff. Da nun Chlor und Natrium wirklich in der Natur eine sehr gewöhnliche Verbindung eingehen und als solche unser gewöhnliches Kochsalz bilden, so weiß man mit vollster Sicherheit, daß man zu 440 Loth Chlor netto 290 Loth Natrium nehmen muß, um aus beiden 730 Loth Kochsalz zu bilden.

Daher rührt es auch, daß wenn man einem Chemiker eine Hand voll Kochsalz bringt, er dies nur genau zu wiegen braucht, um gleich sagen zu können, wie viel Chlor und wieviel Natrium darin steckt. —

Wir wollen nun noch einige andere bekannte Urstoffe hier aufführen und neben dieselben die Zahlen stellen, welche andeuten, wie viele Loth von jedem Stoffe nöthig sind, um seine chemische Anziehung so stark zu machen, wie die von 100 Loth Sauerstoff.

Die Versuche haben gelehrt, daß man von Eisen 352 Loth nehmen muß, von Zink 407 Loth, von Zinn 735 Loth, von Blei 1295 Loth, von Kupfer 396 Loth, von Quecksilber 1250 Loth, von Silber 1350 Loth und von Gold gar 2458 Loth.

Das Wichtige und Merkwürdige in diesen Zahlen ist nun, daß sie ursprünglich eigentlich doch nur in einer Beziehung zum Sauerstoff zu stehen scheinen, aber daß sie zugleich auch für alle übrigen Verbindungen der Stoffe unter einander gelten. Gesetzt, es wollte Jemand Zinnober machen, die bekannte vorzügliche rothe Farbe, die von den Malern so sehr geschätzt wird, und welche eine chemische Verbindung von Schwefel und Quecksilber ist, so fragt es sich, wie viel Schwefel und wie viel Quecksilber muß man dazu haben. Hierüber geben unsere Zahlen genauen Aufschluß. Zweihundert Theile Schwefel sind, wie oben gezeigt, so stark in der Anziehung wie hundert Theile Sauerstoff, und 1250 Theile Quecksilber sind auch in ihrer Anziehung so stark wie 100 Theile Sauerstoff, folglich müssen sich 200 Gewichtstheile Schwefel mit 1250 Gewichtstheilen Quecksilber verbinden und zusammen Zinnober bilden.

So aber geht es mit allen genannten und ebenso mit den übrigen Urstoffen, die wir hier nicht aufgeführt haben. Die Gewichtstheile, in welchen sie sich mit irgend einem Stoffe verbinden, passen auch zu allen anderen Stoffen. Es ergiebt sich also hieraus, daß alle chemischen Urstoffe in einem gewissen Verhältniß zu einander stehen, so daß man, um eine gewisse chemische Wirkung hervorzubringen, den einen statt des andern nehmen kann, wenn man nur das richtige oben angegebene Gewicht dazu verwendet.

Das aber kann unmöglich zufällig sein, sondern deutet auf ein ganz bestimmtes Naturgesetz hin, das in der Chemie waltet. Gewiß muß es seinen Grund haben, warum man 1250 Loth Quecksilber braucht, um eine so starke Anziehung hervorzubringen, wie sie 100 Loth Sauerstoff ausüben. Zweihundert Loth Schwefel, haben wir gesehen, sind so stark in ihrer Anziehung wie 100 Loth Sauerstoff; kann es wol Zufall sein, daß man gerade 200 Loth Schwefel braucht, um 1250 Loth Quecksilber chemisch zu binden? Muß nicht hier eine Kraft schlummern, die den chemischen Vorgängen zu Grunde liegt, und die es macht, daß sämmtliche chemische Verbindungen nur dann vollständig geschehen, wenn man gerade so viel von zwei Stoffen zu einander bringt, daß ihre chemische Anziehungskraft ganz gleich ist?

So ganz und gar ist man freilich hinter das Geheimniß der Chemie noch nicht gekommen; aber man ist ganz sicher auf dem Wege dahin, und um unsere Leser dahin zu führen, wo der jetzige Standpunkt der Forschung sich befindet, wollen wir noch einige Schritte auf dem Gebiete thun, die nicht nur interessant, sondern im höchsten Maße belehrend sind.

XXIV. Was chemischer Appetit und was chemische Energie ist.

Obgleich wir eben gezeigt haben, daß in allen chemischen Verbindungen der Appetit der Stoffe, die sich chemisch vereinigt haben, gleich groß ist, so lehrt dennoch die Erfahrung, daß sehr oft ein Stoff einen andern aus seiner bereits eingegangenen Verbindung verdrängt.

Nehmen wir zum Beispiel eine Verbindung von 100 Loth Sauerstoff mit 12½ Loth Wasserstoff, so wissen wir, daß dies netto 112½ Loth Wasser giebt, und wir müssen nach dem früher Gesagten annehmen, daß die 12½ Loth Wasserstoff in ihrer chemischen Anziehungskraft eben so

nicht immer jede Verbindung zweier Stoffe gleich stark, gleich haltbar und unerschütterlich.

Woher aber rührt diese Verschiedenheit? Warum können $12\frac{1}{2}$ Loth Wasserstoff so viel Sauerstoff chemisch binden als 489 Loth Kalium, trotzdem das Kalium so stark ist, den Wasserstoff aus dem gebildeten Wasser hinauszuwerfen?

Offenbar steckt hier wieder ein Naturgeheimniß dahinter, das man zu erforschen hat; ein Naturgeheimniß, das bewirkt, daß einerseits ein kleiner Theil eines Stoffes so viel vom andern Stoff aufnehmen kann, als ein dritter Stoff nur in einer größeren Summe von Gewichtsmenge es vermag, und andererseits bewirkt, daß dieser dritte Stoff dennoch energisch genug ist, den ersteren Stoff aus seiner bereits eingegangenen Verbindung zu treiben.

Auch diesem Naturgeheimniß ist die Wissenschaft jetzt schon auf die Spur gekommen, und wir wollen dasselbe auch unsern Lesern vorführen; wir bedürfen aber hierzu einiger Vorbereitungen, die wir nunmehr so kurz wie es uns möglich entwickeln wollen.

XXV. Die Verbindung eines chemischen Stoffes mit doppelten und mehrfachen Portionen.

In unserer bisherigen Betrachtung der Gesetze der chemischen Verbindungen haben wir die Behauptung aufgestellt, daß zwei Stoffe sich nur dann vollständig mit einander verbinden, wenn man von beiden das richtige bestimmte Gewicht dazu nimmt. Wir haben indessen zu diesem ganz richtigen Grundsatze noch einen zweiten hinzuzufügen, der scheinbar wie ein Widerspruch klingt; wir werden aber bei aufmerksamerer Betrachtung bald sehen, daß dies nicht der Fall ist.

Wir wissen, daß wenn man Schwefel mit Sauerstoff zu einer chemischen Verbindung bringen will, man 200 Gewichtstheile Schwefel und hundert Gewichtstheile Sauerstoff dazu verwenden muß. Man sollte nun glauben, daß es gar nicht möglich sei, aus Schwefel und Sauerstoff etwas anderes chemisch zu Stande zu bringen als eben das, was aus den angegebenen Gewichtsmengen wird. Allein die Erfahrung lehrt, daß dem nicht so ist.

Schon in älterer Zeit verstand man aus Schwefel und Sauerstoff vier verschiedene Dinge zu fabriziren; jetzt ist es sogar gelungen, sieben verschiedene chemische Verbindungen aus diesen beiden Stoffen herzustellen, und zwar entstehen diese sieben verschiedenen Verbindungen dadurch, daß man die Gewichtsmenge des Schwefels und Sauerstoffs verschieden anwendet. Für den ersten Augenblick scheint dies nun freilich im Widerspruch zu stehen mit dem bisher ausgesprochenen Grundsatz, daß in jeder chemischen Verbindung zweier Stoffe stets ein festes unverrückbares Gewichtsverhältniß der Stoffe angewandt werden müsse; allein, wenn man sich die Sache genauer ansieht, so bemerkt man, wie man Ursache hat, in jenem Grundsatz sich nur noch mehr bestärkt zu fühlen; ja man gelangt bei einigem Nachdenken erst recht hinter ein großes Naturgeheimniß der Chemie.

Wir wollen einmal die Gewichte angeben, welche man anwenden muß, um jede der hauptsächlichsten vier Verbindungen von Schwefel und Sauerstoff herzustellen; wir werden sogleich sehen, daß es mit den Gewichtsmengen doch nicht so willkürlich geht, sondern daß sie in einem ganz bestimmten Verhältniß bleiben müssen.

Man kann 200 Loth Schwefel und 100 Loth Sauerstoff verbinden und daraus entsteht ein Ding, das man zwar allein noch nicht hat darstellen können; aber man kennt es doch, weil man ihm nachzuspüren vermochte, wo es sich mit andern chemischen Körpern verbunden hat. Dies Ding, von dem man vermuthet, daß es ein Gas ist, heißt „unterschweflige Säure“. Man kann ferner 200 Loth Schwefel mit 200 Loth Sauerstoff verbinden, und daraus entsteht „schweflige Säure“, das bekannte stechend riechende Gas, das schon jedem in die Nase gestiegen ist, der diese über die blau brennende Flamme eines noch nicht ganz angebrannten Schwefelhölzchens gehalten hat. — Sodann kann man mit einiger Schwierigkeit eine Verbindung von 400 Gewichtstheilen Schwefel und 500 Gewichtstheilen Sauerstoff herstellen, die man „Unterschwefelsäure“ nennt. Endlich stellt man „Schwefelsäure“ dar und die besteht aus 200 Gewichtstheilen Schwefel und 300 Gewichtstheilen Sauerstoff. —

Betrachtet man diese Zahlen näher, so sieht man zwar, daß Sauerstoff und Schwefel nicht so strenge an dem Gesetz festhalten, sich nur in einem einzigen bestimmten Gewichtsverhältniß zu verbinden. Man hat sogar, wie gesagt, sieben verschiedene Verhältnisse herausgefunden, in welchen diese zwei Stoffe Verbindungen eingehen; allein wenn man hieraus schließen wollte, daß überhaupt in der Chemie jenes strenge Verbindungsgesetz nicht feststehe, so würde man sehr irren. Im Gegentheil aus den Zahlen geht gerade hervor, daß die Gewichtsverhältnisse bei mehrfachen Verbindungen sehr strenge inne gehalten werden. Wir sehen, daß 200 Gewichtstheile Schwefel sich nicht willkürlich mit einer beliebigen Gewichtsmenge von Sauerstoff verbinden, sondern es müssen gerade 100 oder 200 oder 300 oder auf 400 Gewichtstheile Schwefel 500 Gewichtstheile Sauerstoff sein, die eine chemische Verbindung eingehen. Mit einem Worte, man sieht den Sauerstoff zwar verschiedene Stufen der Verbindungen herstellen, aber jede Stufe rückt immer um ein volles Hundert. — Dies auffallende Verhältniß muß sicherlich zu dem Schluß führen, daß es bei einer chemischen Verbindung wol möglich ist, einen Stoff doppelt, dreifach und vierfach mit einem andern zusammenzubringen; aber nicht in sonst beliebiger Menge.

Da sich diese verschiedenen Stufen der Verbindungen bei den chemischen Dingen, die aus Stickstoff und Sauerstoff entstehen, noch auffallender herausstellen, so wollen wir einmal auch diese hier vorführen.

Vom Stickstoff wissen wir, daß 175 Loth desselben sich mit 100 Loth Sauerstoff verbinden. Wir wollen der Einfachheit halber 175 Gewichtstheile Stickstoff Eine Portion Stickstoff nennen, und ebenso 100 Gewichtstheile Sauerstoff mit Einer Portion Sauerstoff bezeichnen. Nun giebt es fünf verschiedene Stufen der Verbindungen des Stickstoffs mit dem Sauerstoff; aber auch bei diesen zeigt sich, daß nur dann eine neue Verbindung zu Wege gebracht wird, wenn man gerade doppelt, dreifach, vierfach oder fünffach vom Sauerstoff dazu nimmt; nicht aber, wenn man die Sauerstoffmenge in beliebigem Verhältniß dazu verwenden will.

Es lehrt die Erfahrung, daß eine Portion Stickstoff und eine Portion Sauerstoff das Stickstoff-Oxydul giebt. Eine Portion Stickstoff und zwei Portionen Sauerstoff geben das Stickstoff-Oxyd. Eine Portion Stickstoff und drei Portionen Sauerstoff geben die salpetrige Säure. Eine Portion Stickstoff und vier Portionen Sauerstoff geben die Unter-Salpetersäure, und eine Portion Stickstoff und fünf Portionen Sauerstoff geben die Salpetersäure. — Hier also sehen wir, daß man zu 175 Gewichtstheilen

Stickstoff immer nur ein volles Hundert Gewichtstheile Sauerstoff anwenden kann; nimmt man nicht das volle Hundert oder richtiger die volle richtige Portion, so wird nichts Chemisches daraus.

Dies aber muß seinen tiefen Grund haben, und diesen wollen wir nun kennen lernen, denn der ist ein Grundpfeiler der jetzigen Lehren über die Natur und ihre Geheimnisse.

XXVI. Was man in der Chemie von den Atomen erfahren kann.

Das Nachdenken der scharfsinnigsten Naturforscher über all die erwähnten Räthsel, die sich im Bereich der chemischen Verbindungen aufdrängen, hat dahin geführt, daß man jetzt im Stande ist, sich ein deutliches Bild zu machen von dem, was in der geheimen Werkstatt der Natur vorgeht und daß man so gewissermaßen Dinge zu sehen vermag, für welche uns die Natur selber den Sinn versagt zu haben scheint.

Die Auflösung vieler Fragen, die sich bei den chemischen Vorgängen herausstellen, ist eigentlich sehr einfach, ja fast zu einfach für den klügelnden Geist vieler Philosophen, die meisthin ein Vergnügen darin finden, sich jeden Naturvorgang so verwickelt wie möglich zu denken oder — wo ihr Denken aufhört, auszumalen.

Es liegt ein richtiger Sinn im Volke, das unter dem Namen „natürlich" sich immer etwas Einfaches vorstellt, denn in der That ist nichts in der Welt natürlicher als die Natur, und die Natur ist meisthin sehr einfach in dem, was sie schafft, wenn es auch uns höchst geheimnißvoll und daher sehr verwickelt erscheint.

Sehen wir uns einmal den chemischen Vorgang an, wie ihn sich die scharfsinnigen Naturforscher vorstellen, um dadurch die Räthsel der Chemie zu lösen; wir werden sehen, daß diese Vorstellung höchst einfach ist und darum schon die natürliche genannt zu werden verdient.

Nach den Lehren der neueren Naturforschung besteht jedes Ding in der Welt aus einer Sammlung einzelner Atome. Ein Stückchen Schwefel, ein wenig Gold, Eisen, Kupfer, Phosphor, mit einem Worte jeder chemische Urstoff, den wir sehen, ist nichts anderes als eine Anhäufung außerordentlich kleiner Theile dieses Stoffes. Ein einziges Atom Schwefel oder sonst eines Stoffes ist für unser Auge wegen seiner Kleinheit nicht sichtbar; selbst wenn man die schärfsten Mikroskope anwendet, kann man immer noch nicht ein so kleines Ding sehen, wie ein Atom ist. Jedes Stück oder jeder Theil eines Stoffes, der schon gesehen werden kann, ist ohne Zweifel bereits eine ganze große Sammlung solcher einzelnen Atome. Wir sehen also an einem solchen Dinge nur die Sammlung, nicht den einzelnen Theil, aus dem es besteht. Es geht uns hierbei, wie es unsern Vorfahren erging, die die rothe Farbe des Blutes oder die grüne Farbe der Blätter als etwas, das dem Blute und dem Blatte selber eigen sei, ansahen, während wir durch die verbesserten Mikroskope belehrt wissen, daß die Röthe des Blutes nicht der Flüssigkeit angehört, sondern nur herrührt von den Blutkörperchen, die darin herumschwimmen, und die grüne Farbe der Pflanzen nicht an der Pflanze selber, sondern an einzelnen Tröpfchen haftet, welche in dem Gewebe der Pflanzen weit getrennt von einander wie Inseln daliegen und erst durch die Einwirkung des Sonnenlichtes gebildet werden. — Nur weil unser Auge nicht feinsichtig genug ist, erscheint uns das mit Blutkörperchen oder mit Blutkügelchen versehene Blut als eine durchweg rothe Flüssigkeit und die Pflanzenwelt als eine durchweg grüne Masse; in Wahrheit aber kann man jetzt Jeden durch ein Mikroskop überzeugen, daß das, was er mit bloßem Auge als eine einzige ungetheilte rothe Masse ansieht, nur aus einer Sammlung sehr weit von einander getrennter rother Körperchen besteht und was er als ungetheiltes einziges grünes Blatt betrachtet, nichts ist als eine Sammlung kleiner grüner Tröpfchen, welche sehr weit getrennt von einander in gesonderten Maschen des Blattgewebes sich befinden.

Es geht uns, wie gesagt, jetzt eben so, wie es unsern Voreltern ging, die das Mikroskop noch nicht kannten. Für unser Auge ist ein Stückchen Schwefel ein ungetheilter zusammengehöriger Körper, ist ein Stückchen Gold, Silber, Blei oder sonst irgend ein Stoff ein ungetheiltes Ding, das ganz und gar zusammenzuhängen scheint; und in der That ist es noch nicht gelungen mit Mikroskopen nachzuweisen, daß dem nicht so ist. Allein durch die Chemie gerade ist man dahinter gekommen und hat es durch die schlagendsten Thatsachen bestätigt gefunden, daß alles in der Welt, das uns wie ungetheilt und zusammenhängend als eine einzige Masse erscheint, doch nichts als eine Sammlung von einzelnen unendlich kleinen Atomen ist, die sich in festen Körpern nicht verschieben lassen, weil sie sich gegenseitig mit einer gewissen Kraft anziehen.

Es ist wichtig, daß man sich hiervon eine möglichst klare Vorstellung mache, da man sonst gar leicht irre wird, und deshalb ist es gut, sich Folgendes zu merken. Nach der angegebenen Lehre der Naturforscher, daß alles in der Welt aus Atomen besteht, hat man sich zu denken, daß z. B. ein Stück Eisen oder Gold oder sonst ein harter Körper derart entsteht, daß sich in der Nähe eines Atomes ein zweites befindet, ohne das erste zu berühren; hierzu kommt noch ein drittes, viertes Atom immer sehr nahe dem andern, ohne daß sie sich gegenseitig berühren, und wenn eine große, sehr große Anzahl solcher Atome sich irgendwo und wie angesammelt hat, erst dann werden sie unserm Auge sichtbar und zwar als eine ungetheilte zusammenhängende Masse. In Wahrheit also besteht ein jeder Körper aus vereinzelten Atomen und leeren Zwischenräumen, die jedes Atom umgeben; und es ist sehr leicht möglich, ja sogar oft wahrscheinlich, daß die Zwischenräume zwischen einem Atom und dem andern größer sind als jedes einzelne Atom.

Wem dies sonderbar oder gar unmöglich vorkommt, der lasse sich nur einmal von einem Naturforscher ein grünes Blatt unter dem Mikroskop zeigen und er wird sehen, daß das, was er mit bloßem Auge als eine einzige grüne Masse ansieht, nur eine Sammlung von einzelnen grünen Tröpfchen ist, die soweit von einander liegen, daß zwischen einem und dem andern oft noch ein halbes Dutzend Tröpfchen Platz hat! —

Die Lehre von den Atomen mag für den ersten Augenblick sonderbar klingen; aber daß sie wahr ist, das beweist erst, wie wir zeigen werden, die Chemie mit ihren Verbindungsgesetzen.

XXVII. Verschiedener Zustand der Atome in verschiedenen Dingen.

Wenn man sich eine richtige Vorstellung von dem Zustand der Atome in festen oder flüssigen oder luftförmigen Massen machen will, so muß man sich denken, daß es immer außerordentlich kleine Atome sind, welche diese

Masse bilden. Sind die Atome so an einander gelagert, daß sie einander stark anziehen, so lassen sie sich nicht leicht verschieben und trennen, und wir nennen solche Massen feste Massen. Ist die Anziehungskraft in den Atomen so schwach, daß sie sich zwar nicht trennen, aber doch durch leichte Erschütterung verschoben werden können, so nennen wir die Massen, die sie bilden, Flüssigkeiten. Ist aber die Anziehungskraft der Atome ganz und gar nicht vorhanden, sondern herrscht in ihnen die Abstoßungskraft vor, so nennt man die von ihnen gebildeten Massen gasförmige Massen.

Blicken wir nun auf das hin, was bei einer chemischen Verbindung vor sich geht, so kann man sich alles am leichtesten erklären, wenn man sich lebhaft vorstellt, daß selbst in den festesten Massen, z. B. in Eisen, die Atome noch sehr weit von einander getrennt liegen, so daß immer weite Zwischenräume zwischen einem Atom und dem andern vorhanden sind. Bringt man nun zu dem Eisen unter günstigen Umständen etwas Sauerstoff, so findet die bereits besprochene chemische Anziehung zwischen jedem einzelnen Eisen-Atom und jedem einzelnen Sauerstoff-Atom statt, und es lagert sich vorerst stets ein Atom Sauerstoff neben einem Atom Eisen hin; und das ist die chemische Verbindung des Eisens mit dem Sauerstoff.

Ist das aber der Fall, so hört das Eisen auf Eisen zu sein, es wird vielmehr eine Art Sauerstoff-Eisen, das ganz andere Eigenschaften hat als vorher, und auch in jeder Beziehung anders wirkt als vorher, und wir sagen mit Recht, es sei aus beiden Stoffen ein ganz neues Ding geworden, obgleich wir sehr wohl wissen, daß man durch gewisse Vorrichtungen den Sauerstoff aus der Verbindung treiben und das Eisen wieder ohne den dazwischen gelagerten Sauerstoff herausbekommen kann.

Bleiben wir einmal bei dem bereits öfter angeführten Beispiel stehen, daß man solches Sauerstoff-Eisen, das man im gewöhnlichen Leben Eisenerz nennt, durch Zusammenglühen mit Kohle wieder in Eisen verwandelt, so kann man sich den Vorgang derart denken, daß während des Glühens die Eisen-Atome sich von dem Sauerstoff durch die ausdehnende Kraft der Wärme etwas trennen. Es schwächt sich hierdurch aber zugleich die Anziehungskraft jedes Eisen-Atoms auf das Sauerstoff-Atom. Nun aber hat die Kohle gerade beim Glühen eine erhöhte Neigung, sich mit Sauerstoff zu verbinden. Jedes Atom Kohle also zieht nun Sauerstoff-Atome an, und es lagert sich so eine Sammlung von Kohle und Sauerstoff an einander, daß sie Kohlensäure bilden und das Eisen rein zurückbleibt.

Nehmen wir nun als ein anderes Beispiel die Bildung von Zinnober in Betracht, so ist hier der Vorgang ebenfalls derselbe. Man erhitzt einerseits eine Portion Schwefel und andererseits eine Portion Quecksilber in geeigneten Apparaten. Durch die Erhitzung verliert der harte Schwefel derart seinen Zusammenhang, daß er flüssig wird, das heißt seine Atome werden verschiebbar; durch weitere Erhitzung verwandelt sich sogar der Schwefel in Dampf, das heißt, die Schwefel-Atome treten noch weiter aus einander. Diesen Dampf, aus sehr weit getrennten Schwefel-Atomen bestehend, leitet man nun in einen Raum, in welchen von der andern Seite Dämpfe von erhitztem Quecksilber einströmen. Diese Quecksilberdämpfe sind ebenfalls nichts als sehr weit von einander getrennte Quecksilber-Atome. Nun aber ziehen immer ein Atom Quecksilber und ein Atom Schwefel sich gegenseitig an und lagern sich an einander, und es entsteht aus dieser Paarung der Atome ein neues Ding, eine Art Schwefel-Quecksilber, welches, sobald es sich in reichlicher Masse gebildet hat, unserm

Auge als ein rothes feines Pulver erscheint, das wir Zinnober nennen.

Da man aber durch die schärfsten Mikroskope nicht am Zinnober sehen kann, daß er aus zwei sehr verschiedenen Dingen zusammengesetzt ist, so muß man annehmen, daß selbst im feinsten Stäubchen Zinnober eine sehr große gleiche Zahl von Schwefel-Atomen und Quecksilber-Atomen vorhanden ist, so daß sie einzeln garnicht gesehen werden können und unserm Auge erst sichtbar werden, wenn sich eine bedeutende Menge solch kleiner Dinger gebildet hat.

In gleicher Weise wie diese Verbindung hat man sich nun alle chemischen Verbindungen zu denken und man wird gestehen, daß diese Erklärungsweise höchst einfach ist, und da sie vortrefflich für alle Erscheinungen der Chemie paßt, auch gewiß die richtige genannt zu werden verdient.

Nun aber bitten wir unsere Leser einmal zu beachten, welche Reihe wichtiger und höchst interessanter Schlüsse aus dieser einfachen Lehre von der Atom-Verbindung folgt, und wie diese Lehre nicht nur fast alle Räthsel löst, die in der Chemie sich darstellen, sondern noch einen tiefen Einblick in ein Geheimniß des innersten Wesens der Dinge gewährt und Antworten giebt auf naturwissenschaftliche Fragen, welche so kühn und sonderbar klingen, daß der Uneingeweihte nur ungläubig den Kopf schütteln kann, wenn er sie hört.

Wir wollen die wichtigen Folgerungen aus der chemischen Atomlehre nunmehr in allen Körpern vorführen.

XXVIII. Die Anzahl der Atome bei chemischen Verbindungen, und das Gewicht jedes Stoffes.

Wenn sich wirklich in einer chemischen Verbindung immer ein Atom des einen Stoffes an das Atom eines andern Stoffes anlegt, so folgt hieraus, daß bei einfachen Verbindungen die Zahl der Atome beider Stoffe gleich sein muß.

Nehmen wir wiederum die Bildung von Zinnober aus Schwefel und Quecksilber als Beispiel für viele andere Verbindungen an, so wissen wir, daß eigentlich ein Atom Zinnober eine Art Doppelatom ist, weil es aus der Verbindung der zwei Atome entstanden ist, von denen das eine Schwefel, das andere Quecksilber ist. — Wenn wir nun ein wenig Zinnober vor uns haben, so wissen wir zwar nicht, wieviele Atome darin sind, wir kennen also auch nicht die Zahl der Schwefel- und der Quecksilber-Atome, die darin enthalten sind. Es ist möglich, daß ein wenig Zinnober, das der Maler auf seinem feinsten Pinsel zerreibt, viele Millionen oder gar Billionen Atome enthält. Aber wir wissen wenigstens das Eine, daß im Zinnober immer die Zahl der Schwefel-Atome eben so groß ist wie die Zahl der Quecksilber-Atome. Denn, da Zinnober nur entsteht, wenn sich die zwei verschiedenen Atome paaren, so würde jedes Atom Schwefel, das nicht ein Atom Quecksilber findet, um sich mit ihm zu paaren, als Schwefel übrig bleiben; dasselbe wäre mit jedem Atom Quecksilber der Fall, das nicht ein Atom Schwefel vorfindet; es würde übrig bleiben und nichts zur Bildung des Zinnobers beitragen können. Hiernach also steht es fest, daß immer im Zinnober der Zahl nach netto so viele Atome Schwefel vorhanden sind, als Atome Quecksilber.

Hieraus aber wird es klar, warum es keinen Zinnober

geben kann, der ein bischen mehr Quecksilber oder ein bischen mehr Schwefel enthält als irgend welcher Zinnober in der Welt. Kein Chemiker vermag einen Zinnober herzustellen, worin ein anderes Verhältniß des Quecksilbers zum Schwefel stattfindet, und wie es mit dem Zinnober der Fall ist, so ist es mit allen chemischen Dingen der Fall. Sie können durch fremde Beimischung mehr oder weniger verunreinigt werden; reinigt man sie aber, so bleiben sie sich in Bezug auf ihre Bestandtheile ganz gleich.

Nun aber wissen wir, daß man immer zu 200 Loth Schwefel netto 1250 Loth Quecksilber nehmen muß, um aus ihnen 1450 Loth Zinnober zu machen. Wie groß die Zahl der Atome in dieser Portion Zinnober ist, das weiß man freilich nicht anzugeben, jedoch aus der chemischen Verbindung weiß man mit vollster Sicherheit zu bestimmen, daß sich das Gewicht eines jeden Atoms Schwefel zu jedem Atom Quecksilber verhalten muß wie 200 zu 1250, oder daß ein Atom Schwefel 6¼ mal leichter wiegt als ein Atom Quecksilber.

Ganz so wie es hier mit dem Schwefel und dem Zinnober der Fall ist, so ist es auch ein Gleiches mit den andern chemischen Verbindungen. So wissen wir z. B. daß Chlor und Natrium das gewöhnliche Kochsalz bilden. Hieraus zieht man den Schluß, daß auch hier bei der Bildung des Kochsalzes stets ein Atom Chlor sich an ein Atom Natrium anlegt, und wenn sich eine ganze Menge solcher Doppelatome gebildet hat, so erscheinen sie unsern Augen als Salz. Nun aber hat die Erfahrung gelehrt, daß man stets 443 Loth Chlor mit 290 Loth Natrium zusammenbringen muß, um 733 Loth Kochsalz zu bilden. Da nun die Zahl der Chlor-Atome im Salz ganz gleich groß ist jener der Natrium-Atome, so ist der Schluß vollkommen sicher, daß ein Atom Chlor dem Gewichte nach mehr als anderthalbmal schwerer ist als ein Atom Natrium.

Auf diesem Wege ist die Naturforschung dahinter gekommen, nicht nur die Gewichtsmengen anzugeben, in welchen sich zwei Urstoffe mit einander chemisch verbinden, sondern auch den Schluß zu ziehen, daß diese Zahlen zugleich das Gewichtsverhältniß der Atome jedes einzelnen Urstoffes darstellen.

Bedenkt man hierbei, daß noch kein Menschenauge jemals ein einzelnes Atom irgend eines Stoffes gesehen hat, daß man es wie einen Wahnsinn betrachten würde, wenn Jemand behauptete, er wolle ein unsichtbares Atom auf die Wagschale legen, um dessen Gewicht zu bestimmen, daß aber dennoch durch die Chemie auf's allerbestimmteste festgestellt ist, wie sich die Atomgewichte sämmtlicher Urstoffe zu einander verhalten, so hat man Ursache dem Geist der Wissenschaft die höchste Achtung zu zollen, der in jene Tiefen der Natur einzudringen vermag, welche nicht nur dem menschlichen Auge, sondern selbst der Hilfe der Mikroskope noch verschlossen sind, die sonst so viele Geheimnisse der geschaffenen Welt enthüllen.

Jetzt erst wird es klar, warum nur 100 Gewichtstheile Sauerstoff mit 12½ Gewichtstheilen Wasserstoff im Stande sind, Wasser zu bilden, weshalb weder mehr Sauerstoff noch mehr Wasserstoff dazu genommen werden kann. Es geschieht dies deshalb, weil in hundert Gewichtstheilen Sauerstoff netto so viele Atome vorhanden sind, wie in 12½ Gewichtstheilen Wasserstoff, wodurch die vollständige Paarung möglich ist, ohne daß ein Atom des einen oder andern Stoffes übrig bleibt*).

*) Vor dem Eingeweihten brauchen wir uns wol nicht erst zu entschuldigen, daß wir das Atomgewicht des Wasserstoffs der

Bei der Bildung des Wassers hat man so recht den Beweis, daß wirklich eine solche Paarung der Atome vor sich geht und zwar, daß sich immer ein Atom Sauerstoff etwa in den Zwischenraum hineinbettet, der zwischen einem Atom Wasserstoff und dem andern sich befindet. Bringt man nämlich ein Maß Sauerstoff und zwei Maß Wasserstoff zu einander und versucht man eine chemische Verbindung dieser Gase, so entstehen nicht, wie man meinen sollte, drei Maß Wassergas, sondern nur zwei Maß. Es haben sich also die Gase verdichtet, das aber kann eben nicht anders geschehen, als wenn die Zwischenräume, welche die Atome früher getrennt haben, sich verkleinerten, so daß die Atome nunmehr näher an einander gerückt sind!

XXIX. Die mehrfachen Verbindungen der Atome.

Ganz in derselben Weise, wie wir gesehen haben, daß aus zwei Maß Wasserstoffgas und einem Maß Sauerstoffgas nicht drei, sondern nur zwei Maß Wasserdampf werden, daß also hier die chemische Verbindung zugleich eine Verdichtung der Gase hervorgerufen hat, ganz so ist es in vielen anderen Verbindungen der Fall. So wissen wir z. B., daß aus drei Maß Wasserstoffgas und einem Maß Stickstoffgas nicht vier Maß Ammoniakgas entstehen, sondern nur zwei Maß Ammoniak. Es haben sich also die Gase bei ihrer chemischen Verbindung sofort verdichtet.

Einfachheit wegen gleich $12^1/_2$ gesetzt haben und dies gleich einem einfachen Atom behandeln, obgleich dieser Werth nur einem Doppelatom desselben zukommt.

Dies aber kann auf keine andere Weise geschehen, als daß sich die Räume zwischen den Atomen verkleinern und die Atome sich näher an einander gerückt haben.

Viele andere Fälle zeigen dieselbe Erscheinung; am leichtesten jedoch kann man sich von dem Vorhandensein der Zwischenräume zwischen einem Atom und dem andern überzeugen, wenn man mit Flüssigkeiten Versuche anstellt.

Nimmt man ein Glas Wasser und ein Glas Schwefelsäure und mischt sie mit einander, so geben sie beide nicht zwei Gläser Mischung, wie man vermuthen sollte, sondern bedeutend weniger. Ein Gleiches ist bei vielen anderen Flüssigkeiten der Fall. Wie aber soll man sich dies anders erklären, als daß die beiden Flüssigkeiten sich nicht nur mischen, sondern daß sie zugleich ihre Atome nach der Mischung näher aneinander rücken, so daß sie dichter gelagert sind als sie bei einer bloßen Mischung gewesen wären!

Wir dürfen versichern, daß viele tausendfältige Versuche gemacht worden sind, ehe sich die Wissenschaft dazu entschlossen hat, die Existenz von Atomen anzunehmen, und können sagen, daß unendlich weitere Untersuchungen immer mehr und mehr die Bestätigung geliefert haben, daß in Wahrheit alle Dinge in der Welt, sowol feste, wie flüssige und gasförmige immer nur Ansammlungen von einzelnen Atomen sind, welche bei chemischen Verbindungen zweier Stoffe sich paaren und so einen neuen chemisch hervorgebrachten Stoff bilden.

Wenn aber wirklich nur eine solche Paarung stattfindet, wie soll man es sich erklären, daß oft ein Urstoff mit einem zweiten in mehreren Stufen Verbindungen eingeht? —

Wir haben gesehen, daß 175 Loth Stickstoff sich verbinden können mit 100 Loth Sauerstoff und auch mit

200 Loth, ebenso mit 300, mit 400, ja sogar mit 500 Loth Sauerstoff. Woher sollte das wol rühren, wenn wirklich immer nur eine Paarung der Atome stattfindet? — Sollen wir annehmen, daß in 175 Loth Stickstoff netto so viel Atome vorhanden sind als in 100 Loth Sauerstoff, so wäre bei dieser Verbindung schon die Paarung vollendet; wohin aber lagern sich bei den weiteren Stufen der Verbindung die noch hinzukommenden Atome Sauerstoff?

Die Antwort hierauf ist folgende.

Die einfachste chemische Verbindung ist in der That nur eine Paarung, wo sich immer ein Atom des einen Stoffes an ein Atom des andern Stoffes anlegt; allein man kann sich recht gut denken, daß sich auch oft an ein Atom des einen Stoffes zwei, oder drei, ja vier und fünf Atome eines zweiten Stoffes anlegen. Und in der That muß dies in vielen Fällen auch so sein. Wenn wirklich die Atome von Stickstoff unter gewissen Umständen eine Anziehungskraft ausüben auf Atome von Sauerstoff, so ist garnicht anzunehmen, daß diese Anziehungskraft ganz aufhört, sobald sich zwei Atome von Stickstoff und Sauerstoff nahe gekommen sind. Die Berührung oder die Annäherung dieser zwei Atome kann ja nur an einer Seite stattfinden; weshalb sollte die andere Seite des Stickstoffatoms nicht noch ein zweites Atom Sauerstoff anziehen können? Ein Gleiches kann aber auch von den zwei andern Seiten und eben so oben und unten der Fall sein. Es läßt sich leicht einsehen, daß ein Stickstoffatom rechts und links, vorn und hinten und eben so oben und unten immer ein Atom Sauerstoff anzieht und festhält, so daß sogar ein Atom Stickstoff sechs Atome Sauerstoff um sich sammeln kann.

Wenn wir nun auch solchen Fall noch nicht kennen, und nur die höchste Stufe der Verbindung von Stickstoff und Sauerstoff in der Salpetersäure vor uns haben, wo stets 175 Loth Stickstoff mit 500 Loth Sauerstoff verbunden sind, so ist es noch keineswegs ausgemacht, daß man nicht noch einmal eine höhere Stufe der Verbindung wird zu Stande bringen können, wo wirklich 175 Gewichtstheile Stickstoff 600 Gewichtstheile aufnehmen, um eine andere chemische Flüssigkeit als Salpetersäure zu bilden. Als Thatsache wollen wir nur anführen, daß es garnicht lange her ist, daß man eine neue Verbindung von Wasserstoff und Sauerstoff kennen gelernt hat, eine andere als die, welche Wasser bildet. Diese neue Verbindung heißt Wasserstoff-Superoxyd und besteht aus einem Atom Wasserstoff mit zwei Atomen Sauerstoff.

Gerade aber der Umstand, daß man zu 175 Loth Stickstoff netto hundert Loth Sauerstoff nehmen muß, um Stickstoff-Oxydul zu erhalten, und wenn man Stickstoffoxyd haben will, durchaus 200 Loth Sauerstoff, wenn man salpetrige Säure haben will, noch ein volles hundert Loth, also 300 Loth nehmen muß, wenn man Untersalpetersäure machen will, netto wieder ein volles hundert Loth anwenden, und wenn man endlich Salpetersäure machen will, wiederum noch ein volles hundert, also 500 Loth Sauerstoff zusetzen muß, gerade dieser Umstand ist der schlagendste Beweis, daß in jedem hundert Loth Sauerstoff so viele Atome sein müssen, als in 175 Loth Stickstoff, so daß man, wenn man eine höhere Stufe der Verbindung erreichen will, immer für jedes einzelne Atom Stickstoff ein neues Atom Sauerstoff zubringen muß.

Und so ist denn die Atom-Lehre gerade durch die Chemie zur vollsten Gewißheit geworden, so daß man es dieser Wissenschaft zu danken hat, daß ein tiefer Blick in den geheimnißvollsten Theil der Natur gethan werden konnte.

XXX. Die Atome und die Wärme.

Eine höchst interessante Bestätigung erhielt die Lehre von den Atomen in neuerer Zeit auf einem ganz anderen Wege als dem chemischen und dieser Weg führte zu einem so überraschenden Resultate, daß er wiederum einen Aufschluß abgiebt für ein großes Naturgeheimniß.

Die Entdeckung, die wir meinen, beruht auf folgenden sehr interessanten Thatsachen.

Nehmen wir an, es stellt Jemand auf den Tisch seines Zimmers ein Stück Wachs und ein Stück Eisen und ein Stück Holz, ein Stück Leder und ein Glas Wasser. Nun heizt er die Stube so ein, daß sie etwa 12 Grad Wärme hat, so wird nach einiger Zeit all' das, was auf dem Tische liegt, ebenfalls 12 Grad warm sein.

Freilich werden sich die Gegenstände sehr verschieden anfühlen. Berührt man mit der Hand das Wachs und das Eisen, so wird es scheinen, als ob das Eisen kälter sei als das Wachs, ebenso wird man, dem Gefühl nach zu urtheilen, Verschiedenheiten in der Wärme der übrigen Gegenstände wahrzunehmen glauben; aber das ist doch nur eine Täuschung.

Hiervon kann man sich überzeugen, wenn man die Wärme der Gegenstände mit einem Thermometer untersucht; man wird finden, daß sie sammt und sonders 12 Grad warm sind.

Woher aber kommt es, daß sich das Eisen z. B. kälter anfühlt? Das kommt daher, daß das Eisen die Wärme der Hand schnell fortleitet, denn Eisen hat wie alle Metalle die Eigenschaft, daß es die Wärme schneller leitet als andere Stoffe es thun. Wenn man ein Schwefelhölzchen auf dem einen Ende anbrennt, kann man es am andern Ende in der Hand halten, weil die Wärme nicht von einem Ende des Hölzchens zum andern geleitet wird. Macht man jedoch eine eben so große Stopfnadel an der einen Seite heiß, so kann man sie am andern Ende nicht in der Hand halten, weil die Wärme sich im Eisen verbreitet, oder weil Eisen, wie auch jedes andere Metall die Wärme leitet.

Fühlt man nun ein Stück Eisen von 12 Grad Wärme an, so giebt die wärmere Hand dem Eisen Wärme ab; bliebe nun die Wärme an der Stelle, so würde sich das Eisen so warm anfühlen wie jeder andere Gegenstand von 12 Grad Wärme; allein das Eisen leitet die Wärme durch das ganze Stück und entzieht so der Hand immer auf's neue frische Wärme und dies erregt in uns die Empfindung, als ob das Eisen kälter wäre als das Wachs, was in Wahrheit nicht der Fall ist.

Es steht vielmehr fest und kann durch die genauesten Versuche bewiesen werden, daß alle in einem Zimmer von gleicher Wärme befindlichen Dinge ganz gleich warm werden.

Ganz anders aber ist es, wenn man die genannten Dinge um einen Grad wärmer machen will. Gesetzt, man will das 12 Grad warme Wachs bis 13 Grad warm machen, so wird man eine gewisse Portion Wärme zuführen müssen; und eben so muß man Wärme hinzuführen, wenn man das Eisen, das Holz, das Leder und das Wasser um einen Grad wärmer zu haben wünscht. Allein die Portion Wärme, die hierzu nöthig ist, wird sehr verschieden sein. Nehmen wir an, all' die Gegenstände wären gleich groß, und nun hätte man ein Nebenzimmer, das gerade 13 Grad Wärme besitzt; wenn man nun den Tisch mit den Gegenständen in die Nebenstube trägt und dort stehen läßt, so wird man bemerken, daß das Stück Eisen in kurzer Zeit schon 13 Grad warm geworden ist. Sehr lange nachher wird erst das Leder 13 Grad warm geworden sein, noch später wird das Wasser die Wärme von 13 Grad angenommen und am spätesten wird das Holz um einen Grad Wärme sich vermehrt haben.

Diese Verschiedenheit aber ist nicht etwa nur bei den vier Gegenständen, die wir angeführt haben, der Fall, sondern sie findet bei allen Dingen in der Welt statt, und um die Sache ein bischen strenger wissenschaftlich anzufassen, wollen wir annehmen, man habe statt der genannten vier Dinge vier chemische Urstoffe, also etwa ein Stück Eisen, ein Stück Blei, ein Stück Zinn, ein Stück Schwefel auf den Tisch gelegt und mit diesen die Versuche gemacht. Bei solchen Versuchen wird man finden, daß das Blei am allerschnellsten den Grad Wärme in sich aufgenommen hat; nächst ihm wird dann das Zinn den Grad Wärme aufnehmen; fast noch einmal so lange wird es dauern, bevor das Eisen den einen Grad Wärme aufnimmt; wohingegen das Stück Schwefel noch einmal so viel Zeit braucht als das Stück Eisen, um die gleiche Wärme anzunehmen.

Die scharfsinnigsten Naturforscher der neueren Zeit haben mit der allergrößten Sorgfalt diese Versuche auf alle chemischen Urstoffe ausgedehnt und haben durch genaue Zahlen festgestellt, wie sich jeder Urstoff hierzu verhält, und da hat man die herrliche Entdeckung gemacht, daß diese Erscheinung aufs genaueste mit den Atomen der Urstoffe und den chemischen Verbindungs-Zahlen im Zusammenhang steht.

XXXI. Was man spezifische Wärme der Stoffe nennt und wie die Atome erwärmt werden.

In unserem Beispiel haben wir gesehen, daß Blei am allerschnellsten den bewußten Grad Wärme annimmt, und genaue Messungen in den verschiedensten Methoden haben ergeben, daß es mehr wie sechsmal früher den Grad Wärme in sich aufnimmt als Schwefel.

Fragen wir uns, woher kommt das? so giebt die neueste Forschung hierauf folgende Antwort.

Aus der Chemie wissen wir, daß, wenn man eine Verbindung von Blei und Schwefel herstellen will, man immer 1290 Gewichtstheile Blei und 200 Gewichtstheile Schwefel dazu nehmen muß, das heißt, man muß mehr als sechsmal soviel Blei nehmen als Schwefel.

Nun aber wissen wir aus der Atomlehre, daß sich bei solchen chemischen Verbindungen immer ein Atom Blei an ein Atom Schwefel legt, so daß sie in der Verbindung Atompaare ausmachen. Hieraus folgt, daß z. B. 1290 Pfund Blei nur so viele einzelne Atome haben als 200 Pfund Schwefel; oder richtiger, daß in einem Pfund Blei über sechsmal weniger Atome sind, als in einem Pfund Schwefel. — Wollen wir nun ein Pfund Blei und ein Pfund Schwefel um einen Grad wärmer machen, so haben wir im Schwefel mehr als sechsmal so viel Atome zu erwärmen als im Blei, und deshalb dauert es auch mehr als sechsmal länger als es beim Blei dauert.

Das heißt einfacher ausgedrückt: ein einzelnes Schwefel-Atom nimmt eben so schnell die Wärme auf als ein Blei-Atom. Weshalb aber wird ein Pfund Blei mehr als sechsmal schneller warm als ein Pfund Schwefel? Weil im Pfund Schwefel mehr als sechsmal so viele Atome vorhanden sind.

Geben wir einmal Acht, wie dies auch bei andern Stoffen zutrifft.

Wollen wir z. B. ein Pfund Zinn um einen Grad wärmer machen, so braucht man nur den vierten Theil dazu, wie um ein Pfund Schwefel um einen Grad zu erwärmen. Also Zinn wird viermal leichter erwärmt als Schwefel. Versucht man es Zinn mit Schwefel chemisch zu verbinden, so findet man, daß man von Zinn 730 Gewichtstheile und von Schwefel 200 Gewichtstheile dazu nehmen muß. Man hat also Ursache zu schließen, daß 730 Pfund Zinn netto so viele Atome enthalten als 200 Pfund Schwefel; das heißt: ein Pfund Schwefel hat an viermal so viele Atome in sich als ein Pfund Zinn. Hieraus folgt nun, daß, wenn auch jedes einzelne Atom gleich schnell warm wird, es doch viermal so lange dauern muß, um ein Pfund Schwefel zu erwärmen als ein Pfund Zinn, weil im Pfund Schwefel wirklich viermal so viele Atome stecken als im Pfund Zinn.

Vom Eisen wissen wir durch Versuche, daß ein Pfund davon fast noch einmal so schnell die Wärme aufnimmt als ein Pfund Schwefel. Sehen wir aber zu, wie sich Eisen mit Schwefel chemisch verbindet, so finden wir, daß 350 Gewichtstheile Eisen sich mit 200 Gewichtstheilen Schwefel verbinden, das heißt in 350 Pfund Eisen sind eben so viele Atome als in 200 Pfund Schwefel. Hieraus folgt, daß in einem Pfund Schwefel fast noch einmal so viele Atome vorhanden sind als in einem Pfund Eisen. Es ist also ganz erklärlich, daß ein Pfund Schwefel noch einmal so lange erwärmt werden muß, um so warm zu werden als ein Pfund Eisen.

Wenn wir nun die Versicherung geben, daß erstens die Zahlen weit genauer stimmen als wie wir sie hier der Leichtigkeit wegen angeben; daß zweitens die Uebereínstimmung, die wir hier zwischen Erwärmung und Atom-Zahl zeigen, nicht nur bei den angegebenen Stoffen, sondern bei allen festen Stoffen stattfindet; daß drittens die kleinen Abweichungen, die sich vorfinden, noch auf Rechnung der schwer zu meidenden Beobachtungsfehler zu setzen sind: so wird man gestehen, daß die Lehre von den Atomen, die die Chemie aufgestellt hat, die glänzendste Bestätigung erhält durch die Beobachtungen, die man beim Gesetz der Erwärmung oder bei der Untersuchung „der spezifischen Wärme der Stoffe" — wie man dies wissenschaftlich nennt — gemacht hat.

Freilich ist es wahr, daß diese Uebereinstimmung nur auf die festen Stoffe paßt, während die gasförmigen Stoffe sich nicht in demselben Maße erwärmen, wie die Zahl ihrer chemischen Atome ergeben müßte. Allein man darf hierbei folgendes nicht außer Acht lassen.

Gasförmige Körper dehnen sich bei der Erwärmung außerordentlich stark aus und gerade bei jeder Ausdehnung wird wiederum Kälte erzeugt. Es ist demnach eine Beobachtung der wirklichen Erwärmung gasförmiger Stoffe außerordentlich schwierig, weil man nicht weiß, wie die Ausdehnung der Erwärmung entgegenarbeitet. Trotzdem aber zeigen die Versuche, daß alle gasförmigen Urstoffe, also z. B. Sauerstoff, Wasserstoff, Stickstoff, in gleicher Weise untereinander übereinstimmend sowol in der Erwärmung wie in der chemischen Verbindung sind, und daß sie auffallender Weise gerade noch einmal so lange erwärmt werden müssen, als die Berechnung ihrer Atome ergiebt. Dieser Umstand führt dahin, gerade die Atom-Lehre zu stützen und für die Abweichung zwischen festen und gasförmigen Stoffen eine Ursache aufzusuchen, die uns für jetzt noch ein Naturgeheimniß ist.

Denn daß noch viele geheime Ursachen in der Natur

walten, die die Forscher noch nicht kennen, ist vollkommen richtig, und wir wollen im nächsten Abschnitt ein kleines Geheimniß derart einmal vorführen, auf welches man gegenwärtig ernstlich in der Wissenschaft Jagd macht.

XXXII. Was man unter Diffusion versteht.

Das Naturgeheimniß, hinter welchem, wie wir sagten, die Forschung gegenwärtig ernstlich Jagd macht, nennt man wissenschaftlich das Gesetz der Diffusion.

Was man darunter versteht, wird man am leichtesten einsehen, wenn wir eines Versuches erwähnen, der in Paris mit großer Sorgfalt angestellt ist.

In den Kellerräumen des Gebäudes der Akademie der Wissenschaften in Paris, an einem Orte, wo man sich versichert hatte, daß keine Erschütterung von der Straße her eindringe, stellte man einen großen Ballon auf, gefüllt mit Kohlensäuregas. Ueber diesem Ballon wurde ein zweiter Ballon angebracht, der jedoch den untern nicht berührte, und dieser obere Ballon wurde mit Wasserstoffgas gefüllt. Sodann wurde ein dünnes Glasrohr von dem einen Ballon zum andern geführt. Als man nach einigen Tagen die Gase in beiden Ballons untersuchte, fand es sich, daß sowol im untern wie im obern Ballon eine ganz gleiche Mischung beider Gase vorhanden war, so daß sich allenthalben in den beiden Ballons ein ganz gleiches Gemisch von Kohlensäure- und Wasserstoffgas durch das Glasrohr hergestellt haben muß.

Nun aber weiß man durch Versuche, daß Kohlensäure- und Wasserstoffgas sich chemisch nicht so verbinden; also eine chemische Anziehung der Atome findet hier nicht statt.

Ferner steht es fest, daß Kohlensäuregas an fünfzehnmal schwerer ist als Wasserstoffgas, daß also eigentlich das schwere Gas, die Kohlensäure im untersten Ballon, das leichte Wasserstoffgas im obersten Ballon hätte bleiben müssen. Ja, man hätte sogar schließen sollen, daß, wenn man gleich das Gemisch beider Gase in beide Ballons gebracht hätte, die Leichtigkeit des Wasserstoffgases dieses hätte zum Steigen, die Schwere der Kohlensäure diese hätte zum Sinken veranlassen, so daß sich eigentlich das Wasserstoffgas in den obern Ballon, die Kohlensäure in den untern Ballon hätte hinbegeben müssen. Gleichwol geschieht dies nicht: es tritt vielmehr das Gegentheil ein. Es stellt sich eine Mischung zweier Gase her ganz gegen das sonst allenthalben gültige Gesetz der Schwere, und offenbar nach einem uns noch unbekannten Gesetz.

Für den ersten Augenblick könnte es scheinen, als wäre das Räthsel dieser Mischung, die man eben die „Diffusion“ nennt, garnicht so wichtig, um so viele Versuche damit zu machen: allein die Sache hat ihre tiefere Bedeutung nicht nur für die Wissenschaft, sondern auch die höchste Wichtigkeit für das Leben, denn nur dieser Diffusionskraft verdanken wir es, daß wir athmen und leben.

Schon vor fünfzig Jahren, als man dahinter gekommen war, daß unsere Luft aus einem Gemisch von Sauerstoff und Stickstoff besteht, hat Alexander von Humboldt durch Versuche die interessante und wichtige Thatsache nachgewiesen, daß die beiden Gase Stickstoff und Sauerstoff immer und allenthalben in ganz gleichen Mischungen vorhanden sind. Er untersuchte die Luft in überfüllten Theatern, wo Tausende von Menschen den Sauerstoff einathmen und Kohlensäure ausathmen, und fand, daß auch hier immer auf vier Theile Stickstoff ein Theil Sauerstoff vorhanden ist. Ganz dasselbe Resultat stellte sich heraus bei

Untersuchung der Luft auf hohen Gebirgen, ja, der genannte Naturforscher und Denker untersuchte Luft, welche er durch aufsteigende Luftballons aus den verschiedensten Höhen des Luftmeeres herabholte; immer blieb sich das Resultat gleich. Es fand sich allenthalben, daß in 100 Maß Luft 79 Maß Stickstoff und 21 Maß Sauerstoff vorhanden waren.

Ist schon dies allein für das Leben der Thiere und Menschen von der größten Wichtigkeit, da eine Störung der Mischung unserer Luft wesentlich die Gesundheit gefährden würde, so ist es noch wichtiger, daß die Kohlensäure, die wir ausathmen, nicht zu Boden sinkt, obgleich sie schwerer ist als die gewöhnliche Luft, sondern daß sie sich selbst bei vollständigster Windstille mit der Luft äußerst regelmäßig mischt und so bis in die höchsten Höhen des Luftkreises dringt. Wäre dies nicht der Fall, so müßten wir im Zimmer oder an windstillen Orten im eignen Athem ersticken.

Was aber ist dies für eine geheime Kraft, welche diese Mischung der Gasarten veranlaßt?

Die Naturwissenschaft weiß hierauf noch keine Antwort zu geben, denn sie ist erst daran, die Erscheinung selber durch mannigfache Versuche genauer zu erforschen. Der verdienstvolle englische Gelehrte Graham ist gegenwärtig mit diesem wichtigen Gegenstande beschäftigt und die Resultate sind für jetzt noch nicht bekannt; allein aus Allem, was man bisher hierüber schon weiß, läßt sich der Schluß ziehen, daß ähnlich, wie die chemische Kraft Atom zu Atom gleichmäßig lagert, auch eine Kraft vorhanden ist, die gleichmäßige Mischungen hervorbringt, selbst wenn eine wirkliche chemische Verbindung nicht zu Stande kommt. —

Möglicherweise ist die Erscheinung der Diffusion, dieses

ungestörte gleichmäßige Mischen der Atome verschiedener Gase, die erste Grundlage oder auch nur der Vorläufer der chemischen Anziehung.

XXXIII. Wie Chemie und Elektrizität mit einander verwandt sind.

Wir haben bisher das Geheimniß der chemischen Verbindungen dadurch zu erklären versucht, daß wir in den Atomen eine Anziehungskraft angenommen haben, welche es bewirkt, daß zwei Atome verschiedener Stoffe sich zu paaren bestrebt sind, oder in einzelnen Fällen sich mehrere Atome eines Stoffes an ein Atom eines anderen Stoffes anlegen.

Allein es wird unsern Lesern nicht entgangen sein, daß hierdurch nur erklärt wird, weshalb sich gerade nur gewisse Gewichtstheile eines Stoffes mit genau bestimmten Gewichtstheilen eines andern Stoffes verbinden; es bleibt aber immer noch die Frage: was ist denn das für eine Kraft, welche in den Atomen sitzen soll? Zeigt sich diese Kraft auch in anderen Fällen als bei chemischen Verbindungen? Ist diese Kraft eine ganz neue, den Atomen eigene, oder haben wir vielleicht diese Kraft schon anderweitig wirken sehen, ohne erkannt zu haben, daß sie zugleich die sogenannte chemische Anziehungskraft ist?

Auf diese Frage hat die Naturwissenschaft ganz besonders ihr Augenmerk gerichtet und die Antwort hierauf mit ziemlicher Sicherheit aufgefunden.

Wir wollen das, was die Wissenschaft hierüber ausfindig gemacht hat, in möglichst deutlichen Umrissen hier unsern Lesern vorführen.

Seit der Zeit, daß man die Elektrizität und die Chemie näher zu untersuchen begonnen hat, stellte sich schon mit einiger Sicherheit heraus, daß jedesmal, wo ein chemischer Vorgang stattfindet, auch zugleich elektrische Wirkungen aufgefunden werden können, und ebenso, zum Theil noch auffallender, zeigen sich chemische Wirkungen allenthalben, wo man elektrische Ströme in Bewegung setzt.

Schon dies hat auf den Gedanken geführt, daß Chemie und Elektrizität sehr nahe verwandt, obgleich sie in ihren Erscheinungen außerordentlich verschieden sind.

Als man jedoch die Entdeckung machte, daß man durch elektrische Ströme die allerbedeutendsten chemischen Wirkungen hervorzubringen vermag, und man andererseits durch Elektrizitäts-Messer den Beweis lieferte, daß es garnicht möglich ist, einen chemischen Vorgang herzustellen, ohne daß elektrische Ströme dabei thätig sind, da griff die Ansicht um sich, daß chemische und elektrische Kraft eins und dasselbe sein müssen. Auf diesem Wege weiter gehend, fand man auch wirklich in der Elektrizität den Grund der chemischen Erscheinung und man ist im Stande, die Antwort auf die obigen Fragen dahin zu geben, daß die gesuchte chemische Kraft eigentlich die elektrische Kraft ist, welche außer ihren Erscheinungen auch noch chemische Wirkungen hervorbringt.

In der That verdankt man den Wirkungen der elektrischen Ströme die wichtigsten chemischen Entdeckungen. Wir wollen einige dieser Entdeckungen hier aufführen.

Vor dem Jahre 1807 hatte man keine Idee davon, daß gewisse Dinge, die wir alltäglich sehen und mit ihnen hantiren, eigentlich Metalle sind, die sich mit Sauerstoff oder Kohlensäure oder sonst einem andern Stoffe verbunden haben. Der Kalk z. B. ist gewiß ein sehr bekanntes Material und ist seit Jahrtausenden von Menschen benutzt worden, ohne daß man selbst in schon wissenschaftlichen Zeitaltern mehr davon zu sagen wußte, als daß er eine Erdart sei. Nicht minder ist Kali, der eigentliche Bestandtheil der Pottasche, und auch Natron, der Hauptbestandtheil der Soda, allgemein bekannt. Daß aber diese Dinge eigentlich ganz etwas anderes sind, als sie erscheinen, das hat man durch die chemische Wirkung der galvanischen Säule entdeckt.

Im Jahre 1807 brachte Davy, einer der verdienstvollsten Naturforscher der neueren Zeit, ein Stückchen Kali zwischen die Pole einer sehr starken galvanischen Säule und bemerkte zu seinem Erstaunen, daß der elektrische Strom, indem er durch das Kali geht, dieses in zwei Bestandtheile zerlegt, von denen der eine gewöhnliches Sauerstoffgas und der andere ein silberähnliches, blankes, sehr leichtes Metall ist. Zugleich aber bemerkte er, daß die an dem galvanischen Pol sich bildenden blanken Kügelchen sofort wieder in der Luft beschlagen, weiß und salzartig werden, und daß sie sich wiederum in Kali verwandeln. — Er verstand diese Erscheinung sehr wohl und fand mit Leichtigkeit heraus, daß eigentlich Kali nichts ist als ein bis dahin unbekanntes Metall, das mit großer Begierde Sauerstoff anzieht und sich mit ihm verbindet, so daß man in der Natur nirgends dieses Metall rein auffinden kann. Davy nannte dieses Metall „Kalium“ und jetzt stellt man dasselbe bereits auf anderem als galvanischen Wege her.

Ähnlich ging es mit dem Natron, in welchem man durch Einwirkung des Galvanismus das Metall „Natrium“ entdeckte, und ein Gleiches war mit dem Kalk, Gyps, Marmor und der Kreide der Fall, welche insgesammt nur chemische Verbindungen eines bis zu diesem Jahrhunderte unbekannten Metalls sind, welches man Calcium nennt.

Da man auf diesem Wege merkte, welche wichtigen

Aufschlüsse der elektrische Strom über die Chemie giebt, versuchte man weitere Erfolge zu erringen und gelangte dahin, die eigentliche chemische Wirkung der Elektrizität näher kennen zu lernen, was wir nun auch thun wollen.

XXXIV. Die chemischen Wirkungen galvanischer Ströme.

Schon zu Anfang dieses Jahrhunderts hatten die Naturforscher Carlisle und Nicholson die Entdeckung gemacht, daß wenn man die beiden Pole einer starken galvanischen Kette in ein dazu eingerichtetes Gefäß mit Wasser leitet, an dem negativen Pol Bläschen von Wasserstoffgas aufsteigen, während der positive Pol sich mit Sauerstoffgas verbindet. Später kam man auf den Gedanken, einen Silber- oder Platindraht statt des positiven Pols zu benutzen, und da diese Metalle nicht leicht Verbindungen mit Sauerstoff eingehen, bemerkte man auch, daß am positiven Pol Bläschen von Sauerstoffgas aufsteigen. Woher aber kamen diese Gase? — Sie entstanden daher, daß der elektrische Strom das Wasser in seine chemischen Urstoffe zerlegte, die zu Wasser verbundenen Gase, Wasserstoff und Sauerstoff, aus einander riß, so daß beide Gase, die früher zusammen Wasser bildeten, nunmehr sich trennten und als freie Gasbläschen im übrigen Wasser aufstiegen.

Da man diesen Versuch weiter fortsetzte und die Vorrichtungen zu demselben verbesserte, so ist man jetzt im Stande vor dem Auge jedes Wißbegierigen eine kleine Portion Wasser in die zwei Gase direkt zu zerlegen, damit er sich durch den Augenschein überzeuge, daß Wasser etwas ganz anderes ist, als man sich im gewöhnlichen Leben vorstellt.

Es kann sich wohl jeder unserer Leser denken, daß man nicht unterließ, alle möglichen chemischen Stoffe dem elektrischen Strom einer galvanischen Säule auszusetzen und wir können versichern, daß es bald keine chemische Verbindung mehr gab, die nicht durch den galvanischen Strom aufgehoben wurde. Daß auf diesem Wege ganz neue Urstoffe, aus ihren Verbindungen gelöst, erst bekannt wurden, haben wir bereits erwähnt.

Wie aber geht das zu? Woher kommt diese Kraft des galvanischen Stromes, die im Stande ist, chemische Wirkungen zu äußern? Was hat die Elektrizität mit der chemischen Kraft zu thun, die ihr garnicht im mindesten ähnlich zu sein scheint?

Die Antwort auf all' diese Fragen hat man erst nach sehr ausführlichen Untersuchungen zu geben gewagt; denn — das müssen wir nur sagen — in der Naturwissenschaft herrscht ein ungeheures Mißtrauen gegen schnellfertige Antworten, und wenn es gleich auf ihrem Gebiet nicht an Köpfen fehlt, die nie um Antworten verlegen sind, so verschafft sich doch eine Antwort, und wäre sie auch noch so treffend, nicht früher volle Geltung, bis sie durch Beweise gestützt ist, welche sie unumstößlich, mindestens im höchsten Grade wahrscheinlich machen.

Die Antwort, die man auf obige Fragen jetzt mit möglichst hinreichender Sicherheit geben kann, lautet kurz gefaßt wie folgt:

Man hat sich bisher eingebildet, es gäbe eine chemische Kraft, welche in den Atomen stecke und Verbindungen und Verwandlungen der Stoffe veranlasse; dies ist ein Irrthum. Das, was man als chemische besondere Kraft ansah, ist nichts als die elektrische Kraft der Atome und die ganze Chemie ist nur eine Erscheinung der Elektrizität, ein Zweig der Wirkung dieser die ganze Welt der Stoffe durchdringenden Kraft.

Diese Antwort klingt für den ersten Augenblick freilich kühn, und sie hat auch wirklich nicht wenige Gegner gefunden: aber man söhnt sich mit dieser Antwort aus, sobald man erst einsieht, daß in der wirklichen Natur die Kräfte gar nicht in so einzelne Fächer gesondert sind, wie es in Lehrbüchern der Fall ist und sein muß, daß vielmehr in der wirklichen Welt die geheimen Kräfte innig in einander greifen und wahrscheinlich aus einer einheitlichen Gesammtkraft stammen, die wir uns nur in viele Kräfte zerlegen, weil wir sie in ihrer Einheit noch nicht zu fassen vermögen.

Wie sich der Mensch die Zeit eintheilt in Stunden, Tage, Jahre, Jahrzehnte, Jahrhunderte, Jahrtausende, Jahrmillionen, obwol er weiß, daß in Wahrheit diese Eintheilung nicht existirt und nur ein Hilfsmittel für uns ist, um irgend ein Moment aus der Reihe der ewigen Wandelungen in unserer Vorstellung festzuhalten, so theilt die menschliche Wissenschaftlichkeit auch die eine Naturerscheinung in gesonderte Naturerscheinungen und bringt zu ihrer übersichtlichen Belehrung die Natur in Fächer, von welchen die Natur selber sicherlich nichts weiß.

Ein jedes Steinchen, das wir mit dem Fuße gedankenlos zertreten, gehört im Bereich der Naturwissenschaft in viele gesonderte Fächer. Der Mineralog kann sein Entstehen, der Chemiker seine Bestandtheile studiren, der Physiker kann die spezifische Wärme, das spezifische Gewicht, die Lichtbrechung, den Zusammenhang, das Gefüge und die elektrische Eigenschaft untersuchen, und bei jeder dieser Untersuchungen setzt man eine gesonderte Kraft voraus, die in diesem Steinchen thätig ist. Die Natur selber aber treibt schwerlich all' diese gesonderten wissenschaftlichen Fächer bei der Bildung dieses Steinchens, sondern ist wahrscheinlich in einer Einheit dabei thätig, deren Mannigfaltigkeit nur in der Erscheinung liegt.

Sieht man aber die Sache von diesem Gesichtspunkte an, so kann man es nur als einen großen Schritt näher zur Wahrheit bezeichnen, wenn es gelingt, nachzuweisen, daß zwei Kräfte, welche die Wissenschaft als gesonderte Fächer behandelt, wie es mit der Elektrizität und Chemie der Fall, im Grunde genommen nur Eins und Dasselbe sind, das sich nur in verschiedener Weise äußert.

XXXV. Von der elektro-chemischen geheimen Kraft.

Wir wollen nun einmal sehen, wie man sich den ganzen geheimen Vorgang in der Chemie erklären kann, wenn man die Elektrizität zu Hilfe ruft und statt der zwei getrennten Kräfte, die wir bisher betrachtet haben, nur eine Kraft und zwar die „elektro-chemische" annimmt.

Der Aufschluß, den die „elektro-chemische" Lehre über die Erscheinungen der Chemie giebt, besteht im Wesentlichen in Folgendem.

Wir wissen es bereits, daß ein Stück Zink und ein Stück Kupfer, die sich berühren, eine elektrische Trennung in beiden Metallen erzeugen. Das Zink wird positiv-elektrisch und das Kupfer wird negativ-elektrisch. Durch geeignete Vorrichtungen ist man sogar, wie wir schon gesehen haben, im Stande höchst wirksame elektrische Ströme durch die bloße Berührung dieser zwei Metalle hervorzurufen. Mag nun der Grund dieser Erscheinung sein, welcher er wolle, so steht doch so viel fest, daß vor der Berührung des Zinks und Kupfers weder das Zink, noch das Kupfer irgendwelche elektrische Eigenschaft zeigt, daß aber die elektrische Kraft nur erst bei dem Aneinanderbringen der Metalle erzeugt wird.

Nun, sagt der Elektro-Chemiker, ist es höchst wahrscheinlich, daß eine ganz ähnliche Trennung der Elektrizität in allen sogenannten chemischen Urstoffen stattfindet, sobald sich zwei verschiedene Atome derselben berühren. Das Atom des einen Urstoffs wird negativ-elektrisch und das Atom des andern Stoffes wird positiv-elektrisch. Da wir aber bereits wissen, daß positive und negative Elektrizität sich anziehen, so ist es ganz erklärlich, daß zwei verschiedene Atome sich anziehen, sobald sie sich sehr nahe sind, weil sie entgegengesetzte Elektrizität besitzen; und so verbinden sich die beiden Atome, das heißt, sie bilden ein Atompaar und halten sich mit einer gewissen Kraft fest, und zwar ist diese Kraft keine andere als die elektrische.

Haben die zwei Atome das gethan, so sagen wir freilich, sie hätten sich chemisch verbunden: allein, die Bezeichnung ist ungenau; wir müßten eigentlich sagen: sie haben sich elektrisch verbunden; denn, was sie an einander bindet, ist eben die bei ihrer Berührung in ihnen hervorgerufene verschiedene Elektrizität.

Zwar liegt die Frage sehr nahe, warum geschieht denn das nicht bei der Berührung von Zink und Kupfer? Warum trennen sich immerfort die Elektrizitäten und senden negative Ströme durch das Kupfer und positive durch das Zink davon, ohne daß zwischen Zink und Kupfer das vorgeht, was wir gewöhnlich chemische Verbindung nennen? — Allein die Antwort hierauf ist sehr einfach.

Wären wir im Stande, ein loses Zinkatom an ein

loses Kupferatom zu bringen, so würden sie sich in der That festhalten und ihre entgegengesetzte Elektrizität würde wirklich das bewirken, was man eine chemische Verbindung nennt. Es würde ein Atom-Pärchen entstehen, das Zink-Kupfer bilden würde. Allein wir können kein loses Atom Zink herstellen und eben so wenig ein loses Atom Kupfer. In einem noch so kleinen Stückchen Zink oder Kupfer hängt das Atom fest zusammen mit dem ganzen Stück und kann sich nicht trennen. Nun kommt noch dazu, daß sie beide Metalle sind, die die Elektrizität leiten. Die Trennung der Elektrizität, die an der Berührungsstelle eines Stücks Zinks oder Kupfers vor sich geht, leitet sich sogleich fort durch beide Metalle, und löthet man Drähte an die Metalle und bringt deren Enden an einander, so entsteht sogar ein Strom von beiden Seiten her, so daß die getrennten Elektrizitäten sich in dieser geschlossenen Kette fortwährend verbinden, wie sie sich an der Berührungsstelle fortwährend trennen. Es findet also das, was man chemische Verbindung der Atome nennt, nicht statt, sondern es stellt sich eine andere Ausgleichung der Elektrizitäten her und zwar durch einen elektrischen Strom.

Kommen aber zwei Atome anderer Stoffe mit einander in Berührung, von denen eins oder beide Atome nicht im Zusammenhang mit einem festen Stück sind, und findet bei ihnen oder bei einem von ihnen nicht der Umstand statt, daß sie die in ihnen entstehende Elektrizität fortleiten, so müssen sie zu einander und sie thun es wegen der entgegengesetzten Elektrizität, die in ihnen erweckt ist, und so lagert sich Atom zu Atom und sie bilden beisammen Atom-Pärchen, von denen wir sagen, sie haben sich chemisch verbunden.

In der That bestätigt die Erfahrung diese Annahme. Zwei trockene feste Stoffe verbinden sich durchaus nicht chemisch. Schwefel und Eisen können Jahrhunderte lang bei einander liegen, es wird kein Schwefel-Eisen entstehen. Will man eine chemische Verbindung zweier Stoffe haben, so muß man mindestens einen in einen Zustand versetzen, wo seine Atome loser zusammenhängen und dann gelingt in vielen Fällen die Verbindung. — Wären wir im Stande, Sauerstoff festzumachen, so könnte man ihn mit einem Stück Kalium zusammenpacken, trotzdem die Neigung zwischen beiden, sich zu verbinden, so unendlich groß ist. Sie würden als trockene feste Körper bei einander liegen, ohne chemische Verbindungen einzugehen. Dahingegen wissen wir, daß der gasförmige Sauerstoff, weil er eben ein Gas ist und seine Atome nicht festhält, ein gefährlicher Nachbar für Kalium ist. Die chemische Verbindung beider geschieht mit großer Energie. Aehnlich geht es mit allen Stoffen, die sich chemisch verbinden und das bestätigt schon wenigstens in dieser Beziehung die eben von uns ausgesprochene Behauptung.

Allein diese Bestätigung ist an sich noch sehr geringfügig, denn wir werden sogleich sehen, daß die eigentlichen chemischen Räthsel höchst überraschende und interessante Erklärungen finden, sobald man zu ihrer Lösung die elektrische Kraft zu Hilfe ruft.

XXXVI. Die Erklärung der chemischen Erscheinungen durch elektrische Kräfte.

Um einzusehen, wie viel Wahrheit in der Lehre steckt, nach welcher die chemische Kraft nichts anderes ist, als die elektrische Kraft der Atome, wollen wir vor Allen einen Umstand hervorheben.

Wir haben bereits auf die Sonderbarkeit aufmerksam

gemacht, daß zwei chemische Urstoffe sich am heftigsten und schnellsten verbinden, wenn sie sich beide höchst unähnlich sind. Die Metalle haben sammt und sonders eine gewisse Aehnlichkeit mit einander. Kupfer, Zink, Silber, Gold, Eisen, Blei sind zwar in ihren Eigenschaften verschieden; aber in ihrer wesentlichsten Natur sind sie doch sehr nahe verwandt. Gleichviel haben sie nicht die mindeste Neigung, sich chemisch zu verbinden. Nun giebt es gewiß nichts Unähnlicheres in der Welt als Sauerstoff und Eisen und gleichwol ist ihre Neigung zur Verbindung sehr stark, wie überhaupt die Neigung sämmtlicher Metalle sich mit Sauerstoff zu verbinden bedeutend ist. Ganz dasselbe zeigt sich, wenn man diejenigen Stoffe betrachtet, die ihrer Natur nach dem Sauerstoff ähnlich sind, wie z. B. Chlor, Brom, Jod und Fluor, trotzdem haben sie nicht das Bestreben sich mit dem Sauerstoff zu verbinden; im Gegentheil, sie ersetzen unter gewissen Umständen oft den Sauerstoff, wenn er sich mit einem Metall verbunden hat und füllen so seine Stelle aus. —

Hieraus aber und aus einer ganzen Reihe mannigfaltiger Versuche und Betrachtungen geht mit aller Bestimmtheit hervor, daß die chemische Neigung zweier Stoffe zu einander immer stärker ist, je weniger sie sich in ihrer Natur gleich sind.

Vergleicht man dies aber mit der Elektrizität, so findet man hier ein ganz ähnliches Verhältniß. Ein Kügelchen mit positiver Elektrizität geladen zieht ein zweites Kügelchen mit negativer Elektrizität geladen an, das Ungleiche hat eine Neigung zu einander und sucht sich auf. Dahingegen stößt die gleiche Elektrizität sowol positive wie negative in zwei Kügelchen sich gegenseitig ab. Das Gleiche flieht sich und verbindet sich nicht mit einander.

Nimmt man nun an, daß alle sechzig Urstoffe, wenn

sich aber auch jede chemische Zersetzung und jede chemische Verbindung höherer Ordnung.

Wir wollen dies wieder an dem bereits bekannten Beispiel zeigen, das wir schon öfter erwähnt haben. Wenn man ein Stückchen Kalium-Metall in ein Glas Wasser wirft, so entreißt das Kalium dem Wasser den Sauerstoff, so daß der Wasserstoff des Wassers in Blasen aus dem übrigen Wasser aufsteigt. Dieser Vorgang ist durch die elektrische Kraft sehr leicht zu bewerkstelligen. Nach den bereits im vorigen Abschnitt angegebenen Versuchen hat man gefunden, daß Kalium der elektrisch positivste aller Urstoffe, während Sauerstoff der negativste ist. Wasserstoff steht so ungefähr in der Mitte zwischen beiden. Im Vergleich mit Kalium ist jedoch Wasserstoff negativ-elektrisch. Bei der Bildung des Wassers hat sich freilich der negative Sauerstoff mit dem ihm gegenüber positiven Wasserstoff verbunden; sowie aber ein Ding hinzukommt, das so stark positiv ist wie Kalium, verläßt der negative Sauerstoff seinen bisherigen nur schwach positiven Gesellen und geht eine neue Verbindung mit dem stärker positiven ein. Gäbe es einen Stoff, der noch negativer elektrisch ist als Sauerstoff, so würde er, wenn er dazu gebracht würde, das Kalium anziehen und den Sauerstoff verdrängen.

In ähnlicher Weise kann man sich jeden chemischen Vorgang erklären, wo immer ein oder zwei hinzukommende Stoffe zu einer bereits fertigen Verbindung die bestehende chemische Anziehung aufheben und eine neue bewirken. In solchem Falle wirkt immer nur der stärkere elektrische Gegensatz zweier Stoffe gegen den schwächeren.

Woher aber, könnte man bei oberflächlicher Betrachtung fragen, woher kommt es, daß ein elektrischer Strom gerade oft eine Trennung einer chemischen Verbindung hervorruft? Wir wissen, daß, wenn man die Pole einer starken galvanischen Säule in ein Glas Wasser bringt, sich das Wasser in seine Urbestandtheile zersetzt; daß die chemische Verbindung des Wassers aufgehoben wird und in geeigneten Apparaten gezeigt werden kann, wie die elektrische Strömung dem Wasser einerseits Sauerstoff und andererseits Wasserstoff entreißt. Wie, könnte der Uneingeweihte fragen, wenn die chemische Verbindung nur auf der Kraft der Elektrizität beruht, so müßte ja ein elektrischer Strom, durch das Wasser gehend, dieses nur noch fester verbinden und nicht die Verbindung stören?

Zur Beantwortung dieser Frage braucht man sich nur zu erinnern, daß die Pole einer galvanischen Säule entgegengesetzt elektrisch sind. Der Pol, der am Zink angebracht ist, besitzt positive Elektrizität; der Pol, der am Kupfer angebracht ist, besitzt negative. Nun aber besteht Wasser ebenfalls nur aus zwei entgegengesetzt elektrischen Atomen, die sich angezogen haben. Der negative Sauerstoff hat den positiven Wasserstoff angezogen. Bringt man nun beide Pole der Säule hinein, so zieht, wenn die galvanische Säule stark ist, also auch die Pole bedeutende elektrische Kraft besitzen, der positive Pol der Säule das negative Atom des Wassers an sich; während der negative Pol der Säule das positive Atom des Wassers anzieht. Es begiebt sich demnach der negative Sauerstoff zum positiven Pol und der positive Wasserstoff zum negativen Pol der Säule, wodurch die Trennung des Wassers bewirkt wird. —

Betrachtet man das, was hierbei vorgegangen ist, aufmerksamer, so sieht man ein, daß die stärkere Elektrizität der galvanischen Säule die schwächere Elektrizität, welche das Wasser bildete, aufgelöst hat. Das negative Atom Sauerstoff verließ darum das positive Atom Wasserstoff, mit welchem es verbunden war, weil der Zinkpol der galvanischen Kette noch elektrisch positiver; und eben so verließ das positive Atom Wasserstoff das mit verbundene negative Atom Sauerstoff, weil es einen noch negativern Körper vorfand, zu dem es hingezogen wurde, nämlich den Kupferpol der galvanischen Säule.

Ganz wie es dem Wasser ergeht, so ergeht es allen chemischen Flüssigkeiten. In allen Fällen begiebt sich der positiv-elektrische Theil der Flüssigkeit zum negativen Pol und der negativ-elektrische Theil der Flüssigkeit zum positiven Pol der galvanischen Kette, und wenn diese Pole dazu eingerichtet werden, entsteht sogar eine wirkliche Ablagerung der chemisch aufgelösten Stoffe an den Polen der Säule, so daß man auf galvanischem Wege Gold, Silber, Kupfer oder sonst irgend welche Stoffe, die in Flüssigkeiten aufgelöst sind, an den betreffenden Polen der galvanischen Kette ansammeln kann.

Hierauf beruht eine der interessantesten Erfindungen der neueren Zeit, die Galvano-Plastik, welche wir unsern Lesern vorführen und so angeben wollen, daß Jedermann, dem es Vergnügen macht, eine Anleitung zu eigenen Versuchen derart erhalten wird. Eine solche Beschäftigung, die wenig Zeit, sehr wenig Mühe und auch nur sehr wenig Geld kostet, hat das Angenehme, daß man spielend dabei viel lernen kann und daß sie anregt zu weiterem Nachdenken und weiterem Forschen!

XXXVIII. Die Galvano-Plastik.

Nachdem man bereits lange wußte, daß alle chemischen Flüssigkeiten durch die Pole einer elektrischen Kette derart zersetzt werden, daß der positive Bestandtheil der chemischen Flüssigkeit, wie etwa ein Metall, sich an den negativen Pol ansetzt, während der negative Bestandtheil der Flüssigkeit sich zum positiven Pol hin begiebt, kam zuerst der französische Naturforscher de la Rive im Jahre 1836 auf den Gedanken, daß man dadurch Metall-Niederschläge in beliebiger Form aus metallischen Auflösungen herstellen könnte.

Kurze Zeit darauf entdeckte Professor Jacoby in Petersburg, wie man diesen Umstand zu wichtigen praktischen Zwecken benutzen kann und nannte seine neue Entdeckung, die mit Recht viel Aufsehen machte: Galvano-Plastik. Ein Zweig der Galvano-Plastik ist die galvanische Versilberung und Vergoldung, die jetzt bereits so außerordentlich gebräuchlich ist, daß sie von vielen Tausenden mit Erfolg als Gewerbe betrieben wird.

Die Galvano-Plastik wird im Großen schon in so ausgedehntem Maße betrieben, daß man durch dieselbe riesige metallene Standbilder, die man sonst nur durch den Guß herstellen konnte, anfertigt; man kann sich aber einen Apparat im Kleinen herstellen, welcher eine eben so unterhaltende wie belehrende Beschäftigung gewährt.

Zu diesem Zwecke läßt man sich von einem gewöhnlichen Lampen-Zylinder ein Stück von ungefähr 3 Zoll Länge abschneiden und bindet über das eine offene Ende ein Stück Kalbsblase, so daß man einen Becher hat, dessen Boden aus Thierblase besteht. Ein paar Drähte, die man um den Becher bindet, richtet man so ein, daß man den Becher in ein gewöhnliches Bierglas hineinstellen kann, ohne daß er den Boden des Glases berührt, und daß er an den Drähten vom Rande des Glases getragen wird. Nun schüttet man in das Bierglas eine Auflösung von Kupfervitriol und in den Zylinder, der im Glase hängt,

Wasser, in welches man einige Tropfen Schwefelsäure gegossen hat. Sodann biegt man ein Stück Kupferdraht so, daß ein Ende desselben in das Bierglas taucht und das andere Ende in den Zylinder. Bringt man nun an dem Ende, das in den Zylinder getaucht wird, ein Stück Zink an, so entsteht ein elektrischer Strom an der Stelle, wo Zink und Kupfer sich berühren und dieser Strom, der durch die Flüssigkeit und die Thierblase wie durch den Draht zirkulirt, ist stark genug, um die Auflösung von Kupfervitriol, die im Bierglase ist, zu zersetzen und das in ihr enthaltene metallische Kupfer an den in die Flüssigkeit tauchenden Draht abzulagern.

Läßt man diesen Apparat ein paar Tage so stehen, so setzt sich an den Draht, der in das Bierglas hineinragt, all' das Kupfer an, das in der Auflösung von Kupfervitriol vorhanden ist. Bringt man aber an dem Draht irgend eine Form an, z. B. einen Abdruck einer Medaille in Wachs oder Stearin und überzieht den Abdruck mit einer feinen Schicht Graphit oder Bronze-Pulver, während man den Kupferdraht, so weit er in die Flüssigkeit taucht, mit Wachs überzieht, so legt sich das Kupfer aus der Auflösung an die Form an, und man erhält nach einigen Tagen einen außerordentlich getreuen Abklatsch der Medaille. —

Wer sich das Vergnügen bereiten will, solch einen Versuch anzustellen, der wird von selber auf einzelne Vortheile und beliebige Abänderungen in der Einrichtung kommen und wird sicherlich viel Gelegenheit zur Selbstbelehrung haben, wenn er die richtige Erklärung dieser interessanten Erscheinung sich merkt.

Diese Erklärung ist folgende.

Kupfervitriol ist eine chemische Verbindung von Schwefelsäure und Kupfer; es führt in der Wissenschaft den Namen

„schwefelsaures Kupferoxyd“ und ist bei jedem Droguisten zu haben. Dieses Salz von blauer Farbe kann man in Wasser auflösen und thut man dies, so hat man in dem blauen Wasser eigentlich Atome von Schwefel, von Sauerstoff und von Kupfer. Durch den Kupferdraht und durch das Zinkstück an dem einen Ende, das man in das schwach eingesäuerte Wasser eingetaucht hat und durch das zweite Ende Kupferdraht, das man in die Auflösung von Kupfervitriol taucht, wird ein elektrischer Strom erregt. Die Quelle dieser erregten elektrischen Strömung ist die Stelle, wo Zink und Kupfer sich berühren. Das Zink wird positiv-elektrisch und das Kupfer negativ-elektrisch. Da aber sowol das Zink wie das Kupfer in chemischen Flüssigkeiten sich befinden, so zieht das positive Zink den negativen Sauerstoff aus dem Wasser an und bildet mit der vorräthigen Schwefelsäure eine Verbindung, welche schwefelsaures Zink-Oxyd heißt, das sich im Wasser auflöst. Der Kupferdraht dagegen ist der negative Pol der Kette; da er sich aber in der Flüssigkeit, wo das Kupfer aufgelöst ist, befindet und diese Kupferatome positiv elektrisch sind, so werden sie von dem negativen Pol angezogen und bilden dort nach und nach metallisches Kupfer, das sich je nach den Formen, die man ihm bietet, ansetzt.

XXXIX. Von der galvanischen Versilberung.

Ganz auf demselben Prinzip wie die Galvano-Plastik beruht die galvanische Versilberung und Vergoldung, die im Großen so außerordentlich stark getrieben wird, daß andere Arten von Versilberungen und Vergoldungen fast ganz abgekommen sind. Es gewährt aber auch im Kleinen einen lehrreichen Genuß, sich solch einen Apparat selber einzurichten und deshalb wollen wir hierzu die Anleitung geben, in der Hoffnung, daß Jeder, dem eine Beschäftigung derart Vergnügen macht, von selber hinter die kleinen Kunstgriffe und Verbesserungen kommen wird, wenn er nur aufmerksam den Vorgang betrachtet.

Um auf galvanischem Wege versilbern zu können, ist es nöthig, daß man eine Flüssigkeit herstelle, die hierzu anwendbar ist, und das ist eben nicht leicht. Wer sich das recht bequem machen will, der braucht nur ein viertel Loth Cyan-Silber zu kaufen, das hier in Berlin in allen Apotheken zu haben ist, welche Materialien für Daguerreotypisten liefern. Dieses Cyan-Silber schüttet man in ein Quart destillirtes Wasser, worin es sich auflöst und man hat somit die gewünschte Flüssigkeit, um ein Dutzend neusilberne Theelöffel recht stark zu versilbern. — Allein es ist sehr lehrreich, sich diese Flüssigkeit selber zu bereiten, denn bei dieser Gelegenheit hat man nicht nur Stoff zum Nachdenken, sondern auch zum Erkennen der chemischen Vorgänge aus eigener Anschauung — und das ist immer die erfolgreichste und leichteste Art, sich in die Chemie einigermaßen hinein zu arbeiten.

Man nehme ein halbes Loth altes Silber und klopfe es mit einem Hammer so dünn, daß man es bequem mit einer Scheere zerschneiden kann. Die dünnen zerschnittenen Stückchen Silber thue man in ein Fläschchen und gieße reine Salpetersäure darauf. Je dünner das Silber geklopft ist, desto schneller löst sich dasselbe in der Salpetersäure auf. Wenn das Silber chemisch-reines war, so bleibt die Flüssigkeit weiß, war das Silber aber, wie das fast immer der Fall ist, mit Kupfer vermengt, so wird die Flüssigkeit blau-grün aussehen. Sobald das Silber vollständig aufgelöst ist, was oft erst in einigen Tagen der Fall ist, so schütte man die Flüssigkeit in ein Bierglas und gieße ungefähr ein halbes Glas destillirtes Wasser dazu. Sodann schütte man in ein anderes Bierglas eine Hand voll Kochsalz und gieße ein halbes Glas Wasser darauf und warte bis das Salz sich aufgelöst hat. Wenn dies geschehen ist, so schütte man die Silberauflösung in das Salzwasser und man wird ein Schauspiel eigener Art haben.

Es wird sich nämlich jeder Tropfen Silberauflösung, der in's Salzwasser kommt, in eine Art käsige Flocken verwandeln und auch wie frischer weißer Käse zu Boden sinken. Hat man die ganze Silberauflösung hineingeschüttet, so warte man so lange, bis sich der sogenannte Käse völlig gesetzt hat, und das darüberstehende Wasser recht klar ist. Ist dies der Fall, so gieße man vorsichtig das Wasser fort und gebe Acht, daß man nichts von dem Käse fortschüttet, denn in diesem Käse eben steckt, wie wir sehen werden, das kostbare Silber.

Obgleich noch immer nicht die nöthige Flüssigkeit fertig ist, so wollen wir uns doch einmal umsehen, was denn eigentlich bisher mit dem Silber vorgegangen ist und die Verwandlungen, die man mit demselben vorgenommen, etwas genauer kennen lernen.

Das Silber hat sich in der Salpetersäure aufgelöst; aber nicht aufgelöst wie Zucker im Wasser, sondern die Auflösung ist eine chemische. Man kann sich hiervon durch folgenden Versuch überzeugen. Stellt man Zuckerwasser über Feuer oder in eine heiße Ofenröhre und läßt das Wasser verdampfen, so erhält man den Zucker wieder, wie er früher war. Thut man dasselbe mit der Salpetersäure, so erhält man nicht etwa das Silber wieder, sondern es zeigen sich Krystalle, die wie Salz aussehen und den Namen „salpetersaures Silberoxyd“ führen. Das Silber nämlich hat aus der Salpetersäure Sauerstoff in sich aufgenommen, und wurde Silberoxyd, oder wenn man einen bekannteren Namen dafür will, es wurde Silberrost. Dieses Silberoxyd aber hat sich in der übrigen Salpetersäure aufgelöst und wurde nun eine Art Salz. Durch Abdampfen der übrigen Salpetersäure kann man dies Salz, das wir Silbersalz nennen wollen, rein erhalten, und wenn man dieses schmilzt und erkälten läßt, so giebt es den bekannten Höllenstein, den man in der Medizin vielfach braucht.

Zu unserm Zweck ist das Herstellen des Silbersalzes nicht weiter nöthig, wir haben vielmehr das salpetersaure Silberoxyd sammt der überflüssigen Salpetersäure in eine Auflösung von Kochsalz geschüttet und daraus den weißen Käseniederschlag erhalten.

Hierbei ist Folgendes vorgegangen.

Das Kochsalz ist, wie wir wissen, ein chemisches Ding; es besteht nämlich aus einem Metall, das den Namen Natrium hat, und aus einer Luftart, die den Namen Chlor führt. Kochsalz heißt deshalb in der Wissenschaft Chlor-Natrium. In dem einen Glase also war Chlor und Natrium in Wasser aufgelöst; sobald man zu demselben salpetersaures Silber geschüttet, so geschieht augenblicklich eine Trennung der alten chemischen Verbindungen und es tritt eine neue ein. Das Natrium verläßt den Chlor und verbindet sich mit der Salpetersäure, dadurch wird einerseits das Silber und andrerseits das Chlor frei, und diese beiden Stoffe, die eben erst ihre Freiheit erlangt haben, besitzen gerade deshalb die heftigste Begierde, sich zu verbinden und bilden Chlor-Silber.

Und dies ist eben der weiße käsige Niederschlag, den wir haben entstehen sehen; er heißt Chlor-Silber.

XL. Von der Bereitung der Versilberungs-Flüssigkeit.

Das Chlor-Silber, das wir nun in der Form eines käsigen Niederschlages besitzen, muß noch weiter chemisch behandelt werden, um aus demselben die Flüssigkeit herzustellen, die zum Versilbern gebraucht werden kann. Wir wollen jedoch die Gelegenheit nicht vorübergehen lassen, ohne einen Blick seitwärts auf das zu werfern, was wir mit dem Wasser fortgeschüttet haben. Hat dies auch keinen reellen Werth für uns, so ist doch gut zu wissen, was man eigentlich unter Händen gehabt hat.

Das Wasser, das man abgegossen hat, bestand erstens aus dem Wasser, worin das salpetersaure Silber aufgelöst gewesen und zweitens aus dem hinzugegossenen Salzwasser. Nun aber enthält der käsige Niederschlag, den wir jetzt zurückbehalten haben, nur Chlor-Silber, das heißt nur Chlor, welches im Glas Salzwasser gewesen ist und Silber, welches im ersten Glase war. Im Salzwasser war aber außer Chlor noch Natrium, denn Kochsalz besteht aus Chlor und Natrium und im ersten Glase war außer Silber noch Salpetersäure enthalten. Es läßt sich also ohne weiteres einsehen, daß in dem Wasser, das wir fortgegossen haben, Natrium und Salpetersäure gewesen sein muß; da sich diese aber chemisch verbinden, so bilden sie salpetersaures Natron, welches in dem überschüssigen Wasser aufgelöst, für unsere Augen unmerklich ist. — Würde man dieses Wasser nicht fortgießen, sondern in einem Glase auffangen und über Feuer oder in einer heißen Ofenröhre verdampfen lassen, so würde man finden, daß wirklich eine Art Salz zurückbleibt, das dem Kochsalz durchaus nicht gleich, sondern von anderen Eigenschaften ist und weil es würfelartig aussieht „kubischer Salpeter" genannt wird.

Nunmehr wollen wir zum Chlor-Silber zurückkehren, das wir benutzen wollen.

Wir müssen mit demselben noch eine Operation vornehmen; aber wir rathen Jedem, der im Umgehen mit giftigen Dingen nicht recht Bescheid weiß, lieber in eine Apotheke zu gehen und das, was er zu thun hat, dort bewerkstelligen zu lassen. Man braucht hierzu nämlich einen Stoff, der äußerst giftig ist, da schon ein Krümelchen davon, das an eine wunde Stelle der Haut kommt, im Stande ist, den Tod herbeizuführen. Dieser Stoff heißt Cyan-Kalium.

Was Kalium ist, wissen unsere Leser bereits. Es ist ein Metall, welches so ungeheure Neigung hat, sich mit Sauerstoff zu verbinden, daß man es garnicht davor hüten kann. Dieses Metall geht auch eine Verbindung mit einem eigenthümlichen giftigen Gas ein, welches Cyan heißt, und eine Art Räthsel in der Chemie ist. Cyan nämlich besteht aus Kohlenstoff und Stickstoff, ist also ein zusammengesetzter Stoff und spielt ausnahmsweise in der Chemie die Rolle eines einfachen Stoffes und verbindet sich chemisch fast mit allen Metallen. Das Cyan hat große Neigung, sich mit Wasserstoff zu verbinden und bildet mit diesem die furchtbare Blausäure, deren Geruch schon tödtlich wirkt. Wir haben hier ein Beispiel, wie der unschädliche Kohlenstoff, der eben so unschädliche Stickstoff und der in jedem Glase Wasser massenweis von uns verschluckte Wasserstoff in chemischer Verbindung das furchtbarste Gift erzeugen, das man in der Welt kennt!

Das Cyan aber ist es, das wir brauchen, und zwar nimmt man zu einem halben Loth Silber etwa fünf Loth Cyan-Kalium. Dieses löst man in destillirtem Wasser auf und schüttet das Chlor-Silber hinein und man wird sofort sehen, wie nach einigem Schütteln das käsige Chlor-

Silber sich auflöst und man bald eine farblose Flüssigkeit vor sich hat, die nicht im Entferntesten durch ihr Ansehen verräth, daß hier so viele verschiedene Stoffe darin sind.

In dieser Flüssigkeit, die wir nun bald gebrauchen werden, sind nicht weniger als zwei Metalle vorhanden und außerdem noch zwei, eigentlich drei Stoffe. Erstens ist, wie wir wissen, Silber da; zweitens steckt auch Kalium darin, drittens befindet sich hier auch Chlor und endlich viertens Cyan, oder eigentlich viertens und fünftens: Kohlenstoff und Stickstoff.

Was aber machen diese vier oder gar fünf Stoffe darin?

Das wollen wir gleich sehen.

Das Cyan ist, wie wir wissen, früher mit dem Kalium verbunden gewesen. Nun ist Kalium der elektrisch positivste Stoff, den wir kennen und Chlor ist sehr negativ-elektrisch. Schüttet man daher das Chlor-Silber in die Lösung von Cyan-Kalium, so verbindet sich sofort das Chlor mit dem Kalium, während das Silber sich mit dem Cyan verbindet.

Wir haben also in dem Wasser erstens Cyan-Silber und zweitens Chlor-Kalium. Da dies aber beides Stoffe sind, welche sich im Wasser auflösen, ohne es zu färben, so kann man es dem Wasser garnicht anmerken, was in ihm steckt.

Und dieses Wasser eben ist die Flüssigkeit, die wir benutzen wollen. Man schütte nun noch etwa ein Quart destillirtes Wasser hinzu und bereite sich vor, zur Einrichtung des elektrischen Apparats zu gehen, bei dem wir im nächsten Abschnitt dem Liebhaber sogleich zur Hand sein wollen.

XLI. Einrichtung des Apparats zum Versilbern.

Die Einrichtung des Apparats zum Versilbern ist, wenn man sich's bequem machen will, höchst einfach. Man braucht nur denselben Apparat anzuwenden, den wir bereits bei der Galvano-Plastik beschrieben haben und zwar setzt man zu diesem Zweck den mit Thierblase umbundenen Zylinder wieder in ein Glas, das eine Portion Salzwasser enthält, während man in den Zylinder die Cyan-Silberflüssigkeit gießt. Will man nun etwas versilbern, zum Beispiel einen neusilbernen Theelöffel, so befestigt man diesen an einen Kupferdraht, der an seinem andern Ende an ein Stück Zink gelöthet ist. Das Stück Zink wird ins Salzwasser gesteckt und der Theelöffel in die Cyan-Silber-Lösung. Die elektrische Strömung beginnt nun sofort zu wirken; die Cyan-Silber-Lösung zersetzt sich chemisch und es legt sich das Silber in außerordentlich feiner Schicht sofort an das Neusilber, das hier der negative Pol ist, und überzieht so das Löffelchen, daß es nach einigen Stunden schon ganz silberweiß erscheint.

Wenn das Salzwasser wenig Salz enthält, so geht die Versilberung sehr langsam vor sich; aber sie ist dafür viel reiner und zarter. Am schönsten ist die Versilberung, wenn sie so langsam geschieht, daß 24 Stunden dazu nöthig sind, um eine gehörige Schicht herzustellen. Der versilberte Gegenstand hat dann ein weißes mattes Ansehen, nimmt aber durch Politur, namentlich durch Bearbeiten mit dem Polirstahl den schönen Silberglanz an, der diesem Metalle seinen besondern Werth giebt. Wer mit dem Poliren durch den Polirstahl nicht Bescheid weiß, erreicht auch seinen Zweck durch Putzen mit Schlemmkreide und etwas pariser Roth, obgleich dies nicht jenen tiefen Glanz hervorbringt, der am Silber so gern gesehen wird.

Zur Erklärung des Vorganges brauchen wir nur wenig zu sagen. Durch die Berührungsstelle des Kupferdrahtes und des Zinkes wird Elektrizität erzeugt. Das Zink wird positiv-elektrisch und der Kupferdraht negativ-elektrisch. Da nun der Theelöffel an den Kupferdraht befestigt ist, so wird auch dieser zum negativen Pol. Stellt man nun das Zink in das Salzwasser und den Löffel in die Cyan-Silber-Lösung, so zieht das positive Zink den negativen Bestandtheil aus dem Salzwasser, also das Chlor an sich und bildet Chlor-Zink, für das wir uns beim Versilbern nicht weiter interessiren. Der Theelöffel dagegen, der negativ-elektrisch ist, zieht aus der Cyan-Silber-Lösung den positiven Bestandtheil an, und dies ist das Silber, woher dann die Silberschicht rührt, welche sich auf dem Löffel anlegt.

Diese Art zu versilbern ist sehr einfach und gewährt viel Vergnügen; aber wir rathen jedem Liebhaber zu einer Erweiterung des Apparats, welche sehr viel Interessantes an sich hat und wobei man eine neue Erscheinung kennen lernen wird.

Die Erweiterung besteht in Folgendem:

Man fülle den bewußten Zylinder mit Kupfervitriol und stelle ein Stück Kupferblech hinein. Das Glas fülle man mit Wasser, worin man drei bis vier Tropfen Schwefelsäure geschüttet, stelle den Zylinder in das Glas und thue in das Glas ein Stück Zink. An dieses Stück Zink und ebenso an das Stück Kupferblech befestige man einen dünnen Kupferdraht von beliebiger Länge, so daß man die Enden beider Drähte, die die Pole eines galvanischen Apparats sind, beliebig in ein geeignetes Gefäß eintauchen kann, worin man die Versilberung vornehmen will.

Nehmen wir an, daß man einen neusilbernen Eßlöffel versilbern will, so schüttet man die Cyan-Silber-Lösung in ein Gefäß, worin der Löffel bequem liegen oder hängen kann, ohne aus der Lösung hervorzuragen. Der Löffel wird nun an dem einen Kupferdraht befestigt, der an dem Kupfer des galvanischen Apparats angelöthet ist, also am negativen Pol. An dem positiven Pol des Apparats aber befestige man ein beliebiges Stück reines Silber und nun stelle man beides, den Löffel, der sich versilbern soll und das Stück Silber in die Cyan-Silber-Flüssigkeit, jedoch so, daß sie sich nicht berühren.

Auch hier geht die Versilberung wie bei der obigen Einrichtung vor sich; allein es geschieht noch ein zweites dabei, das höchst interessant ist. Während bei der obigen Einrichtung die Cyan-Silber-Lösung fortwährend schwächer wird, je mehr Silber sich an dem Löffel abgelagert hat, ist es bei dieser Einrichtung nicht der Fall. Die Lösung bleibt unendliche Zeiten immer in derselben Stärke, ohne daß sie erneuert wird. In großen Versilberungsanstalten in Berlin erhält man in solcher Weise die Lösung monatelang in gutem Zustande, ohne daß man sie zu erneuern braucht.

Wie aber geht dies zu?

Die Sache ist ganz einfach. Am negativen Pol setzt sich aus dem Cyan-Silber das Silber ab, weil das Silber positiv-elektrisch ist. Nun ist aber Cyan negativ-elektrisch und dies wird vom positiven Pol angezogen. Da nun am positiven Pol ein Stück Silber steckt, so kommt hier Cyan zum Silber und es bildet sich da netto so viel Cyan-Silber, wie am negativen Pol zerlegt wird. Das Stück Silber am positiven Pol wird auch dadurch aufgezehrt und muß daher ersetzt werden. Thut man dies aber, und nimmt man es nur groß genug, so zehrt sich am positiven Pol netto so viel ab, wie sich am negativen Pol ansetzt. Mit Recht also kann man sagen, daß der elektrische Strom eine Wanderung des Silbers vom positiven zum negativen Pol hervorbringt. Und dies zu beobachten ist ebenso interessant wie lehrreich.

XLII. Etwas von der galvanischen Vergoldung.

Manchem denkenden Leser, der in der Chemie nicht Bescheid weiß, möchte sich leicht die Frage aufdrängen, wozu stellt man bei der galvanischen Versilberung erst Cyan-Silber her, weshalb benutzt man nicht die salpetersaure Silberauflösung zu demselben Zweck? Die salpetersaure Silberauflösung läßt sich ja mit Wasser verdünnen und so hätte man ja bereits eine wässerige Flüssigkeit, worin der eine Stoff, das Silber, positiv-elektrisch und der andere, die Salpetersäure, negativ-elektrisch ist; warum steckt man nicht die Pole eines galvanischen Apparats in die Lösung und läßt die Versilberung in dieser vor sich gehen?

Die Antwort hierauf ist folgende.

Die Salpetersäure, welche Silber auflöst und sich dabei mit demselben verbindet, hat noch größere Neigung, sich mit Kupfer zu verbinden, und wollte man die Pole des galvanischen Apparats in die salpetersaure Silberlösung stecken, so würde man statt der Versilberung eine ganz andere Geschichte hervorbringen. — Wer Gelegenheit dazu hat, der mache sich das Vergnügen einmal, in ein wenig Auflösung von salpetersaurem Silber ein Streifchen Kupferblech hineinzustellen und er wird ein Schauspiel eigener Art vor sich sehen, das ihn mehr belehren wird als viele Worte es vermögen. Vor seinen Augen nämlich wird sich in der hellen klaren Flüssigkeit an dem blanken

Kupferstreifen eine Art Pelz anlegen und immerzu wachsen, während die Flüssigkeit blaugrün wird. Schüttelt man den Kupferstreifen, so fällt der Pelz ab und es legt sich dann ein neuer an, bis endlich eine ziemliche Masse dieses Pelzes sich sammelt und zu Boden fällt, worauf dann diese Erscheinung aufhört.

Was aber ist hier eigentlich vorgegangen?

Der Vorgang ist einfach folgender.

Kupfer ist zwar, wie wir schon wissen, gegen Zink negativ-elektrisch, allein im Vergleich mit Silber ist es ein wenig positiver-elektrisch als das Silber. Steckt man nun den Kupferstreifen in die salpetersaure Silber-Flüssigkeit, so verdrängt das positivere Kupfer das weniger positive Silber. Es verbindet sich daher die Salpetersäure mit dem Kupfer, und wo bleibt das Silber? Es wird verdrängt aus der Verbindung und tritt als feine Stäubchen wieder metallisch auf und zwar legt es sich als Pelz an den Kupferstreifen. Es wird demnach aus der wasserhellen salpetersauren Silberauflösung eine blaugrüne salpetersaure Kupferauflösung und das Silber fällt in feinen Stäubchen zu Boden. Beiläufig wollen wir hier nur erwähnen, daß man in dieser Weise das Silber sammeln, waschen und reinigen kann, so daß man es nachher zwar nicht in Stücken, aber doch in Pulverform wieder hat, ohne daß dessen Werth irgendwie verloren hätte.

Es wird nun Jeder einsehen, daß man die salpetersaure Silberlösung nicht zum Versilbern anwenden kann, weil die Kupferdrähte des galvanischen Apparats, wenn sie in diese Flüssigkeit eingetaucht werden, das Silber verdrängen und als Pulver zu Boden fallen ließen. Dieserhalb muß man erst das Cyan-Silber herstellen.

Die Vergoldung ist eigentlich noch interessanter als die Versilberung, weil der vergoldete Gegenstand nicht polirt zu werden braucht, sondern durch leises Putzen schon den schönsten Glanz erhält. Auch muß man nicht glauben, daß die Vergoldung theuer ist. Man kann mit für einen Thaler Gold eine Unmasse von Schmucksachen auf's schönste vergolden. Zu diesem Zweck wirft man ein Stückchen reines Dukatengold in „Königswasser", das ist eine in jeder Apotheke käufliche Mischung von Salzsäure und Salpetersäure. In dieser Flüssigkeit löst sich das Gold auf und wenn man dann die Flüssigkeit abdampft, so bleibt ein Salz von feinen gelben Stäubchen zurück, welche Chlorgold sind, denn Salzsäure besteht aus Chlor und Wasserstoff, und das Gold geht bei der Auflösung eine Verbindung mit dem Chlor ein. Das Chlorgold wird nun in destillirtem Wasser aufgelöst und tropfenweise in eine Cyan-Kalium-Lösung geschüttet, wodurch die eigentlich zu brauchende Flüssigkeit entsteht, nämlich die Cyan-Gold-Flüssigkeit.

Diese Flüssigkeit, die man auch in einer Apotheke oder von einem Chemiker machen lassen kann, weil es nicht gerathen ist, daß Unerfahrene die Zubereitung vornehmen, besteht am besten so, daß man auf einen Theil Gold zehn Theile Cyan-Kalium und hundert Theile destillirtes Wasser anwendet. Beim Vergolden verfährt man eben so wie bei dem Versilbern, und hängt man an den negativen Pol den zu vergoldenden Gegenstand und an den positiven Pol ein Stückchen echtes Blattgold, so behält die Flüssigkeit immerfort ihre Kraft und es wandert auch hier das Gold vom positiven zum negativen Pol hin.

XLIII. Merkwürdige neue Versuche.

Die Versuche, durch Elektrizität chemische Wirkungen hervorzubringen, welche in neuester Zeit in Paris angestellt worden sind, haben ein so auffallendes Resultat geliefert, daß sie fast wie eine Fabel klingen, weshalb wir die berühmten Namen der Forscher hier nennen müssen, um nicht bei einzelnen Lesern in den Verdacht zu verfallen, daß wir ihnen ein Märchen aufbinden wollen.

Der englische Naturforscher Davy, dem die Wissenschaft ganz außerordentliche Erfolge verdankt, hat Versuche angestellt, ob der elektrische Strom im Stande ist, die chemischen Stoffe aus dem eignen Körper des Naturforschers in gleicher Weise zu zersetzen, wie dies in leitenden Füssigkeiten der Fall ist. Er ging von dem Gedanken aus, daß eben so gut wie an den zwei Polen eines galvanischen Apparats, die ins Wasser getaucht sind, der positive Theil des Wassers an den negativen Pol hingeht, während der negative Theil des Wassers an den positiven Pol sich hinbegiebt, daß dies eben so gut der Fall sein müsse, wenn er einen galvanischen Apparat auf die chemischen Bestandtheile seines Körpers einwirken lasse. Und wirklich gelang es ihm durch genaue Forschungen nachzuweisen, daß dem so ist. Nach Davys Versuchen läßt sich aus dem Körper eines Menschen sowol Phosphorsäure wie Schwefelsäure und Salzsäure durch den galvanischen Strom ausscheiden. —

Diese Entdeckung führte zu weiteren Versuchen, welche Becquerel und Fabré-Palaprat in Paris anstellten und die noch auffallendere Resultate lieferten. Der hauptsächlichste dieser Versuche ist folgender.

Es ist nämlich eine allen Chemikern ganz bekannte Thatsache, daß wenn der chemische Stoff Jod zu irgend einer Art von Stärkemehl gebracht wird, dies sofort eine blaue Farbe annimmt. Diese Eigenschaft ist so auffallend, daß man dadurch die leisesten Spuren von Jod sofort entdecken kann, wenn man nur ein wenig Stärkemehl zur Hand hat.

Die genannten Forscher haben nun folgenden Versuch angestellt. Es wurden beide Arme eines Menschen vollkommen trocken gemacht, damit die Haut nicht die Elektrizität leiten solle. Sodann wurde auf den einen Arm ein feuchtes Pflaster gelegt, das mit Jod-Kalium getränkt war, das heißt mit einer Auflösung eines bekannten Salzes, das aus einer chemischen Verbindung von Jod und Kalium besteht. Auf den andern Arm brachte man ein Pflaster, das in gewöhnlichen Kleister, also in eine Stärkemehl-Auflösung getaucht war. Nunmehr brachte man an den ersten Arm den negativen Pol eines galvanischen Apparats, während man dessen positiven Pol an das Kleisterpflaster brachte; und schon nach wenigen Minuten wurde das Kleisterpflaster blau!

Woher kam dies?

Auf keinem andern Wege, als daß der elektrische Strom das Jod-Kalium in seine Bestandtheile zerlegte. Kalium, das positiv-elektrisch ist, blieb an dem negativen Pol und Jod, welches negativ-elektrisch ist, ging durch den Körper des Menschen in wenigen Minuten zum positiven Pol und färbte das dort befindliche Kleisterpflaster blau.

Dies heißt aber nichts weniger, als daß es gelungen ist, einen Stoff, einen wirklichen Stoff auf dem Wege des elektrischen Stromes durch den Körper eines Menschen hindurch zu transportiren!

Freilich kann uns das nicht Wunder nehmen, da wir gesehen haben, daß bei der Versilberung das Silber am positiven Pol sich abzehrt und nach dem negativen Pol hinbegiebt. Und wäre das Gefäß eine Meile lang und die beiden Pole ständen an beiden Enden des Gefäßes, es wäre doch dasselbe. Es würde das Silber die Meile weit wandern. Ja, es giebt keine Grenze der Entfernung für diese Kraft; denn es steht fest, daß eine Silberplatte, welche man in Berlin in einem Versilberungsapparat an den positiven Pol hängte, sich auflösen und daß das Silber bis nach Paris wandern würde, wenn der Versilberungsapparat so lang wäre und seinen negativen Pol dort hätte. Es ist also das Transportiren, das wirkliche Transportiren auf elektrisch-chemischem Wege keineswegs neu. Jedoch durch den menschlichen Körper hindurch diesen Transport gehen lassen, das ist eben so neu wie auffallend und verdient nach allen Seiten hin die größte Aufmerksamkeit!

In noch höherem Maße interessant ist ein weiterer Versuch Davys. Er stellte drei Gläser auf den Tisch. In das eine Glas goß er reines destillirtes Wasser; in das zweite Glas goß er eine schwache Ammoniak-Lösung und in das dritte eine Auflösung von schwefelsaurem Natron, das ist das bekannte Glaubersalz. Die drei Gläser wurden durch feine Asbestdochte verbunden, so daß ein elektrischer Strom von Glas zu Glas wandern konnte. Nun brachte er den positiven Pol einer starken voltaischen Säule von 150 Plattenpaaren in das reine Wasser, den negativen Pol tauchte er in das Glaubersalz, und schon nach fünf Minuten entdeckte man, daß in dem Glase, worin früher reines Wasser war, jetzt Schwefelsäure sei. Der elektrische Strom hatte das schwefelsaure Natron zersetzt, das positive Natron blieb beim negativen Pol und die negative Schwefelsäure ging hinüber in das Glas Wasser, wo der positive Pol steckte.

Das Wunderbare hierbei ist, daß die Schwefelsäure ihren Transport durch das Glas mit Ammoniak nehmen mußte und nehmen konnte, obgleich das Ammoniak die Schwefelsäure sonst sehr stark bindet.

XLIV. Giebt es viele geheime Kräfte?

Wir haben nunmehr in einer langen Reihe von Abschnitten über die geheimen Kräfte der Natur und auch zugleich von ihrer praktischen Anwendung gesprochen. Jetzt wollen wir nur noch in wenigen Worten einen Rückblick auf diese Kräfte werfen, um sodann mit einer Betrachtung über die Geheimnisse der Natur das Thema zu beschließen.

Es giebt noch Vieles, das der Naturwissenschaft ein Geheimniß ist. Wir fühlen z. B. die Wärme und sehen das Licht, ja wir sind im Stande, Wärme und Licht künstlich zu erzeugen. Gleichwol ist die Wissenschaft über das eine wie über das andere im Dunkeln. Man hat der Natur die Gesetze abgelauscht, wie Wärme und Licht entstehen, wie sie zurückstrahlen, in welcher Weise man sie auffangen, ablenken kann; allein der menschliche Scharfsinn ist noch nicht soweit gelangt über das Wesen des Lichtes und der Wärme einen genügenden Aufschluß zu geben.

In unserer Betrachtung der geheimen Kräfte der Natur haben wir nun eigentlich über Licht und Wärme nicht gesprochen, wir haben uns vielmehr begnügt, nur von jenen Kräften zu sprechen, die allen Dingen in der Welt eigen sind, von den Kräften, die so zu sagen die untrennbaren Eigenschaften der Materie sind, was bei Licht und Wärme nicht sicher der Fall ist.

Aber überblicken wir nur diejenigen Kräfte, welche

wir hier betrachtet haben, so drängen sich unserem Geiste eigenthümliche Betrachtungen auf.

Nehmen wir das kleinste Sandkörnchen, über das unser Fuß verächtlich hinwegschreitet, so müssen wir bei Betrachtung desselben sagen, daß dieses ein großes Kunstgebäude ist, worin eine ganze Reihe von geheimen Kräften wohnt. Ein Sandkörnchen läßt sich nicht leicht zerdrücken und zertheilen, folglich müssen die Atome desselben sich festhalten, folglich muß eine Anziehungskraft in ihm thätig sein. In der Wärme dehnt sich solch ein Körnchen auch aus, folglich muß auch eine Abstoßungskraft in ihm wohnen, die unter Umständen in Wirksamkeit tritt. Solch ein Sandkörnchen übt ohne allen Zweifel auch eine Anziehungskraft in der Entfernung aus, die der Anziehungskraft der Erde, wie der anderen Himmelskörper ganz ähnlich ist, wenn sie auch unendlich schwach gegen diese Kräfte genannt werden kann. Wir müssen also auch sagen, es wohne in diesem Körnchen noch eine besondere Kraft, die Kraft der Massenanziehung.

Seitdem man die Entdeckung gemacht hat, daß nicht Eisen allein magnetisch ist, sondern daß sich Magnetismus fast in allen gründlich untersuchten Stoffen zeige, muß man auch zugeben, daß in demselben Sandkörnchen noch eine andere geheime Kraft neben den übrigen Kräften Platz hat, welche Magnetismus heißt.

Es verräth aber auch solch ein Sandkörnchen elektrische Erscheinungen; und man ist genöthigt anzunehmen, daß sogar noch eine besondere Kraft, die Elektrizität, ihren verborgenen Sitz in diesem engen Raum aufgeschlagen hat.

Endlich ist jedes Sandkörnchen schon ein chemisch zusammengesetzter Körper und nothgebrungen müssen wir daraus schliessen, daß auch die chemische Kraft noch in dem engen Behälter wohne und ihr eigenthümliches Wesen darin treibe.

Und wie es uns mit dem kleinsten Sandkörnchen geht, so geht es uns mit all' und jedem Ding, das wir um uns sehen. Alles ist der Sitz einer Reihe von Kräften, deren Wirksamkeit wir nicht leugnen, deren Wesen aber wir doch nicht ergründen können.

Wollen wir uns auch nicht in die philosophischen Fragen verlieren, die unendlich scharfsinnige Köpfe vergeblich beschäftigt haben, wollen wir auch nicht fragen: was ist denn eigentlich Kraft? was ist denn eigentlich Materie, in welcher die Kraft wohnen soll? Existirt die Kraft auch außerhalb der Materie? oder giebt es vielleicht gar keine Materie, sondern nur Kräfte, die auf unsere Sinne den Eindruck der Materie machen? Wollen wir auch solche Fragen ganz von uns weisen, weil wir ernstlich glauben, daß das jetzige Erkenntniß-Vermögen der Menschen nicht ausreicht, sie zu beantworten — so müssen wir doch die eine Frage in Betracht ziehen, ob diese für unsere Wahrnehmung getrennten Kräfte, welche wir hier vorgeführt haben, wirklich verschiedene getrennte Kräfte sind, oder ob sie alle nur Aeußerungen einer großen allgemeinen Kraft sind, die wir noch nicht erforscht haben?

Wir können auf diese Frage keineswegs eine zuverlässige Antwort geben; aber es sind Anzeichen vorhanden, daß wirklich die genannten Kräfte alle von einer einzigen Kraft herstammen.

Die Anziehungskraft der Atome hat viele Aehnlichkeit mit der Anziehungskraft der Massen. Die Anziehungskraft der Massen äußert sich ganz nach demselben Gesetz wie die Anziehungskraft des Magneten. Die magnetische Kraft kann durch Elektrizität erzeugt werden und Elektrizität ist höchst wahrscheinlich die Quelle aller chemischen

Erscheinungen. — Dieses aber deutet darauf hin, daß eine Einheit der Kräfte irgendwie vorhanden ist und daß die nächste bedeutende Stufe der Naturwissenschaft die sein wird, wo es dieser gelingt, jene Einheit nachzuweisen.

An Versuchen derart hat es nicht gefehlt; als der sinnreichste derselben erscheint uns eine Arbeit des Professor Pohl in Breslau, der in sehr scharfsinniger Weise den Elektromagnetismus als die Quelle der Bewegungen der Himmelskörper annimmt; allein erschöpfend ist diese Arbeit keineswegs und wir glauben auch, daß es erst noch vieler bedeutenden neuen Entdeckungen bedarf, ehe man an eine solche Arbeit mit Erfolg wird gehen können.

XLV. Schlußbetrachtung.

So sicher wir auch ahnen, daß die von uns betrachteten geheimen Kräfte der Natur nur die verschiedenen Aeußerungen einer einzigen uns noch unbekannten Naturkraft sind, so sehr jedoch müssen wir davor warnen, diese Gesammtkraft auf anderem Wege zu suchen, als auf dem der Beobachtung der Natur und der weiteren Erforschung ihrer bisher entdeckten Gesetze.

Niemals ist die Wissenschaft in tiefere Irrthümer gerathen, als wenn Denker sich eingebildet haben, durch reine Spekulation ihrer Vernunft hinter die Triebfedern der Welt und der Dinge zu kommen; und nirgend hat sich die Wissenschaft früher aus diesen Irrthümern aufgerafft, als bis die getreue fleißige Beobachtung der Natur sich geltend machte und die klügelnden Menschen belehrte, daß sie vor Allem die Welt, wie sie erscheint, kennen zu lernen haben, bevor sie an die Frage gehen: „was die Welt im Innersten zusammenhält.“

Wollte man einmal zusammenstellen, was die größten Philosophen der Welt von Aristoteles bis auf Hegel für Unsinn über die Natur ans Tageslicht gebracht haben, der für Naturphilosophie gelten sollte, so würde man das lustigste und zugleich traurigste Bild von den Irrthümern des menschlichen Geistes vor sich haben; aber es ist doch eine solche Zusammenstellung eine Wohlthat, um dadurch von Spekulationen abzuschrecken, die ohne die genaueste Kenntniß der Natur über dieselbe angestellt werden. Hat ja Hegel, der große Hegel zum Beginn seiner Laufbahn noch den Beweis geführt, weshalb es sieben Planeten geben müsse, und wie sie mit den sieben Farben und den sieben Tönen zusammenhängen. Als später noch bei seinen Lebzeiten elf Planeten gesehen wurden, hat er sich eine Philosophie zurecht gelegt, in die auch die elf hineinpaßten; würde er jetzt noch leben, so wäre er genöthigt, nochmals seine Pläne über die Welt zu ändern und sein System so einzurichten, daß die bis jetzt entdeckten Planeten, die die Zahl vierzig schon übersteigen, darin ihren Platz finden!

Geistesirrthümer dieser Art sind ein gutes Warnungszeichen, daß der Denker nicht all' zu kühn hinausgreife in ein Gebiet, das erst nach und nach und mit der allerernstlichsten Sorgfalt der Beobachtung errungen werden kann, und sich nicht einbilde, Geheimnisse zu erforschen, welche vielleicht erst unsere Enkel oder gar die spätesten Nachkommen zu erforschen im Stande sein werden.

Wer es indessen liebt, über die geheimen Kräfte der Natur nachzusinnen und dem Reiz nicht widerstehen kann, der in dem Vertiefen in diese Beschäftigung liegt, der mag eines nicht unbeachtet lassen, das ihn Bescheidenheit lehren wird; und das eine ist die Betrachtung, mit welcher wir unser Thema begonnen haben.

Er vergesse nicht, daß wir die gesammte Natur nur

durch unsere fünf Sinne wahrnehmen; daß wir von Allem, was sich unseren fünf Sinnen nicht verräth, nicht die leiseste Ahnung haben und haben können; daß aber die wirkliche Natur schwerlich so beschränkt eingerichtet ist, daß nichts in ihr existirt, was wir nicht wahrzunehmen im Stande sind. Wir Menschen sind von Jugend auf gewöhnt, die ganze Welt so anzusehen, als ob sie nur für uns existirte. Wir nennen Pflanzen, die wir nicht essen oder brauchen: Unkraut; Gegenden, wo wir nicht leben können: Wildniß; wir suchen an allen Dingen die Seite auf, die eine Beziehung zu uns hat und vergessen dabei, daß es nicht die Wahrheit der Natur, sondern unsere Selbstliebe ist, die uns solch ein Aburteilen der Welt außer uns eingiebt. Ganz in demselben Maße aber verfahren noch leider die allergescheitesten Menschen mit der Erkenntniß der Natur. Sie vergessen oder fassen den Gedanken nicht, daß in der Natur ohne Zweifel unendlich viele Erscheinungen vorhanden sind, welche für uns nicht existiren, weil uns die Sinne fehlen, durch welche wir sie in uns zur Wahrnehmung bringen können. Sie bedenken nicht, daß wahrscheinlich nur ein sehr kleiner Theil der Natur uns zur Erkenntniß kommt, und nur soweit zur Erkenntniß kommt, soweit uns unsere fünf Sinne einen Eindruck derselben verschaffen, daß also der allergrößte Theil der Natur für uns ein ewig verschlossenes Geheimniß ist, das wir direkt niemals entsiegeln werden.

Die Naturwissenschaft hat aber gleichwol auf ihrem Wege, dem Wege der strengen Beobachtung einzelnen Spuren der Geheimnisse der Natur nachzufolgen versucht und in vielen Beziehungen ist ihr Bemühen mit Erfolg gekrönt worden. Was wir in den vorstehenden Abschnitten unsern Lesern in flüchtigen Umrissen mitgetheilt haben, ist freilich nur gering im Vergleich mit der Aufgabe, die sich der Wissensdrang der Menschen stellt; aber es ist doch viel im Vergleich zu dem, was die verwichenen Jahrhunderte uns hinterlassen haben. Können wir auch nur in Bescheidenheit hinblicken auf das, was noch zu thun übrig bleibt und was bisher geleistet worden ist, so dürfen wir doch stolz unser Jahrhundert als das erleuchtetste der bisherigen Jahrhunderte der Menschengeschichte bezeichnen und können von uns sagen, daß wir den kommenden Geschlechtern weit mehr von wahrer Erkenntniß hinterlassen, als wir von den vergangenen Geschlechtern geerbt haben.

Deshalb aber ist der nur würdig, ein Genosse unseres Zeitalters genannt zu werden, der sich mindestens eine Anschauung von dem verschafft, was in demselben geleistet wurde. Und wenn unsere Schriftchen eine Anregung hierzu und zur weitern Belehrung über die Natur waren, so haben sie ihrer Aufgabe genügt.

Druck für Duncker & Weidling in Berlin.
F. Weidling.

Geschicke und Wandlungen unsers Volks und seines Lebens darstellte. Venedey versucht, in einem umfassenden Werke diesen reichen Stoff in anziehender, künstlerischer Form Allen zugänglich zu machen. Er hat es weniger auf die Darlegung eigener, neuer Forschungen und Ansichten, als auf glänzende Schilderungen abgesehen. Und dieser sein Zweck ist im Ganzen wohlgelungen. In kräftig entworfenen und durchgeführten Zeichnungen sehen wir die Schlachten der Cimbern und Teutonen, die Heldengestalt Karls des Großen. Voll dramatischen Lebens ist der Aufstand der Bataver und des Claudius Civilis geschildert, seine Verhandlungen mit den einzelnen Stämmen, mit den römischen Feldherren, die Seherin Velleda — Alles ist beseelt und lebenswahr. Venedey's kurzer, gedrängter Stil eignet sich vortrefflich, Personen zu charakterisiren, sie redend einzuführen, die Gegensätze verschiedener Anschauungen hervorzuheben, doch wird er steif und hart bei der Schilderung von Zuständen, wo er weder behaglich breit auszumalen, noch durch einen allgemeinen Gedanken, wie sie Ranke, oder eine Sentenz, wie sie Tacitus liebt, — den Geist einer Zeit, den Sinn ihrer Institutionen wiederzugeben weiß. Dieser Mangel an philosophischer Durchdringung des Gegenstandes wird besonders in seiner Erzählung vom Aufkommen des Christenthums sichtbar; allein gegen die übrigen Vorzüge dieses Buchs, gegen den Fleiß und das Studium, mit dem der Verfasser die Quellen der Geschichte durchforscht, tritt er im Allgemeinen zurück, und so möge diese „deutsche Geschichte" Allen empfohlen sein, denen die Thaten und Leiden unsers Volks werth und theuer sind wie ihre eigenen Erinnerungen."

Vollständig erschienen ist:

Geschichte Englands

während

des dreißigjährigen Friedens

von 1816 bis 1846

von

Harriet Martineau.

Uebersetzt von

Carl Julius Bergius.

Vier Bände. 8. geh. 4 Thlr.

Das Werk giebt in einer anziehenden treffenden Darstellung die Geschichte eines Zeitraums, der für die innere Fortentwicklung Englands und für sein Einwirken auf die allgemeinen Weltverhältnisse von großer Bedeutung ist; wir erinnern hier nur beispielsweise an die Katholikenemancipation, die Reformbill, die Sclavenemancipation, die Aufhebung der Korngesetze, Ereignisse, deren Augenzeugen noch die meisten Zeitgenossen waren, über deren Verlauf und historischen Zusammenhang jedoch die wenigsten von ihnen genauere Kenntniß haben dürften.

CPSIA information can be obtained
at www.ICGtesting.com
Printed in the USA
LVHW031257060423
743358LV00019B/77

9 783382 00847